# Marion Zimmer Bradleys neues Fantasy Magazine

*Band 2*

Herausgegeben
von
MARION ZIMMER BRADLEY
und ELISABETH WATERS

Mit einer Einführung von
Marion Zimmer Bradley

Aus dem Amerikanischen
von Ronald Böhme

WILHELM HEYNE VERLAG
MÜNCHEN

HEYNE ALLGEMEINE REIHE
Band-Nr. 01/13204

Die Originalausgabe
THE BEST OF MARION ZIMMER BRADLEY'S
FANTASY MAGAZINE
erschien 1995 by Warner Books, Inc.

Umwelthinweis:
Dieses Buch wurde auf chlor- und
säurefreiem Papier gedruckt.

Redaktion: Ines Körlin

Deutsche Erstausgabe 10/2002

Printed in Germany 2002
Umschlagillustration: Donato, New York
Umschlaggestaltung: Nele Schütz Design, München
Satz: Schaber Satz- und Datentechnik, Wels
Druck und Bindung: Ebner & Spiegel, Ulm

ISBN: 3-453-17744-4

http://www.heyne.de

*Für meinen verstorbenen Vater,*
*Leslie R. Zimmer, Sr.,*
*dem ich meine Zuneigung nie gezeigt habe,*
*als er noch lebte.*

MZB

# Inhalt

# Vorwort

Zur zweiten Anthologie der besten Geschichten aus MZBs FM, wie ich mein Magazin kurz und bündig nenne, möchte ich gerne klarstellen, dass sich hinter meiner scherzhaften Bezeichnung *»MZB Limited«* genau das verbirgt: »Begrenzt« sind wir in der Tat. In einigen der Briefe, die ich erhalte, hält man uns anscheinend für ein gigantisches Unternehmen mit nahezu unerschöpflichen Mitteln und einer Heerschar von Angestellten. Daran hätte ich nichts auszusetzen – nur entspricht es leider nicht der Wirklichkeit.

Wir sind zusammen sechs: Zunächst meine Wenigkeit und meine Sekretärin Elisabeth, die die Verrechnungsschecks unterzeichnet und außerdem die Autorin einiger der besten Geschichten in meinen Anthologien ist. So war es ihre Geschichte »Der Preis des Bewahrers«, die mich dazu bewog, meine erste »Darkover«-Anthologie herauszugeben. Bei Autogrammstunden, bei denen Leute mich bitten, T-Shirts, Sandwichboxen oder was auch immer zu signieren, pflege ich zu sagen: »Ich unterschreibe alles, solange es kein Blankoscheck ist.« Nun ja, für Lisa würde ich sogar da eine Ausnahme machen.

Und das gilt auch für unseren Buchhalter. Raul ist ein ehemaliger Polizist, der – wie wir ihn zu hänseln pflegen – Alibimann in unserer Weiberwirtschaft, den wir für all die Dinge angestellt haben, die für unsere – vielleicht doch gar nicht so schwachen – Frauenhände zu schwer sind. Dazu gehört auch die eingehende Post. Raul kümmert sich um all die eingereichten Manuskripte: Er holt sie vom Postamt ab, schafft sie nach Hause und katalogisiert sie dann dort. Er ist bevollmächtigt, alle handgeschriebenen Manuskripte oder alles, was er selbst nicht entziffern kann (wie zum Beispiel alles, was mit einem lausigen Nadeldrucker produziert wurde) sofort abzulehnen (schon allein, um mein Augenlicht zu schonen). Er führt außerdem die Buchhaltung unseres Magazins.

Der letzte Neuzugang in unserem Team heißt Stephanie: Sie ist eine begabte Schriftstellerin und wird gerade dazu angeleitet, all das zu erledigen, was keiner von uns sonst schafft.

Heather ist unsere Abonnementsabteilung: Sie verschickt die Aufforderungen zur Verlängerung der Abos und kümmert sich um neue Subskribenten. Sie ist eine begabte Musikerin und Liedermacherin und hat gerade eine Geschichte für *Zauberschwestern 12* an mich verkauft.

Die Letzte, aber ganz bestimmt nicht die Geringste im Bunde ist unsere geschäftsführende Herausgeberin Rachel Holmen. Sie ist meines Wissens die Einzige von uns, die nie versucht hat, selbst schriftstellerisch tätig zu werden. Vielleicht hegt sie ja insgeheim den Ehrgeiz, den nächsten pulitzerpreisgekrönten Roman zu verfassen, gesprochen hat sie mit mir darüber jedenfalls nie. Wir beide entscheiden zusammen, was im Magazin aufgenommen werden soll – als Regel gilt dabei, dass jeder von uns unabhängig eine Geschichte ablehnen kann. Nur, wenn wir beide zustimmen, wird die Geschichte auch gekauft. (Jeder, der mit seiner Geschichte auf dem Stapel eingegangener Manuskripte landen will, möchte bitte einen adressierten und frankierten Umschlag an P.O. Box 249, Berkeley CA 94701 schicken, um weitere Informationen zu erhalten. An die gleiche Anschrift kann man auch Abonnementswünsche richten.)

Rachel kümmert sich außerdem um alle Illustrationen. Sie besucht verschiedene Kongresse, um neue Künstler ausfindig zu machen. Wenn ihr etwas unterkommt, das ihr gefällt, erteilt sie für uns Aufträge: Sie sendet dem Künstler eine Kopie der Geschichte zu, die er dann illustrieren soll. Bislang habe ich ihrer Auswahl stets zugestimmt. Sollte mir je eine Abbildung wirklich missfallen, so wird sie dies – davon bin ich überzeugt – bestimmt berücksichtigen, bislang jedoch waren wir uns immer einig. Wie heißt es doch so schön: Ich habe von Kunst keine Ahnung – ich weiß noch nicht einmal, was mir gefällt. Aber Rachel weiß es und deshalb lasse ich ihr freie Hand.

Dafür weiß ich ganz genau, was mir literarisch gefällt, und bin zudem vollauf bereit, meinen Geschmack zu verteidigen. Mir gefallen die Geschichten, die ich für diese Anthologie ausgewählt habe: Sie werden hier die *crème de la crème* finden.

Genießen Sie es!

BRAD STRICKLAND

## Das Wunder zu Roodwell

*Diese Geschichte wurde ursprünglich in Ausgabe 4 unseres Magazins, also bereits 1989, veröffentlicht – und dabei scheint es mir wie gestern, dass ich mit dem Magazin anfing. Sie liefert eine etwas unorthodoxe Betrachtungsweise von Wunder. Mir haben Geschichten immer besonders gut gefallen, die ihren Gegenstand in einem etwas anderen Licht erscheinen lassen. Es ist gewiss möglich, dass sich ein Wunder sich ebenso als Fluch wie als Segen erweist.*

*Brad Strickland schreibt seit 1982 sowohl Fantasy als auch Horror und Science-Fiction, seine Kurzgeschichten sind bereits zweimal im Sammelband* »The Year's Best Horror Stories« *erschienen. Er lehrt als außerordentlicher Professor am Gainesville College und lebt mit seiner Frau Barbara und den Kindern Amy und Jonathan in Oakwood, Georgia.*

Die Stadt Roodwell quoll vor Pilgern über, reichen wie armen, gläubigen wie zynischen, von hoher wie von niederer Geburt, und war auf ein Vielfaches ihrer Einwohnerzahl angeschwollen; denn an diesem Tag, dem Fest der Frühlingswende, mochte sich womöglich ein Wunder ereignen, das nur einmal in einem Menschenleben eintrat. Mat, der Blinde, und seine Frau Elowyn hatten sich seit den frühen Morgenstunden im Bettelhandwerk ein rechtes Sümmchen verdient. Die herbeiströmenden Pilger schienen zu glauben, dass ein wenig zur Schau gestellte Barmherzigkeit ihre Chancen erhöhte, des anstehenden Wunders teilhaftig zu werden.

Mat bearbeitete gerade die Pilgerscharen im südlichen Teil des Kirchhofes, unweit der mit Steinen eingefassten Quelle, die so viele an diesem Tag nach Roodwell gelockt hatte. Hier war das Gedränge am größten: Gepanzerte Schultern rieben sich an in Lumpen gehüllte Arme und der Rosenduft der Hofdamen vermischte sich mit dem stechenden Schweißgeruch der Bauern. Raues Eselsgeschrei durchbrach stakkatoartig das ständige Gedröhn der Unterhaltung und inmitten all diesen Lärms versuchte sich die dünne und schrille Stimme eines Priesters Gehör zu verschaffen.

»Sechsmal«, so verkündete der Priester und ruderte dabei mit den knöchernen Armen, »sechsmal hat das Wasser dieser Quelle bereits geheilt. Jedes Mal wurde ein hilf- und hoffnungsloser Mensch geheilt, jedes Mal am Jahrestag der ersten Heilung. Und dieses Wunder war das Werk des gesegneten Heiligen selbst, das ihm gestattete, den Grundstein für seine Kirche zu legen. Und der Herr segnete das Wasser und ließ im Angedenken an den Heiligen das Wunder fortwirken bis zum heutigen Tag. Ihr, die ihr mühselig und beladen seid, kommt und kostet das Wasser. Wem von euch wird die Gnade des Herrn heute zuteil?«

»Eine milde Gabe für den Blinden«, stimmte Mat an. »Eine milde Gabe für den Armen, dessen Augen mit Dunkelheit geschlagen sind. Habt Mitleid, erbarmt euch.« Münzen klimperten in seiner Blechdose – das Prasseln eines kurzen mildtätigen Schauers. »Habt Dank, habt Dank«, sagte Mat und nickte in das ihn umgebende Schwarz, während er insgeheim das Gewicht der Blechdose bemaß und den günstigsten Augenblick erwog, die Einnahmen zu entfernen und an Elowyn, die ihm in unauffälliger Entfernung folgte, weiterzureichen. Für einen Bettler war es nicht vorteilhaft, zu viele Münzen im Becher zu haben, denn ein voller Becher ließ die Quellen der brüderlichen Nächstenliebe versiegen.

»Lass uns deine ›blinden‹ Augen sehen«, befahl eine männliche Stimme barsch.

Mat erkannte den dienstbeflissenen Ton eines Stadtwächters. »Jawohl, Sir«, erwiderte er und schob mit der Hand den verblichenen bläulichen Schal hoch, der seine Augen vor der Welt verbarg. »Seht her.«

Mat hörte, wie einige in der Menge nach Luft schnappten. Er wusste, welch entsetzlichen Anblick seine Augenhöhlen boten. »Meine Güte«, ließ sich die raue Stimme, nun wesentlich sanfter gestimmt, vernehmen, »wie ist das passiert?«

»Ein Feuer. Vor vielen Jahren schon«, antwortete Mat und schob den Schal zurück. »Ich war noch ein junger Bursche.«

»Hier hast du was.« Der Stadtwächter warf eine Münze in Mats Becher und andere taten es ihm gleich.

»Vergelt's Gott!«, erwiderte Mat. Dann tastete er sich durch die Menge weiter, schüttelte seinen Becher und rief immer wieder: »Allein, allein in der dunklen, weiten Welt!«

Auf ihr Stichwort hin war Elowyn sogleich zur Stelle. »Ach, Mat«, meinte sie bewundernd, »heute hast du wahre Wunder vollbracht.«

»Kannst du mir helfen, Liebling?«

»Aber natürlich. Es schaut gerade niemand her. Dort drüben, nicht weit weg, ist ein Lahmer, der gleich vom Wunderwasser trinken will und auf den sich alle Augen richten. Schnell, Mat!«

Ihre kühlen, sanften Hände legten sich auf seine schwieligen. Er spürte, wie der Becher leicht wurde, als Elowyn die meisten Münzen in ihrer Börse verschwinden ließ. »Du bist wunderbar«, ließ er sie wissen.

»Nicht jetzt, Mat. Nicht hier.« Aber ihre schüchterne Stimme klang doch erfreut.

»Dein Haar ist schöner als gesponnenes Gold«, gurrte er ihr sanft und vertraulich zu. »Deine Augen sind das Blau des Himmelszelts. Deine Haut ist weiß wie Milch, und deinen Wangen entwachsen zwei Rosen.«

»Nun hör schon auf«, schalt sie ihn, aber liebkoste einen kurzen Augenblick lang mit der Hand sein zerfurchtes Gesicht.

»Du bist mein Augenlicht und mein Schatz«, erklärte Mat. »Elowyn, ich liebe dich.«

»Dann geh und bettle genug zusammen, sodass wir uns für eine Nacht ein anständiges Bett leisten können«, trug Elowyn ihm auf, doch in ihren Worten klang wärmende Liebe. »Nun mach dich fort, Mat. Ich bleib in deiner Nähe.«

Mat drehte sich um und bahnte sich seinen Weg zurück in die Menge, hin zu der hohen Fistelstimme des Priesters: »Kommt alle herbei, die ihr leidend seid. Kommt und kostet das heilige Wasser von Roodwell. Kommt und versucht sein gnadenreiches ...«

»Verflucht sei das Wasser!«, schrie einer genau vor Mat.

»Eine milde Gabe für den Blinden!«

»Wer ist das? Wer? Der Lahme?«

»Das Wasser verfehlte bei ihm seine Wirkung. Passt auf ihn auf – und hütet euch vor seiner Krücke!«

»Habt Mitleid mit dem Blinden!«

»Haltet ihn zurück – haltet ihn!«

»Aus dem Weg, du blinder Tölpel!«

»Eine milde Gabe für den ...«

Ein stechender Schmerz durchzuckte Mats Schienbein und sandte rote und gelbe Blitze in das Dunkel seiner Welt. Er hörte, wie seine Blechdose klimpernd auf den Pflastersteinen aufschlug und die schwer erbettelten Pennys umherrollten. Dann traf ihn die Krücke erneut, diesmal auf der Brust, was ihm den Atem raubte. Der Marktplatz war so angefüllt mit Leuten, dass sich sein Sturz verlangsamte und von Händen, Schenkeln und Waden aufgefangen wurde. Sein Schal rutschte ihm vom Kopf und ging verloren.

»Also blind, wie?« Der Stumpf der Krücke stieß ihn wieder gegen den Brustkorb. Mat rang nach Luft, konnte aber nicht antworten. »Hier, Blinder, nimm dies! Nimm das verfluchte Heilwasser von Roodwell!«

Kalt ergoss es sich über sein Gesicht, strömte ihm über die verwüsteten Augen und rann ihm über die Wangen. Mat schnaubte und prustete und erstickte fast am Wasserschwall.

»Schafft ihn fort! Schafft ihn fort! Lasst ihn nicht …«

»Hey, Alter, fort mit der Krücke …«

»Lasst mich durch! Lasst mich durch!«

»Was bedeutet all dies, was …«

»Ehrwürden, ein Krüppel hat diesen Burschen niedergeschlagen …«

»Er ist verschwunden!«

»Der Mann hier ist blind!«

Der Priester, der wesentlich jünger war als der Prediger an der heiligen Quelle, beugte sich über Mat. »He, Alter, bist du verletzt?«

Mat blinzelte. »Ich …«

Gesichter erschienen ihm. Gesichter. Er konnte keine einzige der tausend Farben, die ihn umgaben, benennen.

Der Priester stutzte. »Hast du mich verstanden?«

»Ich …«

Wie war die Sonne so hell! Er hatte die Sonne vergessen.

»Ich kann sehen!«

Das Gemurmel um ihn herum schwoll immer mehr an. Eine Unzahl von Händen zog und zerrte ihn nach oben. Der Priester schrie ihm etwas ins Ohr.

Verwundert stammelte Mat erneut: »Ich kann sehen!«

Er wurde hochgehoben, sodass ihn alle sehen konnten. »Geheilt!«, rief einer. »Das Wunder ist geschehen! Dieser Mann ist geheilt!«

Mats wieder belebte Augen starrten wirr in die Menge. Hände reckten sich drohend wie züngelnde Schlangen, ihn zu berühren, und er schrak vor ihnen zurück. Leidgeprüfte Gesichter wandten sich ihm zu. Mat versuchte, ihren Blicken voller Zorn, Anklage und betrogener Hoffnung auszuweichen.

»Elowyn«, rief er. »Wo bist du, Elowyn?«

Doch sein Ruf ging in dem jubilierenden Tumult auf dem Kirchhof unter, und nirgends vernahm er die Stimme Elowyns.

Vor mehr als zwei Wochen waren Elowyn und er aus den Bergen gekommen. Im Hochland war der Frühling, wie Elowyn bemerkte, bloß ein grüngoldenes Versprechen, das noch in den Knospen der Weiden und Eschen schlummerte. Aber im urbaren Weideland, dort wo sich die kurvige Straße endlich streckte und zwischen sanft gewellten Feldern und Wiesen verlief, stand der Lenz bereits in voller Blüte. Elowyn hatte Blumen gepflückt und sie ihm mit Namen erklärt: Veilchen, Frauenschuh, Gänseblümchen und sogar einige wilde Rosen. Sie hielt den Duft des Frühlings in ihren Händen. »Es ist ein guter, warmer Tag«, hatte sie ihm gesagt, als sie sich an die Grasböschung gelehnt ausruhten. Über ihnen zwitscherten die Vögel, hinter ihnen lag das heißere Krächzen einer Krähe.

»Massenhaft Leute in Roodwell, berichten die Reisenden«, murmelte Mat. Ihre Börse war bereits reichlich mit Almosen von Passanten und Pilgern gefüllt. »Das sollte uns gut über die Wochen nach dem Fest bringen.«

»Was wir nach dem letzten Winter ja wohl auch mehr als verdient haben!« Elowyns Stimme klang leicht entrüstet und doch fröhlich. »Angewiesen auf die Mildtätigkeit der Priester und voneinander getrennt, als ob wir nicht verheiratet wären!«

»Ja, du hast Recht. Ich im Gemeindehaus und du im Nonnenkloster. Meine arme Elowyn. Es schmerzt mich, wenn ich nur daran denke, was du durchgemacht hast.«

»Nicht der Rede wert, Mat. Nur von dir getrennt zu sein, tat weh. Die Arbeit, das Waschen und Nähen – all das war halb so schlimm. Trotzdem war ich froh, als ich der knauserigen Äbtissin den Rücken zukehren konnte.«

In der Dunkelheit, die ihn umgab, suchte Mat ihre Hand, fand sie und hielt sie nah genug, um sie zu küssen. »Du hättest nie mit mir mitkommen und all die Jahre bei mir bleiben sollen. Du hättest bei deinem Vater bleiben sollen.«

Darüber konnte Elowyn immer nur lachen. »Dann hätte er mich inzwischen an irgendeinen Bauerntölpel verheiratet. Oder sogar an einen Kutscher. Eine Wirtstochter hat keine allzu rosigen Aussichten, Mat. Aber an dem Tag, als du bettelnd an unserer Tür erschienst und mein Vater dich davonjagte – an jenem Tag zerriss das Band zwischen mir und meinem Vater.« Sie drückte ihm die Hand. »Und schon der nächste Priester, dem wir über den Weg liefen, hat uns getraut. Und wenn du mir jetzt erklärst, dass du es bereust, dann mach dich fort, Mat Macrone, und sieh zu, wo du bleibst. Ein Mädchen wie ich kann den nächstbesten feschen Burschen haben, der die Landstraße entlangkommt.«

»Aber du liebst mich.« Nach sieben Jahren kam ihm dieser Satz noch immer mit Verwunderung über die Lippen.

»Du spindeldürres Holzgestell von einem Tunichtgut«, meinte sie nur, aber der warme Tonfall ihrer Stimme strafte ihre Worte Lügen.

Mat lächelte und lehnte sich ins warme, sanfte Gras zurück. »Erzähl mir noch einmal, wie du ausschaust.«

»Na, bist du denn dieses Märchens nicht längst überdrüssig?«

»Erzähl es mir, Elowyn.«

Mit einem Seufzer begann sie: »Mein Haar ist lang und weich – doch das kannst du ja selbst spüren …«

»… und golden ist seine Farbe.«

»Wenn du mir unbedingt ins Wort fallen willst, dann geh und erzähle dir die Geschichte selber.«

»Nicht doch, Elowyn, ich werde dich nicht mehr unterbrechen.«

»Golden ist es also – wie die Morgensonne, die sich auf dem Wasser spiegelt und glänzt, golden wie ein leuchtendes Feuer, das das Antlitz der Nacht erhellt, golden wie frisch geprägte Münzen. Und wenn ich es herablasse, fällt es mir weit über die Schultern.«

»Und dein Gesicht«, lieferte Mat das nächste Stichwort.

»Man sagt mir, ich sei sehr hübsch. Meine Stirn ist zart und weiß und auf meinen Wangen blühen zwei rosa Rosen. Meine Augen – die Gäste in der Schenke meines Vaters sagen mir immer, ich hätte strahlende Augen. Sie sind blau, das tiefste Himmelblau, das du dir vorstellen kannst. Wie das Blau des Hofes um den Mond, wie das Blau des Abendhorizonts, das aufsteigt, um den Tag zu enden – so blau sind sie. Meine Nase ist klein und zierlich, wie es einer Frau gut ansteht. Mein Mund ist breit, doch wohl geformt, mit üppigen Lippen, die so rot sind wie reife Kirschen im Sommer.« So sprach sie immer fort, doch ohne Eitelkeit, wie man wohl hätte denken können, sondern offen und ehrlich und darüber glücklich, Mat mit ihren Augen dienen zu dürfen, so wie sie es auch tat, wenn sie ihn über einen unsicheren Knüppeldamm führte oder ihn vor einer Baumwurzel auf dem Weg warnte.

»Ich bin doch wirklich der glücklichste Kerl unter der Sonne«, sagte Mat, als sie geendet hatte.

»Und auch der faulste!«, meinte sie lachend. »Komm schon, marsch, marsch, sonst schaffen wir es heute bestimmt nicht mehr nach Roodwell.«

Der Wirt der Schenke hieß Geoffrey, ein stämmiger Kerl mit rauen Zügen. Sein rot angelaufenes Gesicht und der enorme Wanst verrieten, dass er selbst sein bester Kunde war. Die Schenke war ein zweistöckiges, dunkelgraues Holzgebäude und nannte sich – etwas zu großspurig – »Zum Sarazenenschwert«. Geoffrey glich diesem Gebäude in vielem: grau, geschmacklos und alles andere als sauber.

»Die Hochsaison steht vor der Tür«, knurrte er mürrisch. »Glaube schon, dass ich jemanden brauchen könnte, der die Kunden bedient und den Laden in Schuss hält. Aber die Geschäfte gehen schlecht.«

»Jawohl«, erwiderte Elowyn, glaubte ihm aber kein Wort. Das Gasthaus war mit Pilgern voll belegt, die sich alle aufgeregt über das Tagesereignis unterhielten: ein Blinder, der auf wundersame Weise geheilt und dann in das innere Refugium des Kapitelhauses eingelassen worden war. Die Gottesdienste würden damit dieses Jahr gewiss eine zusätzliche Attraktion aufzuweisen haben: einen Mann, den die göttliche Gnade ausersehen hatte. Zur Feier dieses Wunders betranken sich die Pilger schon jetzt.

Geoffrey rieb sich das mit Bartstoppeln bedeckte Kinn. »Kost und Logis sind frei«, bot er an. »Und was dir die Kunden zustecken, kannst du behalten. Mehr kannst du wirklich nicht verlangen.«

Elowyn stand in der überheizten Küche des Gasthauses, während Geoffrey an einem der festgepflockten Tische saß. Eine Köchin und ihre zwei Gehilfen, die das Abendessen zubereiteten, schwirrten um sie herum. Hinter Geoffreys Rücken gab die Köchin Elowyn durch Kopfschütteln etwas zu verstehen. »Vielen Dank«, meinte Elowyn, »aber vielleicht gibt es in einem anderen Gasthaus ...«

Geoffrey runzelte die Stirn, was sein Aussehen nicht unbedingt verbesserte. »Nicht so geschwind. Nur nichts überstürzen. Vielleicht kann ich ja ein bisschen bezahlen. Allerdings nur ein bisschen, damit das klar ist. Schankmädchen gibt es mehr als genug und du bist weiß Gott nichts Besonderes.«

»Nein, gewiss nicht.«

Geoffrey verlagerte sein beträchtliches Gewicht und schnaufte tief durch. »'nen Schilling im Monat vielleicht, wenn du dich gut machst.«

»Vielleicht auch zwei?«

Die Köchin drehte sich um und schüttelte sacht den Kopf. Geoffrey fing an zu jammern. »Ich kann mich doch nicht für eine Dahergelaufene in den Ruin stürzen. Einen Schilling und sechs Kreuzer.« Hinter ihm wandte sich die Köchin wieder ihrem Eintopf zu.

»Abgemacht«, willigte Elowyn ein. »Soll ich gleich anfangen?«

Geoffrey stand unbeholfen vom Tisch auf. »Was du heute kannst besorgen, das verschiebe nicht auf morgen. Schürzen hängen in der Speisekammer da hinten. Fang am Tresen an.«

Sogleich kamen in Elowyn ungebeten all die alten Erinnerungen hoch: das Ausschenken des Bieres und der härteren Sachen, das Feilschen und Scherzen um den Preis mit den unflätigen und lüsternen Lumpen – und dann immer noch so zu tun, als ob es Spaß machte; das ständige Gegrapsche der schmutzigen Hände, die durch die Bluse ihre Brüste betatschen wollten oder – schlimmer noch – ihr unter den Rock griffen, um ihre nackten Schenkel zu streicheln, und dem sie nur mit Glück ausweichen konnte. Noch eh die Nacht zu Ende und die Anzahl der Gäste auf das unvermeidliche Häuflein sentimentaler Spinner oder besinnungslos Besoffener geschrumpft war, hatten sich ihre alten Schmerzen wieder eingestellt, die sich wie eine bösartige Ranke von den Fersen über die Beine bis zur Hüfte hochzogen.

Am Ende ihres ersten Arbeitstages war Elowyn so müde, dass sie unvorsichtigerweise Geoffrey gestattete, ihr den kleinen Alkoven zu zeigen, wo ihre Pritsche mit der einen Decke aufgestellt war. Sie war bereits so verzweifelt, dass es sie nicht wirklich überraschte, als

Geoffrey sie an sich zog. Sie stieß ihn von sich, aber er versuchte es erneut. Sie rangen miteinander und bei dieser Gelegenheit entdeckte Geoffrey ihren Geldbeutel. »Der gehört mir!«, rief sie, als er ihn ihr entwand.

Im Dunkeln prüfte er sein Gewicht. Elowyn hörte das Klimpern der Münzen. »Hier treiben sich Diebe rum«, sagte er schlau. »Ich werde ihn für dich verwahren. Und nun zu uns ...«

»Nein«, wies sie ihn ab. »Nimm die Börse, aber ...«

Doch schon fingerte er wieder an ihr herum. Sie kratzte und versuchte ihn wegzustoßen. Schließlich ließ er keuchend von ihr ab und knurrte: »Das Geld hab ich jedenfalls, alter Drachen. So wirst du zu nix kommen. Für 'n bisschen Spaß zahlen die Gäste auch gern 'n bisschen extra, selbst bei 'ner unansehnlichen Schlampe. Aber bei dir! Da leg ich mich doch noch lieber zur alten Teresa.« Mit diesen Worten machte er sich davon, aber sein Schweißgeruch hing ihr ebenso wie die Erinnerung an seine Bartstoppeln auf ihrer glatten Haut noch lange nach.

Elowyn zog die verlotterte Decke bis zum Kinn hoch. »Ach Mat«, stöhnte sie. Tränen traten ihr in die Augen, quollen über und rannen ihr erst heiß, dann kalt über die Schläfen in ihr mausgraues, strähniges Haar.

Bruder Xaver – so lautete der Name des jungen Mönchs – brachte Mat das Abendessen: etwas Brühe, Brot und Bohnen. Noch bevor er gefragt wurde, sagte er: »Nein, Mat, noch nicht. Wir haben deine Frau noch nicht gefunden.«

»Aber es ist jetzt schon siebzehn Tage her!«, warf Mat ein.

»Das weiß ich ja. Bitte iss doch etwas.«

Mat kaute an dem Schwarzbrot und schlürfte etwas Brühe. »Meiner Frau muss irgendwas zugestoßen sein.«

»Wir suchen jedenfalls noch immer nach ihr«, meinte Bruder Xaver.

Mat schaute sich um. Noch immer war dieses Schauen und Sehen ungewohnt; es schien ihm, als ob die kleine Zelle jeden Morgen neu auf wundersame Weise dem Dunkel der Nacht entrissen und in sein Blickfeld treten würde. Der Raum war schlicht genug, drei hohe, schmale Fenster ließen die Sonnenstrahlen herein. Eine einfache Truhe, ein Bettgestell mit einer Strohmatratze, zwei schnörkellose Stühle und hoch an der Wand, dem Bett gegenüber, ein hölzernes Kruzifix. Und doch konnte das alles Mat noch entzücken. Er staunte über die Beschaffenheit der Steine im Gemäuer und wie geschickt einer an den anderen gefügt war, über die verschiedenen Schattierungen des dunklen Holzkreuzes, das im frühen Morgenlicht matt glänzte, am Mittag einen scharfen Schatten warf oder in der untergehenden Sonne warm erstrahlte. Seine Augen waren so hungrig wie sein Magen.

»Vater Berien hat mit dem Herzog von Welford über dich gesprochen«, teilte Bruder Xaver ihm mit. »Möchtest du den jungen Herzog treffen?«

»Ich möchte vor allem meine Frau finden«, entgegnete Mat. Er beendete seine Mahlzeit und fuhr sich mit dem Handrücken über den Mund. Sein Bart kratzte. Elowyn hatte ihn immer glatt rasiert. Aber nachdem Bruder Xaver am Tag des Wunders ihm die Beichte abgenommen hatte, war Mat der Becher mit dem Abendmahlwein auf einem silbernen Tablett kredenzt worden; darin hatte er zum ersten Mal nach mehr als vierzig Jahren sein Gesicht gesehen: runzlig, rau und rot geädert, die dunklen Augen unter hängenden Brauen eingesunken, die Wangen vom Kummer und der Last der Wanderschaft zerfurcht. Seit diesem ersten, schockierenden Anblick hatte sich Mat nur noch gelegentlich rasiert, da ihm nicht danach war, dieses Gesicht nochmals in einem Spiegel zu betrachten.

Bruder Xaver senkte jetzt, wie im stillen Gebet, sein Haupt. Seine Tonsur trat inmitten des dunklen Haars besonders auffallend weiß hervor. »Wir versuchen alles, sie zu finden«, sagte er schließlich. »Aber keiner kann sich an eine Frau, wie du sie beschreibst, erinnern. Und sie ist auch nicht zur Kirche gekommen, obwohl doch jeder weiß, dass du hier bist.«

Mat griff nach einer Flasche, die er in der Truhe aufbewahrte. Die Mönche kelterten ihren eigenen Wein, einen guten Tropfen, wenn auch für Mats Geschmack etwas zu dünn. »Es liegt an mir«, klagte er. »Ich bin so verdammt hässlich.«

»Das bist du nicht, Bruder Mat. Du bist ein Mann wie andere auch.«

»Aber neben ihr! Ich sage dir, neben ihr, da – da bin ich wie ein Maulesel neben einer Zuchtstute, wie eine Krähe neben einer Taube. Wie könnte sie mich lieben – sie, die mich sehen kann?«

»Und doch hat sie dich, wie du sagst, vor sieben Jahren geheiratet. Und ist seitdem stets treu an deiner Seite geblieben.« Bruder Xaver seufzte ein wenig. »Von Frauen und Frauenherzen weiß ich nur sehr wenig, Bruder Mat, aber das eine weiß ich: Eine Frau, die dir sieben Jahre ihres Lebens geschenkt hat, wird dich nicht verlassen. Hab keine Angst, sie wird auftauchen. Was aber den Besuch beim Herzog von Welford betrifft …«

Den ganzen Sommer über drängten die Massen zu dem Ort, an dem Wunder geschahen. Die Schenke war stets voll von hungrigen und durstigen Männer. Elowyn gewöhnte sich an die schmerzenden Knochen; Als Bedienung machte sie sich recht gut – auch wenn sie auf das »bisschen extra« verzichten musste, die lüsternen Angebote der Gäste wehrte sie stets mit gezwungenem Lächeln und gespielter guter Laune ab. Als sie bald ihren Arbeitsplatz und auch ihren neuen

Herrn besser kannte, schob sie entschlossen Geoffreys Besuchen in ihrer Kammer einen Riegel vor. Er polterte und schimpfte zwar, verzog sich dann aber zum Lager einer, die williger war, und nach ein, zwei Tagen schien er alles vergessen zu haben.

So schlichen die Tage dahin, an denen Elowyn von der Welt nicht mehr zu sehen bekam als das, was sie durch die Butzenscheiben und den offenen Eingang des »Sarazenenschwerts« erspähen konnte, und das war meist eine endlose Prozession von Pilgern, die Unterhaltung, Erleuchtung oder den Segen des geheilten Blinden von Roodwell suchten.

Geoffrey, der selbst nicht an Wunder glaubte, hieß sie gleichwohl alle willkommen, hatte er doch nichts dagegen, stets mehr und immer noch mehr Geld zu scheffeln. Elowyn wusste inzwischen, was sie bereits von Anfang an geahnt hatte, nämlich, dass sie ihre Geldbörse wahrscheinlich nie wieder sehen würde. Geoffrey verbarg sie vermutlich zusammen mit den restlichen gehorteten Sachen in seinem Zimmer hinter einem losen Stein im Kamin. Es kümmerte sie wenig, denn sie verspürte kein Verlangen nach dem Geld. Alles, was sie spürte, war der nur zu vertraute Schmerz der Verzweiflung.

Andererseits war sie froh, im Gewühl der Menge gut versteckt zu leben. Seit mehr als einem Monat hatte Elowyn bereits geschuftet, als sie eines Abends an einem Tisch Wein servierte, an dem sich ein junger Mann, der zum ersten Mal in der Stadt war, lautstark hervortat.

»Ich glaube einfach nicht, dass dieser Bettler je blind war«, sagte er, als Elowyn ihm den Becher hinstellte. »Wie könnte sich ein Bettler so 'ne Heilung überhaupt leisten?«

Elowyn erstarrte.

Einer der Stammgäste schlug mit der flachen Hand auf den Tisch. »Ich sag dir, ich hab's selber gesehen. Er hatte keine Augen. Hab gehört, dass er geschmolzenes Silber ins Gesicht bekommen hat, als er noch jung war und Lehrling bei 'nem Silberschmied. Jawohl, nur noch Augenhöhlen, ausgebrannt, sonst nichts. Sah scheußlich aus, wie rohe Leber. Und außerdem ist das Wasser für alle umsonst – sag ich dir doch, so machen das die Mönche hier eben.«

»Schenk ein, Magd«, befahl der junge Mann. Elowyn tat, wie ihr geheißen, und lauschte aufmerksam. »Das sieht dem Klerus aber gar nicht ähnlich. Hier 'ne Steuer und da 'ne Abgabe. Die nehmen's von den Lebendigen! Wahrscheinlich war der Bettler bezahlt und das Ganze ein Betrug, der nur noch mehr Leute und Spenden in die Kirche locken soll. Wunder – dass ich nicht lache!« Er hob den Becher und lehrte ihn in einem Zug. »Kommt mir bloß nicht mit so einem Schwachsinn!«

Ein anderer junger Bursche, der Elowyn den leeren Becher zum Nachschenken hinstreckte, meinte: »Du kannst ihn ja selber fragen. Er arbeitet jetzt in den Stallungen.«

Der Mann, der Mats ausgebrannte Augenhöhlen gesehen hatte, meinte, dass er davon noch nichts gehört hätte.

»Doch, es ist wahr! Die Mönche hatten ihm Brot und Unterkunft angeboten, so lange er wollte, doch er sagte, er müsse aus dem Kloster heraus. Und so hat Bruder Xaver – ich weiß nicht, ob du ihn kennst, aber er ist schon in Ordnung, für 'nen Mönch zumindest, jedenfalls ist er besser als die meisten von ihnen – also, Bruder Xaver hat ihm letzte Woche dann Arbeit verschafft. Beim alten Hubert in den Stallungen. Dort mistet er aus und reibt die Pferde trocken. Wir können zu ihm rübergehen, falls du willst ...«

»Magd! Komm her!«

Die Stimme rief Elowyn fort. Sie bediente noch zwei weitere Tische und kehrte dann zum ersten zurück.

Die Gruppe war inzwischen verschwunden und hatte drei Kupfermünzen zurückgelassen. Elowyn steckte sie achtlos ein. Ihr Blick war auf etwas ganz anderes gerichtet.

Als Teresa, die Köchin, am nächsten Morgen zum Markt ging, um dort um Preise und die Anlieferung des Fleisches zu feilschen, begleitete Elowyn sie.

Roodwell bestand aus einem Gewirr von Stein- und Holzhäusern, einige davon prachtvoll, andere bescheiden, wieder andere armselig. Und darin ein schier unüberschaubares Meer von Gesichtern. Elowyn trennte sich von der alten Frau und suchte sich ihren Weg am Rand des Gewühls. Sie mied die Straßenakrobaten und Jongleure und wanderte durch gewürzgeschwängerte und fremdländische Kochschwaden, bis sie schließlich in einiger Entfernung die Stallungen ausmachen konnte.

Es gab dort vielerlei Ställe unter verschiedenen Stallmeistern, aber sie fand schon bald den einen, nach dem sie suchte. Er gehörte dem Mann namens Hubert und merkwürdigerweise erinnerte das Gebäude sie in mancher Hinsicht an das »Sarazenenschwert«: Trostlos und grau, versprach es den dort untergestellten Tieren nicht viel mehr Komfort als den Gästen in der Schenke. Hubert, ein alter Mann mit den breiten Schultern eines ehemaligen Hufschmieds, stand im Eingang, Mat kauerte dicht neben ihm.

»Blind!«, verkündete Hubert dröhnend, und sein Brustkorb hob und senkte sich dabei wie ein Blasebalg. »Völlig blind, doch Roodwells Wasser hat ihn geheilt! Kommt und sprecht mit dem Blinden! Das Ganze für nur einen Kreuzer!«

Elowyn wagte sich nicht näher heran. Aus einiger Entfernung beobachtete sie, wie mehrere Männer und Frauen hinzutraten, ihren Obolus entrichteten – alle Münzen wanderten dabei ausnahmslos in Huberts Tasche – und eine Zeit lang mit Mat sprachen. Sie sah, wie ihr Mann nickte, den Kopf gesenkt hielt und trüb auf den staubigen Boden starrte. Sie vernahm nur den Klang, aber nicht die einzelnen Worte seiner dahingemurmelten Antworten auf die neugierigen Fragen. Sie hörte verächtliches Lachen und einmal fing sie den gequälten Blick seiner neuen, klaren Augen auf – und da spürte sie, wie sich ihr Herz zusammenkrampfte.

Ein Stallbursche führte einige Pferde an Hubert und Mat vorbei in den Stall. Als er wieder herauskam, hielt ihn Elowyn an und drückte ihm einen Kreuzer in die Hand. »Wo schläft der Blinde?«

Der Bursche war nicht der Hellste, aber das Geld schärfte seinen Verstand. »Oben im Speicher«, erwiderte er. »Im Heu. Der alte Hubert ist zu geizig, ihm ein Zimmer im Haus zu geben.«

Elowyn wandte sich ab und trottete zurück zur Schenke.

Mat lag im kratzenden Stroh über dem nach Dung stinkenden Stall. *Ich halte es nicht länger aus*, dachte er bei sich. Es war schon so lange her, dass er jemanden »Meister« hatte nennen müssen, doch Hubert bestand auf dieser Anrede. Als noch schlimmer empfand Mat aber, dass er sich selbst als Blinder nie so sehr als Bettler gefühlt hatte wie jetzt. Als Blickfang hunderter von Augen war er gleichzeitig Zielscheibe des Gespötts und tausender bissiger Bemerkungen einer zweifelnden und johlenden Menge – und dabei stets allein, so schrecklich allein.

Bald würde es Nacht sein, und mit der Nacht kam die Gelegenheit zur Flucht. Wenn ihn bloß diesmal nicht der Mut verließe! Wenn er sich bloß endlich davonmachen könnte!

Als sich der Abend über Roodwell senkte, ging Hubert wie üblich dem Wein und seinen Vergnügungen nach. Aus den Schenken in der angrenzenden Straße tönten entfernt Musik, Gedröhn und Gelächter. Durch das offene Fenster der Scheune drang das letzte Dämmerlicht, das die hereinbrechende Nacht ankündigte. Als sich Mat schließlich aufsetzte, um seine Stiefel zu schnüren, fuhr er plötzlich zusammen. Er bemerkte, dass er nicht allein war. Eine dürre, verhärmte und abgearbeitete Magd stand zögernd im fahlen Licht bei der Eingangstür.

»Lauf weg, Mat Macrone«, raunte sie ihm so sanft wie nur denkbar zu. »Du bist nicht dazu geboren, als Volksbelustigung zu dienen. Lauf weg!«

Mat verschlug es den Atem. Noch ehe er sich besann, war er von seinem Strohlager auf- und vom Speicher heruntergesprungen und keine drei Schritte vor der Frau gelandet. Sie schrie auf, sei es vor Schrecken oder vor Zorn und wandte sich von ihm ab ...

»Elowyn!«, rief er und fasste sie am Ellbogen.

Die Frau schüttelte den Kopf. »Nein«, erwiderte sie wirsch.

»Meiner Hand und meinen Ohren kannst du nichts vormachen«, sprach er. »Elowyn, dreh dich um und sieh mich an.«

»Nein. Lass mich.« Ihr Stimme klang angsterfüllt.

»Elowyn ... Geliebte!«

Straßenlärm – als ob jemand »Diebsgesindel!« schrie – ließ sie herumfahren. Im Zwielicht erschien ihr Gesicht ausgezehrt und verhärmt. »Geh oder sie werden dich erwischen«, rief sie.

Mat schien sie nicht gehört zu haben. Wieder versuchte er, Elowyn an sich zu ziehen, doch erneut entzog sie sich ihm. »Begreifst du denn nicht, dass ich mich schäme, du Narr?«, wimmerte sie.

»Du schämst dich? Du schämst dich meiner?«, fragte Mat entsetzt.

»Nein, nein. Du verstehst wirklich nichts.«

»Elowyn, ich verstehe nur eins: Du bist meine Frau. Wenn du nicht länger meine Frau sein willst, dann ... dann will ich auch nicht länger leben.«

»Sag so was nicht. Du versündigst dich.«

»Das ist mir egal. Roodwell sei verflucht. Und verflucht sei sein heilendes Wasser! Es hat mir nur Kummer gebracht. Blind war ich glücklicher.«

»Weil du mich damals nicht sehen konntest.«

Er konnte die abgewandte Gestalt Elowyns nur verwundert anschauen.

»Nein«, sagte er schließlich. »Weil ich blind ein anderer war und jetzt sehend etwas bin, das ich nie sein wollte. Ich habe mein eigenes Gesicht gesehen. Ein scheußliches Gesicht, und ich kann es dir nicht verübeln, wenn du ...«

Bei diesen Worten fuhr sie herum und blickte ihn zornig an. »Ein sanftmütiges und ehrliches Gesicht hast du, Mat Macrone, und ich dulde nicht, dass du so davon sprichst. Schau mich an! Verdammt noch mal, schau mich an! Was siehst du?«

Ein Lächeln, das alle Sonnenaufgänge des Frühlings zusammenzufassen schien, breitete sich über Mats Gesicht aus. Seine Stimme zitterte etwas. »Ich sehe Haar so rein wie Gold und Haut so weiß wie Milch, und auf deinen Wangen sehe ich zwei liebliche Rosen erblühen ...«

»Verspotte mich nicht!« Elowyn vergrub ihr Gesicht in den Händen. »Ich bin unansehnlich! Ich bin unscheinbar. Mein Haar ist mausbraun und meine Haut von Wind und Sonne gegerbt. Ich habe dir nur Lügen erzählt ...«

Das Geschrei auf der Straße war verstummt, aber plötzlich wurde die Tür aufgebrochen. Im Fackellicht erschienen Geoffrey mit zerzaustem Haar und weit aufgerissenen Augen, zwei stämmige Stadtwächter und ein junger, besorgt dreinschauender Mönch.

»Das ist sie!«, polterte Geoffrey. »Sie hat mir mein Geld gestohlen!«

Mat stellte sich schützend vor Elowyn. »Was soll das bedeuten, Bruder Xaver?«, verlangte er zu wissen.

Der junge Mönch schüttelte sein geschorenes Haupt. »Dieser Mann hier ist Wirt einer Schenke und schwört, dass diese Frau ihn beraubt habe.«

»Hat sie auch! Sie hat mir eine Börse mit Silber und Kupfer gestohlen. Gib sie zurück, du Hure«, zischte er Elowyn zu. »Und daheim nehme ich dich mir vor und werde es dir besorgen, egal wie hässlich du bist.«

»Es ist unser Geld, Mat, unsere Börse«, flüsterte Elowyn.

»Dies ist mein Weib«, erklärte Mat und noch nie hatte er so bestimmt wie jetzt geklungen. »Gib Bruder Xaver die Börse.« Er schloss die Augen.

»Sie ist aus Leder und mit acht Zierstiften verstärkt«, beschrieb er mit noch immer geschlossenen Augen die Börse. »Auf der Innenseite der Lasche ist eine kleine Kerbe, gleich rechts neben der Wölbung. Außerdem befindet sich darauf ein gestickter Kreis mit einer schrägen Linie – dies ist das Emblem des Sattlers Carradon, der sie mir einst geschenkt hat.«

»Es ist wirklich seine Börse«, erklärte der Mönch.

Mat öffnete die Augen.

Die Stadtwächter nahmen Geoffrey ins Visier, und dies keineswegs freundlich.

»Ein Dieb hat wohl kaum das Recht, einen anderen ›Dieb‹ zu schelten«, meinte Elowyn.

»Wohl wahr«, erwiderte der Mönch. »Dir gebührt eine lange und harte Buße, Geoffrey, für all die Missetaten, die du begangen hast.«

Jeglichem Protestgeschrei, zu dem Geoffrey ansetzte, machte Mats Fausthieb unversehens und unbestreitbar ein Ende. Geoffrey sackte zwischen den stoischen Stadtwächtern einfach nur zusammen. Einer von ihnen besaß noch die Geistesgegenwart, sich zu bücken und die brennende Fackel aufzuheben, die der Wirt hatte fallen lassen. Hinter ihnen füllte sich das Scheunentor allmählich mit Schaulustigen. Geoffrey keuchte und stöhnte und stützte sich schließlich mit Mühe auf die Ellbogen.

Im Fackellicht blickte Mat mit unverhohlener Bewunderung Elowyn an. »Du bist noch viel schöner, als du dich je beschrieben hast«, murmelte er.

Ohne auf den Mönch, die Stadtwächter und die sonstigen Umstehenden zu achten, jammerte Elowyn: »Ich bin so unscheinbar! Ich habe dir Lügen aufgetischt, Mat – nichts als Lügen!«

»Das ist nicht wahr.« Er hielt ihr Kinn in der Hand und hob ihr Gesicht, bis sie ihn anschaute. »Wenn Gold nicht die Farbe deines Haars ist, dann lügt das Gold und nicht dein Haar. Wenn Milch nicht die Farbe deiner Stirn ist, täuscht die Milch. Weißt du denn nicht, Elowyn, dass ich alle Schönheit nur an dir messe? Dich konnte ich stets sehen, nicht mit den Augen, aber mit meinem Herzen. Und kein Tropfen Wunderwasser kann daran etwas ändern.«

Ein höhnisches Lachen, das sich einer männlichen Kehle entringen wollte, wurde unversehens verschluckt. Denn als die Menge Mats Bewunderung und Elowyns Gesicht gewahr wurde, da überkam sie Verwunderung und Ehrfurcht.

Am Stallboden röchelte Geoffrey blutspuckend: »Sie stecken unter einer Decke! Glaubt mir, das Geld gehört mir! Alles, was die Schlampe besitzt, gehört mir ...«

Elowyn fuhr herum, doch noch bevor sie ihrer Wut Luft verschaffen konnte, wich der Wirt zurück und stammelte nur konfus: »Mir! Dir. *Euch!* Ich meine natürlich *Euch*, alles gehört Euch, Gnädigste.«

Und da begriff sie des wahren Wunders volle Bedeutung. *Ich bin schön*, dachte sie und mit diesem Gedanken verband sich die Wirklichkeit. Sie konnte nicht mit Bestimmtheit sagen, dass sich irgendetwas an ihr verändert hätte. Aber als sie den Stall verließen, teilte sich die Menge vor ihnen und das Raunen verstummte bei ihrem Anblick. Die Männer sahen ihrem Abgang sehnsuchtsvoll nach, die Frauen neidisch, doch alle fasziniert.

Mat und Elowyn ließen Roodwell noch in der gleichen Nacht hinter sich. Auf all ihren Wegen und Wanderschaften, die noch folgen sollten, erlebten sie kein weiteres Wunder, aber schließlich verlangte auch keiner von ihnen danach. Wie pflegte Mat doch im Nachhinein zu sagen: Nur Schurken und Narren verlangen nach mehr als einem Wunder.

DEBORAH WHEELER

# Mein ist die Rache

*Deborah gehört nun schon seit mehr als einem Jahrzehnt zu »meinen« Autorinnen, und so war ich begeistert, von ihr eine Geschichte für mein Magazin zu erhalten. Allerdings war ich alles andere als begeistert, als ich erfuhr, welche realen Begleitumstände sie zu dieser Geschichte inspiriert haben.*

*Kurz nach der Geburt von Deborahs zweiter Tochter – nach einer ungewöhnlich schwierigen Schwangerschaft, bei der Deborah monatelang das Bett hüten musste – wurde Deborahs Mutter von einem Teenager aus der Nachbarschaft vergewaltigt und ermordet. Der Kerl sitzt jetzt seine Strafe im San-Quentin-Gefängnis ab, aber es war für alle Beteiligten eine äußerst schwere Zeit; und da dieses Jahr sein Fall zur Bewährungsverhandlung ansteht, kommt bei uns allen die Erinnerung wieder hoch. Viele Schriftsteller setzen sich mit Traumata in ihrem Leben auseinander, indem sie darüber schreiben. Dadurch setzt man sich weniger der Gefahr aus, im Gefängnis zu landen, als wenn man seinen Gefühlen gegenüber der Kanaille, die die eigene Mutter brutal ermordete, freien Lauf lassen würde.*

*Deborah schreibt, dass ihr »Mein ist die Rache« zu einer Zeit einfiel, als sie sich von ihrem eigenen Schmerz und Zorn überwältigt fühlte. Die Eingangsszene stützt sich auf Rachefantasien sowie Deborahs zwanzigjährige Erfahrung mit Kampfsportarten und sie benutzt beides als Ausgangspunkt, um die »verführerische Macht des Hasses« auszuloten. Agatha Christie hat in einem ihrer Kriminalromane geschrieben, dass sich das Böse, sobald man es einmal in sein Herz einlädt, dort einnistet. Deborah fügt dem hinzu: »Die Einsicht, dass Hass – so gerechtfertigt der Grund auch sein mag – einen von innen verzehren kann, ist der entscheidende Schritt zur Heilung.«*

Vielleicht war es nur ein Raubüberfall gewesen oder ein Junkie, der einen Penner aufmischte. Aber als sie in jener feuchtheißen Julinacht vor der dunklen Seitengasse Halt machte, krampften sich ihre Eingeweide zusammen und da wusste Jodie Marshall intuitiv, dass eine Frau in Schwierigkeiten war und Hilfe brauchte. Sie trat aus dem Lichtkegel der Straßenlaterne heraus und sah, wie zwischen den Mülltonnen zwei Körper miteinander rangen. Ohne an die Gefahr zu denken, der sie sich womöglich aussetzte, ließ Jodie den schweißgetränkten Karate-*Gi* und ihren schwarzen Gürtel fallen und stürzte auf sie zu.

Sie konnte von dem Mann nicht viel mehr als seinen Rücken und ein Büschel Haare erkennen, aber mehr brauchte sie auch nicht, um zu wissen, was hier vor sich ging. Er beugte sich über sein Opfer und presste mit seinen Knien ihre Beine auseinander. Die Frau unter ihm stöhnte und wimmerte. Ihre weißen Schenkel schimmerten in der Dunkelheit.

Jodies erster, weit ausholender Fußtritt, in den sie die ganze Wucht legte, zu der ihr *Kiai* sie befähigte, traf den Mann zwischen die Nieren. Ein Atemstoß entrang sich ihm, als sich sein Rückgrat unwillkürlich krümmte. Sein Nacken schnellte zurück, sodass ihr Handkantenschlag ihn an der Schädelbasis traf.

Der Kopf des Mannes schlug auf dem harten Pflaster auf, sprang nochmals hoch und blieb dann ebenso schlaff wie der restliche Körper liegen. Jodie hatte sich während seines Sturzes wie eine Klette an ihn geheftet; nun legte sie ihre Hände um seinen Hals und grub die Daumen durch die Muskulatur, bis sie seine Halsschlagader spürte. Der Puls fühlte sich unter ihren Fingern noch kräftig an. Sie fragte sich, wie es wohl wäre, wenn sie noch etwas fester zudrücken würde …

*Es wäre doch so einfach. Keiner würde je feststellen können, dass es während des Kampfes nicht versehentlich ge-*

*schehen war. Nur noch etwas mehr Druck ausüben und die elastischen Blutgefäße würden nachgeben, nachgeben und schließlich bersten …*

Die Versuchung durchlief Jodie wie ein sexuelles Verlangen. Sie schwitzte vor Gier.

*Das Herz, zu Lebzeiten so hochmütig, würde schwächer und schwächer schlagen und immer häufiger aussetzen. Schließlich würde sich Ruhe einstellen, ein gesegneter Frieden: ein Unhold weniger, der die Nacht durchstreift und Frauen in Schrecken versetzt, den sie ihren Lebtag nicht vergessen würden. Sein Gehirn würde, während es den letzten kostbaren Sauerstoffvorrat aufsaugt, aufschreien, aber es wäre ein stummer Schrei, den sie niemals vernehmen würde, selbst in ihren Träumen nicht. Jetzt besaß sie die Gelegenheit, nach der sie sich die letzten zehn Jahre gesehnt hatte – die Gelegenheit, heimzuzahlen, was diese Schweine Sherry angetan hatten.*

*Nur noch wenige Augenblicke …*

Die Frau am Boden stöhnte erneut. Sie richtete sich auf, ein dunkler Vorhang aus wirren Strähnen verbarg ihr Gesicht.

»Komm, wir müssen hier verschwinden.« Jodie zog die Frau an ihrem zierlichen Handgelenk in die Höhe. Ihre Haut fühlte sich kalt wie Marmor an, ihre Knochenbau war leicht und zerbrechlich wie bei einem Vogel.

»Ich bring dich ins Krankenhaus – du bist vielleicht verletzt, ohne es zu wissen. Adrenalin hat diese Wirkung …« Jodie trieb sie zur Eile an und bückte sich nur kurz, um ihren *Gi* aufzuheben.

»Kein Krankenhaus. Keine Polizei.« Die Frau sprach mit tiefer Stimme und breitem Akzent, eher russisch oder polnisch, jedenfalls slawisch und nicht spanisch, auch wenn Jodie ihre Herkunft nicht eindeutig bestimmen konnte.

»Du kannst den Schuft nicht einfach so davonkommen lassen – nicht, nachdem er versucht hat, dir das anzutun. Die nächste Frau, die er anfällt, hat vielleicht weniger Glück – vielleicht kostet es sie das Leben.«

Jodie erkannte, dass sie zu schnell sprach. Außerdem schmerzten ihre Finger vom ständigen Druck, den sie auf den Arm der Frau ausübte. Jodie hielt sich mit einiger Mühe zurück. Es war nicht die Schuld der weiblichen Opfer, dass ihnen eingetrichtert worden war, alles zu schlucken, was diese sexistische Gesellschaft verbockte. Vielleicht gab es ja aber auch noch einen ganz anderen Grund.

»Möchtest nichts mit den Behörden zu tun haben? Bist du illegal eingewandert?«

»Ich brauche nur einen Platz zum Ausruhen.«

»Hier kann ich dich jedenfalls nicht allein lassen.« Jodie deutete mit einer Kopfbewegung auf ihren kleinen, zerbeulten Honda am Randstein. »Du kannst ein paar Tage bei mir bleiben.«

Die Frau nahm auf dem Beifahrersitz Platz. »Ich werde dir bestimmt nicht zur Last fallen. Wie gesagt, nur ein paar Tage.«

Jodie schloss beide Riegel zu ihrem Einzimmerappartement auf. »Komm rein. Setz dich, wo immer du magst. Übrigens, wie heißt du eigentlich?«

»Mary Smith.«

»Na gut. Mir ist es egal, wer du wirklich bist oder weshalb du lieber verborgen bleiben willst …« Jodie knipste die Lampe an. »Und falls du dealen solltest, möchte ich darüber nichts wissen. Aber in dieser Angelegenheit müssen wir die Bullen verständigen.«

Mary Smith saß auf dem ausgebeulten Sofa, das mit einer alten Chenille-Decke überzogen war. »Was würde das schon bringen?«

»Zunächst einmal könnten sie ihn aufgreifen, falls er noch immer dort liegt. Selbst wenn du ihn nicht anzeigst, würde er die Nacht in sicherem Gewahrsam verbringen, anstatt die nächstbeste Frau anzufallen, die ihm über den Weg läuft. Außerdem ist es wichtig, das einfach festzuhalten, damit die Bullen uns endlich glauben, wie oft es hier zu Vergewaltigungen kommt. Jeder Übergriff, der nicht gemeldet wird, verringert unsere Aussichten auf angemessenen Schutz.«

»Wie du willst, aber es wird doch nichts nützen.«

Damit hatte sie leider recht. Der Wachhabende höhnte nur: »*Was* haben Sie mit ihm angestellt? *Wie* haben Sie ihn zugerichtet?« Und weigerte sich, die Anzeige anonym aufzunehmen.

*Verflucht, noch so ein Primitivling, der nicht glauben will, dass sich Frauen zur Wehr setzen können,* dachte Jodie, als sie den Telefonhörer auf die Gabel knallte.

Am nächsten Morgen war Mary Smith verschwunden. Nachdem sich Jodie für die Arbeit im Frauenbuchladen angezogen hatte, begab sie sich erst einmal in ihr bevorzugtes Café. Sie war wie gewöhnlich knapp bei Kasse, aber nach dem aufreibenden Erlebnis der letzten Nacht hatte sie sich eine Mahlzeit, die sie nicht selbst zubereiten musste, verdient.

»Grüß dich, Stella.« Jodie schwang sich auf einen der Hocker am Tresen und griff nach der Ausgabe der *Los Angeles Times*, die der letzte Kunde hier zurückgelassen hatte. »Wie stehen die Aktien im alten Laden?«

»Wie üblich. Und bei dir, Jo? Das Übliche?«

»Klar doch. Den Kaffee bitte als Erstes. Meine Fresse, ich hab vielleicht eine Nacht hinter mir …«

Die Kellnerin verrenkte sich fast den Hals, um die Seite zu lesen, die Jodie vor sich auf dem Tresen ausgebreitet hatte.

»Irgend so'n Schuft wurde in 'ner Seitengasse abgemurkst. Seit wann ist das in Hollywood eine Schlagzeile wert? Es heißt, er wollte eine vergewaltigen, denn sein Schwanz hing noch raus. Geschieht ihm recht, dem Schwein.«

*Aber er war noch am Leben, als ich mit ihm fertig war. Bei*

*Gott, ich schwör's, er war's. Vielleicht hat ja ein Junkie ihn um seine Brieftasche erleichtert und vielleicht hat das Ganze nichts mit mir zu tun. Aber wenn ich ihn nicht so zurückgelassen hätte ... Was soll's, Jodie, er wollte es nicht anders. Ein Macho-Schwein weniger auf Gottes Erden ... Zuchthaus – ja, das hat er verdient –, aber doch nicht zu sterben ...*

Jodie schlürfte ihren Kaffee und spürte, wie die Wärme, die sonst durch ihre Finger rann, sich plötzlich in Kälte verwandelte. In der Hitze ihres Zorns hatte sie ihm den Tod gewünscht. Aber sie hatte sich zurückgehalten, diesen Wunsch zu verwirklichen.

*Oder vielleicht doch nicht?*

Jodie stellte eine der beiden Einkaufstaschen ab, schloss die Tür zu ihrem Appartement auf und schob die Tasche mit dem Fuß hinein. Das Leselicht brannte über dem Sessel, in dem Mary Smith mit überkreuzten Beinen saß. Anstatt der zerrissenen Klamotten der Vornacht trug sie nun eine cremefarbene, offenbar seidene Bluse und schwarze Samthosen. Zwei dem Anschein nach teure Koffer standen neben den Bücherregalen.

Mary blickte von dem Buch auf, das sie gerade las. »Jodie! Wie froh ich bin, dich wiederzusehen!«, rief sie aus.

»Kannst du mir bitte die Tüten abnehmen?«, nuschelte Jodie. »Tut mir Leid, aber ich habe nur für mich eingekauft.«

Mary erhob sich aus dem Sessel derart elegant, dass jede Ballerina neidisch geworden wäre. Als sie die Tasche aufhob, roch Jodie ihr Parfüm – eine trocken-würzige, ungewohnte und irgendwie beunruhigende Duftnote. »Ich habe nicht erwartet, dass du mich auch noch durchfütterst«, lachte Mary. »Lass mich die Sachen rasch verstauen. Das wenigstens kann ich dir abnehmen. Du hast schon so viel für mich getan.«

Jodie zog sich im Bad aus und ging unter die Dusche. Das warme Wasser, das ihr auf die Schultern prasselte, half, die Anspannung des Tages zu lösen. Sie vergaß darüber ganz die Zeit, denn als sie sich abgetrocknet und wieder angekleidet hatte, war das Wohnzimmer bereits verlassen. Sie schlang ein Fertiggericht hinunter, surfte wahllos durch verschiedene Fernsehkanäle und fiel schließlich todmüde ins Bett.

Der Traum war anfangs lediglich ein Gewirr aus Ereignisfetzen des Tages, aber schon bald träumte Jodie, dass sie einen verlassenen Flur entlanglief und hinter jede Tür spähte. Als das Licht immer mehr in Schatten überging, nahmen die Farben eine neue, seltsame Intensität an, was all ihre Sinne schärfte. Die kalte Abendluft trug betörende Gerüche an sie heran; ihr Herzschlag und der Atem, der ihre Lungen füllte, schienen stärker zu toben als ein Sturm auf hoher See. Schließlich kam sie an den letzten Eingang und hielt inne. Sie blickte auf ihre Hände und sah, dass sie blutbefleckt waren. Doch anstatt darüber entsetzt zu sein, erfüllte sie der Anblick und der Geruch des frischen Bluts mit einer nahezu orgiastischen Ekstase; eine so tief empfundene Wollust überkam sie, dass sie völlig verstört und schweißgebadet aufwachte.

Am nächsten Morgen fühlte sich Jodie derart mies, als ob sie eine dreitägige Sauftour hinter sich hätte; ihr Körper war triefnass und unempfänglich, als sie aus dem Bett kroch. Sie ließ kaltes Wasser über ihren Nacken laufen und putzte sich die Zähne, während sie in den Spiegel starrte. *Du hast ihn umgebracht,* dachte sie niedergeschlagen. *Das hat dir dein Unterbewusstsein heute Nacht zu sagen versucht. Was wirst du jetzt tun? Wie wirst du damit leben können?*

Jodie entschloss sich, das morgendliche Karatetraining mitzumachen, auch wenn sie deshalb ein paar Stunden zu spät zur Arbeit kommen würde. Ihre Chefin hatte bestimmt nichts dagegen, und Jodie brauchte die Übungen dringend, um wieder einen klaren Gedanken fassen zu können. Sie kramte einen frischen *Gi* und den schwarzen Gürtel hervor, der an den Seiten vom vielen Tragen schon abgewetzt und grau war.

*Uns wird beigebracht, das Leben zu ehren und unsere Kunst niemals aggressiv, sondern nur zur Verteidigung dieses Lebens anzuwenden. Wie konnte ich mich von allem, was mir heilig ist, in einem blindwütigen Anfall abwenden?*

Die Gruppe war recht klein und Jodie die einzige Frau. Gewöhnlich machte ihr das nichts aus, obwohl sie einige spitze Bemerkungen von ihren Freundinnen zu hören bekommen hatte, die meinten, eine Frau ihres Formats schuldete es ihren Schwestern, nur mit Frauen zusammen zu trainieren. Einige männliche Gruppenmitglieder hatten ein ziemliches Problem damit, dass eine Frau ihnen überlegen war, und Jodie musste ihnen »ganz aus Versehen« im Sparring einige kräftige Nasenstüber versetzen. Während der *Sensei* sie in den Einzelübungen unterwies, rackerte sich Jodie neben einem breitschultrigen Mann namens Steve Azusa ab. Obwohl er sie auch diesmal mit seinem Zahnpastalächeln freundlich begrüßte, vermied sie es heute, mit diesem herausfordernden Blick zurückzustarren, der signalisieren sollte: *Wofür hältst du mich eigentlich? Doch wohl nicht für ein Spielzeugpüppchen?* Immerhin war er, wie sie sich erinnerte, ein Bulle, Detective Sergeant beim Los Angeles Police Departement.

*Auf deiner Stirn steht kein Kainsmal, nichts, was dich verraten könnte,* sagte sich Jodie und klammerte sich dabei verzweifelt an ihre Konzentrationsübung. *Nur dein Gewissen versucht dir einzureden, er könne dich durchschauen. Was kümmert's mich, was er denkt? Wahrscheinlich ist er nur ein arroganter Chauvi wie alle anderen auch.*

Jodie beendete das Training mit einer intensiven Sparringrunde mit Steve Azusa. Darüber vergaß sie all ihre Zweifel und die quälende Ungewissheit, ob sie nun wirklich eine Mörderin war oder nicht. Sie sah nur sein Gesicht, das genauso verschlossen und konzentriert wirkte wie ihr eigenes und dennoch um die Augenbrauen einen Zug Gutmütigkeit andeutete. Eiskalt blockte sie seine Bewegungen ab und setzte zum Gegenangriff an. Ihre Hände und Füße bestanden nicht aus Fleisch und Blut, sondern waren Hammer, Sichel, Meißel und wie diese Instrumente völlig emotionslos. Schließlich rief der *Sensei* die Gruppe zur abschließenden Meditation zusammen. Jodie kniete in der *seiza*-Position und spürte, wie ihr Herzschlag sich verlangsamte und ihre Gedanken zur Ruhe kamen. Der *Sensei* klatschte dreimal in die Hände und beendete damit die Trainingseinheit.

*Muss unbedingt auslüften,* dachte Jodie, als sie die Tür aufschloss. Sie hatte bis spät abends gearbeitet, um die versäumte Zeit vom Morgen aufzuholen. Die Luft in ihrem Appartement schmeckte schal, als ob alles Leben daraus gewichen wäre.

Mary Smith saß, vom Licht der Leselampe umflutet, auf dem Sofa. »Ach, du bist heute arg spät dran. Du arbeitest wirklich zu schwer. Lass mich dich verwöhnen und zu einem Konzert einladen – Holly Neat spielt im Pavillon –, wie wär's damit?«

Jodie schüttelte aufrichtig bedauernd den Kopf. »Liebend gern, aber ich fühle mich so schmuddelig und zum Essen bleibt auch keine Zeit mehr ...«

»Kein Problem. Du machst dich frisch und ich richte inzwischen was her, das du unterwegs essen kannst. Überlass das nur mir, es ist ja wohl das Mindeste, was ich als Gegenleistung für deine Gastfreundschaft anbieten kann.«

Sie saßen auf den besten Plätzen im Parkett und warteten darauf, dass die Lichter im Auditorium ausgingen. »Du gibst 'ne ganze Menge Geld aus«, meinte Jodie etwas unbehaglich.

»Nicht der Rede wert. Oder willst du mir etwa vorschreiben …«

»Nicht doch. Ich bin eben nur gewohnt, normalerweise immer die billigsten Tickets zu nehmen.« *Ich frag mich, ob sie ihr Geld auch für Stoff braucht. Würde erklären, dass sie nach der ersten Nacht wieder so schnell auf den Beinen war – vielleicht mithilfe der neuen Designerdroge …* »Ich begreif einfach nicht, warum du nirgends unterkommen kannst«, fuhr Jodie ziemlich schnippisch fort. »Du kannst dir doch bestimmt ein Hotel leisten.«

»Ich ziehe es nun einmal vor, dass mir die Behörden nicht so schnell auf die Spur kommen. Bitte verstehe das.«

»Dann bist du also doch eine illegale Einwanderin?« *Und kein Dealer?*

»So was in der Art.«

»Du solltest dir bei der *American Civil Liberties Union* oder einer anderen Organisation Rechtshilfe holen …«

Mary seufzte nur und legte ihre Hand auf Jodies. Sie senkte ihre Stimme derart, dass sie beunruhigend vertraulich klang. »Mit den Jahren habe ich herausgefunden, dass es eine gewisse Art von Loyalität nur unter Frauen gibt.«

»Machst du mir etwa Avancen?«, fragte Jodie plötzlich kokett. Jodie stand eigentlich nicht auf andere Frauen, aber Mary hatte ein gewisses Etwas …

Mary lächelte und zog die Hand zurück. »Ich spreche von schwesterlicher Solidarität, nicht von sexueller Anziehung. Warum sonst würdest du das Risiko eingehen, eine fremde Frau zu retten? Warum sonst betreibst du für einen Hungerlohn einen Frauenbuchladen, wenn du bei deinen Fähigkeiten viel mehr verdienen könntest?«

»Ich bin dir jedenfalls nicht aus irgendeinem politisch korrekten Konzept ›schwesterlicher Solidarität‹ zu Hilfe gekommen«, erwiderte Jodie erregt. »Ich wusste nur instinktiv, was da geschah, und da *musste* ich dir einfach helfen. Ich hatte noch nie die Gelegenheit, einem Vergewaltiger die Tour zu vermasseln, aber ich kann dir gar nicht sagen, wie oft ich es mir schon gewünscht habe. Ich bin nie so weit gegangen, es unvernünftig herauszufordern und in der Hoffnung herumzulungern, dass irgendwas passieren möge. Aber seit ich sechzehn war und meine beste Freundin von einer ganzen Bande vergewaltigt wurde …«

»Du brauchst mir das nicht zu erzählen.«

»Ich will aber, dass du weißt, dass du verstehst, warum es mir so wichtig war, dich zu retten.« Jodie konnte die Tränen nicht mehr zurückhalten. »Meine Freundin – sie hat sich gewehrt – und sie haben mit Ketten auf sie eingeschlagen – und sie ist gestorben. Diese Schweine – ich habe gesehen, was sie ihr angetan haben. – Wenn ich jetzt wieder daran denke – ich glaube nicht, dass ich mich jemals davon befreien kann. Jahrelang hatte ich Albträume, dass *ich* es sei, die vergewaltigt und ermordet würde, *ich* – und nicht Sherry. Deshalb habe ich dann auch mit Karate angefangen, um nicht völlig durchzudrehen. Ich hätte alles darum gegeben, sie zu retten, aber ich konnte gar nichts tun. Aber diesmal … diesmal …«

»Beruhige dich. Ich verstehe das Ausmaß deines Zorns besser, als du ahnen kannst. Es spiegelt meinen eigenen Zorn wider. Mir ging es damals nicht anders. Auch ich musste mit dem fertig werden, was Männer der Frau, die ich liebte, brutal angetan hatten. Nur mein Hass hielt mich noch am Leben.«

»Schau«, fuhr Mary fort. »Die Lichter verlöschen. Das Trugbild des Tages versinkt im Schatten und die Wahrheit, so rein wie der jungfräuliche Mond, tritt hervor.«

Jodie starrte ihre Begleiterin nochmals erstaunt an, bevor das Konzert eine weitere Unterhaltung unmöglich machte. Wer oder was sie auch sonst noch sein mochte, diese Frau besaß jedenfalls eine außergewöhnliche und beunruhigende Ausstrahlung.

*Du musst jetzt einfach darüber hinwegkommen*, versuchte sie sich einzureden. *Mary ist in Sicherheit, das wenigstens hast du für Sherry tun können, und damit soll es genug sein.*

Einen Monat lang glaubte sie auch fest daran. Dann aber kehrte der Traum wieder, in dem sie einen dunklen Flur entlangjagte, und wiederum rief das Blut an ihren Händen einen tief verborgenen Hunger in ihr hervor. Ruhelos wanderte sie den Korridor auf und ab und stets blieb sie vor der letzten Tür stehen. Der gleiche Geruch hing in der Luft – das Aroma der Angst. Sie sog es ein; vermischt mit dem Geruch des Blutes durchströmte es sie und verzehrte sie vor Lust.

*Ich drehe allmählich durch*, dachte Jodie, als sie die Schlagzeile in der Morgenzeitung las. *Sollte ich wirklich ein zweites Mal getötet haben, ohne mich auch nur im Entferntesten daran erinnern zu können? Das erste Mal könnte ich noch als Affekthandlung erklären, habe mich wohl in meinem Zorn zu etwas hinreißen lassen – eine Art Unfall. Aber diesmal … Mary und ich waren im Ballett, sind dann gemeinsam nach Hause und ich bin sofort ins Bett gegangen, heute Morgen bin ich aufgestanden … Dazwischen kann ich mich an absolut nichts erinnern! Ist es denn möglich, dass ich schlafwandle und dabei morde?*

Selbst das harte Karatetraining am Abend brachte nur geringe Ablenkung. Ständig schwankte sie in ihrer Überzeugung hin und her. Erst war sie sich ihrer Schuld gewiss, doch schon im nächsten Augenblick wusste sie mit gleicher Gewissheit, dass sie es nicht getan hatte, nicht getan haben konnte. Nach dem Training wischte sie sich mit dem Handtuch den Schweiß von der Stirn und lehnte sich an die Wand. Sie wollte die Heimfahrt nach Möglichkeit noch etwas hinauszögern.

»Wie wär's mit 'ner Tasse Kaffee? Ich lad dich ein.«

Jodie reagierte reflexartig ablehnend und wollte schon zurückfauchen, dass sie mit Männern keine Verabredungen eingehe, aber Steve Azusa fügte rasch hinzu: »Keine Angst, das ist kein Annäherungsversuch. Es schaut nur so aus, als ob du jemanden gebrauchen könntest, der dir zuhört.«

*Ich kann so nicht weitermachen,* dachte sie. *Sich verstecken und lügen bringt nichts, ich muss die Wahrheit herausfinden, und das kann ich gerade so gut mit einem, den ich schon kenne.*

Bei Kaffee und Kuchen schüttete sie ihm ihr Herz aus. Steve hörte ihr aufmerksam zu, ohne sie zu unterbrechen. Als sie mit den Worten schloss, dass sie wirklich nicht sagen könne, ob sie die beiden Morde begangen habe oder nicht, schüttelte er nur den Kopf.

»Ich bearbeite den Fall nicht, aber das eine kann ich dir sagen: Die beiden Männer sind nicht aufgrund eines Schlages auf den Hinterkopf gestorben. Ich bezweifle gar nicht, dass du bei dem ersten Kerl hart genug zugeschlagen hast, um ihn über den Jordan zu schicken, aber die eigentliche Todesursache war eine merkwürdige Blutkrankheit. Man hat eine spezielle Autopsie beantragt und die Gerichtsmediziner zerbrechen sich die Köpfe darüber.«

Steve trank den restlichen Kaffee. »Mal angenommen, die Kerle wären an einem Schock gestorben. Du hättest ein Geständnis abgelegt, ohne von deinem Recht Gebrauch zu machen, die Aussage zu verweigern.«

»Und du müsstest mich dafür verhaften. Ich glaube fast, dass ich darauf spekuliert habe, falls ich es denn wirklich getan habe.«

»Du fühlst dich also noch immer schuldig?«

»Den ersten Fiesling *wollte* ich wirklich umbringen, Steve! Die Wut steckte mir so in den Knochen, ich hätte vor nichts Halt gemacht. Ich weiß ja, dass ich bei dem Thema Vergewaltigung nicht rational reagiere, aber ich wusste nicht, wie weit ich gehen würde. Ich weiß es noch immer nicht – und das, das macht mir Angst. Ich kann mich einfach nicht mehr mit der Gewissheit trösten, dass ich doch ein zivilisierter Mensch bin – jedenfalls nicht, nachdem ich diese Gefühle bei mir entdeckt habe.«

»Ich werde nicht versuchen, dich mit frommen Sprüchen darüber aufzumuntern, wie viele ›normale, anständige‹ Bürger genauso denken wie du. Ein freundlicher Klaps auf die Schultern wird dir auch nicht weiterhelfen. Aber eine Sache zu denken und zu wollen, ist noch kein Verbrechen, sondern erst, sie zu *tun*. Und das Ende vom Lied ist doch, dass du es *nicht* getan hast. Also schließ endlich mit dir selbst Frieden. Falls es dich irgendwie tröstet: Ich denke über Vergewaltigung genauso wie du.«

»Wie kannst du oder wie kann ein Mann schon wissen, wie ich über Vergewaltigung denke? Und fühle?« *Und warum erzähle ich ihm das überhaupt? Bin ich wirklich so schwach, dass ich zum nächstbesten Mann laufen muss, um mir Beistand zu holen … oder ein Geständnis abzulegen?*

»Ich bin nicht vergewaltigt worden, falls du das meinst. Aber ich habe mein Leben aufs Spiel gesetzt, um Drogendealer oder so einen superschlauen Arsch von einem Zuhälter zur Strecke zu bringen, der seine Pferdchen abhängig hält und sie vermöbelt, wenn sie aufmucken. Ich habe ihr Grinsen gesehen, weil sie wussten, dass sie wieder auf freiem Fuß sind, sobald ihr Rechtsverdreher die Kaution aufbringen kann. Ich habe an all die aufrechten Bürger gedacht, die diese Schurken verletzen würden, und dass eines Tages dieselben Schurken, schießwütig wie sie sind, mich auspusten wollen. Und dann kommt mir der Gedanke: *Ich bin es, der die Knarre hat, und es schaut gerade keiner zu …*«

Das Lodern in Steves Augen ließ Jodie verstummen.

»Du weißt genau, wie mir zumute ist«, fuhr Steve fort. »Mach mir bitte nicht weis, es sei bei dir anders. Keiner, ob nun Bulle oder Emanze oder sonst wer, besitzt ein Monopol auf gerechten Zorn. Was zählt, ist doch die Tatsache, dass an meinen Händen kein Blut klebt – genauso wenig wie an deinen. Alles andere geht niemanden was an.«

Jodie konnte sein Argument nicht widerlegen, doch zunächst musste sie lernen, sich selbst zu vergeben – ihren Wunsch zu töten, diesen Blutdurst, der sich wie ein roter Faden durch ihre Träume zog. Sie klammerte sich an die Beziehung zu Mary als das einzig Positive, das bei der ganzen Sache entstanden war, und wollte nichts davon hören, dass Mary auszog. Aber je mehr Wochen verstrichen, desto mehr wuchs ihre Sorge, dass sie Mary zwar vor der Vergewaltigung bewahrt hatte, sie aber nun auf andere Art wieder verlieren würde.

»Ich will ganz ehrlich mit dir sein, Mary«, begann sie eines Abends das Gespräch. »Ich habe gesagt, dass ich nicht wissen will, ob du dealst. Aber egal, was du nimmst, dieses Zeug bringt dich um. Du brauchst Hilfe.«

Mary Smith lag ausgestreckt auf dem Sofa. Ihre Augen stierten leer und ausdruckslos vor sich hin und schienen alles Licht, das sie aufnahmen, zu verschlucken. Es war jetzt zwei, nein drei Monate her, dass sie bei Jodie eingezogen war und ihre einst rosigen Wangen waren schlaff wie sprödes Pergament.

»Nicht der Rede wert. Mir geht's bald wieder besser.«

»Bald? Du meinst wohl: nach deinem nächsten Schuss! Aber da geht's dir nicht *besser*, es macht die Sache nur *schlimmer*.«

Jodie setzte sich zu ihr aufs Sofa und legte der

Freundin nachdrücklich die Hand auf die Schulter. Ihre Knochen fühlten sich so zerbrechlich wie Eierschalen an. »Ich seh doch, was du dir antust. Vollgepumpt mit Supercrack oder weiß der Teufel was, bist du kurze Zeit top drauf, wir haben 'ne Menge Spaß und danach bist du völlig ausgelaugt. Noch zwei, höchstens drei Wochen, und wir können den Deckel über dir schließen. Schau dich bloß an, du kannst kaum noch aufrecht sitzen. Was glaubst du wohl, wie lange dein Körper das noch mitmacht?«

»Möchtest du, dass ich ausziehe?«

»Nein, ich möchte nur nicht mit ansehen, wie du dich kaputt machst. Du bist mir nämlich nicht gleichgültig.«

»Du mir auch nicht. Wir haben so viel gemeinsam: zwei Schwestern in einer feindlichen Männerwelt.«

Jodie beendete das Gespräch, da ihr klar war, dass eine weitere Diskussion sinnlos war. Während sie in der Küche das Abendessen vorbereitete, verschwand Mary erneut, und diesmal fühlte sich Jodie auf seltsame Weise allein gelassen.

*Was geht es dich überhaupt an*, dachte sie, als sie bereits beim zweiten Glas Wein angelangt war. *Sie hat wenigstens etwas, was sie auf Trab hält. Was du von dir selbst nicht gerade behaupten kannst. Du bist eine verdammte Heuchlerin, Jodie Marshall. Regst dich weiß Gott was über Marys Dope auf und hast selbst gerade zwei Männer abgemurkst.* Missmutig leerte sie die Flasche. *Ganz gleich, was Steve auch sagt, ich würde mich nicht so mies fühlen und solche Träume haben, wenn ich es nicht getan hätte.*

Und in dieser Nacht tauchten die Träume wieder auf: Träume voller Blut und Bedrängnis, Träume voller Grauen und Gier. Die Schatten hießen sie willkommen, der dunkle Flur war ihr so vertraut wie ihre Kinderstube. Erneut hielt sie vor der letzten Tür mit blutverschmierten Händen inne. Lust umfing sie, und sie schreckte nicht davor zurück. Erst als sie sich über das heiße rote Blut beugte, fast schon ihre Lippen damit netzte, ja fast schon spürte, wie es ihre Kehle herunterrann und die Ekstase im Innersten entfachte, erst da erwachte sie voller Entsetzen.

Am nächsten Morgen berichteten die Zeitungen, dass eine weitere männliche Leiche, teilweise entkleidet, in einer der weniger einladenden Seitengassen Hollywoods entdeckt worden war. Todesursache unbekannt. Aber das war schon lange kein großer Aufmacher mehr, sondern wurde unter »Vermischtes« abgehakt. Und Jodie stieß auf die Meldung nur, weil sie sich an diesem Morgen so bleischwer fühlte, dass sie zwei Tassen Kaffee und entsprechend mehr Zeit brauchte, um richtig in die Gänge zu kommen.

Steve erklärte sich bereit, sie in seinem Büro zu treffen. Er hatte fast die ganze Nacht damit zugebracht, einen Fall von Kindesentführung zu bearbeiten; seine Augen waren rot unterlaufen und das unrasierte Gesicht aschfahl. Als Begrüßung meinte er nur lakonisch: »Du siehst ja noch schlimmer aus als ich.« »Lass die Witze, Steve. Man hat eine weitere Leiche gefunden.«

Er nickte. »Hab das Dossier gesehen. Aber warum bist du so aufgeregt?«

»Ich kann mich nicht erinnern, was ich letzte Nacht getan habe.«

»Na und? Das kann die halbe Stadt nicht und trotzdem kommt sie hier nicht hereingeplatzt, um mir das zu erzählen.«

»Ich weiß auch nicht genau wie, Steve, aber irgendwie bin ich in diese Mordfälle verwickelt ...«

»Todesfälle«, berichtigte er sie, »nicht Mordfälle.«

»Also gut«, räumte Jodie ein. »Vielleicht habe ich sie wirklich nicht erwürgt. Aber den ersten Kerl hätte ich töten können, und was ich in den beiden anderen Nächten getan habe ... *daran kann ich mich einfach nicht mehr erinnern.* Kommt dir das denn nicht irgendwie verdächtig vor?«

»Verdächtig? Dass du sie vielleicht irgendwie im Schlaf vergiftet hättest? Die starben an einer abnormen Art von Blutarmut – aber nicht durch Gift oder Erwürgen. Und ganz bestimmt nicht durch den sprichwörtlichen Schlag auf den Hinterkopf.«

»Aber vielleicht habe ich …«

»Vergiss es! Drei durchgeknallte Typen haben schon angerufen und behauptet, sie seien Vampire. Du hast jedenfalls nichts mit ihnen zu tun.«

»Ich würde es ja gerne glauben … Wenn ich mich nur erinnern könnte – oder wenigstens die Gesichter dieser Männer sehen könnte, nur um sicher zu sein, dass ich sie nie zuvor gesehen habe …«

»Du willst sie also im Leichenschauhaus identifizieren?«

Jodie drehte sich fast der Magen um. »Daran hatte ich eigentlich nicht gedacht. Aber dann würde ich jedenfalls Gewissheit haben oder etwa nicht? Steve, ich schwöre dir, ich bitte dich nie wieder um einen Gefallen …« *Genauso, wie ich geschworen habe, mich nie wieder von einem Mann abhängig zu machen!*

Steve unterbrach sie. »Also gut, ich besorge dir einen Termin, um die gestrige Leiche zu sehen. Aber dann möchte ich dich auf dein Versprechen festnageln. Kein Wort mehr darüber.«

Der Raum war viel kälter, als sie es erwartet hatte, und roch außerdem nach merkwürdigen Chemikalien. Ein gelangweilt dreinschauender Assistent zog die tiefgekühlte Schublade aus der Wand. *Eine gottverdammte Aktenablage für Leichen,* dachte sie bei sich und unterdrückte ein Schaudern. Steve öffnete den Reißverschluss an der dicken Plastikhülle.

Jodie atmete tief durch und lehnte sich über die Schublade. Sie sah die Leiche eines etwas zwanzigjährigen schwarzgelockten Latinos. Der Leichnam schien eher aus Gummi als aus Fleisch zu sein. Das Gesicht, fahlgrau, hatte jeglichen Ausdruck verloren. Nur die Haare und Augenbrauen standen wie künstliche Borsten hervor, und durch die leicht geöffneten Lippen blitzte eine Reihe gelblicher Zähne.

*Ich kenne diesen Mann überhaupt nicht,* dachte Jodie einigermaßen überrascht. *Ich würde mich ganz bestimmt an ihn erinnern, wenn ich ihn schon einmal gesehen hätte, und wenn es nur im Traum gewesen wäre.* Sie schaute zu Steve auf.

»Du bist kein Killer, Jodie«, meinte er abschließend und deckte die Leiche wieder zu.

*Ich kann es nicht gewesen sein – ich bin mir sicher, ich würde mich an einen Mann, den ich umgebracht habe, erinnern,* dachte sie, während sie zusammen ins Tageslicht zurückkehrten. *Ein Schock des Wiedererkennens oder irgendetwas Derartiges … Eigentlich sollte ich erleichtert sein.*

»Mir war klar, dass du es nicht gewesen bist«, nahm Steve das Gespräch wieder auf. »Aber ich glaube, dass du diese Todesfälle nur benutzt, um etwas anderes zu verbergen. Du benimmst dich, als ob du dich schuldig fühlen würdest, auch wenn du selbst nicht genau weißt, warum.«

»Schuldig? Weil ich dieses Schwein mit eigenen Händen hätte umbringen können? Weil ich nahe dran war, es zu tun? Kann schon sein. Selbst wenn ich die anderen nicht umgebracht habe, habe ich doch bei dem ersten Kerl eine Grenze überschritten. Ein Gutes hatte die ganze Sache jedenfalls, auch wenn ich jetzt …« Sie stockte. »Kein Wunder, dass ich von dieser Angelegenheit nicht lassen kann, wenn ich sehe, was mit ihr geschieht.«

»Mit wem?«

»Mary – die Frau, die ich gerettet habe.«

»Wohnt sie denn noch immer bei dir?«

Jodie tat den Vorwurf, den sie aus seiner Frage heraushören konnte, achselzuckend ab. »Wir sehen uns nur gelegentlich, und sie hat ja sonst keine Bleibe. Irgendwas nimmt sie, Kokain oder Crack, keine Ahnung, was genau. Die Kohle dafür hat sie jedenfalls. Ich habe schon versucht, ihr einen Therapieplatz zu besorgen, aber sie will davon nichts hören.«

»Du hast sie also vor einer Vergewaltigung bewahrt, nur um sie an Drogen zu verlieren? Weißt du, von wem sie das Zeug kriegt?«

Jodie schüttelte den Kopf. Sie wusste genau, was als Nächstes kommen würde.

»Für eine Verhaftung müssen wir mehr in der Hand haben, ganz besonders, wenn wir an den Dealer herankommen wollen.«

»Ich könnte ihr folgen. Wenn ich sie dabei beobachte, könnte ich den Typ identifizieren …«

»Das lass mal hübsch bleiben«, fuhr er bestimmt dazwischen. »Wenn sie den Kerl nicht selbst ausliefert, wenn sie nicht bereit ist, Hilfe anzunehmen, dann wirf sie besser raus und überlass sie ihrem eigenen Schicksal. Du kannst nicht die ganze Menschheit retten, Jodie, noch nicht einmal die weibliche Hälfte. Und schon gar nicht, wenn sie deine Hilfe nicht will.«

»Spiel dich nicht so auf!«

Sie waren am oberen Ende der Treppe angekommen. Steve hielt die Klinke in der Hand, ohne die Tür, die in die große Eingangshalle führte, zu öffnen. »Ich möchte nicht, dass du dich auf Sachen einlässt, die du nicht beherrschst. Überlass das den Profis.«

»Du hast kein Recht …«

»Ich wünschte, du würdest mir dieses Recht geben«, meinte er ruhig und hielt die Tür nach wie vor geschlossen. Im Halbdunkel konnte Jodie seine Nähe wie ein Prickeln auf ihrer Haut spüren.

»Ich mag dich sehr, Jodie, sonst hätte ich das alles hier nicht auf mich genommen. Und ich möchte dich noch besser kennen lernen ...« Er versuchte ihre Wange zu streicheln.

»Rühr mich nicht an! Du bist kein Stück besser als all die anderen!« Sie riss die Tür auf und stürzte, vor Wut bebend, an ihm vorbei hinaus in die Halle.

Am nächsten Abend lag Jodie im Bett, stellte sich schlafend und erinnerte sich an die Nächte zuvor, in denen Mary »ausgegangen« war. *Diesmal werde ich rauskriegen, von wem sie das Zeug kauft, und werde ihm das Geschäft vermasseln, ganz egal, was Steve Azusa auch sagt.*

Jodie rührte sich nicht, als sie hörte, wie Kleider am Türrahmen raschelten und sich Schritte rasch entfernten. Erst als es wieder ruhig war, schlug sie die Decke zurück, schlüpfte in ihre Joggingschuhe und öffnete langsam die Tür. Der Flur war leer. Vorsichtig schlich sie die Treppe hinunter und ging durch die Eingangshalle.

Mary hatte bereits den Weg durch den halben Häuserblock Richtung Norden zurückgelegt. Sie lief zielbewusst und schien auf keinen Fall Verdacht geschöpft zu haben, dass man ihr folgen könnte. In den grell erleuchteten Straßen war es leicht, ihr auf den Fersen zu bleiben.

Allmählich verlangsamte sie ihren Schritt. Auch das Resolute war aus ihrer Gangart gewichen, mehr und mehr erschien sie orientierungslos und verwundbar. Einige Männer hielten an und machten ihr offenbar unsittliche Angebote. Mary schüttelte heftig den Kopf, sodass ihr die schwarzen Haare wild ins Gesicht flogen. Sie verließ die Hauptstraße und begab sich in weniger hell erleuchtete und frequentierte Nebenstraßen.

*Eine reizende Gegend, um sich nachts zu verirren,* dachte Jodie, als sie an der Ecke einen finsteren Typen bemerkte, der sich kaum die Mühe machte, seinen Revolver zu verbergen. *Hier herumzuschleichen und allem*

*Anschein nach nicht zu wissen, was man vorhat, ist die beste Garantie, überfallen zu werden – falls nicht noch Schlimmeres passiert.*

Mit einem unguten Gefühl erinnerte sich Jodie an die Gasse, in der sie Mary zuerst getroffen hatte. *Verdammt noch mal, die Frau legt es wirklich darauf an …* Und dann dämmerte es ihr plötzlich: *Sie ist nicht zum ersten Mal hier. Sie weiß genau, worauf sie sich einlässt. Wenn sie regelmäßig hierher kommt, um sich Drogen zu beschaffen, müsste sie doch eigentlich wissen, wie man sich verhält, um in Ruhe gelassen zu werden. Aber sie setzt sich förmlich auf den Präsentierteller …*

Jodie verbarg sich im Schatten einer Telefonzelle, um von dort aus zu beobachten, wie Mary allein an einer Bushaltestelle wartete. Ein Mann in Bluejeans und kariertem Hemd kam die Straße entlang. Jodie konnte in jeder einzelnen seiner Bewegungen Gefahr wittern. Mary nickte nur und stemmte die Arme in die Hüften – das perfekte Opfer. Der Mann kam noch näher auf sie zu. Mary wandte sich zwar von ihm ab, aber selbst, als er ihr den Arm um die Schulter legte, blieb sie stehen.

Es blieb Jodie nichts anderes übrig, als sich mit aller Kraft zu zwingen, im Verborgenen zu bleiben. Mary missachtete jegliches Gebot des Selbstschutzes. Einzig die Gewissheit, dass Mary dieses Spiel, wie auch immer es geartet war, schon viele Male gespielt hatte, hielt Jodie davon ab sich einzumischen.

Der Mann drängte Mary von der Haltestelle weg in das Dunkel einer Seitengasse. Mary machte keine Anstalten sich zu wehren, auch als er sie immer weiter in die verlassene Gasse zerrte. Um Hilfe zu schreien, würde ohnehin nichts bringen – nicht in dieser Gegend.

Jodie befand sich neben einem mit Brettern vernagelten Gebäude, in dem ganz offensichtlich gleich mehrere illegale Geschäfte betrieben wurden. Sie hörte Handgemenge und näherte sich so vorsichtig wie möglich. Der Lichtkegel eines vorbeifahrenden Autos erhellte kurz die abbröckelnde Häuserwand.

Es kam Jodie wie eine Rückblende vor: Wie beim ersten Mal sah sie, wie Mary von ihrem Vergewaltiger zu Boden gedrückt wurde; der Rücken des Mannes krümmte sich in gleicher Weise, und wieder schimmerten Marys bleiche Schenkel unter dem hochgeschobenen Rock hervor. *Warum schreit sie nicht laut? Warum lässt sie das mit sich geschehen?*

Jodies Hände krümmten sich zu Krallen. *Diesmal mache ich vor nichts Halt,* dachte sie und näherte sich geräuschlos dem am Boden wälzenden Paar.

Der Mann bewegte seinen Körper auf und ab – aber nicht, wie Jodie zunächst geglaubt hatte, in den reflexartigen Stößen einer Vergewaltigung. Ein ums andere Mal, jedes Mal schwächer als zuvor, warf er sich nach hinten – von seinem Opfer *weg*! Mit einem lauten Stöhnen brach er zusammen und sackte zur Seite weg. Mary folgte seiner Bewegung, so als ob sie mit ihm verschmolzen wäre. Ihr Mund blieb fest an seinen Hals gepresst.

»Mary …?« Jodie sah, dass nicht etwa ein Schatten Marys Lippen so dunkel erscheinen ließ, sondern Blut.

Mary richtete sich auf, ihr Gesicht wurde von der Straßenlaterne erhellt. Dabei konnte es Jodie nicht entgehen, wie sehr ihr Teint strahlte und glühte.

»… ist er …?«

»Er lebt noch«, meinte Mary mit einem seltsamen Lispeln.

*»Wer bist du?«*

Mary stieß den Körper achtlos zur Seite, erhob sich und lief mit ausgebreiteten Armen auf Jodie zu. Die Blutspritzer auf ihren Händen bildeten genau das gleiche Muster, das Jodie in ihrem ersten Traum gesehen hatte.

»Schließe dich mir an«, flüsterte Mary. »Gemeinsam

können wir dieser jämmerlichen Kreatur ein Ende bereiten, gemeinsam uns daran weiden, gemeinsam leben. Um der Gerechtigkeit willen, um aller Frauen willen. Wir tun es für alle Frauen, die er bereits missbraucht hat, und für alle Frauen, die nun vor ihm sicher sein werden. Danach hast du dich doch all die Jahre lang gesehnt ...«

Sie umfing Jodie in einer liebevollen Umarmung. Ihr Parfüm verstärkte noch den Geruch des Blutes, jenen trockenen, würzigen, unvergleichbaren Duft. Jodie war von ihm ganz betört und spürte, wie er ihre Adern mit Feuer durchflutete.

»Es ist ganz einfach, glaube mir. Du trinkst von meinem Blut, und wir werden eins. Du kannst alles haben und alles *sein*, was du dir wünschst, und das auf ewig. Ein Racheengel, der die Mutter Erde allmählich wieder reinigt. Lange habe ich nach einer Gefährtin gesucht, die diesen heiligen Auftrag mit mir teilt, so lange ...«

»Aber morden ...«, brach es aus Jodie hervor, und ihre Stimme klang wie eine jämmerliche Parodie auf Marys seidenweiches Flüstern. »Wir dürfen doch nicht morden.«

»Morden? Ach, Teuerste, diese Geschöpfe verdienen dein Mitleid nicht. Kein ehrbarer Mann braucht uns zu fürchten; nur jene, die aus freiem Willen Blut über uns und sich selbst gebracht haben. Wir vollenden nur, was sie sich selbst erschufen.«

»Das glaub ich nicht ... Gefängnis, ja, aber ...« *Schwach, viel zu schwach klang das im Vergleich zur Überzeugungskraft in Marys Stimme, zu schwach auch angesichts der Erinnerungen, die in Jodie aufstiegen.*

»Lass uns einander nicht belügen und uns etwas von Moral und rechter Überzeugung vormachen. Du weißt, wer ich bin und warum ich zu dir gekommen bin. In der samtenen Stille der Nacht habe ich deinen Schrei nach mir vernommen, genauso wie ich vor vielen Jahren aufschrie. Die Flammen, die deine Seele verzehren, waren mein Leuchtfeuer. *Dein* Zorn zog mich zu dir, *dein* Rachedurst. Ich bin, was du dir erträumt hast: die Waffe einer Frau, die sich gegen die Männerwelt richtet. Und jetzt wirst auch du eine solche Waffe sein.«

Hilflos schüttelte Jodie den Kopf. Was sie in ihrem Traum vor jener letzten Tür hatte zurückschrecken lassen, hielt sie auch jetzt zurück, und Jodie klammerte sich daran um ihrer Seele willen.

»Verschließt du dich noch immer der Wahrheit, meine Freundin, mein Spiegelbild? Bis auf diesen einen, letzten Schritt sind wir doch bereits in allem eins.«

*Kein Wunder, dass mich der Tote in der Leichenhalle so aus der Fassung gebracht hat,* wurde es Jodie schmerzhaft bewusst. *Ich habe ihn nicht mit meinen Händen, aber mit meinem Hass getötet.*

Ein jähes Aufflackern, eine rasche Bewegung hinter Marys Rücken ließ Jodies Verzweiflung in Panik umschlagen. »Nein!«, schrie sie und warf sich zur Seite.

Mary fuhr mit der Geschmeidigkeit eines Panthers herum, aber der Mann war zu nah und der zugespitzte Holzkeil, den er ihr entgegenschleuderte, kam zu unvermittelt. Sie taumelte unter dem Aufprall zurück. Jodie fing sie auf und beide stürzten zu Boden.

Aus der Wunde in Marys Brust, in die der längliche Holzscheit tief eingedrungen war, quoll zähflüssig schwarzes Blut, geschwängert mit dem Duft ihres Parfüms. Der Mann raffte sich auf und wankte davon.

»Ich … ich hole Hilfe«, stammelte Jodie.

Eine bleiche, zierliche Hand winkte ab. »Ein Pfahl … durchs Herz … zu spät …«

»Kann ich denn gar nichts tun?«

»Erinnere dich …«, flüsterte Mary schwach. Dann herrschte Stille, tiefe und endgültige Stille.

Langsam sackte die Gestalt der Frau, die sich Mary Smith genannt hatte, in sich zusammen, und die anmutige Hülle, der widernatürlichen Lebenskraft beraubt, zerfiel zu Staub. Ein Hauch ihres Parfüms hing noch in der Luft, ein letzter Augenblick der Süße, bevor auch dieser auf immer verflog.

Die letzte Tür schloss sich allmählich vor Jodies geistigem Auge. Wenn sie nur diesen einen Augenblick noch ausharren konnte, dann würden sich auch die Träume genauso in nichts auflösen wie die Frau, die sie eben noch in ihren Armen gehalten hatte. Sie musste nur stillhalten, und der Albdruck aus Schuld und Vergeltung würde schwinden.

Würde es so sein? Nein, damit ließe es sich nicht bewenden. Eine andere Mary würde in ihr Leben treten, angezogen von der Kraft, die Jodie in sich erweckt hatte. Und damit auch neue Träume mit noch mehr Blut, noch mehr Toten, und immer wieder würde sie vor die gleiche Wahl gestellt werden, bis sie sich schließlich entscheiden würde: entweder ihr wahres Ich voll auszuleben – oder ihren Hass ein für allemal zu begraben.

An Jodies Fingern klebten die letzten Staubkörnchen. Sie wischte sie an ihrer Jeans ab, stand auf und machte sich auf den Heimweg. Sie schwankte etwas unsicher. Denn in diesem einen, letzten Augenblick hatte sie ihre Lippen mit dem dunklen, widernatürlichen Blut benetzt, und schon jetzt spürte sie, wie die frostigen Flammen des Todesfeuers nach ihrem menschlichen Herzen züngelten.

MARY A. TURZILLO

# Todestanz

*Ich traf Mary Turzillo bei einem Autoren-Workshop, den ich 1987 in Harrisburg, Pennsylvania, leitete. Die Geschichte, die sie bei dieser Gelegenheit zu schreiben begann, ließ sich erfolgreich verkaufen, und Mary hat seither in den verschiedensten Sparten immer wieder Geschichten veröffentlicht. Außerdem unterrichtet sie Englisch an drei Colleges, entwirft Theaterkostüme, spielt auch schon mal eine Hexe in »Macbeth« oder führt Reisegruppen durch den Grand Canyon, London und Alaska.*

*Der Einfall zu »Todestanz« geht, wie sie selbst sagt, auf ein »reichlich verwirrtes Seeadlerweibchen namens Martha« zurück, das bei ihr ein Interesse an Adlern im Allgemeinen und Steinadlern im Besonderen weckte. Letztere versuchen als Junge tatsächlich, sich gegenseitig aus dem Nest zu befördern.*

*Mary lebt zusammen mit ihrem Sohn, der mit keinen Geschwistern konkurrieren muss, in einer Kleinstadt in Ohio. Sie schreibt derzeit an einem Roman.*

Hatz tanzte betörend – sternenhoch und stromesschnell. Doch Silbrigs Antwort lautete immer noch »nein«.

»Warum?« Seine Augen funkelten fast schon flammenartig, und das Fleisch über seinem Schnabel war gerötet, was sein königliches Profil nur noch verstärkte.

»Du weißt, warum«, entgegnete Silbrig und verbarg ihre Schreibkralle im Brustgefieder. Sie würde die silbernen Isajochen, die er ihr von Norden her gesandt hatte, nicht tragen.

»Ein Tänzchen bedeutet noch kein Ei.« Er flatterte

aufgebracht und verlor dabei fast den Halt auf seinem Sims.

»Bei dir, Hatz, mag schon ein Tänzchen zu einem Ei führen. Doch ich darf nicht an Gelege denken, solange ich diese Ehrensache noch nicht beigelegt habe.«

»Die Minnemonde sind zur Hälfte schon vorüber«, wandte er bedrückt ein. »Bis du Golden ausfindig gemacht und deine Ehre verteidigt hast, sind sie ganz entschwunden.« Sein Blick schweifte ab. »Du bist so schön, Silbrig. Selbst deine Hingabe an die Ehre ist schön. Aber unter dem Himmelszelt harren Weibchen ohne Freier. Und ich bin nicht blind.«

Sie breitete ihre Schwingen aus, schlug einmal kraftvoll aus und legte dann ihr Gefieder wieder zurecht. »Ich hieß dich, mich nicht Silbrig zu nennen. Mein Name lautet ›Jochlos‹«.

›Jochlos‹ war ein gängiger Name bei der Schar der Himmelsstürmer. Er bedeutete so viel wie »keinem untertan außer dem Himmelsstürmer selbst«. Vor einem Jahr hatte sich Hatz der Schar der Himmelsstürmer als Silbrigs Schüler angeschlossen. Sein Zwilling war gestorben, noch bevor er schlüpfte, und daher war Hatz nicht verpflichtet, alte Ehrenschulden zu begleichen, indem er den »Usurpator« (so nannten die Himmelsstürmer ihre Zwillingsgeschwister) herausforderte. Die Himmelsstürmer waren der Meinung, dass ihre Welt *Aeyrrhi* übervölkert sei und dass man daher am besten gemäß des Naturrechts dem Erstgeborenen gestattete, den Nachgeborenen schon im Nest zu töten. So waren bereits die niederen Gattungen und rückständigen Sippen in grauer Vorzeit vorgegangen. Hatz hatte von dieser Lehre erst durch Silbrig erfahren, aber sein Glaube daran war am Schwinden. Es stimmte schon, es gab zu viele ihrer Art. Und die Aussicht auf Nahrung oder Erholung brachte immer öfters niedere Gattungen in die Bergwelt. Doch Hatz schreckte vor dem Gedanken zurück, mit ansehen zu müssen, wie sich seine eigenen Jungen (falls er und Silbrig je welche haben sollten) gegenseitig zerfetzten.

»Vielleicht«, so sagte er gelassen, »bedeutet ›Jochlos‹ ja auch nur ›zügellos‹.«

»Wusste ich doch, dass dir der wahre Glauben fehlt«, meinte sie verächtlich und warf dabei den Kopf zurück. »Hast mir nur nach dem Schnabel geredet. Du bist keine Feder besser als die albernen, verweichlichten Handschuhlinge.«

Hatz wusste, was sie jetzt von ihm erwartete – er sollte seine Treue und Ergebenheit gegenüber der Schar beteuern. Dies schien ihr wichtiger zu sein als seine beharrliche, wenn auch vergebliche Werbung um sie. Er hielt ihr seine Hand hin; er trug einen jener neuen, geschmeidigen Flughandschuhe. In seiner Familie war man vernünftig, und seine Eltern hatten stets darauf geachtet, dass es ihm bei der Aufzucht an nichts fehlte: gutes Futter, bequeme Niststangen, den besten Mentor und – warum auch nicht – die besten Flughandschuhe. Was wäre wohl passiert, wenn sein Zwillingsbruder geschlüpft wäre und versucht hätte, ihn zu töten? Dann hätten seine Eltern einen der beiden Brüder zur Adoption freigegeben. Was sicherlich nicht das Verkehrteste gewesen wäre, wenn er an dieses reizende, aber fanatische Weibchen dachte.

Er flatterte erneut, hob sich in die Luft und zurrte den Flughandschuh fest. Silbrig streckte ihm ihre ungestutzte, unbehandschuhte Kralle entgegen. Das war zu viel. »Du hast Recht«, krächzte er. »Geh und sag es der Schar! Ich bin ein Abtrünniger! Und jetzt suche ich mir ein rechtes Weibchen!« Kräftige Flügelschläge trugen ihn nach oben, er kreiste hoch über ihr, stieß dann noch einmal hinab und an ihrem Ast vorbei.

»Mit Isajochen!«, rief er ihr zum Abschied noch zu.

Sie verbarg ihr schmuckloses Handgelenk im Brustgefieder und schaute ihm nach, wie er nordwärts abschwenkte und ihrem Himmelsrevier entschwand, bis er nicht viel mehr als ein Punkt am Horizont war.

Silbrig war fassungslos. Sie hatten dieses Spiel schon oft gespielt, aber sie war immer davon ausgegangen, dass sein Glaube – wenn auch schwächer ausgeprägt als der ihrige – stark genug war, dass er glaubte, weil sie es tat, dass er zu ihr halten würde, bis sie ihre Blutrache vollzogen hatte. Danach würde sie auch seine albernen Isajochen tragen. Und falls sie wirklich je Eier legen sollte, konnte alles Mögliche passieren. Auch sie würde ein blutiges Gemetzel zwischen zwei Jungen mit ihren messerscharfen Schnäbeln verabscheuen, besonders wenn es ihre eigenen wären. Aber vielleicht würde es ja gar nicht dazu kommen. Vielleicht würde ihr erstes Gelege nur ein Ei sein. Oder vielleicht würde eines der beiden Eier versehentlich aus dem Nest fallen. Sie könnte sogar etwas nachhelfen.

Doch das stand jetzt nicht zur Debatte. Jetzt musste sie sich um ihre eigene, erwachsene Schwester kümmern.

Tanz blinzelte in die Sonne; im lieblichen Frühlingsschein erstreckte sich ihr Himmelsrevier betörend schön. Als Kind hatte sie sich ausgemalt, wie sie eines Tages, zur Frau herangewachsen, zurückkehren würde, um ihr Revier von diesem Aussichtspunkt aus zu begutachten. Es war ihr Lieblingsnistplatz. Und Scan hatte das Nest noch weiter verbessert, hatte Sturmverschläge angebracht und Abflussrohre installiert, ein Leichtdach aus Holzstreben, Blättern und Stoff gedeckt und sogar, seinem größten Hobby frönend, für Elektrizität gesorgt. Im Innern war es schattig; sie hatte die Markise heruntergerollt, damit sie ruhig dösen konnte – zum Lesen oder Briefeschreiben war sie heute einfach zu schläfrig.

Als Adoptivkind eines älteren, unfruchtbaren Paares hatte es Tanz weit gebracht. Sie hatte sich für den Beruf der Trostspenderin entschieden und war darin recht erfolgreich. Fuchsfang, die sie die beiden letzten Jahre betreut hatte, hatte erhebliche Fortschritte gemacht und sie dafür mit Geschenken, Ringen und Zierrat sowie dem Jagdrecht in ihrem Himmelsrevier bedacht. In einem Brief hatte Fuchsfang sogar angedeutet, dass sie dieses Jahr zur Balz bereit sei. Tanzes Mentorin Lobhild war darüber so beglückt, dass sie Tanz vorzeitig in den Minnemond entlassen hatte. Und ihrem alten Freund Scan war nach der Mauser nun auch das hellere, reife Gefieder gewachsen. Sie kannte ihn seit ihrer Kindheit und hatte richtig vermutet, dass aus ihnen einmal ein Liebespaar werden könnte. Er war ein kraftvoller und doch anmutiger Tänzer, leidenschaftlich, voller Humor und Überraschungen. Und jetzt brütete sie zwei braun gesprenkelte Eier aus.

Doch im Augenblick war sie allein. Eigentlich sollte alle Arbeit erledigt sein, sobald die Minnemonde anbrachen, aber Scan hatte sich bereit erklärt, ein Luftschiff nach Norden zu geleiten, wo man Bauholz zur Instandsetzung eines alten Nestes benötigte, das nach jahrelanger Behausung plötzlich unter dem eigenen Gewicht zusammengebrochen war.

Tanz döste. Sie träumte von ihrem Hochzeitstag. Scan hatte, herausgeputzt mit allem möglichen Zierrat, den Tag zuvor auf einem exponierten Gipfel zugebracht. Am Abend war er zur Jagd geflogen, hatte die Nistplätze der Truthähne ausfindig gemacht und sich den fettesten zum Hochzeitsbraten gewählt. Tanz konnte ihn hoch oben am Himmelsrevier erkennen, obwohl er, die Thermik ausnutzend, lautlos dahinschwebte und ihr kein einziges Mal zurief.

Im Traum wartete sie, genauso wie damals, den ganzen langen Morgen auf ihn. Der Brauch wollte es, dass er dann erscheinen würde, wenn man am wenigsten mit ihm rechnete. Sie ölte ihren Handschuh, wachste den Stulpen und wand sich einen grünen

Kranz ums Handgelenk. An ihrem Krallengelenk baumelten goldene Isajochen, verziert mit Glöckchen und Bändern in den Regenbogenfarben. Gelegentlich hüpfte sie von ihrem Ast, zog gemächlich ein paar Kreise, um sich dann wieder, möglichst hoch oben im Geäst, niederzulassen, die Federn zu spreizen und sich in der stärker werdenden Vorfrühlingssonne zu wärmen.

Dann sah sie etwas, zunächst nur einen Punkt! Angespannt suchten ihre scharfen Augen immer wieder den Horizont ab. Noch lagen viele Täler zwischen ihr und dem winzigen Flecken am Himmel. Für die ungeübten Augen der Kriechtiere war nicht viel mehr als ein Staubkorn auszumachen, aber sie erkannte bereits die hellen Strähnen am Bauchgefieder und die charakteristische Flughaltung.

Und noch immer im Traum (denn sie wusste, dass sie träumte) sandte sie ihm ihren Willkommensgruß entgegen, plusterte ihre Federn und erhob sich in die Lüfte. Scan erwiderte den Liebesgruß, legte die Flügel an und setzte zum Sturzflug an, tiefer und tiefer, bis er im letzten Moment den freien Fall abfing. Mit einem kräftigen, herzhaften Lachen quittierte sie sein erstes Flugkunststück und tat dies ebenso, als er sich wieder in die Höhe schwang, schwebte, kreiste und eine Luftrolle nach der anderen vollführte. Mit einigen kräftigen Schwingenschlägen erreichte sie seine Höhe.

Im Traum flogen sie, genauso wie damals, Seite an Seite, sodass sich ihre Flügelspitzen fast berührten, ja, mitunter streiften. Er setzte erneut zum Sturzflug an und sie folgte ihm; er hob und senkte seine Flugbahn und sie folgte seiner Wellenbewegung. Er warf den Flughandschuh ab, luvte an und gewann, jetzt vor ihr fliegend, an Höhe. Auch sie streifte ihren Handschuh ab und ließ ihn fallen, merkte sich aber dabei genau, wo er zwischen Felsen und blauen Winterblumen landete.

Sie rollte sich zur Seite, drehte ab und begann auf

dem Rücken zu fliegen. Scan, der jetzt dicht hinter und über ihr flog, legte seine Flügel an und tauchte auf sie zu. Sie streckte ihm ihre Krallen entgegen, in die er sich einklinkte. Gemeinsam flogen sie, Auge in Auge, sie in Rückenlage. Allmählich setzte Scan zu einer neuen Flugrolle an. Sie verlagerte ihr Gewicht entsprechend, blieb aber noch immer in Rückenlage. So umschlungen taumelten die beiden durch die Lüfte.

Die seidenen Schmuckbänder an ihren Isajochen verfingen sich in seinen Krallen. Er lachte auf, löste sich von ihr und zerriss dabei fast das kunstvolle Geschmeide. Sie warf sich herum, segelte unter ihm dahin und geizte nicht mit ihren Reizen. Noch bevor sie seine Absicht erahnen konnte, schlang er seine Flügel um sie, hüllte sie ein – und nun begann das wahre Liebesspiel.

Sie sanken, in Liebe vereint und den freien Fall vergessend, von kalten Sonnenstrahlen umflossen, dahin. Und nur ein Spann breit über den Felsen vollzog sich der Akt ihrer Vereinigung. Dann breiteten sie ihre Schwingen aus und stiegen mit Todesverachtung, getragen von Liebe und erfolgreicher Werbung, erneut in die Höhe.

Tanz erwachte aus ihrem Traum.

Die Eier ihres Geleges wurden zu warm; das Gleichgewicht mit einer Kralle haltend, rollte sie mit der anderen die Eier zu einem anderen, kühleren Platz. Scan hatte einen elektrischen Brutkasten installiert. So gesehen hätte Tanz Scan auf seinem Flug sogar begleiten können. Aber das Brutfieber und die mütterlichen Besitzansprüche waren stärker gewesen.

Sie spürte, wie ihr die Schwingen schwer wurden. Als sie die Eier gelegt hatte, da durfte sie sich in der Gewissheit, dass sie fruchtbar waren und ihre und Scans Kinder trugen, erleichtert und wieder frei fühlen. Da hatte sie Scan das Brüten des neuen Geleges überlassen und war den ganzen Cañon und noch weiter am Fluss entlang hinabgeflogen. Doch plötzlich, vom Mutterinstinkt gepackt, war sie zurückgeflogen und hatte Scan vom Gelege weggeschubst. Er hatte es amüsiert zur Kenntnis genommen.

Jetzt breitete sie ihre Schwingen so weit aus, dass ihre Federn sanft die Eierschalen berührten. Noch einen Zoll mehr und sie würde sich das Gefieder verrenken. Selbstverliebt putzte sie sich raus. Wenn sie nur noch etwas von den Duftessenzen übrig hätte! Aber vielleicht dachte ja Scan daran, welche mitzubringen.

Der Wind frischte merklich auf. Er kam aus nördlicher Richtung und würde so Scans Rückkehr möglicherweise beschleunigen. Rasch hinwegziehende Wolken verhüllten immer wieder die Sonne; sie schmiegte sich dichter an die Eier. Sicherlich würde es nicht mehr schneien, aber der Nachmittag versprach bewölkt und wesentlich kälter zu werden. Mit halb geschlossenen Augen begann sie wieder zu träumen. Doch diesmal waren die Träume nicht erbaulich, sondern blutrünstig und voller Kampfgemetzel. Tanz träumte, sie habe während der Nahrungssuche für die Jungen eine kleine Truthenne aufgestöbert, sei ihrer Beute zu nahe gekommen, sodass diese sich gegen sie wenden und versuchen konnte, ihr die Augen auszuhacken. Die Henne verwandelte sich in einen mordgierigen Habicht. Sie umzingelte ihn und krallte sich in seinem Nacken fest. Doch er warf sich herum und bekam ihren Hals zu fassen.

Tanz schreckte aus dem Traum hoch. Es war kalt geworden, das Leichtdach stöhnte im Wind. Sie schaltete den Brutapparat ein und begab sich in den vorderen Teil des Nestes.

Am Himmel erschien ein kleiner Flecken.

Es war nicht Scan.

Lange Zeit stand Silbrig, die sich selbst Jochlos nannte, vor dem Schrein der Himmelsstürmer. Abgesehen von dem sich sträubenden Nackengefieder schien sie völlig in Meditation versunken zu sein. Ihre entblößte Kralle verbarg sie im Brustgefieder, ihre Augen waren starr auf das Zwillingspaar in der Ikone vor ihr gerichtet. Außer den zwei Farbstreifen trug sie keinerlei Schmuck. Einer der beiden Streifen, auf der Schreibwange aufgetragen, galt als Zeichen der Kindheit. Denn sie war noch Jungfrau, zwar alt genug zur Brunst, doch sie bewahrte sich um ihres Auftrags, ihrer Blutrache willen. Auf ihrer Kampfeswange prangte der zweite Farbstreifen, der ihr Auge rot untermalte. Dieses Zeichen war heilig und geheimnisumwittert. Man nannte es das Zeichen der Ältesten, doch Silbrig war die Jüngere des Zwillingspaars, die ein Unrecht zu tilgen gewillt war: das Unrecht, dass man ihr in Kindestagen den entscheidenden Überlebenskampf verwehrt hatte.

Nach reiflicher Überlegung zog sie ihre Kralle hervor und umklammerte das Haupt des zum Opfer bestimmten Hasenweibchens. Ihre Krallen, die für das Schreiben oder für zivileres Handwerk längst zu ausgewachsen waren und zu lang auch, um eines Flughandschuhs zu bedürfen, legten sich um den Schädel der Häsin. Sie drückte zu, Blut quoll hervor und tropfte auf den Altar.

*So wie der Himmelsstürmer am letzten Tag das Ei von Aeyrrhi in seine Krallen nimmt und es zu Staub zerdrückt*, dachte Silbrig. *Ich gehorche gewiss nur seinem Willen, wenn ich den Brustkorb jener Schwester zertrümmere, die nie hätte leben sollen. Gewiss frohlockt er über dieses Opfer, über den Leichnam des Usurpators, meiner Zwillingsschwester. Er wird mir den Sieg gewähren. Und gewiss werde ich sein Wohlgefallen erlangen.* Eine winzige Stimme regte sich: *Du warst doch die Jüngere von beiden. Nur Zufall erhielt dich am Leben.* Doch diese Stimme regte sich lediglich in Gedanken. Silbrig beachtete sie nicht.

Als der Bote eintraf, war Tanz bereits aufgewacht und hatte erkannt, dass ihre wirren Träume von zweierlei herrührten: zum einen vom auffrischenden Wind, zum anderen von den ersten zaghaften Piepsern ihres Erstgeborenen, der noch in der Schale nach seiner Mutter schrie. Schon zeigten sich auch die ersten Risse in der Schale. Es würde zwei volle Tage dauern, bis er ganz geschlüpft sein würde, zwei Tage, in denen das Küken zu kämpfen hatte und durch diesen Kampf an Kraft gewann.

Und ausgerechnet jetzt traf jemand ein. Es war nicht Scan – das erkannte sie am Flugmuster –, aber jemand, den sie kannte. Tanz holte ihren Flughandschuh hervor und lief, ohne ihn anzulegen, zur Luke ihres Verschlags. Dabei sprach sie besänftigend auf das noch nicht geschlüpfte Junge ein. Dann warf sie sich vom Abflugbalken ihres Nestes in die Lüfte und stieg auf. Die Manschetten ihres Flughandschuhs rasselten im Wind; im Flug zurrte Tanz sie fest. Sie hatte ihn fast einen Tag lang nicht mehr getragen, und so fühlte sie sich darin beengt.

Sie hatte richtig vermutet – sie kannte den Eindringling. Es war Späher, ein Handschuhling aus dem Revier ihrer alten, blinden Mentorin, der er zu Diensten war. »Sei gegrüßt, Freundin«, rief ihr Späher, gegen den Wind ankämpfend, zu. Tanz schlug ihre Schwingen schneller, um ihm näher zu kommen.

»Lobhild schickt mich«, brachte er atemlos hervor, während sie im Gleitflug nebeneinander dahinsegelten.

»Liegt sie im Sterben?«, fragte Tanz bang. »Sendet sie ihren Abschiedsgruß?«

»Nein«, erwiderte Späher. »Es geht nicht um sie, sondern um dich. Sie lässt dir sagen: ›Hüte dich! Es geht um Leben und Tod, denn jemand trachtet dir nach dem Leben.‹«

Ein Windstoß warf Tanz aus der Bahn. Späher schleuderte ihr ein Päckchen zu, das sie vor lauter Überraschung beinahe hätte fallen lassen.

»Versuche nicht, Lobhild aufzusuchen«, rief Späher ihr im Sturmgebraus zu. »Tue es später, wenn du noch kannst. Und hüte dich!« Er breitete seine Schwingen aus und schlug kräftig, um an Höhe zu gewinnen. Die ersten Regentropfen fielen und behinderten ihn im Flug.

Auch Tanz mühte sich ab, einen ihr vertrauten Ast zu finden, wo sie landen konnte. In ihrer Kampfkralle hielt sie das Päckchen mit der schriftlichen Botschaft, die eigentlich ihrer Schreibhand hätte vorbehalten sein sollen. »Hüte dich!« hatte Späher sie wissen lassen. Jetzt flog er, reichlich unbeholfen, nordwärts. Der einsetzende Regen würde ihn möglicherweise zur Landung zwingen, aber er hatte seine Botschaft überbracht. Vielleicht lag ihre blinde Mentorin trotz seiner Beteuerung tatsächlich im Sterben – hätte er sonst nicht um Obdach gebeten? Doch nein, Späher war stets aufrichtig, stolz und einzelgängerisch gewesen.

Der kurze Rückflug hatte sie ziemlich mitgenommen, und der Regen hatte ihr Gefieder durchnässt. Doch das Dach, obwohl nicht sonderlich solide, hielt das Nest trocken. Tanz legte den Flughandschuh ab, schloss die Verschläge und kehrte zu ihrem Gelege zurück. Die Eier waren warm und wohl umsorgt. Scan hatte einen ausgezeichneten Brutkasten installiert. Zur Zeit ruhte auch das erste Küken in seinen Anstrengungen zu schlüpfen.

Das außen völlig aufgeweichte Päckchen, das Späher gebracht hatte, barg eine von einer Wachsschicht geschützte Botschaft. Tanz las:

*Keine Zeit für Formalitäten. Es geht um Leben und Tod. Ich rufe den Namen des wahren und ersten Handschuhlings an. Du weißt, er lautete ›Tod im Himmelskampf‹. Du kennst auch seine Geschichte: wie er im blindwütigen Kinderzwist seinen Zwilling ermordete. Wie er, bereits vermählt, mit ansehen musste, wie sein Erstgeborener den Jüngeren ermordete, um danach den im Kampf erlittenen Wunden zu erliegen: wie sich darauf sein Weibchen vor Kummer in die Felsen stürzte und sich selbst das Leben nahm. Wie er sich selbst danach den ›Handschuhling‹ nannte, um damit zu verkünden, dass er Frieden und Versöhnung bringen wolle. Aber vergiss nicht, Tanz! Blutfehde war selbst dem Großen Handschuhling nicht fremd!*

*Unter den Himmelsstürmern erhebt sich ein Weibchen, mittlerweile herangewachsen, um das Blutrecht auszufechten, das ihr als Kind verwehrt blieb. Diese eine nennt sich Silbrig und ist die jüngere Schwester eines Zwillingspaars, deren Ältere Fremden zur Adoption gegeben wurde, damit die zwei sich nicht erschlügen. Doch Silbrig möchte diesen Urzwist nun ausfechten. Sie sucht ihre Schwester. Silbrig ist stark, verschlagen und gefährlich. Lass es dir sagen, Tanz!*

*Noch nenne ich dich ›Tanz‹. Doch du musst wissen, dass Eltern ihren Zwillingen in einer Art Namensspiel oft verwandte Namen geben. Schon bei den Namen soll deutlich werden, dass diese beiden Zwillinge sind. Dieses Namensspiel wurde, um dich zu schützen, von deinen Pflegeeltern ein zweites Mal gespielt und man taufte dich ›Tanz‹. Doch als dieses Spiel zum ersten Mal, von deinen wahren Eltern, gespielt wurde, da erhieltest du einen anderen Namen. Ich kenne diesen Namen, habe ihn aber bislang verschwiegen. Doch nun muss ich dir in dieser Blutfehde deinen wahren, ersten Namen kundtun. Du wurdest ›Golden‹ genannt.*

*Silbrig ist dein Zwilling. Sie ist gewillt, dich heute oder morgen zu töten. Lass es nicht zu. Schlage zuerst zu, falls es dir möglich ist. Vergiss deine friedfertige Einstellung, denn sie wird keinen Frieden mit dir schließen. Du brütest, bist ans Nest gebunden und kannst nicht entfliehen. Sie muss sterben oder du.*

*Ich bin erschöpft. Späher harrt, dir dies zu überbringen. Ein Sturm zieht auf.*

Es juckte Tanz in den Krallen. Wie sollte sie Silbrig erkennen? Sie war ihre Zwillingsschwester, gewiss, doch Kriegsbemalung und Umstände konnten die Ähnlichkeit verbergen. Am besten würde sie jeden ungebetenen Gast abwehren.

Tanz kämpfte gegen die Müdigkeit an, sie sehnte sich nach Scan. Vielleicht war sein Auftrag nur eine heimtückische Falle, ein von Himmelsstürmern ausgeheckter Plan. Als Schutz gegen solch gewalttätige Hinterhalte gab es zwar Friedenshüter aus der Schar der Handschuhlinge, doch in einer Gesellschaft, deren Territorialverhalten so stark ausgeprägt war, dass es einer Kriegserklärung gar nicht bedurfte, galt Gewalt immer als eine persönliche Angelegenheit, als Blutschuld, die innerhalb der Familie zu begleichen war.

Aeyrrhi war eigentlich keine gewalttätige Welt, aber wenn man dazu entschlossen war, war es ein Leichtes, einen anderen zu ermorden.

In ihrem Nest setzte Tanz eilig Telegramme an ihre Nachbarn auf. Es war nicht angeraten, Fremde in eine Blutfehde zu verwickeln, aber sie fühlte sich hilf- und schutzlos.

Sie schrieb auch an Scan. Später wollte sie den Brief am anderen Ende ihres Reviers aufgeben. Da er aber ein Luftschiff begleitete, würde es dem Zufall überlassen bleiben, ob ihn die Botschaft erreichte. Das ältere Ei rührte sich mit einem Schrei, dann schien das Küken wieder zu ruhen. Erschöpft zog Tanz die Verschläge gegen den anbrausenden Sturm zu und versuchte zu schlafen.

Im Traum spielte sie »Fang-den-Stein«, ein altes Kinderspiel. Sie war darin sehr geschickt, musste es wohl auch sein, denn in ihrem Traum waren die Steine Eier.

Silbrig verbrachte den Morgen mit Kampfestraining. Auch sie übte das Steinfangspiel, zusammen mit einem flinken Novizen, der als Männchen leichter als sie und daher auch behänder war, aber sie schlug sich prächtig und verfehlte nur einen einzigen Stein während des ganzen Morgens. Die Schar wusste von ihrer besonderen Mission am nächsten Tag, und so stand nach einer kurzen Mittagspause ein neuer Trainingspartner für den unbewaffneten Nahkampf zur Verfügung. Diesmal handelte es sich um ein Weibchen, das schon älter, aber muskulös und durchtrainiert war. Und wenn es auch nicht so wendig wie der Gegner zuvor war, so besaß es doch immense Kraft und vor allem Schläue. Silbrig hatte sich auf die besondere Technik des Azurathlons, einer Form des Luftkampfes, spezialisiert, war aber auch mit verschiedenen anderen Techniken des Bodenkampfes vertraut. Ihre Sparringspartnerin, Fersen-Greif, übertraf sie an Gerissenheit und Kampferfahrung, aber mit ihrer Schnelligkeit trug Silbrig den Sieg davon. Sie übten natürlich mit dünnen Lederhandschuhen, um Hieb- oder Stichwunden zu vermeiden. Das ältere Weibchen hatte seine Krallen auch nicht gewetzt, aber Silbrig hielt ihre so scharf wie Rasierklingen.

Silbrig legte eine kurze Pause ein. Der Himmel, an dem sie übte, zeigte sich freundlich und der Grund staubig. Der Wind frischte auf. Silbrig bestäubte ihr Gefieder und reinigte es dann rasch. Nach kurzer Rücksprache mir der Mentorin hatten ihre Berater entschieden, dass das Nachmittagstraining dem Bodenkampf gewidmet sein sollte. Silbrig ging in Gedanken rasch den Kampfstil durch, den sie am ausgiebigsten studiert hatte, wobei sie sich durchaus bewusst war, dass ihr Gegner, ebenso wie Fersen-Greif, mit zahlreichen anderen Varianten vertraut war.

Dieser Gegner war diesmal ein Männchen, das für sein Geschlecht besonders groß und kräftig war. In seiner Haltung erinnerte er sie an Hatz. Sein Name lautete Lacht-im-Verborgenen, und er stammte aus den südlichen Gefilden. Seine Größe und Stärke verhalfen ihm zum Vorteil.

Wie sich herausstellte, war auch er mit der Kampfart, die sie gewählt hatte, wohlvertraut. Beide trugen leichte Sparringshandschuhe, aber als er sie mit der Daumenkralle traf, taumelte sie benommen. Der Schmerz ließ sie vermuten, dass sie sich eine Schnittwunde eingehandelt habe. Nach den Regeln war es ihr erlaubt, Schutz suchend ein paar Krallen breit in die Höhe zu flattern, was sie auch sogleich tat, um dann den Angriff zu erwidern. Sie spürte, dass sie umgehend punkten musste, um nicht zu verlieren – was am Vorabend ihres großen Kampfes ein böses Omen gewesen wäre. Zollbreit über ihm schwebend, rang sie mit ihm. Er wälzte sich herum und suchte mit seinen Schwingen Halt, wobei er ihren Angriff dadurch konterte, dass er sich in ihrem Brustgefieder festkrallte. Die Regeln untersagten ihm zwar, ihr Fleischwunden zuzufügen, aber er hatte gepunktet. Man zwang sie auseinander. Silbrig fühlte sich benommen.

Der nächste Punkt ging an sie, als sie ihn mit ihrer Kralle so hart traf, dass er nach Luft rang. Angeschlagen bat er um Auszeit. Silbrig konnte zufrieden sein. Es war ihr gelungen, sich aus seiner Umklammerung zu lösen, ohne dass er sie hatte rupfen können. Ihr Gegenhieb war zwar nicht kräftig genug, ihn zu betäuben, aber immerhin musste er die Auszeit nehmen.

Danach umkreisten und belauerten sich die beiden mit zahlreichen Finten gegenseitig. Lacht-im-Verborgenen war zwar schnell, aber, so glaubte Silbrig, nicht schnell genug. Plötzlich duckte er sich und holte zu einem Aufwärtshaken aus. Als sie zurückflatterte, um seinen Angriff zu parieren, schraubte er sich in die Höhe und packte sie im Genick. Einen Augenblick lang geriet sie in Panik. Doch dann besann sie sich auf die eintrainierte Abwehr, tauchte nach vorne ab und traf seinen ungedeckten Schnabel. Sie wälzten sich beide im Staub, bis die Kampfrichter sie erneut trennten.

Silbrig glaubte, dass sie sich einen Bänderriss in ihrer Kampfkralle zugezogen habe, und wollte den Kampf bereits abbrechen lassen. Bei jeder anderen Gelegenheit wäre sie das Risiko weiterer Verletzungen eingegangen, aber sie wollte die morgige Blutfehde auf keinen Fall verschieben. Sie schwitzte und fröstelte zugleich unter den kalten Windböen. Außerdem drohte es zu regnen. Da ging Lacht-im-Verborgenen zu den Richtern und bat darum, den Kampf für unentschieden beendet zu erklären. Als Grund gab er eine mögliche Gehirnerschütterung an, die er sich beim Aufprall auf den Boden zugezogen hatte.

Silbrig war darüber zwar erleichtert, betrachtete andererseits ein bloßes Unentschieden am Vorabend der entscheidenden Blutfehde nicht gerade als gutes Omen. Daraufhin berieten sich die Richter und erklärten sie zur Siegerin, da ihr Gegner sich geweigert habe, den Kampf fortzuführen.

Silbrig verbeugte sich kurz in einer Siegerpose, und Lacht-im-Verborgenen erwiderte dies mit der tieferen Verneigung des Unterlegenen. Dabei erinnerte er sie an Hatz, da seine Verneigung fast schon wie eine Werbung aussah. Hatz hatte allerdings dem Kampfsport nie etwas abgewinnen können. Trotzdem wünschte sie sich, er hätte sie jetzt sehen können. Ihr Geschick und Wagemut hätten auch ihn beeindruckt, ganz zu schweigen von ihrer weiblichen Anmut: ein Weibchen, das seiner würdig war! Aber auch Lacht-im-Verborgenen reizte sie. Er war ein guter und galanter Kämpfer; vielleicht hatte er heute, am Vorabend ihrer Blutrache, sogar absichtlich verloren. Ein echter Kavalier!

Doch an Begattung, ob nun mit Hatz oder Lacht-im-Verborgenen, war jetzt nicht zu denken – das musste bis nach der morgigen Entscheidung warten.

Silbrig erhob sich in die Lüfte und führte die Prozession zu Ehren ihrer Blutfehde an. Eine verschlungene Formation aus zahllosen Himmelsstürmern bildete sich am Firmament – ein Tanz, der Balz nicht unähnlich, nur größer, getragener und noch beeindruckender. Der Tanz erreichte seinen Höhepunkt, noch bevor der Regen einsetzte.

Lacht-im-Verborgenen war ein anmutiger Tänzer, dachte sie im Gleitflug.

Doch viel mehr noch verlangte es sie nach Hatz.

Tanz wartete sehnlichst auf Scans Rückkehr. Auf ihren Brief hatte sie keine Antwort erhalten, was nicht weiter verwunderlich war, da seine Mission, die Steuerung eines Heliumluftschiffes, von so vielen Wetterfaktoren abhängig war. Sie hatte kaum geschlafen. Das Küken war in der Nacht mehrfach aufgewacht und hatte noch in der Eierschale nach seiner Mutter geschrien. Sie war jedes Mal erschrocken aus dem Schlaf hochgefahren, immer unter dem Eindruck, eine dunkle Gestalt würde sich ihrem Nest nähern. Doch Silbrig würde Nachtfluginstrumente als Mittel einer verweichlichten Zivilisation verschmähen und deshalb zu dieser Stunde nicht angreifen. Genauso wenig war Tanz in der Lage, durch das Leichtdach oder die geschlossenen Verschläge zu blicken.

In ihrem letzten Albtraum war Tanz sogar gegen die Nestwand getaumelt und hatte dabei zwei Stützbalken eingerissen. Jetzt saß sie mit zerzausten Federn und trüben Augen da und blinzelte verstört in die ersten Strahlen des Tageslichts, die durch die Verschläge drangen. Ihre Glieder schmerzten nach dem nächtlichen Zusammenprall, als sie sich regte. Das Küken schrie wieder nach seiner Mutter, doch Tanz brachte nur ein paar schwache, besänftigende Laute hervor. Sie humpelte zur Reißleine des Verschlags, um das Tageslicht ganz hereinzulassen. Zumindest würden die Schrecken der Nacht in der Morgensonne schwinden.

Tanz schlug die Fensterläden an der Ostseite zurück, doch ihre Verwirrung wollte auch dadurch nicht weichen. Himmelszelt und Himmelsgrund waren mit einer dicken eisigen Nebeldecke überzogen.

Silbrig hatte geduscht und eine leichte Mahlzeit zu sich genommen. Eigentlich war sie nicht hungrig gewesen, aber Regen erweckte in ihr immer den Jagdinstinkt und so hatte sie ein Kaninchen erlegt. Danach hatte sie sich für eine Ruhepause auf einer geschützten Stange niedergelassen. Hier drang nur ein leichter Sprühregen zu ihr durch, den sie im Schlaf sogar als angenehm empfand. Ihre angespannten Muskeln waren ohnehin überhitzt.

Die Erregung des Kampfes und der Blutprozession verflüchtigte sich allmählich. Die anderen Himmelsstürmer spielten, zu Späßen aufgelegt, im Sturmwind, als ob er ein erfrischender sommerlicher Schauer wäre, oder flogen zu den Giebelstangen des Tempels, die, obwohl der Ort eigentlich heilig war, als beliebter Treffpunkt für ungestörtes Turteln oder flatterhafte Zusammenkünfte galten.

Silbrig kümmerte sich nicht weiter darum. Sie war heute im Mittelpunkt gestanden und hatte die Aufmerksamkeit sowohl von Freunden als auch von möglichen Freiern auf sich gezogen. Ohne genauer hinzuschauen, wusste sie, dass Lacht-im-Verborgenen sich auf einem Ast niedergelassen hatte, von dem aus er sie beobachten konnte. Sie kicherte verstohlen und sank dann in einen tiefen, traumlosen Schlaf.

Als sie erwachte, war sie über den Nebel zwar verwundert, aber durchaus angenehm überrascht. Als Kind hatte sie im Spiel geübt, nur ein paar Krallen breit über dem Boden dahinzusegeln und sich so an ihr Opfer heranzuschleichen, dass sie es im Flug wie eine Blume pflücken konnte. Bei Nebel war es natürlich noch schwieriger, so zu fliegen, da dann der Boden ausgekühlt war und keine Thermik bot. Ihrer Gegnerin würde es nie gelingen, denn Tanz war vom Legen und Brüten träge geworden. Das hatten die Kundschafter ihrer Schar Silbrig zugetragen. Aber sie selbst war, angespornt vom Training und ihrer enthaltsamen Lebensweise, stark genug, es zu tun. Sie konnte sich bis dicht über den Nistplatz in den Bergen heranstehlen, der Tanzes Gelege barg.

Die Verschläge ließen sich nicht richtig verschließen. Warum auch? Scan und Tanz hatten nie mit solch einem Angriff gerechnet. Solange man die Verschläge mit Seilen verschnürte, schien das Nest ausreichend gesichert. Silbrig mochte mit ihren geschärften Krallen an den Schieferplatten kratzen, aber wahrscheinlich hielten sie stand, bis Scan zurückkehrte.

Andererseits konnte Tanz den Anflug ihrer Feindin bei geschlossenen Verschlägen nicht sehen. Immerhin lichtete sich der Nebel. Tanz setzte darauf, den vorderen Verschlag offen zu halten. Silbrig musste von der Talseite her angeflogen kommen. Das nahm Tanz zumindest an.

Aber sie irrte sich.

Während Tanz noch damit beschäftigt war, die Seitenverschläge zu schließen, kauerte Silbrig bereits, festgekrallt im Wurzelwerk, nur wenige Zoll über dem Nest. Seit Morgendämmerung hielt sie sich dort versteckt und wartete darauf, dass sich der Nebel lichtete. Jetzt wagte sie sich verstohlen hervor.

Die Verschläge hielten wohl selbst starkem Sturm stand, aber Silbrig hatte einen Plan gefasst, wie sie Tanz aus dem Nest locken konnte. Und so machte sie sich jetzt daran, die Verschläge mit größeren Steinen zu bewerfen. Das fiel ihr zwar mit ihren großen, unbeschnittenen Krallen nicht leicht, aber sie beabsichtigte auch gar nicht, die Verschläge damit zu zertrümmern. Sie wollte nur Tanzes Aufmerksamkeit erregen.

Vor allem wollte sie Tanz damit aus dem Nest und in den offenen Luftkampf locken.

Tanz erschien am Nesteingang. Ihr Blick war verstört und nicht zielgerichtet.

»Golden«, meinte Silbrig leichthin, »ich fordere dich zum Tanz.«

Tanz hatte zwar den Angriff vorausgeahnt, war aber verärgert, nicht seine Richtung erkannt zu haben. »Mach dich davon«, entgegnete sie tapfer. »Du und ich haben nichts zu streiten.« Vorsichtig zog sie ihren Flughandschuh an und schnürte ihn zu.

»Wir haben den ältesten Streit auszufechten, der sich nur denken lässt«, rief Silbrig. »Du bist mein Zwilling, und für uns beide ist nicht genug Platz am Himmel!«

Tanz wappnete sich mit Gegenargumenten, doch dann verließen sie die guten Gründe auch wieder. Sie wusste, dass die Himmelsstürmer auf alles eine Antwort hatten. Und Silbrig zog sich mit berechnender Schläue zurück.

»Mach dich davon!«, rief Tanz abermals. »Mein Gatte kommt bald zurück.«

»Dann werde ich auch ihn zum Kampf herausfordern. Und ich hoffe, dass er seinen Mann stehen wird.«

Tanz bemerkte, wie Silbrig an etwas oberhalb ihres Nestes herumhantierte. Plötzlich wurde ihr klar, dass Silbrig den Morgen damit zugebracht hatte, auf dem Abhang über ihrem Nest eine Falle zu errichten. Dass sie mit großer Anstrengung Steine und Geröll zu einem Haufen zusammengetragen hatte, den nur einige wenige schwache Zweige und Äste zurückhielten. Es war ein Leichtes, das Ganze loszutreten. Ein Erdrutsch!

Das Nest war eine doch eher anrührende, altertümliche Konstruktion. Ihm fehlte eine moderne Grundlage. Vielleicht würde es einem Erdrutsch nicht völlig nachgeben, aber das Geröll könnte das Leichtdach und damit auch das Gelege darunter zertrümmern.

Tanz wusste, dass sie in der Falle saß. Halb flatternd, halb am Boden wühlend, stürzte sie auf Silbrig zu. Silbrig wehrte sie ab und erhob sich dann leichtflüglig in die Lüfte. »Auf denn zum Tanz«, jubilierte sie.

Tanz flatterte zum Nest zurück. Silbrig schwang sich weiter in die Höhe und tauchte dann auf die gefährlich aufgehäufte Geröllhalde zu. Tanz sah mit Schrecken, wie Silbrig sie beinahe lostrat.

»Beim nächsten Mal«, kündigte sie an, »fällt der oberste Stein. Ich muss ihn nur ein wenig verrücken.«

»Ich will nicht mit dir kämpfen!«, schrie Tanz.

»Aber ich!« Der aufflackernde Zorn in Silbrigs Augen strafte ihre vorgespielte Leichtigkeit Lügen.

Tanz flog an der Geröllhalde vorbei. Sie dachte daran, sich beim nächsten Vorbeigleiten im Flug herumzuwerfen und Silbrig an den Krallen zu packen. Silbrig hatte sich dicht unterhalb des Geröllhaufens, aber noch oberhalb des Nestes niedergelassen. »Oder ich könnte diesen Zweig wegziehen.« Und schon zerrte sie an einem Ast.

Panik ergriff Tanz. Sie warf sich in die Lüfte, schoss an Silbrig vorbei und versuchte, sie ins offene Gefilde wegzulocken, ohne dass sie den Erdrutsch lostreten konnte.

»So ist's recht!« Silbrig triumphierte und nahm die Verfolgungsjagd auf. Bald schon hatte sie Tanz zum Nahkampf gestellt, und die beiden taumelten ineinander verkrallt durch die Luft.

Im Nest versuchte das noch namenlose Küken im erstgelegten Ei sich zu strecken. Die Schale war so hart, es schmerzte. Das Küken wollte seine Glieder dehnen; das Ei hielt es gefangen. Das Junge wollte atmen; das Ei erstickte seinen Wunsch. Es wollte seine kleine Kralle ausstrecken; das Ei schien sich noch fester um es zu schließen.

»Mama«, kam der zaghafte Schrei und sein Schnabel hieb und stieß gegen die steinerne Schale. »Mama. Mama. Mama. *Mama*!« Doch es kam keine Antwort. Das Küken hatte den Herzschlag seiner Mutter gehört und ihre Wärme gespürt; sie hatte ihm Dinge zugeraunt, die zu verstehen es versucht hatte. Wo war sie? Jetzt wurde ihm kalt.

Das Junge wetzte seinen noch schwachen Schnabel an der harten Schale. Ein erster Riss tat sich auf. Das Küken versteifte seinen Nacken und *drückte*. Nichts weiter. Es erlahmte und döste. Doch das Gefühl, eingezwängt zu sein, stachelte es erneut an. Irgendwie fühlte sich die Schnabelspitze besonders gut an, wenn es sie gegen die Eierschale wetzte.

Draußen kämpfte Tanz einen verzweifelten Kampf. Sobald sie von Silbrig abließ, stieß diese immer wieder zur Geröllhalde hinab. Tanz war sich ihrer Schwäche wohl bewusst. Was aber noch schlimmer wog: Sie besaß keinen Killerinstinkt. Und doch schien es keinen anderen Ausweg zu geben als zu töten.

Silbrig war nicht entgangen, wie besorgt Tanz um das Dach des Nestes war. Sie ließ sich darauf nieder und begann, mit ihren scharfen Krallen am Laub und Gehölz, das es zusammenhielt, zu scharren. Jedes Mal, wenn Tanz auf sie zugeflogen kam, kauerte sie sich so dicht ans Dach, dass Tanz Gefahr lief, beim Zuschlagen das Dach zu beschädigen. Schon gab es nach, es war kurz davor, ganz zusammenzubrechen. Tanz verausgabte sich in ihren Bemühungen und konnte Silbrig doch nicht von der gebrechlichen Konstruktion verscheuchen.

Warum hatten sie kein massiveres Dach gedeckt? Es hielt gerade mal den Regen ab. Natürlich würde nichts und niemand bei klarem Verstand je ein Nest angreifen. Die Weisen von Aeyrrhi regierten ihr Universum mit Vernunft. Nichts und niemand wagte, sich einem Nest zu nähern.

Außer der eigenen Zwillingsschwester!

Silbrig jauchzte, als sie Kralle um Kralle aus dem Gebälk riß. Einige der entscheidenden Stützbalken waren bereits durchgebrochen. Mit makabrem Siegesgeschrei stürzte sie herab, als die ganze Konstruktion unter ihr nachgab. Und Sekunden später tauchte sie wieder auf.

*»Mama! Mama!«*, stieß das Küken in einem hysterischen Rhythmus hervor. Beängstigende Bewegung. Die Furcht vor dem freien Fall.

Silbrig hielt das Ei. Tanz durchlief es kalt vor Angst, Zorn und Empörung. Silbrig flog, das Ei fest eingekrallt, über die Schlucht davon. Sie drohte das Ei zu zermalmen. Das lebendige Küken schrie vor Angst und Schmerz in ihren Klauen. Tanz schlug verzweifelt von oben auf sie ein. Wut und Verzweiflung gaben ihr die Kraft. Dann tauchte sie unter ihre Gegnerin, warf sich in Rückenlage und griff nach dem Ei, in der Hoffnung, es ihr entwenden und davonfliegen zu können.

Doch aus Furcht, die Klingen ihres gestählten Flughandschuhs könnten das junge Leben durchbohren, zögerte sie einen Augenblick zu lang. Sie rüstete sich für einen zweiten Angriff und schwang sich erneut über Silbrig auf. Doch genau in diesem Augenblick heulte Silbrig triumphierend auf und ließ das Ei fallen.

Aber auch dies war noch nicht das Ende des Kampfes, denn ohne zu zögern tauchte Tanz dem Ei im Sturzflug hinterher, um es aufzufangen. Sollte ihr dies nicht gelingen, würde das Küken mit Schale, Schwingen und Leben auf dem Grund der Schlucht zerschellen. Silbrig hatte aber ihrerseits diesen Rettungsversuch vorausgeahnt und stürzte ihr nach. Sie bekam Tanz mit ihren nackten Krallen am Nacken zu fassen. Tanz versuchte, sich aus der Umklammerung zu befreien – doch es war zu spät!

*Was nützen diese scharfen Augen*, durchlief es sie mit Todespein, *wenn sie DAS mit ansehen müssen: den zerschmetterten Leib meines Kindes?* Dieses Kind hatte sie nie lebendig gesehen, nur seinen Ruf vernommen. Jetzt, befreit von seiner Schale, lag es tot vor ihr.

Gedanken, Anblick, Blut, Krallen – alles zerbarst in ihr, als sie sich aus Silbrigs Zugriff befreite und auf den Felsengrund hinabtauchte, wo ihr Kind tot dalag. Vielleicht dachte sie sogar daran, sich auf demselben Felsen zu Tode zu stürzen. Silbrig hatte über den Tod des Kindes nicht weiter hinaus gedacht. Sie hatte nur daran gedacht, dass es das Äußerste an Rache wäre. Wäre es nicht bloß gerecht gewesen, dass eines der Zwillingsgeschwister vom anderen getötet worden wäre, genau so, wie es zwischen ihr und Tanz hätte der Fall sein sollen? Sie glaubte daran, dass Tanz dies irgendwie einsehen möge, im Schmerz resignieren und sich zur Opferung bereit zeigen würde. Der Raub des Eis war spontan erfolgt und nicht Bestandteil ihres ursprünglichen Plans gewesen. Vielleicht würde er, so dachte Silbrig, Tanz dazu veranlassen, sich auf einen ehrenhaften Kampf mit ihr einzulassen. Vielleicht hatte Silbrig als die Jüngere sogar unbewusst vor, in diesem Kampf zu sterben.

Doch auch Tanz entzog sich logischer Beweggründe. Nur Krallenbreit vor dem Abgrund riss sie sich von ihrem selbstmörderischen Sturzflug zurück. Der Zorn war der Verzweiflung gewichen. Aber nicht jene halbherzige Verzweiflung, die sie oft bei ihren Patienten behandelte, sondern eine heißblütige Verzweiflung, die ihre Kehle zu einem Racheschrei befreite und ihre Brustschwingen dazu anfeuerte, sich erneut zu jenem Unheil verkündenden Punkt aufzuschwingen, der ihr Himmelsrevier verdunkelte und der Silbrig hieß. Sie war entschlossen, diesen Punkt auszulöschen und wie einen anmaßenden Emporkömmling zu zerschmettern.

Silbrig irrte planlos umher; plötzlich versetzte sie eben jener Kampf, den sie gesucht hatte, in Angst und Schrecken. Zu spät tauchte sie nach links ab, um Tanzes heranrauschenden Schwingen auszuweichen. Tanz kreiste jetzt über ihr. Silbrig versuchte, noch weiter an Höhe zu gewinnen, aber Tanz hatte bereits mit voll ausgefahrenen Krallen und Klingen des Flughandschuhs ihren Sturzflugangriff auf sie begonnen. Silbrig warf sich nach links zur Seite und wich den rasierklingenscharfen Waffen aus. Sie rechnete fest damit, dass Tanz ihren Sturzflug nicht abbrechen konnte und dadurch so viel an Höhe verlieren würde, dass sie ihrerseits aufsteigen und den Angriff erwidern konnte.

Doch nun sollten Tanzes Verzweiflung und ihr gestählter Flughandschuh, für Silbrig stets das Symbol einer dekadenten und überzüchteten Zivilisation, eben jene Elemente sein, die ihr Schicksal besiegelten.

* * *

Tanz war sich einer Sache sicher: Sie würde ein um das andere Mal angreifen. Den Angriff gegen Silbrig richtig zu taxieren, bedeutete zwar, die volle Wucht ihres Sturzfluges etwas zu vermindern. Andererseits hatte sie mittlerweile erkannt, dass Silbrigs zwei natürlich gewachsene Klauen der einen natürlichen Klaue und dem mit Stahlklingen bewehrten Flughandschuh nicht gewachsen waren. Zwar war ihr auch dumpf bewusst, dass Silbrig ihr Fleischwunden am Nacken zugefügt hatte. Doch ihre Erregung hatte selbst diese Blutungen beinahe gestillt. Aus der Verzweiflung heraus hatte sie einen wahnwitzigen Plan gefasst.

Sie wusste, dass sie Silbrig töten würde. Natürlich war auch Silbrig darauf aus, sie zu töten. Aber während Silbrig eine gewöhnliche Blutfehde mit nur einem Überlebenden geplant hatte, war es Tanz eigentlich egal, ob es ein fairer Kampf war, ja es war ihr sogar egal, ob sie diesen Kampf überlebte. Der Tod des Kükens hatte einen unbändigen Vernichtungswillen in ihr freigesetzt. Sie hatte sich vorgenommen, immer wieder auf Silbrig herabzustürzen, sie anzugreifen, sich erneut aufzuschwingen, bis sie wieder die Höhe zum erneuten Sturzflug erlangt hatte, und diesen Zyklus so lange fortzusetzen, bis Silbrig sie töten würde – oder bis Silbrig ihren Angriff falsch kalkulieren und selbst in einem Zugriff aus Kralle und Stahl gefangen sein würde. Und auch dessen war sich Tanz sicher: Sobald sie Silbrig einmal zu fassen bekäme, würde sie nicht mehr locker lassen. Nicht bevor sich ihre Krallen in Silbrigs Fleisch gegraben hätten und mit den Stahlschneiden ihres Flughandschuhs ihre Federn, Schwingen und Rückgrat durchtrennt hätten.

Tanz brauchte nur einen weiteren Angriff. Silbrig kam vom Kurs ab und warf sich, ihre Krallen zur Abwehr ausgestreckt, auf den Rücken. Doch sie hatte den Angriff falsch eingeschätzt. Aber auch Tanz hatte ihren Sturzflug falsch kalkuliert – ihre gestählten Krallen zerfurchten Silbrigs Gesicht. Tanz warf sich herum und senkte, als sie endlich Halt spürte, ihren Flughandschuh automatisch tiefer in das, was sie zu fassen bekam. Es war Silbrigs rechtes Auge – und auch das linke war tödlich verwundet. Als Tanz erkannte, was sie da in Krallen hielt, ließ sie erschrocken los und flatterte davon. Doch es war bereits zu spät. Silbrig schlug in zielloser Panik um sich. Sie war nicht tödlich verwundet – schlimmer: Sie war blind.

Nachdem Scan später heimgekehrt war, kamen einige Himmelsstürmer, um die verwundete Silbrig heimzuholen. Sie würde ihnen von nun an, genauso wie Lobhild für die Schar der Behandschuhten, eine jungfräuliche Mentorin sein.

Am Abend flog ein junger Greifvogel, gerade erst zur vollen Mannespracht herangewachsen, über Tanzes und Scans Himmelsrevier. Es war Hatz. Er flog so dicht vorbei, dass sie seine rot geränderten Augen erkennen konnten. In ihnen lag tiefe Trauer.

JANET KAGAN

# Zauberhandwerk mit ein wenig Schummelei

*Janet Kagan hat ihr Leben lang Science-Fiction verschlungen, und als sie schließlich herausfand, dass solche Bücher von wirklichen Personen geschrieben werden, setzte sie sich sogleich in den Kopf, selbst solche Geschichten verfassen zu können. Sie ist über die Tatsache begeistert, dass es den Lesern anscheinend genauso viel Vergnügen bereitet, ihre Arbeiten zu lesen, wie sie es beim Schreiben hat. Als Beweis dafür hat sie bislang drei Asimov-Leserabstimmungen, den ersten Preis in der Kessel-Abstimmung für Ausgabe 10 des MZB's »Fantasy Magazine«, in dem diese Geschichte zuerst erschien, sowie eine Nebula-Nominierung und einen Hugo eingeheimst.*

*Sie lebt mit ihrem Mann Rick und einem ganzen Rudel voller Katzen in New Jersey. Sie hat bereits die Romane* »Uhura's Song«, »Hellspark« *und* »Mirabile« *veröffentlicht. Derzeit arbeitet sie an einem Roman über Nellie Bly. Es dürfte interessant sein, wie sie das in Science-Fiction verwandelt. Aber wie diese Geschichte beweist, besitzt Janet eine Veranlagung, »um Ecken zu denken« und herkömmliche Gedanken auf den Kopf zu stellen.*

Säbelzahn verließ ihr bequemes Daunenkissen und schlich zum wiederholten Male ans Fenster, um durch die dichten Wasserschlieren hinauszustarren. Es regnete jetzt bereits seit einer Woche ununterbrochen. Trotzdem hatte sie zumindest einen Teil der Zeit sinnvoll dafür genutzt, Schnicken aus den Teppichläufern zu zupfen oder Mäuse und Maulwürfe zu jagen, die sich bei dieser Feuchtigkeit noch an die Oberfläche trauten. Ihr machte der Regen an sich nichts aus.

Was ihr aber etwas ausmachte, was ihren Schwanz wie eine schwarze Giftschlange nervös hin- und herpeitschen ließ, war der jämmerliche Gestank, der vom Dorf heraufkroch und sich in jedem Winkel des Hauses, das sie mit Gloria Doppelblick teilte, breit machte. Heute Morgen hätte er sogar alle Wohlgerüche, die Gloria herbeibeschwören konnte, übertroffen.

Es stank nach Gefangenschaft, nach eingesperrten Kindern, die man im Haus behielt, damit sie sich nicht erkälteten. Gloria nannte so was »reinen Aberglauben«. Wahrscheinlich wollten die Eltern nur verhindern, dass die Kleinen ihre Kleider schmutzig machten. So gesehen wäre es vernünftiger, sie ganz ohne Kleider im Regen herumtollen zu lassen.

Das war zumindest Säbelzahns Meinung. Selbst wenn die anderen nicht über ihr herrliches Fell und ihren Trockenzauber verfügten, war es für die meisten doch warm genug, um sich »schutzlos« im Freien aufzuhalten.

Das lausige Klima wirkte sich auch schon auf die Stimmung der Erwachsenen aus, was das Elend der Kinder nur vergrößerte.

Säbelzahn strich gelangweilt hin und her. Um sich abzulenken, zauberte sie sich eine Motte herbei und jagte sie die Vorhänge hinauf. Sie hatte fast schon die Zimmerdecke erreicht, als sie erkannte, dass sie die Tragfähigkeit der Gardinenstangen überschätzt hatte; sie bogen sich bereits bedrohlich durch. Doch Säbelzahn war mit sich und der Welt so unzufrieden, dass sie selbst auf ihre Magie verzichtete, um das drohende Unheil noch abzuwenden. Die Holzstangen zersplitterten und die Vorhänge sausten mit Säbelzahn zu Boden. Das Resultat war ein elendes Häufchen aus schwarzer Katze und blauem Stoff.

Noch viel zu gereizt, um sich mit der Leichtigkeit eines Zauberspruchs aus ihrer Lage zu befreien, wurschtelte sich Säbelzahn mit scharfen Krallen aus dem

Knäuel hervor. Immerhin bereitete es ihr einige Genugtuung, den Stoff zu zerfetzen.

Als sie wieder auftauchte und verstohlen nach oben blinzelte, nahm sie ihre Herrin wahr, die, die Hände in die Hüften gestemmt, über ihr aufragte. »Was soll das?« Ihre Stimme klang gereizt.

»Danke der Nachfrage, aber du brauchst mir nicht zu helfen«, erwiderte Säbelzahn sarkastisch. »Du willst doch sicherlich nicht, dass ich so fett und träge werde wie so mancher hier.« Ihr Schwanz schlug aus und befreite sich von den letzten Stofffetzen. Reichlich dramatisch schnupperte sie: Selbst Gloria roch gereizt. »Offenbar hebt das Wetter deine Laune auch nicht gerade. Ich versuche, mir ein wenig Bewegung und Abwechslung zu verschaffen, und was erhalte ich zum Dank dafür?« Säbelzahn gähnte und fletschte dabei ihre scharfen weißen Zähne. »*Was soll das?*«, äffte sie Gloria nach. »Könnte ich auch fragen! Wozu hat man denn eine Magierin im Haus, wenn sie noch nicht einmal etwas Sonnenschein herbeizaubern kann. Das frage ich dich, o große Gebieterin Gloria Doppelblick.«

Gloria hatte ihre Pose beibehalten, wirkte sogar noch etwas bedrohlicher. »Auf das Wetter einzuwirken …«

Doch ihr ganzes Gehabe verfehlte bei Säbelzahn ihre Wirkung, sie kannte den Trick »… erfordert enorme Energie und kann bei unsachgemäßer Handhabung zu verheerenden Rückwirkungen führen«, beendete sie Glorias Satz. »Dann lass dir halt was anderes einfallen. Das ganze Dorf verströmt dumpfe Depression, Ungeduld und weiß der Weltenbewahrer was noch. Wenn das so weitergeht, kommt es noch zu Mord und Totschlag.«

Gloria, plötzlich hellhörig geworden, warf den Kopf zurück. »Glaubst du wirklich?«

Gereizt krümmte Säbelzahn den Buckel, und ihr Schwanz schlug wieder heftig aus. »Du verschanzt dich hinter deinen Büchern und Schriftrollen und schenkst der Welt keine Beachtung. Ja, natürlich glaube ich das – falls nicht irgendwas geschieht oder irgend *jemand* dieses Muster auflöst.«

»Na schön«, erwiderte Gloria. »Wollen sehen, was wir tun können.«

»Wird auch höchste Zeit.«

Sie stolperte über das Knäuel der malträtierten Vorhänge, öffnete das Fenster und winkte mit gebeugtem Arm Säbelzahn zu sich heran. Die Katze buckelte noch mehr und meinte: »Wenn du meine Hilfe brauchst, um dieses Muster zu deuten, na dann gute Nacht.« Gloria seufzte nur und machte sich ans Werk.

Säbelzahn wusste genau, was da zu sehen war. Die wechselnden Strömungen, die auf das Dorf zufluteten und wieder abebbten, bildeten heute dunkle und dreckige Wirbel. Das war schon arg genug, aber es sollte noch schlimmer kommen. Über dem Dorf verlangsamte sich diese dunkle, träge Strömung und kam schließlich völlig zum Erliegen – fast so, als ob das Dorf in einer Lache abgestandenen Wassers unterginge.

Gloria drehte sich herum. »Du hast Recht.«

Natürlich hatte sie Recht. Beleidigt durch die Unterstellung, dass sie womöglich nicht Recht haben könnte, warf Säbelzahn ihr einen trotzigen Blick zu.

Gloria verstand diesen Blick wohl falsch. »Ich würde ja riskieren, mich ins Wetter einzumischen, um eine Hungersnot abzuwenden, aber nicht, um eine Depression zu beheben.« Und um jeglichen Einwänden seitens Säbelzahns zuvorzukommen, hob Gloria beschwichtigend die Hand und fügte hinzu: »Ich werde mir etwas einfallen lassen.«

»Das solltest du auch gefälligst tun. Wer weiß, was sich das gemeine Volk sonst noch zusammenreimt. Am Ende lassen sie sich noch zu dem Aberglauben verleiten, dass schwarze Katzen Unheil bedeuten.«

»Was sagst du da?« Glorias dunkle Brauen zogen

sich fragend zusammen. Säbelzahn holte ihre Hintertatze hervor und leckte sie verächtlich. »Schließlich hast du mir von all ihrem Aberglauben erzählt – dass Kinder sich zum Beispiel angeblich beim Spielen im Regen erkälten würden.«

Glorias Geruch veränderte sich abrupt. Säbelzahn hörte damit auf, ihre Hinterpfote zu lecken, und blickte gerade noch rechtzeitig auf, um zu bemerken, wie sich langsam ein Lächeln über Glorias Antlitz ausbreitete. Darauf hatte Säbelzahn nur gewartet: Gloria hatte sich endlich einen Gegenzauber für das regendurchnässte Dorf einfallen lassen.

Säbelzahn tat ihrer Genugtuung noch weiter kund. »Was würden wir bloß ohne unsere Magie tun?«

Das Lächeln auf Glorias Gesicht wurde zu einem fetten Grinsen. »Folge mir und ich werde es dir schon zeigen.«

»Ohne Zauberkraft kannst du dieses Muster nicht verändern.« Säbelzahn beäugte Gloria verächtlich – besann sich dann aber eines Besseren und berichtigte ihre Aussage: »*Selbst du* kannst ohne Magie nichts dabei ausrichten.«

Gloria nahm daran keinen Anstoß. »Was immer ein Zauberer tut, ist Zauberei«, erklärte sie geheimnisvoll. »Ich beabsichtige nur, ein wenig Nimmerbrand anzuwenden, falls du nichts dagegen hast.« Das Grinsen wurde, falls das überhaupt möglich war, noch breiter.

Nimmerbrand galt kaum als Zauberei. Es war ein derart elementarer Zauberspruch wie das »*Auf!*«, das Säbelzahn bei ihrer Kapriole mit den Vorhängen vernachlässigt hatte. Säbelzahn wartete auf eine weitere Erklärung.

Doch sie erhielt keine. Also war Gloria doch eingeschnappt. Wenn es darum ging, etwas heimzuzahlen, war Gloria genauso verschlagen wie jede Katze. Nun gut, wenn Gloria ihr nicht sagen wollte, was sie vorhatte, würde Säbelzahn ihr sicherlich nicht die Genugtuung verschaffen, danach zu fragen. Somit blieb ihr nichts anderes übrig, als abzuwarten, was Gloria in petto hatte.

»Meinetwegen benutze so viel Nimmerbrand wie du magst«, erklärte Säbelzahn. »Meine Einwände, falls ich sie hätte, würdest du ohnehin übergehen, also spare ich sie mir.«

Gloria kicherte. Funken des Nimmerbrands sprühten zwischen ihren Fingerspitzen und erschienen auch wie Sternenregen in ihrem Haar. Dann entledigte sie sich ihrer Kleider und faltete sie sorgsam zu einem Bündel auf dem Tisch. Sie nahm ihren Kapuzentrockenmantel vom Haken bei der Tür und hüllte sich darin ein.

»Bist du bereit?« Gloria bot ihr den angewinkelten Ellbogen an.

Inzwischen wollten Säbelzahn die Augen vor Neugier schier übergehen, aber sie heuchelte Gleichgültigkeit. Sie wollte verwünscht sein, bevor sie fragen würde.

»Aber natürlich«, lautete ihre Antwort.

Mit der Zauberformel *»Auf!«* sprang sie auf Glorias dargebotenen Ellbogen, von dort auf ihre Schulter und schließlich in die geräumige Kapuze. Dort ließ sie ein zweites *»Auf!«* folgen – das Tuch des Trockenmantels war dünn und Gloria fand darunter nur wenig Schutz. Wenn Säbelzahn auch gereizt war, so wollte sie doch nicht aus Rache ihre Klauen in Glorias Schultern versenken. Damit hätte sie nur eingestanden, dass Gloria einen Nerv bei ihr getroffen hatte.

Gloria trabte gemächlich den Pfad entlang, der durch den Silbertannwald zum Dorf führte. Das Paar Schuhe, das sie zurückgelassen hatte, erschien so einsam, dass Säbelzahn bereits daran gedacht hatte, ein Pack Feldmäuse herbeizuzaubern, das ihm Gesellschaft leisten konnte. Und auch Flöhe, die sich um Glorias zurückgelassene Gewänder kümmern konnten. *Sie wollte verdammt sein, bevor sie fragen würde.*

Bei jedem Haus am Weg klopfte Gloria an. Nachdem man sie freundlich begrüßt hatte und Gloria die stets angebotene Tasse Tee artig abgelehnt hatte, ließ sie jeden Haushalt wissen: »Ich brauche die Kinder.«

Auf die Frage wozu, antwortete sie lediglich: »Spürt Ihr denn nicht auch die Schwüle?« Natürlich spürten die Dörfler sie, und so hatten sie nichts dagegen einzuwenden, die Kinder zur Stadthalle zu schicken, wo Gloria auf sie warten würde.

Gloria schaute auch bei der Post vorbei. Jenny Hurtig machte sich auf den Weg an das andere Ende der Stadt, um die Kinder dort zu holen, und Thomas und Cecilany ritten zu den umliegenden Farmen. Gloria war entschlossen, keines der Kinder auszulassen.

Dann blieb ihnen nichts weiter übrig, als sich an der Stadthalle unterzustellen und zu warten. Gloria blieb weiterhin stur, und so verharrten beide schweigend. Säbelzahn ignorierte nach besten Kräften sowohl den Gestank als auch die Starrköpfigkeit ihrer Herrin und döste vor sich hin.

Getrappel und Geplapper weckte sie wieder auf. Die Kinder trafen nach und nach ein, und mit ihnen hellte sich auch die Atmosphäre bereits etwas auf, was Säbelzahn nicht erwartet hatte. Schließlich hatte Gloria noch überhaupt nichts unternommen.

Gloria nickte nur jedem Neuankömmling feierlich zu. Von ihrer Art beeindruckt, versuchten die Kinder, genauso ernsthaft zu bleiben, was ihnen aber nur schlecht gelang. Dreikäsehoch und Wussel ermahnten ihre kleinen Schwestern, still zu sein – und ernteten nur Gekicher. Robs großspurige Späße wurden durch ein Stirnrunzeln der sehr viel kleineren Goldlocke zum Schweigen gebracht – die dann aber selbst einen Lachanfall bekam.

Eine erwartungsvolle Spannung lag in der Luft und vertrieb viel von dem Elend, das man bislang bei der Stadthalle riechen konnte. *Vielleicht hat Gloria ja doch schon etwas getan*, dachte Säbelzahn und war verwundert, dass sie Glorias Zauberkunst verschlafen hatte. Sie überprüfte die Lage noch einmal. Nein – Gloria hatte noch nicht gezaubert. Und doch hatte sich die Atmosphäre verändert. Daraufhin wandte sie ihre Aufmerksamkeit den Kindern zu.

Wie erwartet waren sie alle fest in ihre Trockenmäntel verpackt; ihre Köpfe waren mit dicken Schals und Kappen bedeckt. Eigentlich hätte es nach Beengung riechen müssen, was aber nicht der Fall war.

Um den Hals trugen sie zahllose Amulette – Säbelzahn konnte sich nicht erinnern, wann sie das letzte Mal so viele gleichzeitig gesehen hatte –, und ihre Taschen waren mit Glücksbringern und Keksen voll gestopft. Die Eltern gingen wohl davon aus, dass ihre Kinder bei der bevorstehenden Zauberei jede nur erdenkliche Hilfe und so viele Kalorien wie möglich brauchen würden.

Gloria hüllte sich noch immer in Schweigen. Sie saß mit angezogenen Knien, um die sie ihre Arme geschlungen hatte, auf dem Ratstisch; ihre völlig verschlammten Zehen schauten unter ihrem Trockenmantel hervor. Säbelzahn blieb in der tiefen Kapuze verborgen, von wo sie alles sehen konnte, ohne selbst gesehen zu werden.

Die Bürgermeisterin erschien plötzlich in voller Amtstracht, gefolgt vom gesamten Stadtrat, der sich geschlossen verbeugte. »Gloria Doppelblick«, verkündete die Bürgermeisterin, »Ihr beehrt uns mit Eurer Anwesenheit.«

»Ich danke Euch, Helen von Weih, aber ich muss Euch bitten, uns jetzt alleine zu lassen. Es gibt viel zu tun.«

Helen von Weih überblickte die Kinderschar. Annie Zehenspitz, die Jüngste von allen, winkte ihr zu. Helen von Weih winkte etwas verlegen zurück. »Gestattet mir die Frage, ob das, was Ihr vorhabt, für die Kinder irgendeine Gefahr bedeutet.«

»Ihnen droht viel größere Gefahr, wenn mir mein Vorhaben misslingt.«

Im Kapuzeninneren rührte sich Säbelzahn und schnurrte ihr zu: »Na bravo! Jetzt hast du ihnen Angst gemacht.«

Gloria antwortete wortlos: *Nur den Erwachsenen. Die Kinder sind eher aufgekratzt.* Mit einem Schnuppern konnte sich Säbelzahn vergewissern, dass dies stimmte.

»Wenn Ihr es wünscht, können Oma Sassa, Eloise Lügenmaul und Ringgold uns helfen«, erklärte Gloria. »Das wäre mir sogar lieber.«

Auf ein Zeichen der Bürgermeisterin hin stürzte Len Schlacks in den Regen hinaus, um die drei Genannten ausfindig zu machen. »Oma Sassa hätte als Aufsicht ja wohl voll und ganz gereicht«, maulte Säbelzahn. »Was brauchen wir da noch Eloise Lügenmaul und Ringgold?«

»Weil das, was ich vorhabe, Eloise mit Gesprächsstoff für mindestens eine Woche versorgen wird«, erwiderte Gloria.

Dagegen war nichts einzuwenden, auch wenn Gloria damit Ringgolds Anwesenheit noch nicht erklärt hatte. Aber Säbelzahn überging diese Laune ihrer Herrin. Ringgold war der Kräuterkundige der Stadt, und Säbelzahn mochte ihn schon allein seines Geruchs wegen.

Helen von Weih rührte sich nicht vom Fleck, bis die drei Erwachsenen eingetroffen waren; dann scheuchte sie, nachdem sie Annie Zehenspitz ein letztes Mal verlegen zugewunken hatte, den Stadtrat fort.

Oma Sassa schloss besonders geräuschvoll die Tür, um die nötige Aufmerksamkeit zu erlangen. »Ich hoffe, du pfuschst nicht mit dem Wetter herum. Das werde ich nämlich nicht dulden.«

»Fällt mir nicht im Traum ein.« Gloria lächelte verbindlich. Und etwas ernsthafter fügte sie dann hinzu:

»Aber diese düstere Stimmung ist unnatürlich und muss behoben werden.«

»Nach einer Woche Dauerregen würde ich das als nur allzu natürlich bezeichnen«, spottete Oma Sassa verächtlich. »Aber bitte ... wenn du etwas weißt, was man dagegen tun kann, dann lass es uns tun.«

Gloria nickte und erhob sich. Sie warf die Kapuze ihres Mantels zurück, sodass Säbelzahn und die Funken des Nimmerbrands in ihrem Haar zum Vorschein kamen. Ein Raunen des Entzückens ging durch die Kinderschar, worauf noch weitere Nimmerbrandfunken zwischen Glorias Fingerspitzen erschienen.

»Meine Freunde«, erklärte Gloria. »Ihr habt alle die schrecklich düstere Stimmung in diesem Dorf verspürt. Mit Säbelzahns Hilfe habe ich jetzt die Ursache dafür herausgefunden.«

»Ach!«, entfuhr es Dreikäsehoch. Ihre Augen waren weit aufgerissen, doch Säbelzahn konnte nicht mit Sicherheit sagen, ob es daran lag, was die Kleine soeben gehört oder aber gesehen hatte. »Und wer tut so was?«

»Nicht wer, sondern *was*!«, verbesserte Gloria. »Schnicken! Eine ganze Heerschar von Schnicken!«

»Schnicken?«, wiederholte eine verwunderte Stimme aus der Menge.

Dreikäsehoch drehte sich um. »Schnicken sind diese Schädlinge, auf die Katzen immer Jagd machen. Aber wir können sie nicht sehen«, erklärte sie hilfreich.

»Weiß ich doch, was Schnicken sind«, meinte die gleiche Stimme diesmal ziemlich eingeschnappt. »Aber *uns* machen sie doch nichts aus.«

»So viele Schnicken können auch den *Menschen* was ausmachen. Und sie tun es«, fuhr Gloria fort. »Klar, es kommt nicht oft vor. Aber jetzt ist es passiert, und ihr könnt es alle spüren.«

Verstohlen flüsterte Säbelzahn ihr zu: »Du stellst

ja fast noch Eloise Lügenmaul in den Schatten. Schnicken – dass ich nicht lache!«

Gloria ignorierte die Bemerkung. »Um dem Problem ein Ende bereiten zu können, brauche ich eure Hilfe. Werdet ihr mir helfen?«

»O ja!«, rief Dreikäsehoch und schaute zu ihrer besten Freundin Wussel. Diese nickte eifrig erst ihr und dann Gloria zu. Und dann folgte ein ganzer Chor an Zustimmung.

»Ihr müsst genau tun, was ich euch sage«, warnte Gloria die Kinder, aber wiederum erntete sie nur Zustimmung.

»Also gut, dann lasst uns an die Arbeit gehen.«

Sie ging im Ratszimmer umher und streute jedem eine Hand voll Nimmerbrandfunken ins Haar; bei den Kleinen kniete sie sich hin, bei Ringgold stellte sie sich auf die Zehenspitzen. Säbelzahn nahm einen deutlichen Hauch von Anziehung zwischen den beiden wahr und konnte sich ihren Kommentar nicht verkneifen: »Also deshalb hattest du Ringgold mit auf der Liste. Die Katze lässt das Mausen nicht.« Und doch war ihr der Geruch der Kräuter und der gegenseitigen Sympathie nicht unangenehm.

»Du schaust so hübsch aus!«, rief Wussel und klatschte, dabei ihre Mutter nachahmend, begeistert in die Hände.

»Und du auch!«, erwiderte Dreikäsehoch brav das Kompliment. Die beiden waren ständige Spielgefährtinnen und wollten einander in ihrer gegenseitigen Bewunderung in nichts nachstehen.

Eloise Lügenmaul zog ihren Taschenspiegel hervor. Sie war mit Abstand die Schönste im Dorf und war sich dieser Tatsache auch wohl bewusst; deshalb benutzte sie ihren Spiegel eigentlich nur, um komische Grimassen zur Unterstreichung ihrer Geschichten zu üben. Aber heute wanderte der Spiegel von Hand zu Hand, damit jedes Kind sich und seinen Schmuck darin bewundern konnte. Anhand der vielen »Ohs!« und »Ahs!« konnte Säbelzahn verfolgen, wo sich der Spiegel gerade befand.

Zu guter Letzt schmückte Gloria Oma Sassa, und selbst sie konnte der Versuchung nicht widerstehen, einen Blick in Eloises Spiegel zu werfen. »Für den Anfang nicht schlecht«, räumte sie immer noch etwas widerwillig ein. »Lass sehen, was als Nächstes kommt.«

Gloria trat an den Ratstisch heran. *Runter mit dir*, befahl sie ihrer Katze wortlos, und Säbelzahn stolzierte an ihrem Arm hinab, um sich dann dort in Pose zu setzen, wo sie am besten sah und zu sehen war.

Gloria hob die Arme, und nach einigem »Pst!« trat Ruhe ein. »Zieht als Nächstes eure Stiefel und Strümpfe aus.«

Das dauerte einige Zeit; die Älteren halfen den Jüngeren – obwohl viele von ihnen ohne diese »Hilfe« besser und schneller zu Rande gekommen wären.

Als das erledigt war, hob Gloria erneut die Arme. »Und jetzt zieht alle restlichen Kleider aus. Die Amulette und Glücksbringer dürft ihr anbehalten, aber – und darauf kommt es an – eure Haut muss ganz dem Regen ausgesetzt sein.«

Einer der pubertierenden Jungen protestierte mit kieksender Stimme. Gloria blickte ihn scharf an. »Möchtest du dem Dorf helfen oder nicht?«

Rob nickte widerwillig; er war puterrot.

»Hör zu, Rob«, fügte sie wesentlich sanftmütiger hinzu. »Ich würde von dir nichts verlangen, was ich nicht selbst tun würde.« Und ohne Umschweife löste sie den Gürtel ihres Trockenmantels und legte ihn neben ihrer Katze auf dem Ratstisch ab. Säbelzahn konnte sowohl Robs Erleichterung als auch Ringgolds Begehren wittern.

Und noch ein anderer Duft mischte sich darunter – stark und betörend wie nur je ein Duft war, den Säbelzahn gerochen hatte. Sie konnte zunächst die Quelle dieses Duftes nicht ausmachen – bis Oma Sassa etwas bislang noch nie Dagewesenes tat: Sie lachte lauthals.

Oma Sassa zog ihre Kleider aus und Säbelzahn wusste, dass dieser Duft von dem reinen Vergnügen herrührte, das es ihr bereitete.

Unter viel Gekicher und Gelächter schälten sich nun alle Kinder aus ihren schweren, plumpen Kleidern: Mäntel, Hemden, Hosen, Unterwäsche – alles flog kreuz und quer zu Boden. Die Amulette wurden wieder angelegt, obwohl sie sich auf der nackten Haut erst kalt anfühlten und einige der Kleineren deshalb aufkreischten. Gloria ging im Zimmer umher und band weitere Glücksbringer um so manche entblößte Brust, damit man sie nicht in der Hand halten musste.

»Du bist mir nicht gerade zimperlich, Zauberin«, scherzte Oma Sassa.

»Und du hast es faustdick hinter den Ohren – das weiß ja wohl jeder!«

Oma Sassa lachte erneut lauthals heraus. »Und falls es bislang nicht bekannt war, werden sie es spätestens ab heute wissen!«

Gloria klatschte über dem Kopf in die Hände. Ein ganzer Funkenregen aus Nimmerbrand ergoss sich aus ihnen, umtanzte ihre Figur und stob zu Boden. Sie war die Königin des Feuerwerks, und alle Augen richteten sich auf sie. »Und damit beginnt unsere Arbeit! Die Schnicken lauern in jeder Straßenpfütze dieser Stadt. Aber wir werden sie vertreiben!«

Eloise Lügenmaul rief laut »Hurra!«, worauf sich sofort ein Dutzend oder mehr Stimmen und ein ganzer Chor an Gelächter anschlossen.

»Und so wird's gemacht«, fuhr Gloria fort. »Wir machen einen Mordsradau – wir singen, schreien, lachen und springen in ihre Pfützen! Meinetwegen können wir auch zu fünft in die gleiche Pfütze springen, solange wir keine einzige in der ganzen Stadt auslassen. Plantscht die Schnicken fort!«

Sie nahm Dreikäsehoch bei der Hand, diese ergriff Wussels und Wussel wiederum die ihrer kleinen Schwester. Und als sie sich so alle bei den Händen hielten, öffnete Gloria die Tür und führte den Zug in den Regen hinaus. »Sing, Ringgold, sing!«, rief sie. Ringgold stimmte das Lied an, das die Sterne hinter den Regenwolken wieder heraufbeschwörte, und sofort fielen alle Kinder mit ein.

Gegen den Lärm schrie Gloria noch einmal an: »Wir tanzen zum Marktplatz und von dort aus verteilen wir uns!«

Und so führte sie die Schar der Kinder tanzend, singend, krakeelend und lachend in den warmen Sommerregen hinaus.

Während Oma Sassa die Nachhut bildete, stapfte Säbelzahn zur Tür, um von dort aus das Spektakel zu beobachten. Durch den Regenschleier konnte sie gerade mal erkennen, dass die Spitze des Zuges den Marktplatz bereits erreicht hatte. Gloria sprang mit einem Jauchzer in die größte Pfütze, brüllte vergnügt »Fort, fort, Schnicken!« und wies dann die Kinder in verschiedene Richtungen, um dort das Gleiche zu tun.

Zwei Erwachsene erstarrten in ihren Regenmänteln zunächst bei dem Anblick; dann rannten sie Schutz suchend davon. Dreikäsehoch und Wussel zeigten ihren kleinen Schwestern, wie man *richtig* in Pfützen springt, während Eloise Lügenmaul im Regen ein Rad schlug.

»Du bist ein Snob, Säbelzahn!«

Säbelzahn schaute gerade noch rechtzeitig auf, um zu sehen, wie Oma Sassa als Letzte in der Reihe durch die Tür tanzte.

»Deine Flöhe kannst du mir nicht anhängen«, rief Oma Sassa ihr zwar außer Atem, aber zum Spotten aufgelegt zu. »Funktioniert nur bei Leuten in Klamotten! Ich schüttele sie einfach ab.« Und noch einmal wiederholte sie: »Snob!«

Das war zu viel für Säbelzahn. Ganz offensichtlich

würden sie alle eine Menge Spaß haben. Und so sprang auch sie in den Regen hinaus und eilte ihnen hinterher.

* * *

Die nächsten paar Stunden gehörten wohl zu den lebhaftesten, die Säbelzahn je verbracht hatte, und sie konnte sich danach nur noch bruchstückhaft und in wirren Bildern daran erinnern: zum einen an die entsetzten oder entzückten Gesichtsausdrücke der erwachsenen Dorfbewohner (mitunter waren beide Empfindungen gleichzeitig vorhanden); dann an das Geschrei der Kinder, die immer wieder aufs Neue in Pfützen plantschten und sich gegenseitig mit dem warmen Schlammwasser bespritzten; an Eloise Lügenmaul, die einen Handstand machte und sich dann der Länge nach in die größte Gumpe plumpsen ließ; an Gloria, die mit einem guten Dutzend anderer einen Kreistanz vollführte, bei dem sie durch jede erreichbare Lache wateten, während die Nimmerbrandfunken noch immer durch das schlammige Wasser sprühten, das ihr durch die langen Locken rann; vor allem aber konnte sie sich an den Geruch erinnern – an die Schwaden einer reinen Freude und helle, ungezügelte Ausgelassenheit, die das Dorf umschlungen hielt.

Säbelzahn hörte das gläserne Klirren einer Zauberspruchsequenz und schaute inmitten der Pfütze, in der sie sich gerade befand, auf. Und da sah sie einen Regenbogen – keinen gewöhnlichen Regenbogen, sondern die Vision ihres ganz persönlichen Regenbogens. Auch war es kein Halbbogen, sondern ein vollständiger Kreis – und sie bildete genau den Mittelpunkt davon.

Unbewusst war ihr sehr wohl klar, dass jedes Kind genau dasselbe sah: Jedes einzelne Kind war Anfang und Ende seines eigenen Regenbogens. Säbelzahn starrte wie gebannt auf den kreisrunden Regenbogen, bis er sanft im Nebel verblasste und schließlich ganz verschwunden war.

Als sie sich umblickte, sah sie, wie Eloise Lügenmaul die Hand ausstreckte, als ob sie versuchte, ihren Bogen zurückzuhalten. Oma Sassa schüttelte sich, als ob es gelte, einen Traum abzustreifen. Die beiden Kinder an ihrer Seite blickten mit offenen Mündern verwundert drein.

»Wir haben es geschafft«, stellte Gloria zufrieden fest und die Kinder versammelten sich, fast schon magisch angezogen, um sie herum. »Ihr habt es ja selbst gesehen. Wir haben alle Schnicken verjagt. Das habt ihr wirklich prima gemacht. Und jetzt habt ihr euch eine Ruhepause verdient. Geht nach Hause, badet und wascht den Schlamm ab und dann sagt euren Eltern, dass ich euch zur Stärkung heiße Honiglimonade und eine Sonderration Süßigkeiten verschreibe.«

Noch immer verdattert, nickten sie nur schweigend und machten sich dann auf den Weg. Während sie durch die regennassen Straßen heimliefen, fanden sie auch endlich ihre Sprache wieder – und Säbelzahn konnte hören, dass sich die Gespräche hauptsächlich um heiße Honiglimonade drehten.

Eine kleine Schar war zurückgeblieben; es waren die Kinder, die von den umliegenden Farmen stammten. Oma Sassa sagte zu ihnen: »Auch ihr sollt eure heiße Honiglimonade bekommen. Dafür sorge ich schon. Ich kann selbst ganz gut ein Glas vertragen. Das viele Schreien hat mich ganz heiser gemacht.« Und ganz sanft fügte sie noch hinzu: »Vielen Dank, Gloria. So etwas hab ich noch nie erlebt.« Dann scheuchte sie die Kinder vor sich her. Und um ihrem Ruf als scharfzüngige Alte wieder gerecht zu werden, rief sie Gloria noch im Gehen über die Schulter zu: »Ab in die Wanne mit dir, meine Kleine. Du siehst katastrophal aus.«

Säbelzahn musterte Gloria und musste der Alten

beipflichten. »Wo sie Recht hat, hat sie Recht«, meinte sie kritisch. Gloria war über und über mit Schlamm bedeckt, ihr Haar verfilzt und tropfnass – aber der Nimmerbrand funkelte noch immer darin.

Gloria breitete die Arme aus, blickte an sich herunter und fing an zu lachen. »Du solltest nicht so große Töne spucken. Bei dir hat der Trockenzauber auch nicht gerade gewirkt.«

Säbelzahn verdrehte den Kopf, um sich die Schulter zu lecken. Ein Maul voll Schlamm war das Resultat. Angeekelt schüttelte sie sich heftig und spuckte das Zeug wieder aus; ein Großteil davon landete bei Gloria.

»Wenn es Euch beliebt, Gloria Doppelblick« – Ringgold verneigte sein Haupt ehrerbietig –, »so wäre es mir eine Freude, Euch ein Bad in meinem Haus anzubieten. Das gilt selbstverständlich auch für Säbelzahn«, beeilte er sich hinzuzufügen, als er Säbelzahns drohenden Blick bemerkte.

*Aha!* sandte Säbelzahn ihre Gedanken Gloria zu. *Also darauf läuft es hinaus …*

*Nun sei kein Miesepeter,* erwiderte Gloria.

*Ich bin völlig durchnässt!* Sie schüttelte sich noch einmal. Und um das genügend zu betonen, verzauberte sie die davonstiebenden Tropfen derart, dass sie alle ausnahmslos Gloria trafen.

*Ich werde schon dafür sorgen, dass du zuerst trockengelegt wirst,* versicherte Gloria ihr und kicherte dabei. Und an Ringgold gewandt sagte sie: »Wir nehmen deine Einladung mit Freuden an.«

»Und dabei denkt sie bestimmt nicht nur an das Bad«, erläuterte Säbelzahn, aber Ringgold überhörte diese spöttische Bemerkung. Er war von Gloria ganz und gar verzaubert. Säbelzahn ließ es sich noch einmal durch den Kopf gehen. Gloria hatte schon Recht. *Ob nun mit oder ohne Zauberspruch – was immer ein Zauberer tut, ist Zauberei.*

MERCEDES LACKEY

# Die Hauruck-Hexe oder: Wo, bitte, parke ich das Monster?

*Misty Lackey gehört auch zu »meinen« Autorinnen; ich habe ihre ersten beiden Kurzgeschichten für »Zauberschwestern 3 und 4« gekauft und sowohl in meinen Anthologien als auch im Magazin Geschichten von ihr aufgenommen.*

*Inzwischen hat sie natürlich auch Romane veröffentlicht. Und zwar eine ganze Menge – mittlerweile vielleicht sogar mehr als ich. Außerdem haben Misty, Andre Norton und ich gerade unsere Zusammenarbeit an dem Projekt »Tiger Burning Bright« beendet, das etwa zur gleichen Zeit wie diese Anthologie erscheinen soll.*

*Mistys erste Diana-Tregarde-Story, »Nightside« (»Begegnung in der Nacht«), die sowohl in Ausgabe 6 meines Magazins als auch im ersten Band dieser Reihe erschien, ist die Kurzfassung ihres Romans »Children of the Night«, aber die vorliegende Geschichte hat sich noch nicht zu einem Roman ausgewachsen – zumindest bislang noch nicht.*

*Misty lebt mit ihrem Mann, dem Künstler Larry Dixon, einer Schar von zehn oder zwanzig Vögeln (wenn man der letzten Zählung trauen darf) und einer Vielzahl anderer Tiere in Oklahoma.*

*Anmerkung der Autorin: Die Figur des Robert Harrison und die Idee der »Hauruck-Hexen« sind dem Fantasy-Rollenspiel »Stalking the Night Fantastic« von Richard Tucholka entlehnt und werden hier mit der freundlichen Genehmigung ihres Schöpfers wieder verwendet.*

»Mrs. Peel«, ließ sich eine weltmännische und wohltönende Tenorstimme in der Hotelsuite hinter Di Tregarde vernehmen, »Mrs. Peel, unser Einsatz wird verlangt.«

Der Akzent klang eher leicht französisch denn britisch, aber der Tonfall war haargenau getroffen.

Di verschwendete keine Zeit damit, einen Blick in den Spiegel zu werfen, obwohl sie wusste, dass sein Spiegelbild dort zu sehen war. André LeBrel mochte zwar ein zweihundert Jahre alter Vampir sein, dennoch hinterließ er ein absolut einwandfreies Spiegelbild. Sie war vollauf damit beschäftigt, ihre falschen Wimpern zu befestigen.

»Noch einen Augenblick, Liebling. Der verdammte Kleber hält nicht. Ich begreif es einfach nicht – ich hab das Zeug vor einem Jahr für das Einhorn-Kostüm gekauft und da hat es einwandfrei funktioniert ...«

»Darf ich?« Eine geschmeidige, zartgliedrige Hand erschien hinter ihrem Rücken und hielt eine winzige Tube kosmetischen Klebers. »Ich wurde den Verdacht nicht los, dass du es mit dem Haltbarkeitsdatum nicht allzu genau nimmst, *chérie*.«

»Papperlapapp. Hätt ich mir ja denken können, dass so ein Garderobier-Heini wie du mir solche Weisheiten auftischt.« Dennoch nahm sie André die weiße Plastiktube ab und machte sich daran, die widerspenstigen Wimpern richtig anzukleben. Und diesmal klappte es. Di vollendete ihre Bemühungen, indem sie noch rasch Eyeliner auftrug, und drehte sich dann herum, um ihren Partner anzublicken. »Na, was meinst du?«, fragte sie kokett, wobei ihr vollauf bewusst war, wie adrett ihr der schwarze Leder-Overall stand. »Wie schau ich aus?«

André lüpfte seine Melone und lehnte sich auf seinen Schirm. »Hinreißend! Und ich?« Seine dunklen Augen funkelten herausfordernd.

Obwohl er eher wie Timothy Dalton als wie Patrick McNee aussah, hätte wohl keiner, der die beiden zusammen sah, einen Zweifel daran gehabt, wen er in seinem Kostüm darzustellen gedachte. Di beglückwünschte sich insgeheim zu ihrem »Partner-Look« und Andrés Faible für alte Fernsehserien.

*Und ich werde keinen Schritt von seiner Seite weichen,* nahm sich Di fest vor. *Warum habe ich mich bloß auf dieses Fiasko eingelassen ...*

»Du siehst einfach zu gut aus, als dass mir wohl bei der Sache wäre«, erklärte sie ihm und knipste das Licht über dem Schminkspiegel aus. »Ich hoffe, dir ist klar, was dir bevorsteht. Du wirst dich wie ein Hähnchenschlegel in einem Aquarium voller Piranhas fühlen.«

André verzog das Gesicht, als er ihr aus der Ankleidenische ins Hotelzimmer folgte. »*Chérie,* das sind doch bloß Autoren von Liebesromanen. Sie ...«

»... sind größtenteils Hausfrauen vorgerückten Alters mit überreizter Fantasie, verheiratet mit Kerlen, die an Haaren verlieren, was sie um die Hüften herum ansetzen. Außer dir werden kaum mehr als ein Dutzend Männer anwesend sein, und die sind entweder Abziehbilder der werten Gatten, Literaturagenten oder schwul. Nun rate mal, was da auf dich wartet.«

»Die böse Wölfin, die den armen Rotkapp verschlingen will.« Er besaß die Frechheit, sich über Di lustig zu machen. »Keine Angst, *chérie,* ich werde den kleinen scharfen Piranhazähnchen schon auszuweichen wissen.«

»Ich hoffe nur, mir wird das auch gelingen«, murmelte sie vor sich hin. Normalerweise mied sie die Versammlungen der »Romance Writers of the World« wie die Pest, warf das Mitteilungsblatt ungelesen weg und bezahlte ihre Beiträge nur deshalb, weil ihr Agent Morrie sie darauf hingewiesen hatte, dass es einen schlechten Eindruck machen würde, wenn sie nicht Mitglied wäre. Ihrer Meinung nach war der RWW eine einzige Brutstätte für Intrigen und Eifersüchteleien, und die literarische Qualität wurde hauptsächlich an der Höhe des Vorschusses gemessen, den jemand erhielt: »Meiner ist höher als deiner, also schreibe ich unsterbliche Prosa und du nur Schund.« Die vorherrschende Haltung schien zu sein, dass einem jeder etwas am Zeug flicken wollte: die Verleger, die Agenten und vor allem die lieben Kollegen. Da Di sowohl mit Agenten als auch Verlegern bestens klar kam und sich ansonsten nicht groß darum kümmerte, wie gut oder schlecht es anderen Schriftstellern erging, konnte sie den Sinn und Zweck der ganzen Übung nicht recht begreifen.

Aber irgendwie hatte Morrie sie doch dazu überredet, auf die Halloween-Party des RWW zu gehen. Wie oder warum ihm das gelungen war, konnte sie beim besten Willen nicht mehr sagen.

»Warum mache ich das bloß?«, fragte sie André, während sie ihre Handtasche auf dem beigen Bettüberzug ausleerte, alle wirklich lebensnotwendigen Utensilien in eine schwarze Ledergürteltasche stopfte, sich diese dann um die Hüfte schlang und dabei darauf achtete, dass die Tasche auf der einen und der Pistolenhalfter auf der anderen Seite sich nicht in die Quere kamen. »Du hast doch mit Morrie telefoniert.«

»Weil M'sieur Morrie wünscht, dass du für seinen Klienten Robert Harrison eine vernünftige Gesprächspartnerin abgibst«, erinnerte der Vampir sie. »M'sieur Harrison hat sich, in einem Anfall von Schwäche oder geistiger Umnachtung, breitschlagen lassen, Valentine Vervain auf die Party zu eskortieren.«

»Heiliger Hades, warum nur?«, rief sie aus und blickte den schwarzhaarigen Vampir völlig perplex an.

»Weil Miss Vervain – sag mal, *chérie*, sie heißt doch nicht wirklich so, oder? –, nun, weil Miss Vervain eine von Morries besten Kundinnen ist, außerdem frisch geschieden und allein und, laut Morrie, völlig unsicher, und weil M'sieur Harrison sich nett und artig ihr gegenüber verhalten hat«, erwiderte André.

Di schaute sich rasch im Hotelzimmer um, ob sie auch nichts vergessen hatte. Ein Vorteil, ihren jährlichen Goodwilltrip zu den Verlegern auf Halloween zu legen, bestand darin, dass sie bei dieser Gelegenheit ihre alten New Yorker Kumpels zu einer echten Samhain-Feier wiedersehen und gleichzeitig dem Massenbetrieb an Thanksgiving und Weihnachten mit dem dazugehörigen schlechten Wetter aus dem Weg gehen konnte. »Jetzt erinnere ich mich daran. Das war doch, als sie diese Crossover-Schmonzette vorstellte und die SF-Fans sie gnadenlos verrissen, weil sie behauptete, es sei das Beste, was seit Tolkien geschrieben worden sei.« Sie feixte unbarmherzig. »Na ja, da schweigt des Sängers Höflichkeit doch besser. Ihr Fantasiereich wies Löcher auf, durch die sogar die *Enterprise* bequem hätte fliegen können. Nur Harrison war ganz Gentleman und wendete ein Blutbad ab. Aber Morrie hat keine Ahnung von Valentine – du hast übrigens Recht, André, sie hieß früher Edith Bowman, aber das verkauft sich nun mal schlecht – wenn er sie für so unsicher hält, wie sie vorgibt. Drei Viertel ihres Gehabes sind Schauspielerei. Und immer schön in Technicolor und Breitwandausgabe. Aber was bringt eigentlich Harrison hierher?«

Sie angelte sich den Schlüsselbund vom Nachttischkästchen und verstaute ihn in ihrer Gürteltasche, während André ihr die Tür aufhielt.

»Das weiß ich auch nicht«, räumte er ein, ließ seinen Schirm einmal um die eigene Achse kreisen und lotste sie damit hinaus. »Am besten, du fragst ihn das selbst.«

»Ich hoffe nur, Valentine wird ihn nicht bei lebendigem Leibe verschlingen«, meinte sie scherzhaft, schritt den Hotelflur entlang und genoss ganz offensichtlich den bewundernden Blick eines Zimmerkellners, an dem sie vorbeischlenderte. »Ob sie wohl verwegen genug ist, das Kostüm der Titelillustration ihres letzten Buches zu tragen? Falls ja, dürfte Harrison den Wunsch verspüren, den Rest des Abends auf der Herrentoilette zu verbringen.« Sie erreichte das Flurende knapp vor André und drückte den Fahrstuhlknopf.

»Ihn davor zu bewahren, sind wir vermutlich engagiert worden, *chérie*«, bemerkte André trocken, als der Lift ankam.

»Na schön«, seufzte Di und betrat die mit Spiegeln ausgekleidete Kabine. »Es sind ja nur fünf Stunden und so schlimm wird es schon nicht werden. Was kann ein Häuflein Romanzendichter schon groß anstellen?«

Mit der Ansammlung an Spitzen, Chiffon und Samt hätte man gut und gerne ein ganzes Broadway-Musical ausstatten können. Nach der ersten Zählung kam Di auf fünfzehn Haremsdamen, neun Vampiropfer, drei Scarlet O'Haras (die Südstaaten schienen dieses Jahr »out« zu sein), rund ein Dutzend geschändete Jungfrauen aus verschiedenen Epochen (allerdings keine Bauernmägde darunter) sowie allerlei Rüschen und Firlefanz und schließlich eine »Hexe« in einem schwarzen Chiffonkostüm, das eindeutig einem Katalog für Reizwäsche und Dessous entstammte. Abgesehen von der »Hexe« waren Di und André die einzigen, die Schwarz trugen – und auch die einzigen, die keine nackte Haut zur Schau stellten –, obwohl dies in Dis Fall nicht viel zu besagen hatte – der eng anliegende schwarze Lederoverall ließ der Fantasie nicht mehr viel Spielraum übrig.

Es war Andrés Idee gewesen, als »Emma Peel und John Steed« zu gehen, als der Partybesuch sich wirklich nicht mehr vermeiden ließ. Sie hatte »Dracula« für ihn und »Hexe« für sich vorgeschlagen – aber er hatte mit bestechender Logik eingewandt, dass es unsinnig sei, auf einen Kostümball als das zu gehen, was sie wirklich waren.

*Außerdem habe ich mir schon immer einen schwarzen*

*Lederoverall gewünscht, da kam so ein Vorwand gerade recht. Und da ich Morrie damit einen Gefallen tue, kann ich es ihm vielleicht sogar auf die Rechnung setzen. Und selbst wenn das nicht klappen sollte, sind die neidischen Blicke, die ich ernten werde, das Geld zweimal wert.*

Die meisten der anwesenden Damen – und es waren, wie sie André richtig vorgewarnt hatte, vorwiegend Frauen erschienen – waren bereits über vierzig (und das war noch wohlwollend geschätzt). Bei vielen zeigten sich überdies deutlich die Probleme, die eine sitzende Tätigkeit mit sich bringt. Zu allem Überfluss trugen die meisten von ihnen Kostüme, die vielleicht ihren Romanheldinnen gut gepasst hätten, wenn auch nur wenige es so weit wie Valentine Vervain trieben und das Titelbild ihres letzten Buchs kopierten. Aber auch so war es ein Problem, dass die Romanheldinnen in der Regel nicht älter als 22 waren und ausnahmslos das Idealgewicht von 95 Pfund besaßen. Ihre geistigen Urheberinnen hingegen brachten mindestens das Anderthalbfache auf die Waage, sodass die erzielte Wirkung nicht ganz der ursprünglichen Intention entsprach.

Die säuerlichen Mienen, die Di begleiteten, waren genauso schmeichelhaft wie der frivole Pfiff, der einem der Hotelpagen entfuhr.

Ein kurzer Rundgang an Andrés Seite durch die fünf Zimmer der Hotelsuite im Henley Palace, die der RWW für diese Party angemietet hatte, bestätigte ihr, dass Valentine und ihr Begleiter noch nicht eingetroffen waren. Und Andrés Mienenspiel verriet, dass es ihm äußerst schwer fiel, bei Laune zu bleiben. Di entschied, dass ein diskreter Rückzug angesagt sei, und verschwand mit André und zwei Gläsern Perrier auf den Balkon.

Es war ein herrlicher Abend, eine jener seltenen Nächte im Spätoktober, die Di fast schon – wenn auch nur vorübergehend – bedauern ließ, dass sie nach

Connecticut gezogen war: kühl und klar und mit einer erfrischenden Brise, die die Ausdünstungen der Großstadt davontrug. Hunderte von Lichtern ließen das Ganze wie ein Schmuckkästchen erscheinen. Und wenn man sich etwas anstrengte, konnte man sogar einige Sterne erkennen.

Die gläserne Schiebetür zum Balkon stand offen, damit die Hitze und das Gemisch aus kostspieligen und penetranten Parfüms (Dis Kennernase schätzte pro Flakon mindestens 100 Dollar) entweichen konnte. Di beließ es dabei. Sie stützte ihre Ellbogen auf dem Balkongeländer ab, schaute hinunter und seufzte.

André grinste. »Du hast mich ja gewarnt, aber ich wollte nicht hören. *Pardon, chérie.* Aber das Ganze ist wirklich – äußerst bemerkenswert.«

»Das ist noch gar nichts. Spitz nur schön deine Vampirohren und du wirst einiges zu hören bekommen«, meinte sie lakonisch, während sie den Lichtern der Autoschlange 20 Stockwerke tiefer zusah. »Wenn sie sich nicht gerade gegenseitig angiften und ihre kleinen Machtspielchen spielen, ziehen sie über ihre Agenten und Lektoren her. Falls du dich je gefragt haben solltest, warum ich nicht hinter dem großen Geld her bin, hast du da die Antwort – ich müsste das Spiel nach ihren Regeln mitspielen.«

»Dann kann ich dir nur dringend raten, weiterhin so hübsch bescheiden zu bleiben, *chérie*«, erklärte er eifrig. »Ich ...«

»Entschuldigung!«, erklang eine männliche Stimme an der Balkontür. Eine gehörige Portion Verzweiflung schwang darin mit. »Sind Sie Diana Tregarde?«

Di drehte sich um. Ein bedrückt dreinschauender Typ in unförmigem Tweedjacket und ausgebeulten Hosen – ganz bestimmt kein Anzug – lugte verstohlen um den Türpfosten. Sein fahlbraunes Haar, schon büschelweise vorzeitig ergraut, die Brille und der Schnurrbart komplettierten das Jammerbild.

»Robert Harrison, wie ich vermute?«, fragte sie schelmisch. »Kommen Sie, hier sind Sie sicher. Für Chiffonkleider dürfte es hier draußen zu kalt sein.«

»Gott sei Dank.« Harrison flüchtete sich derart flink auf den Balkon, als ob er irakischen Grenztruppen ausweichen müsste, und ließ sich auf einem Stuhl nieder, wo er ganz bestimmt nicht mehr zu sehen war. »Die Parole lautet wohl: ›Morrie schickt mich.‹«

»Kann passieren. Einer von uns. Zu Morries Gunsten sei gesagt, dass er Ihnen immerhin Verbündete und einen Fluchtweg verschafft hat«, feixte Di. »Lassen Sie mich raten: Valentine kam als Hohepriesterin Askenazy?«

»Mit einer drei Meter langen Chiffonschleppe und durchsichtigen Haremshosen«, stöhnte Harrison. »Und vermutlich habe ich die Huld der Hohepriesterin verspielt, weil ich nicht als Dingens – wie heißt er gleich? – verkleidet kam.«

»Watission«, half Di aus. »Oder ›Watt-iss-nun‹, wie böse Zungen ihn verballhornen. Wozu ich wohl auch gehöre.«

»Aber das war noch nicht das Schlimmste!« Harrison schüttelte, noch immer leicht benommen, den Kopf. »Sie hätten einmal ihren Monolog im Taxi auf dem Weg hierher hören müssen. In einem fort schwafelte sie von Kristallen hinten und energetischen Schwingungen vorne, von Reinkarnation und Regression und mystischen Ritualen. Die Frau ist eine echte Hauruck-Hexe!«

»Eine was bitte?« Diesen Ausdruck kannte Di noch nicht.

Harrison schaute auf und schien sie zum ersten Mal richtig wahrzunehmen. »Also …« Er zögerte. »Ich dachte … weil Morrie doch sagte … er meinte jedenfalls … na ja, weil Sie doch einiges gesehen haben … er sagte, Sie wüssten so einiges …«

Sie angelte ihr Pentagramm aus dem Overall hervor

und zeigte es ihm kurz. »Nun ja, ich hänge keiner gängigen Religion an, und es gibt mehr Dinge zwischen Himmel und Erden, etcetera pp. Aber was in drei Teufelsnamen ist eine Hauruck-Hexe?«

»Na ja, einige Freunde von mir haben den Ausdruck geprägt. Es ist nicht ganz einfach zu erklären.« Harrisons Augenbrauen zogen sich zusammen. »Versuchen wir es mal mit ein paar Beispielen. Echte Hexen besitzen Zauberfolianten, die oft jahrhundertelang in der Familie vererbt wurden. Hauruck-Hexen haben Taschenbücher, die sie im Supermarkt aufgegabelt haben. Meist aus Langeweile an der Kasse.«

»Echte Hexen verfügen über sorgsam ausgeklügelte Zaubersprüche ...«, lieferte Di das Stichwort.

»Hauruck-Hexen kritzeln im Wohnzimmer mit Kreide ein paar Kringel auf den Fußboden und rezitieren aufs Geratewohl aus der Satanischen Bibel.«

»Wenn sich echte Hexen bei ihren Ingredienzen mit einem Ersatz behelfen müssen, wissen sie wenigstens genau, welchen Unterschied das ausmacht ...«

»Hauruck-Hexen schmieren Ketchup auf ihr Pentagramm, weil es ungefähr wie Blut aussieht.«

»Echte Hexen sammeln ihre Zutaten von Hand ...« Di machte das Spiel immer mehr Spaß.

»Hauruck-Hexen haben eine Kreditkarte und haufenweise Versandhauskataloge.« Harrison grinste, André ebenfalls.

»Echte Hexen verbringen Stunden mit Meditation ...«

»Hauruck-Hexen sitzen unter einer Plastikpyramide, die sie über eine Kleinanzeige bestellt haben, und lassen sich von *Dallas* berieseln.«

»Wenn echte Hexen jemanden mit einem Fluch belegen, wissen sie, dass sich der Fluch – zum Guten oder Bösen – dreifach gegen sie selbst wenden kann.«

»Eine Hauruck-Hexe würde den Pudel ihrer Nachbarin zur Hölle fahren lassen, nur weil die alte Schachtel ihr die letzte Packung *After Eight* beim *Spar* weggeschnappt hat.«

»Ich glaub, ich bin im Bilde. Die gute, alte Val hat sich also in den Kopf gesetzt, ihre so genannte Recherche für den großen Fantasy-Roman partout ernst zu nehmen?« Di lehnte sich an das Geländer und lachte herzlich. »Sie tun mir aufrichtig leid, Robert! Hat sie Ihnen auch einzureden versucht, sie seien in einem früheren Leben in Atlantis ein Liebespaar gewesen?«

»Lemuria«, entgegnete Harrison finster. »Mit ihrer Kristallsammlung muss sie inzwischen die Hälfte aller Bergwerksminen in Arkansas saniert haben.«

»Deshalb würde ich sie nicht allzu sehr bedauern. Bei ihren Tantiemen kann sie sich das durchaus leisten. Außerdem kenne ich ein paar hochanständige Leute in Arkansas, denen ich nur wünschen kann, dass sie jeden Penny bekommen, den sie ihr abknöpfen können. Aber Themawechsel. Bei uns sind Sie sicher – und mit etwas Glück spricht Val dem Punsch so kräftig zu, dass man sie in ein Taxi verfrachten und ins Hotel kutschieren lassen kann, ohne dass sie etwas davon mitkriegt. Aber was bringt Sie eigentlich nach New York?«

»Morrie möchte mich mit den neuen Herausgebern von Berkley zusammenbringen. Er glaubt, ich hätte gute Chancen, ihnen diese SF-Serie zu verkaufen, die ich schon immer schreiben wollte. Und dann gibt es noch ein paar Leute in der Stadt, die ich unbedingt treffen muss.« Und nach einem Verlegenheitsseufzer gestand er: »Um ganz ehrlich zu sein, habe ich auch schon daran gedacht, unter einem Pseudonym ein paar schwülstige historische Schinken zu schreiben. Wenn man bedenkt, dass man damit das Zehnfache an Kohle macht ...«

Di wehrte ab. »Ich glaube kaum, dass Sie damit glücklich würden. Oder haben Sie schon mal genau nach Vorgabe gearbeitet? Man muss so viele Geschmäcker berücksichtigen und sich auf so viele faule

Kompromisse einlassen, was Ihnen kaum behagen würde. Aber sagen Sie mal, Sie scheinen ja eine ganze Menge von diesem modischen Esoterik-Schnickschnack zu verstehen. Wie haben Sie bloß …?«

Drinnen schrie jemand. Es war kein hysterischer Schrei einer Frau, die in ihrer Ehre gekränkt worden war, sondern der markerschütternde Schrei, der blankes Entsetzen ausdrückt, die Luft durchschneidet und jedes Gespräch sofort verstummen lässt.

»Himmel, was ist …?« Harrison sprang auf und starrte in die Richtung, aus der der Schrei kam. Di beachtete ihn nicht und eilte, die Glock-19 bereits vom Halfter zückend, zur Balkontür. Jetzt war sie froh, dass sie das erste Magazin mit Silberkugeln geladen hatte. Und wie gut, dass wegen des Plastikgriffs keiner ihre Waffe für echt gehalten hatte …

»Der andere Balkon, André!«, rief sie ihm über die Schulter zu. Sie wusste, dass der Vampir ohne Schwierigkeiten über die Betonzwischenwand klettern und so durch die nächste Balkontür kommen konnte, was ihnen den Vorteil eines Angriffs mit zwei Spitzen verschaffte.

Es war eigentlich nicht der Schrei gewesen, der sie alarmiert hatte. Vielmehr hatte sie gleichzeitig diesen stechenden Schmerz in der Magengegend verspürt, der ihr signalisierte, dass jemand in ihrer Gegenwart das Gewebe der Gegenwelt zerrissen hatte. Sie wusste nicht, wer oder was es war – aber dem panischen Geflatter der Rüschen nach zu urteilen, die mit Ultraschallgeschwindigkeit zum Ausgang stürzten, war es aller Wahrscheinlichkeit nach kein allzu erbaulicher Anblick. Und ebenso wahrscheinlich hatte es mit einem der Partygäste zu tun.

Drei üppige Grazien (eine Südstaatenschönheit, eine Geschändete und eine Haremsdame, um genau zu sein) hatten gleichzeitig die Tür zum nächsten Zimmer erreicht und blockierten gemeinsam den Ausgang. Anstatt dass eine von ihnen der anderen den Vortritt gelassen hätte, um so den Stau aufzulösen, drängelten alle drei nur umso heftiger und schrien dabei nach Leibeskräften. Ihren Agenten mussten diese Geräusche bekannt vorkommen.

*Man könnte meinen, ihre Auflage würde verramscht werden!* Di hielt die Glock in der Rechten und stürzte zur besagten Tür. Mit der Linken ergriff sie den nächstbesten herumrudernden Arm (zur Haremsdame gehörig), platzierte ihren Fuß auf dem Gesäß der Nachbarin (die Südstaatenschöne, wie sich herausstellte) und schob und zerrte in einem. Der hysterische Weiberklumpen löste sich unter dem Geräusch von reißenden Kleidern; ein Reifrock verabschiedete sich vorzeitig von seiner Trägerin. Die drei Damen plumpsten nach vorn durch die Tür und machten für Di eine Gasse in das nächste Zimmer frei, die sie auch sofort nutzte. Hinter einem riesigen Holztisch tauchte sie nach Deckung ab, rollte sich zur Seite und zielte mit ihrer Glock auf die Tür zum letzten Zimmer in der Hotelsuite. Dabei stieß sie mit dem Ellbogen an jemanden.

»Was machen Sie hier?«, fragten Harrison und Di gleichzeitig. Harrison kauerte – halt, nein: Er suchte Deckung (man beachte den feinen Unterschied) – hinter dem Sofa neben dem Tisch und zielte mit seiner Magnum auf dieselbe Tür.

»Meine Sache«, riefen beide – wiederum gleichzeitig.

»Was?« (Auch dies unisono.)

»Eine höchst amüsante Etüde im Synchronsprechen«, bemerkte André, der gleich hinter Harrison kauerte (sprich: Deckung suchte), die Melone keck in die Stirn geschoben und den Degen, der sich in seinem Schirm verbarg, zum Angriff gezückt. »Aber darf ich eure Aufmerksamkeit auf jenen ungeladenen und äußerst unliebsamen Partygast dort drüben lenken …«

Etwas unförmig Großes verdunkelte einen Augenblick lang das Licht im angrenzenden Zimmer. Im nächsten Augenblick verlöschte das Licht völlig, und Di konnte deutlich hören, wie der Kronleuchter aus der Verankerung gerissen und gegen die Wand geschleudert wurde. Sie zuckte zusammen. *Und alles auf Kosten des RWW. Damit ist die nächste Beitragserhöhung schon fällig.*

»Ich konnte einen Blick erhaschen«, fuhr André fort. »Groß, sehr groß, das Ungetüm, schätzungsweise zehn Fuß, und es sah aus ... na ja, *chérie,* sagen wir mal ... wie ein Gummimonster aus einem ziemlich schlechten Gruselfilm. Nur, dass ich nicht glaube, dass es aus Gummi ist.«

Genau in diesem Augenblick ertönte aus dem anderen Zimmer ein Getöse, und Valentine Vervain taumelte, mit wild zerzauster Rothaarperücke, dafür aber abzüglich ihrer Schleppe und einem ihrer Plüschärmel, durch die Tür, fiel gegen die nächstbeste Wand und sank dort prompt in Ohnmacht.

»Valentine?«, raunte Di – und horchte auf, als sie Harrison »O nein!« stöhnen hörte. Seine Reaktion verriet ihr, dass er mehr wusste.

Im angrenzenden Zimmer klirrte es, so als ob jemand im Dunkeln herumirrte und alles, was ihm in die Quere kam, ergriff und frustriert zertöpperte.

»Harrison!«, fuhr sie ihn scharf an. »Spuck's schon aus!«

»Valentine – sie erwähnte, dass sie einige ihrer ›Freunde‹ heute Abend zusammentrommeln und ganz besonders ›ihren Seelengefährten herbeirufen‹ wolle und es ›ihrem Ex schon zeigen würde‹. Der war, soviel ich weiß, zu ihrem Scheidungstermin in Begleitung einer 21-jährigen Blondine erschienen.« Harrison musste schlucken. »Aber ich dachte doch, das wäre alles aus der Luft gegriffen. Ich hätte nie geglaubt, dass sie imstande wäre ...«

»Sie sollten nicht unterschätzen, wozu eine Frau in

ihrem Zorn fähig ist«, warf Di ein und behielt dabei die Tür ständig im Auge. »Das hilft manchmal sogar über jeglichen Mangel an Talent hinweg. Dazu noch die Jahreszeit – es ist der Vorabend von Allerheiligen und morgen ist *Samhain*. Der Wall zwischen den Welten ist da besonders dünn und die Energieströme schon jetzt extrem stark. Da kann sich ja nur Unheil zusammenbrauen.«

»Et voilà, *Monsieur* Seelengefährte«, warnte André die anderen.

Was jetzt durch die Tür hereingestolpert kam, spottete jeder Beschreibung. Das Ding war tatsächlich zehn Fuß groß und über und über mit üppigen tiefbraunen Zotteln bedeckt. Ansonsten war es nackt. Falls das Wesen Augen besaß, waren sie zumindest vollständig hinter dem Haar verborgen. Die Anatomie erinnerte an einen kräftigen Bodybuilder, der zu grotesken Proportionen verzerrt worden war. Außerdem sabberte es. Und stank. Infernalisch. Ein Gemisch aus Schwefel und Moschus, das jeden Skunk zum Weinen gebracht hätte.

»Wah-wen-ine!«, jaulte das Wesen und ruderte dabei mit den Armen, als ob es blind wäre. »Wah-wen-ine!«

»Grundgütige Göttin«, stöhnte Di und zählte zwei und zwei zusammen. *Val hat sich einen Seelengefährten nach Wunschzettel zusammengebastelt und alle bevorzugten Merkmale brav angekreuzt. Leider hat sie vergessen, auch »Menschengestalt« mit anzugeben.* »Denken Sie das Gleiche wie ich?«

Ihr Schriftstellerkollege nickte. »Groß – ✔. Dunkel – ✔. Langhaarig – ✔. Stattlich – na ja, Geschmackssache.« Harrison starrte das Ding fasziniert an.

»Jemand – oder besser *etwas*, das sie so nimmt wie sie ist und sie bedingungslos liebt. Natürlich jung – die Kreatur kann nicht älter als fünf Minuten sein.« Di beobachtete, wie das Ding nach dem Türrahmen tastete und sich daran festkrallte. »Schau sich einer das an – es kann nicht sehen. Also macht Liebe wirklich blind. So stark und maskulin wie möglich – ✓✓✓. Und nicht zu intelligent – ich könnte wetten, dass Val das auch angekreuzt hat.«

Valentine kam wieder zu sich, sah das Ding und schrie.

»Wah-wen-ine!«, geiferte die Kreatur und stürzte sich auf sie. Reflexartig ballerten Di und Harrison beide drauflos. Er leerte eine ganze Trommel und ein Nachlademagazin; sie gab bereits nach vier Schüssen auf, als klar wurde, dass die Kugeln der Kreatur nichts anhaben konnten.

Valentine kroch unablässig schreiend und auf allen vieren über den Teppich – aber leider, wie das liebestrunkene Monster fand, in die falsche Richtung, nämlich zum Balkon und nicht auf die Tür zu.

*»Merde!«* André warf sich zwischen die grapschenden Klauen der Kreatur und seine Beschwörerin, noch bevor Di eingreifen konnte.

Und noch ehe sie überhaupt darauf reagieren konnte, hatte das Ding mit einem Rückhandschlag André derart heftig gegen die Wand gedonnert, dass von dem Verputz nicht viel übrig blieb.

Valentine sank wieder in Ohnmacht. André war ebenfalls ausgezählt. Von einigen Schicksalsschlägen erholt auch ein Vampir sich nicht so ohne weiteres.

Aber Harrison war aufgesprungen und kramte nach etwas in seiner Tasche. Di folgte ihm, steckte die Glock ins Halfter zurück und packte ihn am Arm.

»Lenken Sie das Vieh ab, irgendwie, mit Krach!« Sie zog aus dem Stiefelstulpen einen Ritualdolch, das Athame, hervor und zeichnete damit Sigel in die Luft, wobei sie so rasch wie möglich, aber ohne die einzelnen Silben zu verwischen, die Formel der Geisterentlassung herunterspulte.

Harrison zögerte keinen Augenblick; er schnappte sich vom Serviertisch zwei Blechtabletts, befreite sie von ihrem Ballast und schlug sie gegeneinander.

Das Wesen wandte ihm sein Haupt zu und vergaß dabei sein eigentliches Ziel, von dem es nur noch wenige Zentimeter entfernt war. »Wah-wen-ine?«, jaulte es fragend.

Harrison schlug die Tabletts erneut aneinander und schon stürzte sich das Vieh auf ihn. Dabei war es wesentlich schneller, als Di gedacht hatte.

Harrison war offensichtlich dem gleichen Trugschluss unterlegen; er entging dem Angriff nur um Haaresbreite. In diesem Moment beendete Di ihr Entlassungsritual.

Allerdings vergebens.

»Beeilen Sie sich!«, jaulte Harrison, als das Ungetüm das Sofa gegen die Wand schleuderte und erneut zum Angriff ansetzte.

»Versuch ich ja«, zischte sie zurück – allerdings nicht laut genug, um das Monstrum abzulenken. Dessen Spatzenhirn war wohl inzwischen zu dem Schluss gekommen, dass entweder Harrison Valentine sei, oder aber, dass Harrison ihm den Weg zu Valentine verbaute. Wie dem auch sei, jedenfalls wimmerte es nicht länger Valentines Namen, sondern wimmerte nur noch und war dazu übergegangen, Harrison zu verfolgen, der den Nachstellungen für einen Mann seines Alters mit beachtlicher Gelenkigkeit entging. Ansporn dazu bestand jedenfalls genug.

Di versuchte noch dreimal, einen Bannzauber zu sprechen, aber jedes Mal ohne Wirkung. Die Suite glich inzwischen einem Schlachtfeld; Harrison geriet mehr und mehr außer Puste, und außerdem fand er keine schweren, kostbaren Gegenstände mehr, die er dem Vieh entgegenschleudern konnte …

Und außer der blödsinnigen Zauberformel, die sie – spaßeshalber – benutzte, um die Ampeln schneller auf Grün zu schalten, fiel Di nichts mehr ein.

*Was soll's*. Ein mies zusammengestoppelter Zauberspruch erzielte endlich die gewünschte Wirkung: »Bei den sieben Ringen Zsa Zsa Gabors und Liz Taylors Klunkern beschwöre ich dich!«, rief sie aus und trat zwischen das Ungetüm und Harrison (der bereits taumelte). »Bei der Treue Bill Clintons und Hillarys hehren Worten befehle ich dir: Halt still!«

Energie stieg in ihr auf, wölbte sich im Bogen über ihr – und traf das Wesen. Und – es stand still. Es winselte und wand sich gegen die unsichtbaren Fesseln, schien sich aber nicht mehr rühren zu können.

Harrison sackte auf dem Teppichboden zwischen Avocadodip und zertretenen Tortilla-Chips zusammen; er winselte wohl selbst etwas.

*Ich muss das Ding so schnell wie möglich loswerden, bevor es den Bann durchbricht.* Sie schloss die Augen und rief, dem puren Instinkt folgend, die erstbeste Formel, die ihr in den Sinn kam: die Parkplatz-Beschwörung, mit einer kleinen Abänderung …

»Großer Herrscher des Platzes, sende ihm eine Lücke und ich opfere dir drei Nonnen …«

Megamagie-Energien pulsierten durch den Raum und wirbelten um sie herum; für andere Augen und Ohren nicht wahrnehmbar, aber sie konnte sie spüren: Sie war das Zentrum dieses Wirbels, sie und der andere …

Und plötzlich entstand ein Luftloch. Sie öffnete die Augen und sah, dass die Kreatur verschwunden war – nur die Megamagie-Energien wirbelten weiter – schneller und immer schneller …

»Wie zum Teufel …?«, entfuhr es Harrison.

Di versuchte hektisch, ihn durch Handzeichen zum Schweigen zu bringen, da die Energien seine Gegenwart erfasst hatten und ihn einzukreisen begannen.

»Großer Herrscher des Platzes, Dank dir für die Lücke«, rief sie verzweifelt, um das Ritual abzuschließen, bevor Harrison vom Energiewirbel verschlungen wurde. »Die Nonnen werden umgehend zugestellt.«

Die Energien wirbelten, offensichtlich zufrieden gestellt, davon. André stöhnte, reckte seine gottlob heil gebliebenen Glieder und kratzte sich von der getünchten Wand, an der er so unsanft gelandet war. Harrison war ihm dabei behilflich.

Im gleichen Augenblick klopfte es an der Eingangstür zur Hotelsuite. »Polizei! Öffnen Sie die Tür!«

»Ist offen!«, rief Di zurück, zog den Reißverschluss ihrer Gürteltasche auf und kramte ihre Brieftasche hervor.

Drei Gestalten – zwei Uniformierte des *New York Police Departments* und ein Kerl in Zivil mit einer eindrucksvollen 35-mm-Magnum im Anschlag – linsten vorsichtig ins Zimmer.

»Jesus Maria!«, hörte man den einen verdattert sagen.

»Wer?«, murmelte Valentine benommen, die Hand matt an die Stirn gelegt. »Was ist pass…?«

André erschien an Dis Seite. Die Melone artig in der Hand haltend, den Schirm tadellos zusammengerollt, gab er ein Bild perfekter Unschuld ab.

Di angelte ihre *Hartford Police Department Special Operations*-Kennkarte aus der Brieftasche hervor und überreichte sie dem Beamten in Zivil. »Die werte Dame dort drüben«, erklärte sie aufgebracht und deutete dabei auf Valentine, »hat sich erlaubt, uns einen Halloween-Streich zu spielen, der leider etwas außer Kontrolle geraten ist. Ihr Verbündeter ist durch die Hintertür und dann über die Feuerleiter verschwunden. Wenn Sie sich beeilen, erwischen Sie ihn vielleicht noch.«

Die zwei NYPD-Beamten musterten das Ausmaß der Verwüstung, und keiner von beiden schien allzu sehr darauf erpicht zu sein, dem dafür Verantwortlichen nachzujagen. Di musterte ihrerseits verstohlen Harrison: Seine 44-mm-Magnum war auf ebenso mysteriöse Weise verschwunden, wie er sie hervorgezaubert hatte.

»Sind Sie sicher, dass diese Frau dafür verantwortlich ist?«, fragte der grimmige Zivilist zweifelnd, während er seine 35-mm-Magnum verstaute. Dem Plastikgriff, der aus Dis Halfter hervorlugte, schenkte er kaum Beachtung, was ihr nur recht sein konnte.

*Wahrscheinlich der Hoteldetektiv. Mit ein bisschen Glück hat er noch nie 'ne echte Glock gesehen.*

Di nickte. »Diese beiden Herren können es bezeugen. Und vermutlich auch einige der anwesenden Damen, sobald Sie ihnen erklärt haben, dass Ms. Vervain sich einen bösen Scherz erlaubt hat. Was mich betrifft, so finde ich, dass sie für den entstandenen Schaden haftbar gemacht werden sollte.«

*Was mir eine beträchtliche Erhöhung der RWW-Beiträge ersparen könnte.*

»Das finde ich auch.« Der Detektiv hievte Valentine nicht gerade sanft auf die Füße. Die umstrittene Autorin war noch immer benommen und diesmal schauspielerte sie nicht. »Sie sollten uns besser begleiten«, sagte der Detektiv ernst zur Rotperückten. »Sie haben uns einige Fragen zu beantworten.«

Di spielte nach besten Kräften die personifizierte Unschuld. Und die Täuschung gelang, womit sie nach diesem Abend schon nicht mehr gerechnet hatte. Die beiden Uniformierten inspizierten noch nicht einmal ihre Waffe; sie schlossen sich einfach dem Rückzug des Detektivs an, ohne noch einmal zurückzublicken.

Harrison räusperte sich hörbar. Sie wandte sich ihm zu und nahm ihn scharf ins Visier.

»Sie ... ich dachte, Sie wären eine ganz normale Schriftstellerin.«

»Und ich dachte, Sie wären ein ganz normaler Schriftsteller«, entgegnete sie. »Damit wären wir wohl quitt.«

»Aber ...« Er musterte sie noch einmal eindringlich und besann sich dann offensichtlich eines Besseren. Bei ihr sollte man wohl besser nicht zu sehr nachbohren. »Nur eines noch: Was haben Sie mit diesem ... diesem Ungetüm angestellt? Das war ja wohl die merkwürdigste Zauberformel, die ich je gehört habe!«

Di zuckte mit den Achseln und bahnte sich ihren Weg durch das Durcheinander von umgestürzten Möbeln, verschütteten Drinks und zertretenen Snacks. »Ich weiß es selbst nicht. Valentine hat dieses Ding mit irgendeinem verkorksten Spruch herbeizitiert, und ich bin es auf die gleiche Weise wieder losgeworden. Und dabei weiß dieses Ungetüm noch nicht einmal, welches Glück es gehabt hat.«

»Wie meinen Sie das?«, fragte Harrison, als André und Di bereits den Ausgang erreicht hatten.

»Wie ich das meine?« Di drehte sich noch einmal um und lächelte schelmisch. »Haben Sie auch nur die geringste Vorstellung, wie schwer es ist, in Manhattan zu dieser Stunde eine Parklücke zu finden?«

GEORGE BARR

# Brontharn

*Als ich mit der Herausgabe des* Marion Zimmer Bradley's Fantasy Magazines *anfing, wandte ich mich für das erste Titelbild an meinen alten Freund, den bekannten SF- und Fantasy-Illustrator George Barr. Die Titelgeschichte hieß »Skycastle«, und George entwarf eine wunderschöne fliegende Burg, die inzwischen auch das T-Shirt zu unserem Magazin ziert. George hat uns weiterhin mit Illustrationen versorgt und ab Ausgabe 4 hatte ich auch sein schriftstellerisches Talent entdeckt. In Ausgabe 4 und 11 stammen sowohl Titelgeschichte als auch Titelbild von ihm. Dies hier ist die zweite Geschichte, und ich hoffe, Sie werden sie mit ebenso viel Vergnügen lesen wie ich.*

*George lebt in San José, Kalifornien.*

»Seine Hoheit, Prinz Derro Silverlance von Fairland!«

Der Herold stieß mit seinem Stab, wie es das Protokoll verlangte, dreimal auf den schwarzen Schieferfußboden, sodass es trotz der schweren Wandteppiche, die die kalten Steinwälle verdeckten, und trotz der Unruhe unter den Höflingen, die sich zu diesem – mittlerweile vertrauten – Anlass versammelt hatten, im großen Thronsaal widerhallte.

Amberly saß aufrecht auf ihrem Thron und verzog bewusst keine Miene, als der letzte Freier die Treppe herunterkam.

Im Unterschied zu vielen anderen, die in den zwei Jahren, seitdem Amberly im heiratsfähigen Alter war, ihre Werbung vorgetragen hatten, stellte Prinz Derro kein königliches Gepränge zur Schau. Dafür war seine Haltung durch und durch adlig; er brauchte weder Brokat noch Juwelen, um andere von seiner königlichen Geburt zu überzeugen. Er trug einen einfachen schwarzen Kasack über einer grauen Hose, der mit einem breiten, silberbeschlagenen Gürtel zusammengehalten wurde, dazu einen dunkelroten Wollmantel, den er über eine Schulter zurückgeschlagen hatte.

Er stolzierte nicht, ja selbst die gespannte Aufmerksamkeit des versammelten Hofes schien ihn nicht weiter zu berühren. Sein Auftritt hatte nichts Theatralisches, sondern wirkte völlig natürlich.

*Eine stattliche Erscheinung.* Das war Prinzessin Amberlys erster Eindruck von ihm. Und als er näher trat, ergänzte sie: *ein stattlicher Schönling.* Prinz Derro war ein Fleisch gewordener Mädchenschwarm.

Wenn sie in seine Werbung einwilligte, wäre ihr Vater hoch erfreut. Das Königreich Fairland war wohlhabend und ein wertvoller Bündnisgenosse; es wäre eine gute Partie, und jede Hofdame, ob noch unverheiratet oder schon unter der Haube, würde sie beneiden.

Im Laufe der Zeit würde sich vielleicht sogar so etwas wie echte Zuneigung entwickeln. Wenn blendendes Aussehen allein schon Glück verheißen könnte, müsste sie im siebenten Himmel sein, denn er war zweifellos mit Abstand der attraktivste Mann, der bislang um ihre Hand angehalten hatte.

Wenn es doch bloß so einfach wäre ... Wenn sie nur nicken und lächeln bräuchte, um das Ganze hinter sich zu bringen.

Wenn sie es bloß könnte ...

Wenn sie bloß ihrem Vater nicht dieses Versprechen abgetrotzt hätte.

Es war an ihrem vierzehnten Geburtstag gewesen. Vor dem versammelten Hofstaat hatte ihr Vater, der sie vergötterte, sie gefragt, ob sie einen besonderen Wunsch hätte, den er ihr erfüllen könnte.

»Das schon«, hatte sie kühn geantwortet, »aber Ihr würdet ihn nicht gewähren.«

»Und warum denn nicht?«, lachte der König. »Würde es mich meine Kronjuwelen kosten?«

»Das nicht«, erwiderte sie. »Aber Ihr müsstet mit der Tradition brechen, und das würdet Ihr nicht tun.«

Ihren Vater schien es zu verletzen, dass sie ihn für so hartherzig hielt. »Mein Kind«, erklärte er und zog sie näher zu sich heran, »ich gebe dir mein Ehrenwort. Ich kann zwar nicht der Krone entsagen oder auf eine Laune von dir hin den Mai zum Juni erklären, aber was immer in meiner Macht steht, dich glücklich zu machen, will ich gerne tun.«

Amberly schaute sich unter den lächelnden Höflingen um. Sie erwarteten wohl alle, dass die Prinzessin irgendeinen kindischen Wunsch äußern würde, einen Hofball zum Beispiel, an dem sie, obwohl erst vierzehn, schon teilnehmen durfte, eine Jagd mitten in der Schonzeit oder ein Erntedankfest im Hochsommer. Für ihren Vater und alle anderen war sie noch immer das kleine, verhätschelte Mädchen, das wenig Fantasie und Ansporn besaß, um nach Höherem zu streben. Und zum Teil hatten sie damit ja auch Recht. Sie war verhätschelt worden, und sie dachte tatsächlich nicht über ihren adligen Kreis hinaus.

Aber Amberly konnte sich auch an ihre Schwester erinnern, die vor drei Jahren kurz davor gewesen war, Gift zu nehmen, als man sie gegen ihren Willen an einen Mann verheiratete, den sie weder kannte noch liebte. Amberly hatte ihre Verzweiflung gesehen und seitdem mit der schrecklichen Vorstellung gelebt, das gleiche Schicksal erleiden zu müssen.

»Mein Vater, ich möchte nur, dass Ihr mir eines versprecht: Erlaubt mir, wenn die Zeit dazu reif ist, dass *ich* mir meinen Gatten wähle. Ich werde alles tun, um eine gute Ehe zu führen, aber lieber würde ich den Rest meines Lebens als alte Jungfer verbringen, als einen Mann zu heiraten, den ich nicht liebe. Werdet Ihr das für mich wie versprochen tun … oder ist es zu viel verlangt?«

Der König hätte sein Versprechen widerrufen können, hätte er es nicht vor dem versammelten Hofstaat gegeben. Selbst dann hätten viele es verstanden ... vielleicht sogar alle. Aber König Ferris Oakenshield war ein stolzer und ehrenwerter Mann. Er stand zu seinem Wort; niemand sollte ihn beschuldigen können, er sei wortbrüchig geworden, wenn auch nur gegenüber einem Kind.

Eigentlich sollte es auch keine Probleme bereiten. Es gab genügend Bewerber, davon viele, die so manches Herz in der Burg höher schlagen ließen. Sicherlich würde sich auch Amberlys Herz für den einen oder anderen der stattlichen Männer erwärmen, die sich vorstellten.

Wäre nicht dieses Versprechen gewesen, hätte Amberly keinerlei Einfluss auf ihr Schicksal gehabt. Ihr Vater hätte sie längst mit einem ehrbaren Prinzen eines begüterten Königreichs vermählt. Sie hätte es zwar ebenso sehr wie ihre Schwester gehasst, aber irgendwie hätte sie sich damit abgefunden. Generationen von Frauen hatten seit Menschengedenken solche Zweckheiraten über sich ergehen lassen müssen und trotzdem ihrem Leben ein gewisses Maß an Erfüllung abgewinnen können. Ihre Mutter war ja auch nicht nur unglücklich gewesen.

Aber Amberly durfte ihre eigene Wahl treffen ... und konnte es nicht.

Konnte es einfach nicht ...

... denn sie war verliebt. Und ihre Liebe war unerfüllbar. Kein Gesetz verbat solch eine Liebe; denn solche Gesetze waren noch nicht einmal erdacht, geschweige denn erlassen worden. Amberly hätte ebenso gut um Erlaubnis bitten können, einen Tannenbaum oder einen Berggipfel heiraten zu dürfen. Ihre Aussichten auf Zustimmung, Nachwuchs und ein glückliches Leben wären die gleichen gewesen.

Als Prinz Derro Silverlance die Empfangshalle von König Ferris Oakenshield betrat und um die Hand der jungen Prinzessin anhielt, kam er zwei Jahre zu spät. Zwei Jahre zuvor hatte eben diese Prinzessin, als sie wieder einmal ihrer Stickmuster, Puppen und Hofdamen überdrüssig war, einem Privatvergnügen gefrönt, das sie mit niemandem teilte; sie hatte auf eigene Faust das Land erkundet.

Amberly verließ die Burg durch einen Geheimgang, der hinter der Krypta ihrer Ururgroßmutter tief in den Berg hinein- und dann durch ein Höhlenlabyrinth ins Freie führte. Nur die Mitglieder der königlichen Familie kannten diesen Gang, den man vor Generationen als letzten Fluchtweg im Falle einer Belagerung angelegt hatte.

Aus Angst, ihre höfische Ausdrucksweise und ihr Akzent könnten sie verraten, sprach sie auf ihren Erkundungen durch die angrenzenden Dörfer mit fast niemandem. Außerdem erhöhte es noch den Reiz, wenn sie sich vorstellte, eine Spionin oder Magierin zu sein, die in geheimer und gefahrvoller Mission durchs Land zog.

Zur Tarnung trug sie grobe, handgewobene Kleider und ein Kopftuch, das ihre blonden Haare verbergen sollte. So verkleidet hatte Amberly sich mit den meisten Straßen und Gassen im Umkreis eines halben Tagesmarsches vertraut gemacht. Sie kannte die Läden, die Wirtshäuser, die Mühle und die Schmiede, ja sogar die Bordelle.

Seit fast einem Jahrhundert lebte das Land in Frieden. So weit Amberly wusste, war sie die Einzige in ihrer Familie, die den Geheimgang je benutzt hatte. Es war auch nicht gerade der angenehmste Aufenthaltsort: muffig und finster und voller unheimlicher Geräusche.

Zwanzig Schritte hinter der Krypta stieß der künstliche Tunnel auf eine riesige Kalkhöhle, die wie ein

Wabennetz den ganzen Berg durchzog. Es gab zahllose dunkle, unerforschte Quergänge, die vom Hauptgang abzweigten, und im steilen Berghang viele kleine Öffnungen, die das Tageslicht schwach hereinließen, sodass man gelegentlich einen Blick auf Höhlenkammern erhaschen konnte, in denen es sicherlich vor Spinnweben und Fledermäusen nur so wimmelte.

Amberly hatte sich bislang stets an den deutlich erkennbaren Pfad gehalten, der zu einem kleinen Wasserfall führte. Dort musste sie sich niederkauern, durch eine schmale Felsspalte zwängen und dann die Zweige eines Dornbuschs zur Seite schieben, um ins Freie zu gelangen. Sobald das einmal geschafft war, führte ein Bergpfad hinunter ins Dorf. Für diesen Ausflug brauchte sie fast den ganzen Tag, weshalb die Prinzessin ihn nur unternahm, wenn sie sich ziemlich sicher sein konnte, dass man sie nicht vermissen würde.

An jenem schicksalsträchtigen Tag war ihr Vater vollauf mit Gesandten aus einem angrenzenden Königreich beschäftigt und Amberly langweilte sich so sehr, dass es ihr egal war, ob ihre Hofdamen sich wegen ihrer Abwesenheit Sorgen machten. Sie verkleidete sich sorgfältig, entwendete eine Fackel aus der Halterung in der Krypta und schlich sich in den künstlich gehauenen Tunnel.

Obwohl sie Zunder bei sich trug, wartete sie damit, die Fackel zu entfachen, bis sie den schmalen Gang hinter sich hatte. Der Rauch und Gestank der Fackel hätten sie in dem beengten Raum nur gestört. So tastete sie sich an der rauen Felswand entlang, ohne Angst haben zu müssen sich zu verirren, da keinerlei Seitengänge abzweigten, bis sie die Höhle erreichte. Dort veränderte sich die Felsstruktur, sodass sie unschwer feststellen konnte, wann sie am Ende des Tunnels angelangt war.

Der Tunnel ging zunächst in eine natürliche Passage zwischen dem massiven Berghang und einem filigranen Vorhang aus Kalkstein über, der sich in Jahrmillionen gebildet hatte. Ein Spalt in der Höhlendecke hatte Wassertropfen durchgelassen und so allmählich die dünnen Säulen aus sich treffenden Stalaktiten und Stalagmiten wachsen lassen. Sie standen so dicht beieinander, dass neue Kalkablagerungen an manchen Stellen bereits die Lücken geschlossen und so ein delikates Netzwerk aus Stein geschaffen hatten. Noch immer rannen Wassertropfen daran herunter und die darin gelösten Mineralien würden sich weiter ablagern und so schließlich das Werk vollenden.

Als Amberly diese enge Passage betrat, bemerkte sie zunächst zwei Dinge. Erstens, dass durch die poröse Höhlendecke genug Sonnenlicht drang und so die Fackel überflüssig machte. Zweitens ein Geräusch, das sie nie zuvor vernommen hatte. Es war deutlich lauter als das stete Tropfen des Wassers oder das Rascheln der Fledermausschwingen. Als ob jemand schwer atmete ... ja fast, als ob jemand schnarchte.

Vorsichtig kroch sie weiter. In solch einer Höhle führten Töne leicht in die Irre; die vielen Echos machten es schwierig, die Richtung zu bestimmen, aus der das Geräusch kam. Es hätte ein Bär sein können, aber ebenso gut nur der verstärkte Widerhall ihres eigenen Atems.

Die filigrane Kalksteinwand erschien nun, da das schwache Sonnenlicht sie von hinten beleuchtete, wie ein durchsichtiger Schleier, mit winzigen Lichtpunkten durchlöchert und durchwebt mit feinsten matt glühenden Farbäderchen. Es war wunderschön anzuschauen und übte einen unbeschreiblichen Zauber aus.

Da Amberly noch nie so früh am Morgen durch diese Passage gekommen war, hatte sie bislang auch nie die ganze Schönheit der Höhe wahrgenommen. Sie hatte sie nur im Widerschein einer rauchenden Fackel gesehen, und so war sie ihr gefährlich und bedrohlich vorgekommen, voller Vertiefungen und unheimlicher Säulen, die wie verhüllte Statuen ausschauten.

Vorsichtig lehnte sie sich nach vorne und spähte mit einem Auge durch eine winzige Öffnung in der Kalkwand. Der Anblick, der sich ihr bot, war unwirklich … traumhaft … verzaubert.

Wassertropfen lösten sich von der Decke, fingen das Licht ein und funkelten wie Juwelen. Wie in einer Kathedrale erfüllte das Licht die Luft und brach sich sanft an den nassen Steinsäulen. Durch einige größere Öffnungen in der Decke fielen ganze Sonnenstrahlbündel schräg ein, in denen Myriaden von Lichtreflexen tanzten und glitzerten.

Das ständige Tropfen des Wassers, im Dunkeln so unheimlich wirkend, verwandelte sich plötzlich in Musik … in Feenmusik, die der verzauberten Stimmung entsprach.

Und doch übertönte sie nicht jenes Geräusch, das ihre Aufmerksamkeit zuerst auf sich gezogen hatte.

Dann bemerkte sie, dass sich in einer Nische am anderen Ende der Höhle etwas regte. Dort lag, anscheinend schlafend, ein junger Mann. Obwohl er von muskulöser Gestalt war, wirkten seine Gesichtszüge eher knabenhaft – nicht eigentlich attraktiv, aber offen und ehrlich. Er war fast völlig nackt und trug nur einen Schurz, der aus den Fellen vieler kleinerer Tiere notdürftig zusammengeflickt war.

An der Wand neben ihm lehnte eine Keule: eine knorrige, dornige und recht gefährlich wirkende Latte, die spitz zulief und gut und gerne seine halbe Körpergröße maß. Zusammen mit dem Lendenschurz verlieh sie ihm ein wildes und barbarisches Aussehen, das so gar nicht zu seiner Unschuldsmiene passen wollte.

Seine Hand hatte sich bewegt. Offenbar schlief er doch nicht so fest, denn er streichelte ein kleines grauhaariges Tier, das sich an seiner Seite eingerollt hatte.

*Eine Maus! Wie süß*, dachte sie gerührt, *er hat eine zahme Maus.*

Dann hob das kleine Tier den Kopf und schnupperte. Amberly war völlig verdutzt, dass es gar keine Maus war, ja nicht einmal im Entferntesten einer Maus glich. Der Junge hatte den winzigsten Hund als Gefährten, den sie je gesehen hatte. Und doch war es kein Welpe: Die Proportionen verrieten deutlich, dass es sich um einen ausgewachsenen Hund handelte. Eigentlich sah er viel eher wie ein Wolf aus, war aber auch wieder so klein, dass der Junge ihn bequem in der offenen Hand hätte tragen können.

Das Tier schnupperte erneut, wandte den Kopf um und starrte direkt in ihre Richtung. Obwohl es Amberly unmöglich sehen konnte, musste es doch etwas gewittert haben, denn es zog die Nase kraus und fletschte seine weißen Zähne.

Weil sie den jungen Mann nicht erschrecken wollte, lief Amberly rasch den Pfad entlang, bis sie hinter der Kalksteinwand hervortrat. Aber irgendwie hatte sie die Orientierung verloren. Sie stutzte.

Da sie nur mit einem Auge durch die Öffnung gelinst hatte, war es ziemlich schwer für sie gewesen, die Distanz zwischen ihr und dem anderen Höhlenende genau einzuschätzen. Jetzt, da sie direkt in der Hauptkammer der Höhle stand, sah sie, dass diese viel größer war, als sie es in Erinnerung gehabt hatte. Die Höhle war *riesig*. Zwischen Amberly und dem Fremdling im Fellschurz erstreckte sich eine Fläche, die mindestens den Ausmaßen der großen Empfangshalle der Burg entsprach, auch wenn sie natürlich nicht so glatt ausgelegt war. Vielmehr gab es merkwürdige Felsformationen, die wie riesige Baumstümpfe aus den Gumpen mit kristallklarem Wasser ragten, dazwischen Erhebungen, Vertiefungen und klaffende Spalten.

Amberly schrie unwillkürlich auf, als sie ausrutschte und sich ihr Fuß in einer dieser engen Spalten verkeilte.

Der kleine Wolf sprang knurrend auf und stürzte auf sie zu, während der junge Mann noch verschlafen blinzelte und ihm hinterherschaute.

Es erschien ihr unglaublich lange zu dauern, bis die grauhaarige Kreatur quer durch die Höhle auf sie zugesprungen kam. Und als sie endlich erkannte, woran es lag, wollte sie es immer noch nicht so recht begreifen.

Es lag an der *Entfernung* ... Die Distanz in dieser riesigen Kammer hatte den Wolf so klein erscheinen lassen. Er war alles andere als klein, als er jetzt näher kam. Es handelte sich um eine voll ausgewachsene Bestie des Waldes; die Jäger ihres Vaters hatten bislang noch keinen größeren Wolf erlegt.

Das bedeutete aber auch – nein, es war nicht zu fassen! Und es war doch wahr! Der junge Mann, den sie für ein im Wald ausgesetztes Kind gehalten hatte, war in Wirklichkeit eine mythische Gestalt. Er rappelte sich auf, um dem Wolf nachzusetzen, und mit jedem gigantischen Schritt türmte sich seine Gestalt noch höher vor ihren entsetzten Augen auf.

Voll aufgerichtet maß er das *Sechsfache* eines normalen Menschen. In der Höhle unter ihrer Burg lebte ein *Riese*! Aber selbst in all den Ammenmärchen war nie von einem solchen Giganten die Rede gewesen. Er hätte einen Menschen so mühelos verschlingen können, wie wir Menschen ein Kaninchen verspeisen.

»Galbor!«, rief der Riese. Seine mächtige Stimme durchdrang den ganzen Raum, hallte von den Steinwänden zurück und erfüllte die Prinzessin mit Angst und Schrecken. Keine menschliche Kehle konnte solch eine Stimme hervorbringen, ja selbst die Fanfaren auf den Wachtürmen klangen nicht so schallend und volltönend.

Der Wolf hielt mitten im Lauf inne. Anscheinend gehorchte er seinem Herrn aufs Wort. Nur wenige Fuß von ihr entfernt, schienen seine gelben Augen Amberly verzehren zu wollen. Die rosa Zunge hechelte und leckte sabbernd die Lefzen, aber er setzte nicht zum Sprung an.

In wenigen Sekunden hatte der Riese die Strecke zurückgelegt und stand jetzt neben seinem Wolf. Er kniete nieder und beugte sich über die Prinzessin, die glaubte, ihre Knochen würden zu Wasser werden.

Obwohl er nun so dicht und so riesig vor ihr stand, behielt sein Antlitz doch jenen jungenhaften Ausdruck, der die Prinzessin so bezaubert hatte. »Wer bist du?«, fragte der Riese. Seine Stimme klang erstaunlich sanft, einem Donnergesäusel vergleichbar. »Und was machst du hier in Carrowyn?«

»Carrowyn?«, fragte sie erstaunt zurück. Vor allem überraschte sie, dass der Hüne eine Sprache sprach, die sie verstehen konnte. Und das ließ sie auch wieder hoffen, dass sie den heutigen Tag überleben könnte. Wenn er spricht, so sagte sie sich, besitzt er auch Verstand. Und er muss mit anderen Kontakt gehabt haben, die ihr zumindest so weit ähnlich waren, dass sie dieselbe Sprache beherrschten.

»Carrowyn«, wiederholte er und wies mit einer weit ausholenden Geste auf die gesamte Höhle. »Dies hier ist Carrowyn ... der Stammsitz meiner Sippe.«

»*Mein* Zuhause ist die Burg auf diesem Berg«, erwiderte sie. »Mein Vater herrscht über dieses Land.«

»Ach so.« Der Riese nickte. Ihre Bemerkung schien ihn irgendwie zu beschäftigen. Gedankenverloren lehnte er sich zurück.

Da der Riese abgelenkt war, befreite Amberly rasch ihren Fuß aus der Felsspalte. Schon wollte sie mit einem schnellen Satz hinter dem Vorhang aus Kalkstein und dann im Geheimgang verschwinden. Vielleicht würde ihr der Wolf nachsetzen, aber der Riese konnte ihr dorthin ganz bestimmt nicht folgen.

»Wenn dein Vater herrscht«, fuhr der Riese fort und lehnte sich wieder vor, »dann ist er *König*, nicht wahr? Ich habe schon von Königen gehört. Und du bist dann eine … Prinzessin?«

»So ist es«, gestand sie und fragte sich, ob er sie als Geisel halten wollte. »Die Jüngste von uns dreien. Ich bin Amberly, Tochter des Königs Ferris Oakenshield, und damit Prinzessin von *Carin*. Dieses Land heißt Carin, nicht Carrowyn.«

Und wieder nickte der Riese. »Es ist schon viele Jahrhunderte her, dass meine Sippe hier lebte. Bevor ihr Winzlinge kamt, gehörte uns der Berg, und diese Höhle war unser Zuhause. Wir nannten es Carrowyn. Doch das war noch vor meiner Geburt. Carin ist nicht viel anders … nur kürzer … so wie du. Ich bin zurückgekehrt, um zu sehen, ob die Legenden wahr sind.«

Trotz seiner Größe und trotz des geifernden grauen Wolfs an seiner Seite, der ihm aufs Wort gehorchte, hatte Amberly keine Angst mehr – was sie selbst ziemlich erstaunte.

»Wie viele von euch gibt es?«, wollte sie wissen. »Von Riesen in diesen Bergen weiß niemand etwas zu berichten.«

Plötzlich wirkte der Gigant wie ein einsames und verlassenes Kind. »Ich bin allein gekommen. Falls noch andere meiner Art am Leben sind, wüsste ich nicht, wo ich sie suchen sollte. Mein Vater starb unter einer Lawine, noch bevor ich zur Welt kam. Und meine Mutter …« Sein Gesicht verhärmte sich. »Meine Mutter wurde von einem tapferen Ritter erschlagen, als ich noch nicht einmal laufen konnte. Ich habe gehört, dass man sich bei euch noch immer die Heldensage erzählt, wie man dem Ungetüm von Kerrywood Fen den Garaus machte. Ich bin ihr Sohn, Bronthorn … vielleicht der Letzte meiner Art.«

Amberly musste schlucken. »Das ist eine alte Geschichte. Und keiner glaubt so recht daran. Angeblich soll es vor *mehr als hundert Jahren* passiert sein. Wie könntest du da ihr Sohn sein?«

Bronthar breitete verlegen seine Pranken aus – beide groß genug, um die Prinzessin darin wie ein Püppchen zu halten – und zuckte mit den Achseln. »Ich weiß nicht, wie viele Jahre seither vergangen sind. Ich weiß nur, dass wir sehr lange leben. Ich bin noch nicht einmal erwachsen, und ein Bart wächst mir auch noch nicht. Meinem Vater reichte der Bart fast bis zum Wanst – so hat man es mir jedenfalls berichtet. Als er starb, war er über zweihundert Jahre alt und trotzdem noch nicht ergraut. Ich weiß aber nicht genau, wie alt wir wirklich werden. Wen sollte ich auch fragen?«

Er schien so einsam und verlassen, dass die Prinzessin gerne den Arm um ihn gelegt hätte, um ihn zu trösten, wäre er nur nicht so riesig gewesen. Aber selbst mit *beiden* Armen hätte sie kaum seinen Knöchel umfassen können.

Eine solche Geste soll vermitteln, dass der Umarmte sich nun beschützter und sicherer fühlen konnte. Bei den gegebenen Ausmaßen wirkte dieser Gedanke eher lächerlich, aber Amberly war nicht nach Lachen zumute. Sie konnte die Einsamkeit des Riesen tief nachempfinden.

Während der folgenden Besuche erfuhr die Prinzessin, wie Bronthar als Kind von einem Zwerg namens Gutwort in die weiten Wälder im Süden gebracht worden war. Er hatte – so gut es ihm eben möglich war – den Koloss von einem Jungen wie seinen eigenen Sohn großgezogen.

Der alte Gutwort, der immerhin fast drei Fuß maß, hatte sich ohne allzu große Schwierigkeiten unter die Menschen mischen können und bei dieser Gelegenheit viel von ihren Sitten, Geschichten und Legenden erfahren. All das hatte er seinem jungen Schützling ebenso wie das, was er von den Riesen wusste, weitervermittelt.

Getrennt von ihresgleichen, führten sie ein einsames und beschwerliches Leben. Nur gelegentlich kamen Waldgnome zu Besuch, noch seltener waren die Begegnungen mit Feen oder Elfen. Sie lebten hauptsächlich von erlegten Wildschweinen und Elchen. Alles andere war kaum groß genug, um Brontharns Riesenhunger zu stillen, und es war für den Zwerg nicht leicht gewesen, genügend Nahrung für den heranwachsenden Riesen herbeizuschaffen. Dennoch hatte er es gerne getan.

Von Gutwort hatte Brontharn auch erfahren, wie seine Mutter ihr Gesicht mit Pech geschwärzt und sich Moos in die langen Haare geflochten hatte und dann so jaulend und unsinnig brabbelnd durch die Wälder gezogen war, um die Männer aus Kerrywood Fen zu verjagen. Aber diese List hatte schließlich ihr selbst am meisten geschadet, denn sie wurde zur Legende und damit zum Ziel jener fahrenden Ritter, die nach Ruhm trachteten und ihre Tapferkeit unter Beweis stellen wollten.

Außerdem ergriff so mancher Halunke die Gelegenheit, die Schuld für Taten, die er sonst nicht zu begehen gewagt hätte, ihr in die Schuhe zu schieben. Rivalen in Geschäfts- und Liebeshändeln verschwanden plötzlich. Ihre Leichen fand man im Sumpf, und der Ruf des »Ungetüms« nahm immer bedrohlichere Ausmaße an. Viehdiebstahl wurde ihr zugeschrieben und mehr als nur ein ungeduldiger Sohn oder Neffe trat vorzeitig sein Erbe an, da der wohlhabende Vater oder Onkel – angeblich – dem Waldmonster zum Opfer gefallen war.

Der ach so tapfere Ritter, der sie endlich erschlug, bewerkstelligte dies nur mithilfe einer ganzen Schar bewaffneter Lakaien, die sie umzingelten und ablenkten, sodass der Ritter sich durch das Unterholz von hinten anschleichen und ihr mit der Streitaxt die Fußsehnen durchtrennen konnte. So zu Fall gebracht, war es ein Leichtes, ihr die Lanze in die Kehle zu rammen.

Keiner hatte sich je die Mühe gemacht, die aufopfernde Liebe und wahre Schönheit hinter dieser einfachen Maske zu erkennen.

Amberly weinte bitterlich bei dieser Erzählung.

Brontharn führte die Prinzessin viele Male durch einen gewaltigen Höhlenausgang, von dem sie zuvor nichts gewusst hatte. Der verzweigte Irrgarten der Höhle besaß viele Kammern und Korridore, die höchstwahrscheinlich nie erforscht worden waren. Sie war sich fast sicher, dass niemand diese Gänge kannte, gewiss hätte man sonst längst Vorkehrungen getroffen, um die Burg vor einem möglichen Angriff von unten zu schützen.

Der Eingang des Riesen war eine hohe, wenn auch enge Felsspalte hinter einem dichten Tannenwald. Es hatte den Anschein, als ob die Bäume, die wahrscheinlich schon über ein Jahrhundert alt waren, hier mit Vorbedacht gepflanzt worden waren, um zu verbergen, was einst das Eingangsportal zur Höhlenwelt von Carrowyn gewesen sein musste. Brontharn fragte sich, ob nicht vielleicht sogar sein Vater diese Bäume hier gepflanzt hatte. Gutwort, der nur von seinen Eltern davon gehört haben konnte, hatte ihm jedenfalls die Örtlichkeit in allen Einzelheiten beschrieben.

Amberly und Brontharn saßen oft mit Galbor, dem Wolf, auf einer Waldlichtung zusammen, sonnten sich und tauschten ihre Lebensgeschichten aus. Und oft genug trug Amberly dabei ihre herrlichsten Gewänder, ihre Juwelen und Diademe, da Brontharn den Anblick kostbarer und schöner Dinge so genoss.

Durch die Baumwipfel konnten sie die Burg sehen, die auf dem Berg thronte, aber ihr erschien es wie ein entlegener, ihr fremder Ort. In der gesamten imposanten Anlage besaß sie nicht einen aufrichtigen Freund und – mit Ausnahme ihres Vaters – keinen, den sie aufrichtig liebte.

»Ich liebe dich, Amberly«, gestand ihr Brontharn eines Tages.

Er hätte es nicht zu sagen brauchen; sie wusste es seit Monaten. Doch es war schön zu hören; und außerdem erlaubte es ihr, ihrerseits ihre Liebe zu gestehen.

»Das Schicksal hat sich mit uns einen grausamen Scherz erlaubt«, meinte sie. »Wir können nichts weiter als Freunde sein, und selbst das ist in Gefahr. Du kannst hier nicht lange bleiben, denn die Hirten beklagen sich schon über die Verluste ihrer Herden. Noch verdächtigen sie sich gegenseitig, aber wie lange wird es dauern, bis sie dich entdecken? Ich möchte nicht, dass dir das gleiche Schicksal wie deiner Mutter widerfährt.«

»Ich weiß«, stimmte er zu. »Meine Pilgerschaft war ein eitles Unterfangen. Ich wollte doch nur die Höhlen von Carrowyn sehen, um sicher zu sein, dass Gutworts Erzählungen stimmten. Ich hatte nicht erwartet, jemanden zu treffen … am allerwenigsten jemanden wie dich.«

Er streckte ihr eine seiner Riesenpranken entgegen und Amberly schmiegte sich in die dargebotene Handfläche. Seine Haut fühlte sich wie zartes Leder an, aber warm und voller Leben. Sie stützte ihren Arm auf seinem Daumen ab, als ob es die Lehne einer Couch wäre, und liebkoste mit ihren Fingerspitzen seinen breiten Nagel. Es war ihr nahezu unerträglich, auf derart nichts sagende Berührungen beschränkt zu bleiben, wenn sich alles in ihr nach einer wahrhaften Umarmung sehnte.

Ihre Sehnsucht spiegelte sich in seinem Jungengesicht wider.

Und obwohl er bereits ein Jahrhundert lang – und

damit länger als jeder, den sie kannte – gelebt hatte, traute ihr Herz dem, was sie sah: Für sie war er ein jugendlicher Liebhaber, und die Tränen in seinen Augen waren die Tränen eines jungen Mannes.

»Was wirst du tun?«, fragte sie ihn. »Wohin wirst du gehen?«

»Vermutlich zurück in die Wälder«, entgegnete Brontharn nach langem Zögern. »Natürlich ist Gutwort schon lange tot. Aber in den tiefen Wäldern leben nur wenige Menschen. Und kein tapferer Ritter wird mir dort nachstellen. Es gibt einen Berggipfel, auf dem ich meine Burg errichten könnte. Das wird freilich viele Jahre dauern, aber Zeit habe ich mehr als genug und sonst ja nichts zu tun. Vielleicht werde ich auf meinem Rückweg auch das eine oder andere Dorf in Angst und Schrecken versetzen. Wenn sich das Gerücht verbreitet, dass ein Riese im Lande ist, hört vielleicht einer meiner Artgenossen davon und macht sich auf den Weg, mich zu suchen.« Er seufzte und in seinen Augen lag nur wenig Hoffnung. »In all den Jahren, die ich mit Gutwort dort zugebracht habe, hat keiner der Gnome, Elfen oder Feen, die wir trafen, je von einem anderen Riesen gehört. Meine Mutter war die Letzte, und sie wurde erschlagen.«

Amberly konnte ihre Tränen nicht länger zurückhalten. »Ich kann es nicht ertragen, dich so alleine zu wissen. Könnte ich nicht mit dir gehen? Wäre es nicht besser, einen *Freund*, eine *Freundin* zu haben, wenn wir auch nie mehr sein können?«

Auf dem sanftmütigen Gesicht der riesigen Kreatur zeigte sich ein zartes Lächeln. »Nein«, wehrte er bedauernd ab. »Du würdest alt werden und lange, bevor ich das Haus vollendet hätte, sterben. Du würdest dein Leben in einer Waldklause fristen, ohne Familie, ohne Freunde und Gefährten. Ich dürfte mich an deiner Gesellschaft erfreuen, aber nicht um den Preis deines Lebens und der Erfüllung deines Lebens. Hier wirst du –

nach einigem Warten – jemanden deiner Art finden, den du lieben kannst. Mit dem du Kinder haben wirst, eine Familie gründest und dann weißt, dass dein Leben einen Sinn gehabt hat. Ich kann dich nicht dessen berauben, was das Schicksal dir zugedacht hat.«

Sie nahmen an einem Morgen, an dem die Höhle so schön wie nie zuvor erschien, voneinander Abschied. Amberly zweifelte stark daran, die Höhle je wiederzusehen. Sie war nicht länger ein bloßer Fluchtweg aus der Burg. Sie war eine magische Welt, die den Namen Carrowyn trug – einen Namen, den keiner je erfahren sollte.

Amberly kam auch weiterhin ihren Pflichten als Prinzessin nach. Und ihre Pflicht war es nun einmal, eine gute Partie zu machen, dem Königreich zu nutzen und dem Familiennamen Ehre einzubringen … und schließlich dem Königreich *ihres Mannes* starke Söhne zu gebären.

Andererseits hatte sie sich selbst ausbedungen, nur einen Mann ihrer Wahl und *aus Liebe* zu heiraten. Ein Bewerber, den zu heiraten sie einwilligte, durfte mit Recht annehmen, dass er ihr Herz erobert hatte. Aber sie zweifelte stark daran, dass dies einem Mann je gelingen könnte.

Und so war sie hin- und hergerissen zwischen aufrichtigem Pflichtgefühl gegenüber ihrer Position und der ebenso aufrichtigen Liebe, die sie für Brontharn empfand und die stets zwischen ihr und jedem Mann, der um sie warb, stehen würde. Amberly überlegte verzweifelt, wie sie ihrem Vater die Verantwortung für die richtige Entscheidung wieder zurückgeben könnte.

Nur ihr Stolz, der es ihr verbot, als Frau zu schwach zu erscheinen, erschwerte es ihr, die Verantwortung, die sie selbst gefordert hatte, auch zu tragen.

Sie beobachtete genau, wie Prinz Derro Silverlance

von Fairland sich dem Thron näherte. *Soll er es sein?*, fragte sie sich. *Stattlich genug ist er ja. Und ein gutes Bündnis wäre es auch.*

»Hoheit!«, entbot er seinen Gruß – laut genug, um überall gehört zu werden, aber doch nicht so laut, als dass der Eindruck hätte entstehen können, es handele sich um einen Auftritt, der hauptsächlich dem Hof galt. Er verbeugte sich tief und elegant, doch nicht geziert. Er war ein Mann, der die höfischen Sitten kannte, und blieb doch durch und durch ein Mann.

»Prinz Derro«, erwiderte sie seinen Gruß und reichte ihm zum Kuss die Hand. »Ihr beehrt uns durch Eure Anwesenheit.«

»Nicht doch, die Ehre ist ganz meinerseits«, antwortete er höflich. »Wir haben in Fairland schon viel von Eurer Schönheit gehört, aber ich habe nicht erwartet, eine Göttin anzutreffen.«

Das war zwar hübsch gesagt, aber vor ihm hatten schon andere solche oder ähnliche Floskeln benützt. Amberly war sich durchaus der Tatsache bewusst, dass sie nicht gerade *hässlich* war, aber als *Göttin* hätte sie sich wohl kaum bezeichnet. Dennoch lächelte sie sittsam, wie man es von ihr erwartete. Selbst für eine Prinzessin gehörte es sich nicht, solches Lob als selbstverständlich hinzunehmen.

»Nach all den Rittern und Helden«, fuhr Prinz Derro fort, »die um Eure Hand angehalten haben und Euer Herz nicht rühren konnten, ist es kühn und anmaßend von mir zu glauben, dass *ich* der Eine sein könnte, der Eure Gunst erringt. Aber ich dürfte mich nicht Prinz nennen, wenn ich nicht wenigstens den Versuch unternähme.«

»So bin ich also ein *Preis*, den zu erringen die Ritterlichkeit gebietet?«, fragte sie nicht nur aus Spaß.

»Ein Preis, gewiss«, erwiderte er ernst, »der kühnsten Taten wert. Ich bin gekommen, weil ich nicht den Rest meines Lebens im Zweifel verbringen will, ob Ihr mich erhört hättet, wenn ich nur den Mut aufgebracht hätte, Euch zu fragen.«

»Und welche tapfere Taten habt Ihr vollbracht? Doch sicherlich nicht nur die, Euch der Gefahr auszusetzen, von mir abgewiesen zu werden?«

Der Prinz quittierte ihre Spitze mit einem Lächeln. Anscheinend gefiel es ihm, dass sie nicht so töricht war, sich von blumigen Erklärungen einnehmen zu lassen.

»Es ist der Brauch, Geschenke zu bringen«, antwortete er. »Doch selbst wenn ich das Königreich Fairland an den Bettelstab brächte, wäre ich nicht imstande, Euch mit Schätzen zu blenden, die jene meiner Vorgänger überträfen. Seidengewänder des Orients und Elfenbein haben Euch nicht umgestimmt, ja nicht einmal – so heißt es – die Juwelen, die einem Drachenhort entwendet wurden. Man bot Euch einen Thron, der aus einem Jaspisblock geschnitzt war, und auch einen Mantel aus den goldenen Federn des Greifs. Solche Schätze besitze ich nicht. Und es stünde mir auch schlecht an zu glauben, ich könnte Eure Gunst *erkaufen*, wenn ich schon Eure Liebe nicht erringen kann.«

Hinter ihm hievten vier Lakaien eine große Kiste auf Rädern über die Treppe. Wie sich herausstellte, war es ein mit Samt ausgeschlagener Karren. *Eine königliche Kutsche hat noch keiner offeriert*, dachte Amberly. *Aber hat er nicht gerade gesagt, er wolle nicht versuchen, meine Gunst zu erkaufen?*

Als die Diener den Karren über den Schieferboden der großen Audienzhalle rollten, sah Amberly, dass die Räder weder mit Schnitzereien verziert noch vergoldet, sondern ganz schlicht gehalten waren.

»Eines Tages werde ich König von Fairland sein«, erklärte Prinz Derro. »Bis dahin kann ich Euch seine Reichtümer nicht anbieten. Was ich anzubieten habe, ist meine Liebe, meine Ergebenheit und der Beweis, dass ich in Euren Diensten und zu Eurer Verteidigung alles wagen würde. Ich habe weder Drachen noch Greif gefunden, den ich in Eurem Namen hätte besiegen können. Und doch bringe ich Euch den Nachweis meines Heldenmuts.«

Die Samtvorhänge wurden zurückgeschlagen – und Amberly starrte in die glasigen Augen Brontharns von Carrowyn.

Er konnte sie nicht sehen. Der Karren enthielt nur sein abgeschlagenes Haupt. Brontharn würde keine Burg mehr bauen, kein langes Leben in Einsamkeit wartete auf ihn. Falls er tatsächlich der Letzte seiner Art gewesen war, dann waren die Riesen vom Rücken der Erde verschwunden.

»Vater?«, flüsterte die Prinzessin kaum hörbar.

»Ja, mein Kind?«, erwiderte der König auf seinem Thron an ihrer Seite. Er ergriff ihre ausgestreckte Hand und wunderte sich, wie kalt sie war.

»Ich werde heiraten«, erklärte Amberly ihm und dem sprachlosen Hofstaat. »Jeder ist mir recht. Wenn Ihr ihn wählt.« Sie blickte Prinz Derro tief in seine verständnislosen Augen. »Wer es auch sei … nur *ihn nicht*.«

Niemand im ganzen Königreich erriet je den wahren Grund ihrer Tränen.

PHYLLIS ANN KARR

## Das Räubermädchen, die Seehexe und die Stimme der Kleinen Meerjungfrau

*Phyllis Ann Karr wurde 1944 geboren und hatte »wunderbare Eltern«. Unter anderem las ihr ihre Mutter Andersens Märchen vor, »Die Schneekönigin« gehörte zu ihren Lieblingsgeschichten, nicht zuletzt wegen des kleinen Räubermädchens.*

*Phyllis lebt zusammen mit ihrem Mann in Wisconsin und hat ihre alte Leidenschaft für das Theater neu entdeckt, seit sie bei der örtlichen Laienspielgruppe in Neil Simons Komödie »The Odd Couple« (»Männerwirtschaft«) einen der Pokerbrüder spielen durfte.*

Und so begab es sich, dass ich mich mit einer kleinen Opernsängerin anfreundete.

Bei »Opernsängerin« denkt jeder sofort an eine korpulente Gestalt, die auf einer großen Bühne steht und Arien und Duette mit anderen Schwergewichten schmettert. Aber meine Freundin sang nur im Chor, war kaum größer als ein Kind, und auch ihre Stimme war nicht viel größer, obwohl es eine gute, süße, kleine Stimme war, die ihr immerhin genug einbrachte, um ein kleines Dach über ihrem kleinen Kopf zu haben.

Unsere Freundschaft begann damit, dass ich einem jungen, reichen Schnösel die Pistole unter die Nase hielt, der ihr eines Abends nach der Vorstellung auf dem Nachhauseweg aufgelauert und sie wohl für die Vertreterin eines anderen Gewerbes gehalten hatte. Für meine Mühe hielt ich mich an seiner Börse schadlos und bedankte mich noch mit einem Gratistritt ins verlängerte Rückgrat. Vielleicht half das ja, ihm Manieren beizubringen. Oder auch nicht – manche Leute begreifen einfach nur schwer. Ich machte mich davon und gab sein Geld an anderem Orte aus, aber zuvor nahm ich mir noch die Zeit, meine neue kleine Freundin sicher nach Hause zu bringen und ihr zu versprechen, wieder vorbeizuschauen, wenn ich mal wieder in der Gegend sein sollte.

Das war nach gut einem Jahr der Fall. In diesem Jahr hatte ich mancherlei Abenteuer bestanden, die mir drei neue Beutestücke sowie ein hübsches Sümmchen Geld eingebracht hatten.

Ich hatte einen schurkischen Wunderheiler beraubt und in seiner Börse außer den Münzen eine Lotion in einer Phiole gefunden, die gerade groß genug war, dass man die zierliche Handschrift auf dem Etikett noch entziffern konnte: »Um Geister zu sehen: einen Tropfen auf jedes Augenlid. Um Geister zu hören: einen Tropfen in jedes Ohr. Um mit Geistern zu sprechen: einen Tropfen auf die Zunge.« Die Lotion war so spärlich bemessen, dass ich sie mir aufhob und noch nicht ausprobiert hatte.

Dann hatte ich mich auf einem Schiff befunden, das von Piraten angegriffen wurde. Als sie enterten, hielt ich sie mit meinen Pistolen so lange in Schach, bis ich und ein Mitreisender uns aus dem Staub machen konnten, wofür dieser so dankbar war, dass er mir eine seiner Halsketten schenkte, die ein berühmter Zauberer für ihn aus Seepferdchenaugen und Fischkiemen geflochten hatte. Wer solch eine Halskette trug, konnte auch noch in größter Tiefe unter Wasser atmen, weshalb wir beide auch an Land schwimmen konnten; wir ruhten uns einfach auf dem Meeresgrund aus, wenn wir nicht mehr weiterschwimmen konnten.

Das dritte meiner Beutestücke war ein Kartenspiel. Aber kein gewöhnliches Blatt, o nein! Jede Bildkarte zeigte das Konterfei einer berühmten Persönlichkeit, und jedes dieser Porträts konnte singen und sprechen.

Diese Karten konnten jedem Spieler, dem sie gewogen waren, den Gewinn zuschanzen. Und der einzige Grund, warum sich der Zigeuner, dessen Mutter die Karten eigentlich gehörten, auf den Tausch gegen zwei meiner drei Pferde einließ, bestand darin, dass die Karten ihn nicht ausstehen konnten; außerdem fehlte der Kreuzkönig.

Aber zurück zu meiner Freundin, der kleinen Opernsängerin. Als ich wieder in ihrer Stadt war, lag sie krank danieder, und der Arzt war gerade bei ihr.

»Die Kleine hatte es wirklich schwer erwischt«, stellte er fest, »aber ich glaube, dass sie endlich auf dem Weg der Besserung ist. Vorausgesetzt natürlich, dass sie was Ordentliches zu essen bekommt, warme Decken hat und auch selbst gesund werden will.«

»Warum sollte sie das nicht?«, fragte ich verwundert, glaubte ich doch, dass dies eine Selbstverständlichkeit sei.

»Sie hat ihre Stimme verloren«, erklärte der alte Quacksalber. »Jetzt kann sie nur flüstern. Mit der Zeit und bei guter Pflege wird sie eines Tages auch wieder sprechen können, aber ich fürchte, dass sie nie wieder singen wird.«

Und mit diesen Worten machte er sich, nachdem er noch eine Arznei verschrieben hatte, zum nächsten Patientenbesuch auf.

Wie schon gesagt hatte meine Börse zu jener Zeit ein erfreuliches Gesamtgewicht, weshalb ich mich auf den Weg machte, um Speisen für ihren leeren Küchenschrank, einige Flaschen guten Weins, zwei Federbetten aus Gänsedaunen und einen ausreichenden Vorrat an Wachskerzen zu kaufen. Als ich zurückkam, die Kerzen anzündete, meiner Freundin das Abendessen bereitete und sie mit einem der Federbetten zudeckte, bemerkte ich, dass sie weinte.

Die Tränen kullerten ihr die ganze Zeit herunter, während ich sie fütterte und ihr Wein und Medizin verabreichte. Schließlich wisperte sie mir zu: »Du hättest mich vor einem Jahr ebenso gut dem Kerl überlassen können. Ohne meine Stimme kann ich mir meinen Lebensunterhalt nur noch so verdienen.«

»Papperlapapp. Was für ein Unsinn!«, erwiderte ich.

»Gar kein Unsinn«, gab sie mir flüsternd zurück und schüttelte schwach den Kopf. »Mit meinen Beinen tauge ich nicht zum Ballett, mit meinen Fingern kann ich noch nicht einmal nähen, und zum Leben fehlt mir dein Witz und deine Unverfrorenheit. Ich habe nur eines zu verkaufen, und … lieber wär ich tot.«

Diese Bemerkung ließ mich frösteln. Doch ich versuchte, sie aufzumuntern, sagte ihr, am nächsten Morgen würde alles schon ganz anders aussehen und sie solle bloß keine Dummheiten machen. Dann verabreichte ich ihr ein Schlafmittel, brachte sie zu Bett und deckte sie so fest eingehüllt wie eine Raupe in ihrem Kokon zu. Von ganzem Herzen wünschte ich ihr eine gute Nacht und sanfte Träume. Dann wickelte ich mich in das andere Federbett und machte mich auf eine lange Nachtwache gefasst.

Ich kramte meine sprechenden Karten hervor, um mir eine Patience zu legen, aber sie schimpften derart laut über die Spleißen im Holztisch und den »doofen, nicht standesgemäßen« Kreuzkönig, den ich als Ersatz aus einem gewöhnlichen Kartenspiel untergemischt hatte, dass ich schon fürchtete, sie würden die kleine Opernsängerin aufwecken. So verstaute ich meine Karten wieder und tröstete mich mit der Flasche Wein als einzigem Gesellschafter.

Als ich noch zum gewöhnlichen Diebsgesindel zählte, hatte ich gelernt, wie gefährlich es sein konnte, sich zu betrinken, und das hatte mich auch gelehrt, den Wein als guten Freund zu behandeln, indem man ihn nicht über Gebühr in Anspruch nimmt. Nein, es war nicht der Wein, der die Luft in der kleinen Dachkammer um Mitternacht zum Flackern brachte; es lag nicht am Wein, dass die Flammen der Kerzen sich wie Tanzeleven in ihren Seidenröckchen verneigten oder die Fensterscheibe mit dem Sprung sich nach außen zu wölben schien.

Ich bin dem Tod schon so manches Mal von der Schippe gesprungen und wittere sofort, wenn etwas in der Luft liegt. Ich befand daher, dass es an der Zeit war, meine Lotion auszuprobieren, und träufelte je einen Tropfen auf meine Augen, die Ohren und die Zunge.

Ganz gewiss lag etwas in der Luft, aber dieses Etwas machte keine Anstalten, sich zu verbergen oder uns einen Schrecken einjagen zu wollen. Vielmehr schwebte es über dem Bett meiner kleinen Sängerin – eine junge Frauengestalt, die so schön war, dass ich sie wohl für einen Engel hätte halten können, wenn sie Flügel gehabt hätte. Aber ich konnte noch nicht einmal mit Gewissheit sagen, ob sie tatsächlich einen Körper besaß oder ob sich nur ein hauchdünnes Gazegewand wie eine Flamme im Wind wiegte. Das Gewand schien sich um unendlich zarte Glieder und einen ätherischen Rumpf zu verbreiten, aber alles an ihr – Hände, Gesicht und ihr langes, liebliches Haar – war durchscheinend, sodass ich durch sie hindurch die grau getünchte Wand der Dachkammer erkennen konnte.

Sie streichelte die Stirn der Schlafenden und strich das Kissen in seinem strapazierten, oft gestopften Bezug glatt.

Ich stand ruhig und gefasst auf und machte mich bemerkbar. »Du bist doch nicht etwa gekommen, um sie zu holen? Falls ja, musst du es erst mit mir aufnehmen.«

Die Geistererscheinung blickte mich an und schüttelte den Kopf. »O nein, sondern um ihr so viel Schlaf zu bescheren, wie ich ihr schenken kann. Aber wie kommt es, dass du mich sehen kannst?«

Ich zeigte ihr die Lotion. »Und wer bist du?«, fragte ich.

»Ich gehöre zu den Luftgeschöpfen«, erwiderte sie und streichelte noch immer die Stirn meiner Freundin. »Wir geistern umher, wo immer man uns einlässt, bringen eine frische Brise, tröstende Träume und so viel Heilung wie möglich mit uns. Auf diese Weise verdienen wir uns unsere Seelen, die dann so unsterblich sind wie die der Menschen.«

»Ein löbliches Unterfangen«, stellte ich fest. »Ich kenne genügend Leute, die nichts mit ihrer Seele anzufangen wissen.«

»Das ist leider wahr. Wenn uns die Erdenkinder wegen ihrer Missetaten zum Weinen bringen, verlängert das nur unsere Drangsal. Aber indem du diesem armen Erdenkind mit allem, was dir zu Gebote steht, geholfen hast«, fügte sie etwas heiterer hinzu, »hilfst du auch mir, meine Seele zu gewinnen und umso schneller in den Himmel zu gelangen.«

»Sieh an, wir werden also ›Erdenkinder‹ genannt«, bemerkte ich. Als der Geist nickte, fuhr ich fort: »Ist ja ganz tröstlich zu wissen, dass wir auf dieser Welt zu was nütze sind, aber noch viel besser wäre es, wenn wir ihr wirklich helfen könnten. Hast du zufällig mitgekriegt, was der alte Quacksalber mir ...« – ich hielt einen Moment inne und vergewisserte mich, dass meine Freundin noch immer fest schlief – »... über ihre Stimme gesagt hat?«

Das Luftkind nickte erneut. »Auch ich besaß einst eine wunderschöne Stimme«, grübelte es. »Zumindest behauptete man das. Wenn es nur einen Weg gäbe ...«

»Du hast noch immer eine hübsche Stimme.«

»Die haben alle Kinder der Luft, doch nur unsere Artgenossen können uns hören – und natürlich solche, die Zauberlotion besitzen. Das würde einer sterblichen Sängerin nichts nutzen. Wenn es doch nur ein Mittel gäbe, wie ich ihr die Stimme schenken könnte, die ich einst als Meerjungfrau besaß. Dann könnte sie gewiss wieder in der Oper singen.«

»Dann warst du also davor ein ›Kind der See‹?«, fragte ich.

»Ja. Ich verliebte mich in einen Sterblichen, einen Prinzen, und ich verkaufte meine Stimme an die alte Seehexe, die mir dafür einen Zaubertrank gab, der meine Schwanzflotte in zwei dieser Glieder teilte, die ihr Menschen Beine nennt.« Das Luftkind seufzte laut. »Ach, er war so lieb und schön, und wenn er mich geheiratet hätte, hätte er mir auf der Stelle eine Seele beschert.«

»Ich glaube, ich habe von dir schon gehört. Aber man sagt doch, dass er dich geheiratet hat.«

»Was? Wer sagt das?«

»Nun ja, die Leute. Eben die, die solche Geschichten erzählen und Theaterstücke darüber schreiben.«

»Und was sagen sie über die Prinzessin, die er wirklich geheiratet hat?«

»Wen? Ach, du meinst wohl die, die er beinahe geheiratet hätte? So lautet zumindest unsere Version. Aber du hast gerade noch rechtzeitig herausgefunden, dass es in Wahrheit die alte Seehexe war, die sich verkleidet hatte, um alle zu betrügen.«

Ich sah, wie dem Luftkind Tränen in die Augen traten. Sie waren so durchsichtig wie alles andere an ihm und kullerten wie Tautropfen seine glasklaren Wangen herunter – falls Tautropfen an einer Seifenblase herunterkullern können, ohne diese zum Platzen zu bringen. »Aber die Prinzessin war grundgütig! Es war doch nicht ihre Schuld, dass ich und nicht sie ihn vor dem Ertrinken gerettet hatte! Und sie erwies sich als treu liebende Frau! Sie waren ihr ganzes Leben lang glücklich und erinnerten sich meiner stets mit Wohlgefallen, selbst als sie meine wahre Geschichte noch nicht kannten. Und jetzt, da sie beide im Himmel sind, freuen sie sich auf den Tag, an dem ich wieder bei ihnen sein werde. Wie können die Leute nur solch schändliche Geschichten über sie verbreiten?«

»Hüte dich vor bösen Gedanken. Du verlängerst nur deine Drangsal.«

»Nicht ich, sondern die Leute, die solche Geschichten erfinden! Natürlich war die Seehexe ziemlich unangenehm, aber sie war gerecht und hielt stets ihr Wort. Sie brach es erst, als meine Schwestern sie anflehten und ihre langen Haare verkauften, damit die Hexe einen Ausweg finden sollte, wie ich mich in die Meerjungfrau zurückverwandeln konnte. Es war ein schändlicher Plan, und ich bin froh, dass ich mich nicht darauf eingelassen habe, aber was blieb ihnen denn anderes übrig. Wie kann man das alles nur so entstellen?«

*»Schnipp schnapp schnurre, basse lurre!«*, murmelte ich verlegen und hoffte, mit dieser alten Formel die nächste Träne, die ich bereits kommen sah, abzuwenden. »So ist nun einmal der Lauf der Welt, und was nutzt es schon, darüber Tränen zu vergießen. Sag mir doch einfach, wie ich die alte Hexe finden kann, und ich werde sehen, was ich bei ihr erreichen kann, um deine Stimme für unsere Freundin zurückzugewinnen.«

»Aber die Seehexe nahm mir meine Stimme, indem sie mir die Zunge abschnitt«, erklärte das Luftkind voller Zweifel. »Es war nur so eine Idee. Ich weiß wirklich nicht, wie wir der kleinen Sängerin meine Stimme verleihen könnten, solange sie noch ihre eigene Zunge hat.«

»Woher bist du so sicher, dass sich die Hexe schon damit zufrieden gibt, dir die Stimme genommen zu haben?«, erwiderte ich. »Das ist sicherlich noch nicht das Ende vom Lied. Wir können es zumindest versuchen. Von euch Wasserwesen habe ich schon einiges erfahren dürfen, als ich nach dem Angriff der Piraten zurückschwimmen musste, und seither dürstet es mich danach, mehr zu wissen. Warum also nicht jetzt die Gelegenheit beim Schopfe ergreifen? Vielleicht lässt sich ja dabei sogar etwas Gutes bewirken.«

»Sag bloß, du gehörst zu denen, die eine Halskette aus verzauberten Fischkiemen und Seepferdchenaugen besitzen? Einige meiner luftigen Geschwister haben mir davon berichtet, die sich zu dir gesellten, als du sie trugst, um unter Wasser atmen zu können. Aber die Seehexe ist wirklich äußerst unangenehm. Ihr Wasserwald steckt voller Polypen, die einen ausgewachsenen Nix ergreifen und gefangen halten können, und ihr Haus besteht aus den Gebeinen ertrunkener Matrosen. Bist du sicher, dass du dich mit ihr anlegen willst?«

»Mir ist schon Schlimmeres begegnet«, erwiderte ich kühn. »Es dürfte ihr schwer fallen, meine alte Raben- und Räubermutter in den Schatten zu stellen, und mit der bin ich noch immer fertig geworden, selbst als ich noch in den Kinderschuhen steckte. Aber hab keine Angst – ich werde mir etwas einfallen lassen, wie wir auf ehrliche Weise deine Stimme zurückgewinnen können, damit deine Drangsal endlich ein Ende hat.«

Am nächsten Tag benetzte ich meine Augen, Ohren und Zunge erneut mit einigen Tropfen der Lotion und gemeinsam machten wir uns ans Werk. Zunächst klapperten wir einige Pflegeschwestern ab, und als das Luftkind mir bei einer bedeutete, diese habe ein gutes Herz, bezahlte ich sie, damit sie in unserer Abwesenheit nach unserer kleinen Opernsängerin schaute. Danach liefen wir zum Hafen, und das Luftkind zeigte mir, welches Schiff wir zu nehmen hatten.

Am späten Nachmittag setzten wir die Segel, und in der darauf folgenden Nacht versuchte ich, in meiner Kajüte meinen Karten die Situation zu erklären. Sie mochten mich noch immer nicht recht, obwohl ich inzwischen den »gewöhnlichen« Kreuzkönig aus ihrer Mitte entfernt hatte. Aber anscheinend machte das Luftkind großen Eindruck auf sie, und außerdem teilten sie meine Gefühle gegenüber der kleinen

Opernsängerin, weshalb ich zu hoffen wagte, dass sie mich nicht im Stich lassen würden.

Am nächsten Morgen benutzte ich wieder die Lotion, und das Luftkind deutete auf einige Wasserstrudel, die ich fast übersehen hätte, da das Schiff sich wohlweislich von ihnen fern hielt. Es hätte wenig Sinn gehabt zu versuchen, den Kapitän davon zu überzeugen, er möge näher an diese Strudel heransegeln.

Ich holte meine Halskette hervor, und fragte das Luftkind, wie sie wirkte. »Hält sie irgendwie das nächstbeste Luftgeschöpf gefangen?«

Und zum ersten Mal, seit ich es kannte, hörte ich es lachen, und zwar so herzlich, dass es wie Musik klang, die aus Silberglocken ertönte. »Uns gefangen halten?«, gluckste das Luftkind fröhlich. »Aber nicht doch! Es ... ermöglicht uns, lädt uns ein ... eigentlich gibt es kein passendes Wort dafür in eurer Sprache – aber lass es mich so ausdrücken: Wenn wir aus eigener Kraft bei den Menschen unter Wasser bleiben könnten, würde niemand ertrinken. Mitunter könnten wir die Menschen selbst am Leben erhalten, aber wenn sie zu weit hinaus geschwommen oder zu tief unter Wasser geraten sind, zwingen uns die Wasserkräfte, von ihnen zu scheiden, falls sie nicht solche Zauberkräfte wie deine Halskette tragen, an die wir uns klammern können.«

Daraufhin legte ich die Kette an, und es schmiegte sich darein. Das Luftkind war so dicht bei mir, dass ich es nicht länger sehen, nur fühlen konnte. Und gemeinsam sprangen wir über Bord. Einige der Matrosen sahen mich eintauchen, aber ich achtete nicht auf ihre Rufe, schwamm auf den nächsten Strudel zu und ließ mich von ihm in die Tiefe ziehen.

Die ganze Sache war zwar schön aufregend, aber ich würde es ohne den richtigen Zauberschutz niemandem anraten. Selbst mit meiner Halskette und dem Luftkind darin hatte ich noch große Mühe, in dem Wirbel nach Luft zu schnappen.

Am Ende des Strudels auf dem Meeresgrund angelangt, stieß ich zunächst einmal nur auf grauen Sand, der mehr und mehr in Schlick überging. Hinter dem Schlick konnte ich den bizarren Garten der Seehexe erkennen, in dem Polypen nach allem griffen, was sie in ihre tausend Tentakeln bekommen konnten. Und in der Mitte dieses Gartens, auf einer schlammigen Lichtung, stand das Haus aus den Gebeinen der ertrunkenen Matrosen.

Auf dem Sand war es leicht voranzukommen, solange man auf die zahlreichen kleinen Wasserwirbel achtete. Auch der Schlick stellte kein großes Problem dar: Wir mussten nur hoch genug über ihn hinwegschwimmen, um den blubbernden Giftblasen auszuweichen. Die Polypen waren schon eine kitzligere Angelegenheit, aber wenn das Luftkind einst sicher zwischen ihnen hindurchschießen konnte, als es noch die kleine Meerjungfrau war, sollte mir dies jetzt auch gelingen, zumal es immer bei mir war und mich warnend stupste, wenn ein Fangarm mich von hinten packen wollte; gefühlsmäßig vermittelte es mir, dass ich die Polypenschar auch weiterhin kräftig reizen sollte.

Die Seehexe war ein verhutzeltes, verschrumpeltes altes Weib, und soweit ich es durch das Gewimmel von Wasserschlangen erkennen konnte, das sie anstelle eines Kleides trug und das ihren Leib mitsamt der langen, dünnen Fischflosse umschwärmte, hingen ihre Brüste wie nasse Schwämme herab. Eine kleine Kröte saß ihr im Maul und durfte sich dort Leckerbissen herauspicken – ältere Damen pflegten nun mal ihre Lieblinge zu verwöhnen. Ihre Zähne glichen einer Reihe halb verfaulter Perlen und wiesen so manche Lücke auf. Einer der oberen Eckzähne fehlte; der andere war abgebrochen und schaute nur noch als kürzerer Stumpf hervor. Das Zimmer, in dem sie saß, hatte kein Dach – wahrscheinlich, um vorbeitreibende Seemannsleichen und untergegangene Güter leichter einfangen zu können.

»Wenn du ein Meeresgeschöpf wärst«, meinte die Seehexe, während sie mich musterte, »wüsste ich genau, weshalb du gekommen bist. Da du eine Landratte bist, weiß ich es nicht, aber es muss ein törichter Grund sein, sich solcher Gefahr auszusetzen.«

»Du jagst mir keine Angst ein, Alte«, erklärte ich ihr. »Wenn es sich rumsprechen sollte, dass du deine Besucher umbringst, würde sich bald keiner mehr blicken lassen, und was würdest du dann tun?«

»Nichts anderes als jetzt auch«, gab sie zurück. »Ich würde sicher in meinem Haus sitzen, umgeben von meinem Garten aus gefährlichen Polypen, die mich vor den meisten Eindringlingen beschützen. Die hast du mehr zu fürchten als mich. Aber glaubst du wirklich, es kümmert mich, ob jemand kommt mich zu sehen oder nicht?«

»O ja, das glaub ich schon. Wo bekämst du sonst deine kleinen Reichtümer her, wenn sie nicht zu dir kämen, um sich Hilfe zu erkaufen? Wie zum Beispiel jenen hübschen Teppich, geflochten aus Meerjungfrauenhaar, der an der Wand hinter dir hängt?« Ich nahm an, dass es sich um die Haare handelte, die die Schwestern der kleinen Meerjungfrau ihr zum Kauf angeboten hatten. »Oder auch eine besonders süße Stimme?«, setzte ich hinzu.

»Sieh einer an! Das hast du also auch aufgeschnappt?« Sie fuhr sich mit einer lässigen Handbewegung übers Maul, und prompt brachte sich die Kröte in Sicherheit. Dann schüttelte die Seehexe noch einige ihrer Wasserschlangen ab, griff in eine Regalnische, die aus dem Schulterblatt eines unbekannten Gerippes gezimmert worden war, und nahm eine Muschelschale herunter. Sie öffnete die Muschel wie ein kleines Schmuckkästchen, und ein rosiger Schein schimmerte daraus hervor. Statt der Perle lag in der

Muschel ein herzförmiges Juwel – und als sie es herausnahm, begann es mit einer Stimme zu singen, die so bezaubernd war, dass die Kröte wieder vertrauensvoll näher schwamm und sich wie ein Schoßhündchen an mein Knie schmiegte; und auch ich war plötzlich der Kröte wohlgesonnen und wollte sie noch nicht einmal in ihre schleimigen Schwimmhäute kneifen.

In meinem Kopf vibrierte es, als ich spürte, wie das Luftkind sich an die Stimme erinnerte, die ihm gehörte hatte, als es noch die kleine Meerjungfrau gewesen war.

»Das beste Stück in meiner ganzen Sammlung«, erklärte die Seehexe. »Einst war dies die Stimme der jüngsten Tochter des Meereskönigs – genauer gesagt ihre kleine Zunge –, und wenn du oder sonst jemand sie in den Mund nähme und sie wie ein Bonbon lutschen würde, bis sie sich auföst, würde derjenige ihre Stimme erhalten.«

»Tatsächlich?«, fragte ich und dachte daran, wie einfach sich eines unserer Probleme lösen ließe. »Und warum hast du es dann nicht schon selbst probiert?«

Sie lachte nur. »Weil mir meine Stimme so wie sie ist gefällt – rau und kratzig.«

»Um deine Kundschaft gehörig einzuschüchtern?«

Sie kicherte und nickte zustimmend. »Wir verstehen uns anscheinend recht. Jawohl, und außerdem kann man seine eigene Stimme nie genau so hören, wie sie für andere klingt. Aber wenn ich diese Stimme so konserviert halte, kann ich mich immer im Original daran erfreuen, falls mir mal mein eigenes Geplärr auf die Nerven geht.«

»Ja, diese Geschichte ist mir bekannt«, sagte ich. »Aber es heißt auch, dass du in Wahrheit auf den Thron des Meereskönigs aus warst und seine Tochter verführt und schändlich betrogen hast, um an dein Ziel zu gelangen.«

»Wer behauptet das?«, erkundigte sich die Hexe neugierig.

»Na ja, die Leute, die sich diese Geschichten erzählen und Theaterstücke darüber schreiben.«

»Was sollte ich schon mit dem Thron des alten Königs anfangen?« Die Seehexe kicherte erneut. »Soll er ihn doch behalten, samt den Kopfschmerzen, die es bereitet, die sieben Weltmeere zu regieren. Ich bin mit meinem Los hier durchaus zufrieden. Ich lasse die anderen zufrieden und bin froh, wenn sie mich zufrieden lassen. Falls sie mich nicht gerade um Rat fragen. Ich hätte, so sagt man, die arme kleine Meerjungfrau verführt? Das Gegenteil ist der Fall. Ich habe mir den Mund schwammig geredet, um sie davon abzubringen, aber sie bestand darauf, ihren Prinzen zu lieben, so wenig er oder seine ach so hehre Seele es wert waren. Ich habe sie davor gewarnt, was alles auf sie zukommen würde und dass jeder Schritt mit diesen Menschenbeinen sie so schmerzen würde, als ob sie auf des Messers Schneide tanzt. Und ich habe meinen Preis so hoch angesetzt, dass ich überzeugt war, sie würde nun endlich entmutigt sein. Aber auch das half nicht. Danach war es ja wohl nur recht und billig, dass ich bei dem Handel nicht ganz leer ausging.« Sie berührte ihre Juwelenstimme und lachte in sich hinein. »Tja, und nun ist sie lange vor ihrer Zeit zu einer Schaumkrone geworden und außer ihrer Stimme ist nichts von ihr übrig geblieben.«

Anscheinend wusste die Seehexe noch nichts von der Verwandlung der kleinen Meerjungfrau, und ich hielt es für schlauer, sie vorerst im Dunkeln zu lassen.

Sie schloss die Muschelschale, stellte sie auf das Regal zurück und kicherte. »Sollen sie doch meinetwegen an Land so viele Lügenmärchen erzählen, wie sie wollen. So ist nun einmal der Lauf der Welt.«

»Das sage ich auch immer«, stimmte ich ihr zu.

»Na, sieh einer an! Hätte ich mir fast denken können. Aber du hast mir noch immer nicht gesagt, was du von mir willst.«

Ich trällerte erst einmal ein paar Takte, bevor ich antwortete. »Natürlich eine hübsche Stimme. Die der kleinen Meerjungfrau wäre gerade recht.«

Die Seehexe überschlug sich fast vor Vergnügen und rieb sich die knorrigen Hände. »Ausgerechnet das beste Stück in meiner Sammlung? Das willst du also haben? Und was gedenkst du dafür zu bezahlen, du dreistes Ding?«

»Gar nichts«, erklärte ich ihr ungeniert. »Ich will sie dir im Kartenspiel abluchsen.«

»Karten? Nun, davon habe ich schon gehört. Aber erkläre mir doch bitte, du Schlaumeier, wie du unter Wasser mit Pappkarten spielen willst?«

»Wenn du wirklich eine so gerissene alte Hexe bist, wie du immer tust, wird dir schon etwas einfallen.«

Sie grinste und zischte ihren Schlangen etwas zu. Diese schwammen prompt nach oben und verbanden sich über uns zu einem Geflecht, das eine Decke bildete. Dann blähte die Hexe ihre Backen und atmete aus. Das Wasser um uns wich zurück und wurde bis hinter die Schlangendecke verdrängt, sodass wir in einer großen Luftblase saßen.

»Ich kann ebenso gut Luft wie Wasser atmen«, meinte die Seehexe. Ihr ständiges Lachen klang jetzt auch nicht viel anders, hallte nur ein wenig mehr nach. »Und was bietest du als Einsatz an? Vielleicht dein Herz?« Aber so leicht ließ ich mich natürlich nicht übertölpeln!

»Die Karten selbst«, antwortete ich und zog sie aus meiner Tasche hervor; das Luftkind hatte die ganze Zeit dafür gesorgt, dass sie und meine Kleider trocken geblieben waren.

»Was sollte mich daran reizen? Kartenspiele sind mir schon haufenweise zugefallen. Jedes Schiffswrack ist voll davon.«

»Aber so eines bestimmt noch nicht.« Ich breitete sie auf einer flachen Steinplatte aus, die zwischen uns lag.

»Pass doch auf!«, brummelte Alexander der Große, der den Pikkönig darstellte.

»Wo sind wir denn diesmal?«, fragte die Herzdame in Gestalt der trojanischen Helena. Sie stellte sich dumm, obwohl ich den Karten am Abend zuvor alles genauestens erklärt hatte.

Offensichtlich hatte ich das Interesse der Seehexe geweckt. Sie hob die Karten auf und hielt sie in ihren knorrigen Fingern. »Könnt ihr denn auch singen, meine Hübschen?«, wollte sie wissen.

Der Karobube, seines Zeichens der Titelheld aus dem Rolandslied, stieß in sein Horn Olifant und sogleich stimmten alle »O Tannenbaum« an.

Die Seehexe nickte begeistert. »Sie sind wirklich was Besonderes. Da ließe ich schon mit mir handeln. Wie wär's mit einem Tausch? Sagen wir: die Stimme der kleinen Meerjungfrau gegen das ganze Blatt und ein paar kleine Extras. Zum Beispiel zwei oder drei deiner Zehen. Zehen von Lebendigen sind hier unten ziemlich schwer zu bekommen.«

»Das kann ich mir denken und ich möchte mir gar nicht ausmalen, was für Hexenwerk du damit anstellen würdest«, meinte ich und lehnte dankend ab. »Da behalte ich doch lieber alle meine Zehen. Entweder riskierst du ein Spielchen oder wir vergessen das Ganze.« Wenn sie mich um die Münzen oder sogar die Ringe und Juwelen, die ich im Laufe der Jahre zusammengekratzt hatte, gebeten hätte, hätte ich vielleicht zugestimmt; vielleicht aber auch nicht, denn beim Spielen hatte ich die Möglichkeit, die Stimme zu gewinnen und Karten und alles andere zu behalten. Außerdem rechnete ich mir jetzt bessere Chancen aus, dass mir die Karten gewogen seien – hatten sie doch mitbekommen, wie ich mich geweigert hatte, sie in einem schäbigen Handel zu verhökern. Welche Karte wäre schon darauf erpicht, ihr Leben auf dem Meeresgrund zu fristen?

Aber da hatte ich mich schön verrechnet. Sie waren sogar noch eigensinniger und heimtückischer als gewöhnliche Karten und vielleicht auch etwas schadenfroh.

Ich musste der Seehexe natürlich erst einmal alle Regeln erklären. Da es ihr erstes Spiel war, glaubte ich mich ohnehin im Vorteil. Dann mischte ich lange und lässig und erlaubte meinen Karten, sich nach ihrem Gutdünken zu ordnen. Als ich sie austeilte, erhielt ich ein Blatt, bei dem mir nur eine einzige Karte zu meinem Glück fehlte ... und das war ausgerechnet der Kreuzkönig!

Und so gewann die Seehexe mit ihren lumpigen Karos. An meinem Hals konnte ich ein tiefes Seufzen spüren. Es war das Luftkind, das vor Enttäuschung zitterte. Es hatte die ganze Zeit in der Halskette ausgeharrt, die ich nie abgelegt hatte, obwohl ich sie eigentlich nicht mehr brauchte, solange wir in der Luftblase saßen.

Ich starrte die Karten vorwurfsvoll an. Der Kreuzbube blinzelte mir zu und meinte: »Bei ihr sind wir sicherer aufgehoben als bei so einer Vagabundin wie dir.«

»Wir wollen endlich sesshaft werden«, fügte die Pikdame hinzu.

Und das Pikass, bei dem ich gar nicht geahnt hatte, dass es auch sprechen konnte, meinte beleidigt: »Aber du hast es nicht einmal für nötig gehalten, uns gegen einen anständigen Preis einzutauschen.«

Die Seehexe kriegte sich vor Kichern gar nicht wieder ein und steckte die Karten, die jetzt ihr gehörten, ein. Fairplay, kann ich nur sagen, denn weder ich noch sie hatten geschummelt. Verlass dich bloß nie auf die Karten!

Diese hatten während des gesamten Spiels unaufhörlich gesungen, und – Ehre wem Ehre gebührt – sie hätten es mit jedem Opernchor der Welt aufnehmen können. »Ich könnte dir noch immer die Stimme der kleinen Meerjungfrau verkaufen«, bot die Seehexe an. »Schließlich habe ich jetzt die hier …« und dabei streichelte sie liebevoll die Karten, die wie zufriedene alte Katzen schnurrten.

»Aber nicht gegen meine Zehen«, sagte ich.

»Na gut. Was hast du denn sonst noch zu bieten?« Sie musterte mich eindringlich und tat so, als ob sie sich nicht entschließen könnte, obwohl ich mir sicher war, dass die alte Vettel genau wusste, was sie wollte. »Wie wär's mit deiner Kette?«, meinte sie schließlich.

»Was, das alte Ding?«

»Manchmal sind die alten Sachen die besten. Und du wirst doch sicher zugeben, dass sie hier unten besser aufgehoben ist. Ich muss dich allerdings warnen: Du musst mir zuerst die Halskette aushändigen, bevor ich dir die Stimme der kleinen Meerjungfrau gebe.«

Ich dachte lange nach und spielte dabei mit der Kette, die mich lebendig zu ihr geführt hatte. Vielleicht ahnte die Hexe das ja. Aber wusste sie auch, wie die Kette genau funktionierte?

»Du willst also meine Halskette, um für die Karten ein trockenes Plätzchen zu schaffen, wo sie nie Gefahr laufen, vom Wasser aufgeweicht zu werden?« Natürlich war ihr klar, dass ich über irgendein Zaubermittel verfügen musste, um lebendig hierher kommen zu können. Außerdem wollte ich es mit dieser Bemerkung den Karten heimzahlen und ihnen einen gehörigen Schrecken einjagen. Ich konnte sehen, wie die rissige Lederhaut der Seehexe an der Luft schnell austrocknete, sodass sie schon bald das Wasser zurückfluten lassen würde. »Aber ich lasse meine Halskette erst los«, fuhr ich fort, »wenn ich die Muschel mit der Stimme in Händen halte.«

»Abgemacht!« Abermals kicherte die Hexe. »Nur

noch eins: Solltest du, nachdem unser Handel abgeschlossen ist, auf deinem Rückweg ertrinken, werden dich meine Seeschlangen holen und hierher zurückbringen, und dann gehört mir alles: die Karten, die Kette, die Stimme der kleinen Meerjungfrau und dein Leib.«

»In dem Fall kannst du aus meinem Schädel ein Schmuckkästchen machen und mir die Muschelschale zwischen die Zähne stopfen. Also lass uns unseren Handel so schnell wie möglich abschließen.«

Das Eine muss ich der alten Seehexe zugute halten: Sie hat nie den leisesten Versuch gemacht, mich übers Ohr zu hauen. Natürlich stellte sie ihre eigenen Regeln auf, und die waren bestimmt nicht zu ihren Ungunsten. Aber sobald sie diese einmal festgelegt hatte, hielt sie sich so unerschütterlich wie Justitia selbst daran – und das kommt in dieser Welt nicht allzu oft vor!

Kaum hatte ich die Muschel in meiner Tasche verstaut und die Hexe das Halsband um die Karten gewickelt, schnipste sie mit den Fingern, worauf das Schlangengeflecht auseinander stob und die Wassermassen von allen Seiten gleichzeitig wie eine Lawine über uns hereinbrachen.

In diesem gewaltigen Strudel wäre ich selbst mit Hilfe der Halskette nicht trocken geblieben. Mir tat jetzt nur Leid, dass ich nicht mehr mitbekam, was aus den verflixten Karten wurde, denn das Luftkind war ja bei *mir* geblieben. Auf dem Schiff hatte es mir erklärt, dass die Kette es nicht band, sondern ihm nur ermöglichte, bei dem Träger zu bleiben, wenn es das für richtig hielt. Ich habe nie erfahren, ob noch ein anderes Luftkind in der Nähe des Hexenhauses war und sich der Karten erbarmte; aber ich wage es zu bezweifeln, dass man die Karten solch einer Tat für würdig befand. Vielleicht fiel ja auch der Hexe noch rechtzeitig ein Zaubermittel ein. Inzwischen musste ich mich um meine eigenen Probleme kümmern.

Statt den gleichen Weg zu gehen, den wir gekommen waren, versuchte ich diesmal, direkt zur Oberfläche aufzutauchen. Auf diesem Weg konnten wir allerdings den Polypen nicht ausweichen. Der unersättliche Wasserwald türmte sich über dem Knochenhaus auf, und von allen Seiten waren wir von schwarzen Tentakeln umgeben, die sich in jeder nur erdenklichen Richtung und Strömung wiegten und mit tausenden von Saugnäpfen nach uns schnappten. Dem Luftkind konnten sie nichts anhaben, aber mich erwischte eines dieser Biester an der Hand und hinterließ einen hässlichen roten Flecken, als ich mich aus der Umklammerung losriss. Wenn mich mehrere von ihnen richtig zu packen gekriegt hätten, hätten sie mich dort unten behalten, bis die Seeschlangen meine Knochen als Baumaterial für die nächste anstehende Erweiterung des Hexenhauses hätten einsammeln können. Wobei noch nicht einmal sicher war, ob die Seeschlangen genug Mumm gehabt hätten, sich in diesen Wald aus klebrigen Tentakeln zu wagen. Was die Polypen einmal in ihren Fängen hatten, gaben sie so leicht nicht wieder her.

Und sicherlich hätten sie mich ein gutes halbes Dutzend Mal erwischt, wenn das Luftkind nicht so aufmerksam gewesen wäre und mich jedes Mal mit einem Atemstoß gewarnt hätte, wenn sich ein langer Fangarm von hinten näherte, um mich an Hals oder Schulter zu packen. Außerdem musste das Luftkind mir immer wieder die Lungenflügel füllen, sodass es wahrscheinlich mehr als ich zu tun hatte, obwohl ich auch nicht gerade müßig war. Wenn das Luftkind da ab und zu den Halt verlor und wie eine große, gespenstische Luftblase von mir wegtrieb, bevor es sich wieder fangen und zu mir zurückkehren konnte, durfte ihm das keiner zum Vorwurf machen. Ich schon gar nicht, auch wenn ich dabei jedes Mal ganz schön ins Prusten geriet.

Aber wozu die ganze Geschichte noch in die Länge ziehen? Sobald wir dem Hexenwald entkommen waren, mussten wir nur noch ein paar Haien ausweichen. Schließlich tauchte unter mir eine riesige Seeschildkröte auf, lud mich auf ihren gepanzerten Rücken und brachte mich sicher an die Oberfläche.

Inzwischen hatte sich die Lotion nahezu verflüchtigt oder im Wasser aufgelöst, aber ich hatte in der Phiole gerade noch genug übrig, um mir je einen Tropfen auf das rechte Augenlid, das linke Ohr und die Zunge träufeln zu können. Und so sah und hörte ich mein Luftkind, das nach der Anstrengung selbst etwas außer Puste war und der Schildkröte etwas ins Ohr flüsterte.

Dann wandte es sich mir zu und strahlte mich an. »Ich kann dir gar nicht genug danken! So eine gute Tat bringt mich meinem Ziel um mindestens drei Jahre näher! Nimm dafür meinen Segen!«

Solch ein Segen mochte sich eines Tages als nützlich erweisen, aber im Augenblick wären mir ein sicheres Schiff und eine warme Mahlzeit lieber gewesen. Das sagte ich ihm auch, und siehe da, schon nach wenigen Stunden, in denen das Luftkind sich eifrig auf die Suche machte und die Schildkröte ebenso eifrig hinterherschwamm, fanden wir ein Schiff, das zu dem Hafen zurücksegelte, aus dem wir am Vortag gekommen waren. Das Luftkind gab mir zum Abschied einen Kuss auf die Stirn, aber davon bemerkten die Matrosen, die mich an Bord hievten, natürlich nichts. Seither habe ich nichts mehr von dem Luftkind gesehen oder gehört; und das wird sich auch nicht ändern, bis ich mehr von dieser Lotion bekommen kann. Doch dann, so wollen wir hoffen, ist es vielleicht schon im Himmel.

Ich kehrte in die Stadt zurück und gab meiner Sängerin die Stimme der kleinen Meerjungfrau. Ich behauptete, es sei eine Pastille, die ich von einem Arzt erhalten hätte, der viel zu reich und berühmt wäre, um Hausbesuche zu machen. Sie schluckte brav die Arznei und meinte anschließend, es müsse der größte Doktor aller Zeiten gewesen sein, weil er ein Mittel gefunden habe, ihre Stimme noch viel schöner als zuvor erstrahlen zu lassen.

Sie singt jetzt längst nicht mehr im Chor, sondern steht als berühmte Primadonna im Rampenlicht und schmettert ihre Arien und Duette. Und inzwischen steht sie auch ganz gut im Futter. Als ich sie das letzte Mal singen hörte, ließ ich mich zu so überschwenglichem Applaus hinreißen, dass man mich aus dem Opernhaus hinauskomplimentierte. Angeblich wüsste ich nicht, solch hehre Musik mit Anstand zu würdigen. *Schnipp, schnapp, schnurre!* So ist nun einmal der Lauf der Welt.

SELINA ROSEN

## Man kann es ihnen nie recht machen

*Selina lebt mit ihrem Sohn, ihren WG-Genossen und einer ganzen Schar Haustiere in Arkansas auf dem Land. Sie ist sowohl in ihrer jüdischen Gemeinde als auch in der Ortsgruppe der »Gesellschaft für Kreative Anachronismen« aktiv, obwohl sie gerade Letzteres etwas zurückschraubt, um mehr Zeit zum Schreiben zu haben. (Schreiben erfordert weitaus mehr Zeit und Energie, als man allgemein glaubt – der Spruch »Setz dich an deine Schreibmaschine und vergieße dein Blut« hat schon was für sich.)*

*Apropos Blutvergießen: Diese Geschichte handelt von Vampirismus, allerdings aus einem ziemlich ungewöhnlichen Blickwinkel.*

Sie hatten von Anfang an was gegen sie. Selbst als ich sie zu Hause noch gar nicht vorgestellt hatte.

Zum Teufel noch mal, sie ließen ihr gar keine Chance.

Dann kam die erste Einladung zum Abendessen. Nach zehn Minuten tauschten Mom und Dad diesen vielsagenden Blick aus. Ich kenne diesen Blick. Heißt so viel, dass die Alten sich mal einig sind. Kommt selten genug vor, aber wenn, dann bedeutet es garantiert nichts Gutes für mich.

Dabei hatte sie nichts Verkehrtes gesagt oder getan. Sie hätte sich überhaupt nicht besser benehmen können, selbst wenn sie es versucht hätte. Aber das brauchte sie gar nicht.

Virginia war durch und durch eine Lady. Deshalb mochte ich sie ja auch viel mehr als die Mädels, mit denen ich zur Schule ging.

Aber *meine Alten* mochten sie nicht.

Sie hatte tadellose Manieren. Sie war höflich. Sie war zuvorkommend. Und sie war intelligent.

Doch das zählte nicht.

Sie kleidete sich ganz normal und sah blendend aus.

Aber auch das zählte nicht.

Für meine Eltern zählte nur eins. Virginia war noch keine fünf Minuten zur Tür hinaus, da fielen sie über mich her. »Du kennst doch weiß Gott genug nette Mädchen ... und ausgerechnet *so eine* musst du anschleppen.«

Ich hörte mir das nicht länger an. Ich verschwand auf mein Zimmer.

Ich knallte die Tür hinter mir zu, was aber nicht verhinderte, dass ich sie noch immer hören konnte. Und was sie zu sagen hatten, geht mir noch immer auf den Geist; vor allem aber, wie sie es sagten.

Es war doch immer das Gleiche mit den Alten. Ganz egal, was ich tat. Ich brauchte ihnen nur zu erzählen, dass ich eine neue Freundin hatte, und schon fertigten sie eine Liste an, was sie an ihr auszusetzen hätten.

Das Gespräch steigerte sich schnell zum Gebrüll – merkwürdig, aber je mehr sich meine Eltern einig waren, desto lauter wurden sie. Ich versuchte nicht einmal wegzuhören. Wäre aber wahrscheinlich besser gewesen.

»Ich hätte mich mit vielem abfinden können, aber nicht damit!«, schrie meine Mutter.

»Er ist ja erst sechzehn. Wollen wir hoffen, dass es nur so ein Schulschwarm ist und er schnell drüber weg ist.«

»Wenn er es überhaupt überlebt«, geiferte Mom.

»Ich glaube nicht, dass schon jemand gestorben ist«, versuchte mein Vater sie zu beruhigen.

»Bei Lily Simmons Tochter Janet war es aber verdammt knapp. Sie landete auf der Intensivstation, und sie mussten ihr drei Bluttransfusionen geben. Mein

Gott, Bill, hast du das denn schon wieder vergessen? Was tun wir bloß?«

»Sag ihm, dass er sie nicht mehr treffen darf.« Manchmal war Dads Logik einfach umwerfend.

»Das ist doch nicht dein Ernst, Bill. Du kennst Steve. Mit Verboten erreichst du bei ihm nur das Gegenteil.«

Dad musste ihr widerwillig Recht geben. »Vielleicht reagieren wir wirklich etwas übertrieben. Kannst du dich noch an deine Eltern erinnern, als ich ...«

»Du hast 'ne Lederjacke getragen und bist Motorrad gefahren. Und wenn du wirklich mal den Rebellen spielen wolltest, hast du 'ne Tüte Hasch geraucht. Aber dieses Mädchen ist ein *Vampir*. Sie saugt anderen das Blut aus.«

Meine Mutter war offensichtlich empört, dass er die beiden Sachen auch nur im Entferntesten vergleichen konnte. »Da besteht ein himmelweiter Unterschied, mein Lieber.«

»Okay, okay, Ellen. Beruhige dich. Was ich damit sagen will, ist, dass es sich bloß um eine Marotte handelt. Zugegeben eine ziemlich widerwärtige und perverse Marotte, aber im Grunde nicht viel anders als sonstige Modefimmel, und wie jeder Modefimmel wird auch der bald out sein. Außerdem glaube ich nicht, dass Steve wirklich ein Vampir sein möchte. Er steht nun mal auf das Mädchen.«

»Überleg dir mal genau, was du da gerade gesagt hast. Ich war mit dir noch keine fünf Tage zusammen, da habe ich mir eine Lederjacke besorgt und kletterte auf den Rücksitz deiner Maschine. Eine Woche später habe ich schon zusammen mit dir Gras geraucht. Steve ist bis über beide Ohren in das Mädchen verknallt. Wie lange, glaubst du, dauert es wohl, bis er nur noch schwarze Klamotten trägt, sich die Haare mit Gel zurückkämmt und wie 'ne Fledermaus verkehrt herum schläft? Und dann ist es nur noch ein kleiner Schritt, bis er Blut trinkt.«

»Du hast ja Recht. Wir können nichts weiter tun, als ihm zu verbieten, sie wiederzusehen. Ich weiß auch, dass es keine tolle Lösung ist, aber was bleibt uns denn anderes übrig? Jedenfalls möchte ich nicht, dass er das Mädchen trifft, und wenn wir ihn in sein Zimmer einsperren müssen.« Das klang entschieden und endgültig und war doch in den Wind gesprochen.

»Außer Stubenarrest weiß ich auch kein Mittel, ihn davon abzuhalten, sie wiederzusehen. Aber wie schon gesagt, Verbote erreichen bei ihm nur genau das Gegenteil.«

»Was könnten wir sonst noch tun?« Dads Stimme erreichte eine neue Tonhöhe. »Wenn du eine bessere Idee hast, möchte ich sie bitteschön hören.«

Mom murmelte nur verlegen, was so viel zu bedeuten hatte, dass ihr auch nichts mehr einfiel.

Ich hielt es nicht länger aus.

Was verstanden die schon von Liebe?

Was verstanden die überhaupt?

Ich stürmte aus meinem Zimmer. Irgendwie musste ich mir Luft verschaffen und ihnen meinen Teil sagen.

»Ihr seid um keinen Deut besser als die anderen!«, warf ich ihnen vor. »Ihr versucht ja noch nicht einmal zu verstehen. Wir leben in einer Welt, wo nichts mehr sicher ist. Jeden Augenblick kann irgend so ein Bürokrat auf den falschen Knopf drücken, und wir gehen alle in einem Atompilz hopps. Vampire versuchen nur, ihre Überlebenschancen zu verbessern. Und das wollt ihr ihnen vorwerfen? Sie fliegen nicht durch die Nacht und saugen arglosen Opfern das Blut aus. Sie saugen niemandem das Blut aus. Alle Spender geben ihr Blut freiwillig. Und es geschieht völlig hygienisch, genauso wie im Krankenhaus. Da bohren sich keine riesigen Reißzähne ins Fleisch. Was mit Janet Simmons passiert ist, hat sie sich ganz allein selbst zuzuschreiben. Es gibt eben Leute, die losziehen, um ihr Blut trinken zu lassen. Janet hat es einfach übertrieben. Sie hat in einer Nacht drei verschiedenen Gruppen Blut gespendet. Und keiner von ihnen wusste, dass sie bereits anderen gespendet hatte.«

Mutter schaute Vater mit diesem berühmten »Was-haben-wir-nur-falsch-gemacht?«-Blick an.

Dad schüttelte ungläubig, entsetzt und beschämt den Kopf – beinahe hätte er mir eine Sekunde lang in die Augen geschaut –, etwas, was er schon seit Jahren vermied.

Dann brach Mom in Tränen aus. »Mein Gott, Steve«, schluchzte sie, »wenn du dich nur reden hören könntest! Blut trinken!« Und einen Diskant höher keifte sie: »Um Himmels willen, Menschenblut!«

Das war ihre übliche Masche. Wahrscheinlich, weil sie bisher immer funktionierte. Zunächst versuchte sie mich zu überzeugen. Wenn das nichts fruchtete, versuchte sie es mit Tränen. Und wenn auch das nicht half, konnte sie es immer noch mit Stufe III ihres Geheimplans probieren – *Drohungen.*

Aber ich gab nicht nach. Ich wusste, wovon ich sprach. Ich sprach von Vampirismus, und ich hätte sonst was verwetten können, dass ich mehr davon verstand als sie. Es gibt in dieser Welt gewiss mehr Vampire als nur die, die vom Blut anderer leben.

Auf ihre Art waren auch meine Eltern Vampire. Statt an Blut sättigten sie sich am Geld der Leute und ihrem guten Glauben. Sie benutzten und manipulierten Menschen. Mein Vater als Rechtsanwalt und meine Mutter als Immobilienmaklerin hatten beide ihren Teil dazu beigetragen, Menschen in den Ruin zu treiben, und hatten keinen weiteren Gedanken darauf verschwendet.

Aber wenn so ein armer Schlucker ein bisschen Blut trinkt, geben sie sich plötzlich als Moralapostel. Sie waren nichts weiter als Heuchler, und das sagte ich ihnen auch.

Sie fingen beide gleichzeitig zu reden oder genauer

gesagt zu schreien an. Das Ganze war reichlich wirr und unzusammenhängend, aber offensichtlich beschuldigten sie mich unter anderem, abartig, undankbar und in die Irre geleitet zu sein, und sie waren felsenfest davon überzeugt, dass Virginia die eigentliche Drahtzieherin war.

Schließlich übertönte das Gegeifer meiner Mutter meinen Vater. »Das bist nicht wirklich du, Steve. Hör dich bloß an! Du verteidigst diese Leute! Das hat dir nur dieses Mädchen eingeredet. Sie hat dir diese Flausen in den Kopf gesetzt …«

»Das sind keine Flausen«, gab ich zurück. Zorn kochte in mir hoch und suchte nach Worten, mit denen er sich Luft verschaffen konnte. Schließlich musste ich mich damit zufrieden geben, ihnen zu versichern, dass ich sehr wohl meine eigenen Entscheidungen treffen konnte. »Virginia schreibt mir nicht vor, was ich zu tun oder zu denken habe.«

Gleich fingen beide wieder zu schreien an, und ich verkroch mich in meinem Zimmer. Wahrscheinlich hatten sie es noch nicht einmal gemerkt. Sie hatten mich eigentlich nie wie ihr Kind behandelt. Eher als ein Problem, das sie nie so ganz in den Griff bekommen konnten.

Ich lag auf meinem Bett und hörte mir mit an, wie sie nach irgendjemandem oder irgendetwas suchten, dem sie die Schuld für mein Verhalten in die Schuhe schieben konnten.

Als Erstes schossen sie sich auf »dieses Mädchen« ein. Dann warfen sie es sich gegenseitig vor, und dann folgten nacheinander die Schwiegermutter, die Schule, die Gesellschaft und schließlich wiederum »dieses Mädchen« als Sündenbock.

Wie üblich hatte jemand anderes Schuld, nur sie nicht.

Ich schlich mich aus dem Haus, was gar nicht so schwierig war. Meine Eltern waren so sehr damit beschäftigt auszuklügeln, wie sie meinen Stubenarrest durchsetzen konnten, sodass ich ungehindert aus der Haustür hinausspazierte.

Ich lief mit gesenktem Kopf und die Hände in den Taschen vergraben die Straße entlang. Eigentlich war es ganz allein meine Schuld. Was musste ich Virginia auch zu Hause vorstellen. Hätte ich mir ja denken können, wie diese Spießer reagieren würden.

Dabei hatte ich wirklich geglaubt, sie würden sie mögen. Hatte wirklich geglaubt, wenigstens dieses eine Mal würden sie meine Wahl gutheißen.

Was für ein verdammter Idiot ich doch war. Bin stets der gutgläubige Trottel gewesen und werde es wohl auch bleiben.

Ich war in Gedanken so sehr mit mir und meinem Elend beschäftigt, dass ich keine Ahnung hatte, wo genau ich war oder wohin ich lief. Einfach nur laufen. Einfach nur fort, fort von dem Ärger zu Hause. Um irgendwie zur Ruhe zu kommen.

Was mir nie gelingen sollte.

Wenn ich heute zurückblicke, kann ich nur zu dem Schluss kommen, dass mein Schicksal mich an diesen Ort geführt hat.

Plötzlich riss mich Lärm aus meinen wirren Gedanken. Sirenengeheul! Ganz nah. Zu nah! Der Streifenwagen raste an mir vorbei.

Ich brauchte eine Weile, bis ich kapierte, um was es sich bei diesem Bündel auf der Straße vor mir handelte. Erst als ich die vielen Polizeiautos sah, ging mir ein Licht auf.

Es war eine Leiche. Ich erstarrte bei dem Anblick. Dieser Pullover! Der rote Pullover mit den weißen Sternen drauf. So einen Pullover hatte ich nur einmal gesehen und der gehörte Janet Simmons.

Als ich mich wieder rühren konnte, lief ich auf die Leiche zu. Warum weiß ich auch nicht. Vielleicht nur aus morbider Neugier. Ich wollte wissen, wie Janet

Simmons jetzt aussah. Vielleicht wollte ich auch nur sicher sein, dass sie wirklich tot war. Oder vielleicht leitete mich noch immer mein Schicksal und ließ mir gar keine andere Wahl.

Ich hatte fast schon den Schauplatz erreicht, als plötzlich jemand aus der Menge rief: »Das ist einer von ihnen!«

In dem allgemeinen Durcheinander von Sirenen, Polizei- und Krankenwagen und Passanten begriff ich nicht gleich, dass der Mann mich gemeint hatte. Aber dann rannte ich los.

Ich hatte keine Lust, mich dem Zorn der Menge zu stellen. Hatte keine Lust, ihnen begreiflich zu machen, dass dies so ziemlich das Schlimmste war, was Virginia und ihren Artgenossen hätte passieren können. Denn bei all den Schlagzeilen über eine Tote würde jetzt die Hexenjagd erst richtig losgehen und die Verfolgung sich um ein Vielfaches steigern.

Wenn der Mob mich in die Finger bekäme, würden sie zweifellos kurzen Prozess mit mir machen und ohne Fragen zu stellen mir einen Holzpfahl durchs Herz bohren. Ich rannte durch Hinterhöfe und sprang über Gartenzäune, aber ich war nie eine große Sportskanone gewesen, und so kamen sie immer näher. Plötzlich packte mich jemand und zerrte mich ins Gebüsch. Ich wehrte mich. Ich wollte schreien, aber eine starke Hand hielt mir den Mund zu. Da biss ich zu. Mein Angreifer jaulte kaum hörbar auf, während sich mein Mund mit seinem Blut füllte. Das Blut war warm und schmeckte süß und ich schluckte es hinunter. Und schon im nächsten Augenblick fühlte ich mich anders. Außerdem wusste ich, dass mein Angreifer, wer er auch war, kein normaler Mensch sein konnte. Ich blickte auf und schaute – in Virginias schmerzverzerrtes Gesicht. Da gab ich jede Gegenwehr auf. Virginia zog ihre Hand zurück und saugte daran.

Ich fing an, mich wie blöd zu entschuldigen, aber sie

legte mir sogleich wieder den Finger auf die Lippen. Überall konnte ich unsere Verfolger hören. Sie waren uns so dicht auf den Fersen, dass ich den Atem anhielt.

Aber dann gaben sie die Suche auf und gingen weiter.

»Es tut mir wahnsinnig Leid«, versicherte ich Virginia, als ich wieder zu sprechen wagte. »Ich konnte ja nicht ahnen, dass du es warst.«

»Und du ahnst gar nicht, wie Leid es dir noch tun wird.« Ihre Stimme klang traurig und entrückt; sie jagte mir einen eisigen Schauer ein. »Es ist zu spät umzukehren, Steve. Lass uns besser verschwinden, bevor sie zurückkommen.«

Sie nahm mich bei der Hand, und ich folgte ihr. Jetzt war alles egal. Ich war mit Virginia zusammen, und das allein machte mich glücklich – glücklich, bei ihr zu sein und ihre Hand in meiner zu halten.

Ihre Hand in der meinen! War das nicht die Hand, die ich gerade gebissen hatte? Aber sie fühlte sich warm und weich und unverletzt an. Unvermittelt blieb ich stehen und riss ihre Hand hoch, um sie betrachten zu können. Kein einziger Kratzer! Ich überprüfte die andere Hand. Auch da keine Spur von einem Biss. Ich fragte mich schon, ob ich mir das nicht alles eingebildet hatte, aber der Geschmack des Blutes, der mir noch immer den Gaumen versüßte, belehrte mich eines Besseren.

Ich lächelte Virginia an und zeigte dabei ein Paar äußerst gesunder Reißzähne. »Das ist kein Spiel mehr, Steve«, erklärte sie und küsste mich unsagbar zärtlich auf den Mund. »Schließ dich mir an, Steve.«

Ich wäre ihr bis ans Ende der Welt und wieder zurück gefolgt. Sie war das erste Mädchen, das ich je geliebt hatte. Halt, nein: Sie war die einzige Frau, die ich je lieben würde.

Ich ging mit ihr. Ihr Versteck befand sich in einer Seitengasse im Souterrain eines verlassenen Lagerhauses. Sie teilte es mit drei männlichen Vampiren, worüber ich nicht gerade begeistert war.

Genauso wenig, wie die anderen begeistert waren, als Virginia mit mir aufkreuzte.

»Verdammt noch mal, Virginia«, meinte einer von ihnen, »schleppst du schon wieder einen an.«

Später erfuhr ich den Grund für diesen Gefühlsausbruch. Der Junge (er hieß Billy) war ihr erster Freund gewesen. Sie nannten ihn alle Count.

Billy hatte Virginias wahre Bedürfnisse nie richtig begriffen. Die anderen schon, und ich sollte sie auch bald erfahren.

»Relax, Count. Wir haben jetzt wirklich keine Zeit für einen deiner cholerischen Anfälle. Janet Simmons ist tot«, erklärte Virginia. Und einige Augenblicke herrschte Totenstille.

»Hast du sie alle gemacht?«

Ich erkannte diese Stimme – es war Larry. Also Larry kenne ich echt gut. Wir sind im gleichen Viertel aufgewachsen. Wir haben zusammen in der Jugendliga Baseball gespielt. Und einmal sind wir dabei erwischt worden, als wir ein Loch in die Wand der Duschkabine bohrten, um den Mädchen zuzuschauen. Aber ich wäre nie auf die Idee gekommen, dass er ein Vampir sein könnte. Larry war einfach nicht der Typ dazu. Er war schüchtern, ja fast schon verschlossen, und so ziemlich der Letzte, von dem man annehmen würde, dass er Blut trinkt.

Bevor ich fortfahre, möchte ich einige Mythen über Vampire richtig stellen.

Sonnenlicht tötet Vampire nicht. Zwar vertragen ihre Augen es nur schlecht, aber eine vernünftige Sonnenbrille löst das Problem.

Kruzifixe und Knoblauch zeigen keinerlei Wirkung bei ihnen. Weihwasser oder was es sonst noch an Firlefanz gibt, auch nicht.

Sie besitzen ein Spiegelbild.

Sie verwandeln sich nicht in Fledermäuse.

Ein Holzpfahl, durchs Herz gebohrt, bringt sie um. Klar, ist ja nur natürlich. Aber eine normale Kugel tut es auch. Überhaupt ist ihr Herz die verwundbarste Stelle.

Vielleicht hört sich das jetzt furchtbar naiv an, aber bevor Larry diese Frage stellte, wäre es mir nie in den Sinn gekommen, dass Virginia Janet getötet haben könnte. Vermutlich kannte ich Virginia einfach schon so gut, um zu wissen, dass sie dazu nicht fähig war.

»Hab ich nicht«, fauchte sie Larry an.

»Spiel hier nicht die Heilige, Virgi.« Und auch diese Stimme kannte ich! Stewart! Eigentlich hatte ich Stewart immer gern gehabt, aber diesmal hätte ich ihm eine reinhauen können. »Wir trinken alle Blut. Du noch mehr als wir. Und Janet war deine bevorzugte Spenderin.« Bei der Art und Weise, wie er das sagte, sträubten sich mir die Nackenhaare. Ihm war es völlig gleichgültig, ob sie Janet umgebracht hatte oder nicht. Er wollte nur, dass sie mit der Wahrheit herausrückte.

»Ich habe Janet nicht mehr angezapft, seit ich herausbekommen habe, dass sie auch anderen Gruppen Blut spendet«, verteidigte Virginia sich.

»Mach dir nichts vor, Stew! Du weißt genauso gut wie ich, dass Virginia nicht gerne was abgibt.« Count zog seine Worte in die Länge, und seine Oberlippe kräuselte sich, als er mich dabei völlig verächtlich fixierte.

»Ich höre mir diesen Quatsch nicht länger an. Wir haben wirklich Wichtigeres zu tun.« In Virginias Stimme mischten sich Zorn und eine Autorität, die ich so an ihr noch nicht kannte. Selbst Count schien zunächst einmal eingeschüchtert zu sein.

»Worum geht's? Was ist passiert?« Jegliche Arroganz war aus Stewarts Stimme gewichen.

»Die Bullen waren da. Und nicht zu knapp. Sie haben Steve verfolgt. Wenn sie ihn geschnappt hätten, hätten sie ihn gelyncht.«

»Können sie ihn mit dir in Verbindung bringen?«, fragte Count, und schon schwang die alte Feindseligkeit wieder mit.

»Darf man wohl annehmen«, meinte Stewart und betrachtete mit gespielter Gleichgültigkeit seine Fingernägel. »Schließlich treibt sie sich schon wochenlang mit ihm herum.«

Larry brachte die Frage auf den Punkt. »Hat sie ein Vampir auf dem Gewissen?«

»Ja.«

»Und werden die Bullen das rauskriegen?«, fragte Larry nervös.

»Haben sie schon.« Virginia zog besorgt die Augenbrauen zusammen.

»Hast du sie alle gemacht?«, fragte Count plötzlich mich.

Darauf war ich nicht vorbereitet gewesen. Bislang hatten sie mich eher wie Luft behandelt. Dass sie mich jetzt zu einem der ihren zählten, schockierte mich vermutlich mehr als die eigentliche Anschuldigung. »Ich hab sie nicht umgebracht!«, brüllte ich ihn an. Doch wie ein trotziges Kind fügte ich noch hinzu: »Und wenn schon? Vielleicht hab ich's ja getan.«

Aber da lachten sie mich bloß aus. Alle. Nur Virginia nicht.

»Was soll die Lache, ihr Blödmänner. Wir haben es hier mit einem echten Problem zu tun. Janets Leichtsinn haben wir es zu verdanken, dass jeder Vampir in dieser Stadt unter Verdacht steht. Und ganz besonders wir. Wir müssen untertauchen, bis sich der ganze Wirbel gelegt hat.«

»Und wie kommen wir an Blut?«, fragte Steve hungrig.

Virginia war müde geworden und rieb sich die Augen. »Es dämmert schon. Lasst uns erst mal schlafen gehen.«

Virginia und ich verkrochen uns in einem abgeschiedenen Winkel der Lagerhalle. Endlich allein, nur wir zwei, ungestört.

Seit ich von zu Hause fortgelaufen war, hatte ich keinen einzigen Gedanken daran verschwendet, was meine Eltern wohl fühlten oder taten. Ich hätte mir nie träumen lassen, dass sie in der glücklichsten Stunde meines Lebens alle Hebel in Bewegung setzen würden, mich zu ruinieren.

»Schau dir das an!« Ich erwachte, weil Stewart schrie und mir irgendwas ins Gesicht pfefferte. Ich brauchte einige Zeit, um mich in meiner neuen Umgebung zurechtzufinden. Als ich mich schließlich aufrichtete, las Virginia bereits die Zeitung. Sie seufzte schwer. »Und was nun, Virgi?«, fragte Stewart in panischer Angst. »Was machen wir nun?«

»Zuallererst mal Ruhe bewahren.« Wenn Virginia das sagte, war das nicht bloß ein Vorschlag – es war ein Befehl. »Das Schlimmste wäre, in Panik zu geraten.«

Count kam ins Zimmer. »Mir scheint die Lösung ganz simpel zu sein. Schick Steve zurück zu seinen Eltern.«

»Und wenn ich nicht zurück will?«, fuhr ich dazwischen. »Was habe ich überhaupt mit der ganzen Sache zu tun?«

Daraufhin gab Virginia mir die Zeitung. »Schulmädchen von Vampir-Bande ermordet« lautete die Schlagzeile. Ich las weiter. Dort stand eigentlich genau das, was wir erwartet hatten.

Erst der dritte Absatz brachte die Überraschung.

*Steven Johnson, ein sechzehnjähriger Freund der Verstorbenen, traf am Tatort ein und wurde von der Bande als Geisel genommen. Die Behörden vermuten ...* Meine Eltern setzten für sachdienliche Hinweise, die zu meiner Rettung führten, eine Belohnung aus.

Ich las nicht weiter. Offensichtlich hatte mein Vater seine Beziehungen spielen lassen, um aus der ganzen Sache einen Entführungsfall zu machen. Es blieb nur eines zu tun übrig, aber obwohl ich es wusste, tat ich es nicht.

»Er muss zurück«, meinte Stewart. »So viel sollte selbst dir klar sein, Virgi.«

»Janets Tod ist schon schlimm genug für uns. Wenn jetzt noch Kidnapping dazukommt, werden sie nicht locker lassen, bis sie uns alle erledigt haben.« Count klang merkwürdig ruhig und gefasst.

Doch Virginia war noch ruhiger. »Er ist jetzt einer von uns. Er gehört zu uns.«

»Du meinst wohl zu dir!« Und schon war es um Counts Ruhe geschehen. »Aber du scherst dich ja einen Dreck darum, was aus ihm wird. Oder aus uns. Wenn er zurückgeht …«

»Er braucht Blut …«

»Für ihn ist es *noch nicht* zu spät. Er könnte sich noch lossagen. Er könnte normal bleiben …«

»Wird er aber bestimmt nicht wollen, Count. Da bin ich mir sicher. Wer bei Verstand würde schon normal bleiben wollen, wenn er dafür unsterblich sein könnte?« Virginia schnitt Count mit erhobener Hand das Wort ab. »Du bist lediglich blutdürstig. Wir werden uns besser fühlen, wenn wir unseren Durst gestillt haben.«

»Genau darum geht es. Wie sollen wir denn das, bitteschön, machen?« Larry hatte sich eingeschaltet und kam Count zu Hilfe. »Count hat Recht. Seit Janets Tod ist für uns die Kacke am Dampfen. Wie sollen wir Blutspender finden, wenn er uns dabei die ganze Zeit im Weg ist? Schließlich glaubt man, wir hätten ihn entführt!«

»Sie haben Recht.« Alles, was sie sagten, war durchaus vernünftig, und ich konnte meine Hormone wenigstens so lange unter Kontrolle halten, um das zu begreifen. »Ich sollte wirklich besser zurückgehen, wenigstens so lange, bis der Druck nachgelassen hat.«

»Nichts da!« Virginia blieb hartnäckig. »Wir bleiben alle zusammen.«

»Du bist unvernünftig, Virgi«, meinte Count, der einiges an Selbstvertrauen zurückgewonnen hatte, seit sich das Blatt zu seinen Gunsten zu wenden schien.

»So? Bin ich das, du große Leuchte?« Virginia wandte sich ihm mit einem süffisanten Lächeln zu. »Und was hältst du davon? Nehmen wir einmal an, Steve kehrt zurück. Glaubst du wirklich, dass sie es damit bewenden lassen werden? Glaubst du wirklich, dass die Jagd nach uns damit vorbei sein wird? O nein, ganz im Gegenteil. Die Hauptsache bleibt der Mord an Janet. Und sie werden nicht locker lassen und Steve ausquetschen.« Ich sah, wie Counts Gesicht immer länger wurde. Er wusste, dass sie den Kern der Sache getroffen hatte.

»Ich werde nichts verraten.« Natürlich verletzte mich diese Unterstellung ein wenig. Andererseits wollte ich nicht gehen und hoffte insgeheim, sie würden einen Grund finden, warum ich bleiben musste.

»Natürlich würdest du es nicht wollen«, schaltete sich Stewart ein, »aber es würde dir doch irgendwann herausrutschen. Eine raffinierte Fangfrage von ihnen, und schwupps ...« Es folgte nur eine verzweifelte Handbewegung. »Also, was nun, Virgi? Ich weiß nicht, wie es den anderen geht, aber ich bin verdammt durstig.« Larry und Count pflichteten ihm mit kräftigem Kopfnicken bei.

»Es wird schon bald dunkel. Und wir sind Geschöpfe der Nacht. Die Nacht wird uns verbergen und beschützen. Wir werden auf Jagd gehen und Nahrung finden.«

Nachts kleideten wir uns ganz in Schwarz und suchten die Straßen heim, vorzugsweise die dunkelsten Gassen in der Altstadt, wo sich nur Ganoven, Nutten,

Obdachlose und – bei Wahlkampagnen – Politiker blicken ließen. Wir fanden auch ziemlich schnell jemanden, der gegen eine gehörige Bezahlung Blut zu spenden bereit war. Wir zogen uns alle in eine dunkle Seitengasse zurück, und schon kamen die Kanüle und der Blutbeutel hervor. Ich war nun ausgerechnet derjenige, der als Kind bei der einzigen Blutprobe, die ich je über mich hatte ergehen lassen müssen, ohnmächtig geworden war. Und so war ich über meine Reaktion bei diesem Ritual des Blutaustauschs nicht schlecht erstaunt. Ich beobachtete, wie das Blut über die Kanüle im Arm des Mannes in den Blutbeutel tropfte, und verspürte keinerlei Übelkeit. Vielmehr stellte sich ein merkwürdiges Gefühl der Zufriedenheit ein. Als der Beutel gefüllt war, bezahlten wir den Mann und machten uns weiter auf die Jagd.

»Gib mir nur ein wenig, Virgi«, flehte Stewart. »Ich komme um vor Durst.«

»Reiß dich zusammen, Mann«, erwiderte Count heftig. »Das fehlte uns gerade noch, dass uns jemand beim Bluttrinken erwischt!«

Eine halbe Stunde später fanden wir noch einen willigen Spender. Mit den beiden gefüllten Beuteln kehrten wir »heim«.

Dieses erste Mal werde ich nie vergessen. Zunächst musste ich mich noch überwinden. Aber schon nach den ersten paar Tropfen sog ich gierig, bis Stewart mir fluchend den Blutbeutel wegnahm. Es war die totale Ekstase. Alles, was ich je zu hoffen und träumen gewagt hatte, schien wahr zu werden. Mir war, als ob es plötzlich keine Grenzen mehr gab. Und da begriff ich, dass für einen Vampir Blut nicht bloß Nahrung ist – es ist eine Droge. Sie bestimmt dein Leben, und dann gibt es kein Zurück mehr.

Eine Woche lang mussten wir uns besonders in Acht nehmen, doch dann flaute die Aufregung ab. Selbst die reißerischste Story verliert nach der fünfzigsten Wiederholung an Wirkung.

Wir konnten uns in der Stadt endlich wieder etwas freier bewegen, also ohne an jeder Ecke auf einen Bullen zu stoßen.

Dann ließen die Behörden verlautbaren, dass Janet gar nicht ermordet worden sei, sondern sich höchstwahrscheinlich selbst umgebracht hätte.

Damit konnten Vampire wieder unbehelligt auf die Straße.

Nur ich nicht. Ich war ja noch immer offiziell als vermisst gemeldet. Obwohl man auch da die Version vom Kidnapping zurückzog, und es jetzt hieß, ich sei wahrscheinlich von zu Hause fortgelaufen.

Die meisten Nächte blieb ich allein in der Lagerhalle zurück. Ich fühlte mich ausgeschlossen, musste aber einräumen, dass es ein zusätzliches Risiko bedeutete, wenn ich mich blicken ließ.

Ansonsten hatte ich an meinem neuen Leben nichts auszusetzen. Ich war unter Freunden, ich war bei Virginia, und genug Blut gab es auch.

Dann aber drehte irgendein Trottel durch und murkste eine Nutte ab. Sein nächstes Opfer war ein Penner. Und dann vergriff er sich ausgerechnet an einem Bullen.

Danach war wieder die Hölle los. Kein Vampir war mehr sicher, und an Blut war kaum noch ranzukommen. Wer spendet schon Blut, wenn er fürchten muss, dabei hopps zu gehen. Selbst die Obdachlosen verlangten horrende Preise, die wir schon bald nicht mehr bezahlen konnten. In anderen Gruppen gab es welche, die sich ihren Stoff mit Gewalt verschafften. Sie entführten Leute, fesselten sie und zapften ihnen dann Blut ab. Selbst auf offener Straße kam es zu Überfällen.

Virginia lehnte jede Form von Gewalt ab, und so gingen wir oft genug leer aus.

Ich beobachtete den Sonnenaufgang durch einen Tränenschleier. Mein Weg lag klar vor mir. Ich schaltete das Radio ein, und die Frühnachrichten bestätigten meine schlimmsten Befürchtungen. Mein Leben lag in Trümmern. Ich kramte herum, bis ich meine alten Klamotten fand. Die Sachen, die nicht schwarz waren. Die ich in jener Nacht getragen hatte, als mein anderes Leben begann. Es war nur passend, dass ich sie auch an dem Tag trug, an dem dieses Leben zerstört wurde.

*»Die junge Frau wurde von siebzehn Kugeln getroffen, bevor sie tot …«*

Ich knallte das Radio gegen die Wand. Dann suchte ich mir eine Sonnenbrille, wischte meine Tränen ab und setzte die Brille auf. Ich hatte mich schon lange nicht mehr ans helle Tageslicht getraut. Tageslicht kann ich nicht ausstehen.

Inzwischen weiß ich, was Licht wirklich bedeutet: Es ist der Feind des Menschen. Denn darin lässt sich nichts verbergen. Alles Hässliche am Menschen kommt nur im Licht zum Vorschein. Das Dunkel verdeckt seine Hässlichkeit wie auch seine Schönheit. Im Dunkeln sind alle Menschen gleich. Keiner kann dich beurteilen, keiner kann dich richten, wenn man dich nicht sieht. Deshalb fürchten so viele das Dunkel.

Sie fürchten, was sie nicht beurteilen können.

Als ich zu Hause eintraf, war keiner da. Ich duschte mich und zog die mitgebrachten schwarzen Sachen an. Dann setzte ich mich im Wohnzimmer vor die Glotze und ließ mich mit Seifenopern berieseln. Um zwölf Uhr liefen Nachrichten, beinahe hätte ich abgeschaltet.

Hätte ich mal besser tun sollen.

Sie meldeten, dass Virginia, Larry, Stewart und Count die »Killervampire« gewesen seien. Damit hatten sie fürs Erste ihre Sündenböcke und ihre Ruhe – zumindest so lange, bis der nächste Mord passierte. Ich hätte sie alle umbringen können: die Bullen, die

Schmierfinken von der Presse und ganz besonders diesen Killervampir, der das Ganze angezettelt hatte.

Aber das musste noch warten. Zuerst einmal musste ich an Geld kommen. Ohne Knete war nichts zu machen. Zumindest das hatten mir meine Eltern beigebracht. Danach musste ich jeden davon überzeugen, dass ich stinknormal war. Auch darin waren meine Eltern einsame Klasse. Bei ihnen wäre niemand auf den Gedanken gekommen, dass sie eine einzige Ansammlung von Neurosen waren. Wenn ich erst mal Geld und einen »guten Ruf« hatte, konnte ich sie mir alle vorknöpfen. Einen nach dem anderen.

Ich lächelte zufrieden und wartete ab. Es war alles ganz einfach. Wenn ich nur früher daran gedacht hätte! Für die anderen war es jetzt zu spät. Auch für Virginia.

Aber ich durfte nicht an sie denken. Es würde mich nur verzweifeln lassen, und dann wäre ich unfähig, ihren Tod zu rächen. In den paar Stunden, in denen ich auf die Rückkehr meiner Eltern wartete, legte ich mir alles zurecht.

Als ich den Schlüssel im Türschloss hörte, verspürte ich nur noch eine gewisse Enttäuschung. Jemand kam herein und setzte eine Einkaufstüte ab.

»Mein Gott ... Steve, bist du es wirklich?«

»Ja, Mom, ich bin's.« Ich stand auf und drehte mich zu ihr um.

»Mein Gott, du bist einer von *ihnen*!« Abscheu und Missbilligung war alles, was ich zu hören bekam. So war es immer gewesen. Nie hatte ich ihnen etwas recht machen können.

Ich lächelte und fletschte dabei leicht die Zähne. »Sag mal, Mom, habt ihr noch diese Mordslebensversicherung, die auf meinen Namen als Begünstigtem läuft?« Ihre Augen quollen über, als ich näher rückte. »Ist dir schon mal aufgefallen, wie ironisch es eigentlich ist, dass es *Lebens*versicherung heißt?«

JENNIFER ROBERSON

# Einem geschenkten Schwert schaut man nicht ins Pferdemaul

*Auch Jennifer gehört zu den Autorinnen, deren erste Geschichte ich veröffentlichen durfte, und zwar in der ersten Anthologie von* »Zauberschwestern«. *Das war der Anfang einer äußerst erfolgreichen Karriere. Und obwohl sie so viel beschäftigt ist, findet sie immer noch die Zeit, gelegentlich eine Geschichte für mich zu schreiben; so zum Beispiel die »Abschlussprüfung« in der ersten Ausgabe meines Fantasy Magazines und diese hier, die als Titelgeschichte in Nummer 16 erschien.*

*Jennifer schreibt sogar an zwei Fantasy-Zyklen: »Chronicles of the Cheysuli« und »Sword Dancer«. Außerdem stammt aus ihrer Feder eine Neufassung der Robin-Hood-Legende mit dem Titel »Lady of the Forest«, die aus der Perspektive Lady Marians geschrieben ist. Ihr jüngster historischer Roman, »Glen of Sorrows«, wird etwa zeitgleich mit dieser Anthologie erscheinen. Mit Melanie Rawn und Kate Elliot hat sie an dem Buch »The Golden Key« zusammengearbeitet, das nächstes Jahr auf den Markt kommen wird.*

*Neben dem Schreiben widmet sie ihre Zeit noch dem Abrichten von Labradorhunden und Corgis. Sie lebt mit ihren vier Hunden und zwei Katzen in der Nähe von Phoenix, Arizona.*

Mein Meister hatte ein Problem. Er wusste es. Ich wusste es. Aber sonst niemand – und dabei sollte es auch hübsch bleiben.

»Du bist doch nicht umsonst Zauberer«, versuchte ich ihn aufzumuntern. »Ein bisschen Rauch und Blendwerk, etwas Fingerfertigkeit, eine Prise Hokuspokus – und keiner wird was merken.«

Für Britanniens Breiten war der Morgen ganz passabel: Die Sonne stieg halbherzig auf und zeichnete sich als matter, messingfarbener Klecks im Dunst des widerwillig dämmernden Tags ab. Vögel zwitscherten. Bienen summten. Mäuse raschelten. Und drunten im Lager bellte ein Hund.

Mein Meister war untröstlich. Deprimiert ließ er sich an einem abgebrochenen Baumstumpf nieder, lehnte sich daran und schien überhaupt nicht zu bemerken, dass er mit seinem Allerwertesten bedrohlich nah an einen Ameisenhaufen zu sitzen kam. Aber noch hatten auch die Ameisen nichts bemerkt.

»Reizender Vorschlag«, grummelte er vor sich hin. »Für wen hältst du mich eigentlich? Ich bin Merlin, du Narr!« Ich überlegte mir inzwischen, wie ich ihn höflichst auf den Ameisenhaufen und die möglichen Konsequenzen eines – wenn auch nur vorübergehenden – Logierens in unmittelbarer Nachbarschaft desselben aufmerksam machen konnte, entschied dann aber, dass das anstehende Gesprächsthema dringlicher war. Mein Meister war reichlich stolz auf seine Stellung als erhabenster, gelehrtester und mächtigster Zauberer, den Britannien je hervorgebracht hatte, und verteidigte diesen Ruf mit einer Leidenschaft, die schon an Besessenheit grenzte. Jedes Infragestellen seiner Autorität, ob nun beabsichtigt oder nicht, erforderte äußerstes Fingerspitzengefühl.

»Daran brauchst du mich nicht zu erinnern«, deutete ich mit mildem Tadel an. Eine langjährige und eigentümliche Bekanntschaft erlaubte es mir, mir größere Freiheiten herauszunehmen. »Du verwendest schon seit Jahren beträchtliche Mühe darauf, genau festzulegen, wer du bist, und dein Ruf ist entsprechend. In ganz Britannien weiß jedes Kind, wer du bist.«

Aus tiefen, brütenden Augen, die vom dichten und nur selten gekämmten oder zurechtgestutzten Haupthaar fast überwuchert wurden, warf er mir einen scheelen Blick zu. »Und genau da liegt der Hase im Pfeffer«, jammerte er. »Ich bin das Opfer meines eigenen Erfolgs. Ich kann mir in meiner Position einfach keinen Schnitzer erlauben.«

»Es besteht kein Grund zu der Annahme, dass es dir diesmal misslingen sollte«, schnaubte ich.

»Kein Grund!« Der scheele Blick steigerte sich zu einer beleidigten, ehrfurchtsgebietenden Miene. »Man erwartet von mir, dass ich Britannien den größten Heldenkönig verschaffe, den die Geschichte kennt, und du behauptest ungeniert, es bestünde kein Grund zu der Annahme, et cetera pp.«

Sein beißender Sarkasmus hätte Normalsterbliche sicherlich eingeschüchtert, aber ich ignorierte ihn einfach. »Nicht der geringste Grund. Glaub mir.«

Merlin erging sich in weiterer Verbalakrobatik, aber nichts davon fruchtete – nicht bei mir.

»Dir glauben? Pah!«

»Genau!«

Mit der ihm eigenen messerscharfen Logik führte er sein letztes Argument ins Feld: »Du bist ein Pferd!«

Das war noch sehr die Frage und tat nichts zur Sache. Ich schüttelte meine Mähne, sodass meine dunkelgraue Stirnlocke zwischen den aufgestellten Ohren vielsagend wippte. »Ich bin voller Zuversicht, dass du schon jemanden für den Job finden wirst.«

»Job? Jemanden? Begreif doch endlich, dass ich nicht jeden dahergelaufenen Kandidaten küren kann«, kommentierte Merlin zähneknirschend. »Es muss schon jemand ganz Besonderes sein. In jeder Hinsicht einzigartig und dafür prädestiniert, die sich befehdenden Sippen zu versöhnen, damit Britannien fremde Eindringlinge abwehren kann.«

Ich blickte nur hochnäsig, was mir – schon aufgrund meiner erheblich längeren Nase – viel besser stand als ihm. »Mit anderen Worten: einen Esel, der sich überall einzuschleimen weiß. Obwohl es natürlich geradeso gut ein präsentables Pferd täte.«

»Sei nicht so eingebildet«, rümpfte er seine viel kürzere Nase. »Vergiss nicht, dass ich dich erst erschaffen habe.«

»Und ich habe dich erst zu dem gemacht, der du heute bist«, lautete meine Retourkutsche. Ich blickte zum Heerlager zurück, das in einiger Entfernung aufgeschlagen war. Qualm stieg auf und nebelte die Bäume ein. Gelächter war zu hören, Gezeter und Streitereien, Schaukämpfe und Waffengeklirr. Es stank nach Rauch, verbranntem Fleisch und ungewaschenen Wänsten. »Bislang ist doch immer alles gut gegangen. Uns wird schon noch irgendwas einfallen.«

Ein schwerer Seufzer entrang sich Merlins Brust, achtlos zupfte er an einem losen Faden seines zweitbesten Zaubergewands. »Komm mir nicht immer mit ›irgendwer‹ und ›irgendwas‹. Das ist eine äußerst heikle Angelegenheit, und die Auswahl muss strengsten Kriterien genügen, damit keiner sie anzweifeln kann. Ich kann schlecht auf den nächstbesten Burschen deuten und verkünden: ›Los, Jungs, kniet nieder, der isses, der rechtmäßige – um nicht zu sagen der recht mäßige – König von ganz England.‹«

Ich winkelte ein Bein an und schob eine Flanke vor. »Warum eigentlich nicht?«

»Es riecht zu sehr nach Willkür und das lassen sie sich von mir nicht gefallen. Was dem Volk gefällt, sind Vorzeichen, Auspizien und Omen. Es ist ein abergläubisches Pack, das man mit rituellem Kauderwelsch für sich einnehmen kann. Dabei lässt sich so ein Omen genauso leicht herbeizaubern, wie man eine Marketenderin für eine Nacht in sein Zelt bekommt.« Dabei schaute er mich finster an. »Ich natürlich ausgenommen. Was für eine Schnapsidee von dir, dass Merlin keusch zu sein hätte.«

»Irgendwie musstest du dich doch hervortun«, erinnerte ich ihn. »Nenne es meinetwegen Effekthascherei. Aber wen kümmert es schon, ob du Balladen trällerst, Geschichten zu erzählen weißt oder beim Saufgelage die Besten unter den Tisch trinkst? Was in diesen verlotterten Zeiten einen Mann wirklich auszeichnet, ist seine Keuschheit.«

Er verscheuchte mit der Hand eine Biene. »Du hättest dir auch was Leichteres für mich einfallen lassen können. Oder lass mich dich wenigstens zum Wallach kastrieren, sodass wir das gleiche Los zu tragen haben.«

Diesen Vorschlag überhörte ich ostentativ. »Was Zeichen und Omen und rituelles Kauderwelsch betrifft, bist du nicht zu schlagen. Schließlich hast du das seit Jahren bewerkstelligt.«

Er zog den losen Faden ganz aus seinem Gewand und begutachtete ihn missmutig. Wenn er so weitermachte, würde sich ein Teil seiner Kluft bald in Wohlgefallen auflösen und zum drittbesten Gewand werden. »Ich muss sie glauben machen, dass sie irgendwie an der Entscheidung beteiligt sind – oder aber das Ganze so eindeutig machen, dass es nur einen Schluss zulässt.«

»Kraftproben eignen sich dazu am besten. Trennt die Spreu vom Weizen.«

Sein schmaler Mund verzog sich abschätzig. »Die Regentschaft Britanniens von einer Kraftprobe abhängig machen? Nicht gerade nach meinem Geschmack.«

»Warum nicht? Ist bestimmt nicht unvernünftiger, als Lose zu ziehen.« Ich stocherte mit den Hufen in der feuchten Grassode herum und grub ein überflüssiges Loch. Zugegeben, eine schlechte Angewohnheit von mir. Aber wer hatte die nicht? »Letztendlich wärst du es doch, der die Regierungsgeschäfte erledigt.«

Darüber dachte Merlin eine Zeit lang nach. »Ich bräuchte schon den richtigen Mann dafür. Einen ganz bestimmten Charaktertyp. Dumm genug, um form-

und biegsam zu sein, aber gleichzeitig gewitzt genug, um seine Grenzen erkennen zu können. Jung genug, um ausreichend Idealismus mitzubringen, doch groß genug, um Eindruck schinden zu können.«

Ich riss ein Büschel saftiges Gras aus der Erde, schüttelte den Lehm daran ab und zermalmte es zwischen meinen Zähnen.

»Da hätten wir immer noch Artie.«

Merlin starrte mich echt verblüfft an. »Das kann nicht dein Ernst sein!«

»Dein Gepäck schleift er jedenfalls aufopferungsvoll durch die Gegend. Und er vergisst nie, mich rechtzeitig zu füttern.«

»Artie ist nicht gerade der Hellste.«

»Kann dir doch nur recht sein.« Ich zeigte grinsend mein Pferdegebiss. »Er ist jung genug, groß genug und ganz bestimmt dumm genug – und außerdem hört er auf dich.«

»Weil er weiß, dass ich ihn in eine Kröte verwandeln würde, wenn er aufmucken sollte.«

»Würdest du nie und nimmer. Artie ist ein Unschuldslamm, wie es im Buche steht. Du würdest es nie übers Herz bringen, ihn so zu verletzen.«

Merlin versuchte nach besten Kräften, finster dreinzublicken. Er hasste es, wenn ich ihn daran erinnerte, dass er nicht der Tyrann war, für den er sich gerne ausgab.

Ich wedelte mit dem Schweif. »Gib's zu, der Vorschlag ist gar nicht so übel. Seit unserer Ankunft ist er immer schön im Hintergrund geblieben, sodass keiner über ihn viel weiß. Und er sieht Uther etwas ähnlich, sodass man ihn als seinen Bastard ausgeben könnte. Uther ist tot; ihm dürfte es egal sein.«

»Hast du auch schon eine Mutter für ihn?«, knurrte Merlin.

Ich überlegte nur kurz. »Wie wär's mit der Alten, die im letzten Zipfel Cornwalls haust? Tintagel heißt glaub ich der Fleck. Man sagt, die sei auch nicht mehr so ganz richtig im Kopf.«

»Du meinst Ygraine, Gorlois' Witwe? Die hat schon seit Jahren niemand mehr gesehen. Sie lebt mit ein paar Dienern in einer Burg voller Katzen.«

»Genau die. Sie wird nichts groß einzuwenden haben. Und falls doch, schicken wir ihr einfach haufenweise fahrende Händler; ein bisschen Shopping wird sie garantiert ablenken.«

»Uthers Bastard, von Ygraine zur Welt gebracht.« Merlin kaute daran ein wenig herum. »Könnte klappen.«

»Sag ich doch.«

»Ich müsste mir nur eine möglichst fantastische Geschichte voller Zauberei und blödsinnigem Aberglauben einfallen lassen, um die Paarung plausibel zu machen.«

»Uther war hinter jedem Weiberrock in Britannien her.«

»Aber er war gegen Katzen allergisch. Vor Ygraine hätte selbst er Halt gemacht.«

Ich wackelte mit meinen spitzen Ohren. »Dir wird schon was einfallen. Hast es ja auch sonst immer geschafft.« Natürlich mit meiner Hilfe, aber das ließ ich jetzt besser unerwähnt.

»Und dann brauchen wir was, womit wir beweisen können, dass Artie der Sache würdig ist.« Merlin kaute an den Fingernägeln. Üble Angewohnheit. »Das wird am schwierigsten werden.«

Ich widersprach. »Denk dir eine simple Probe aus, mit etwas Tamtam garniert und so eingefädelt, dass nur Artie sie besteht.«

»Ameisen!«, schrie Merlin und sprang auf. Mit beiden Händen hektisch fuchtelnd, was dem erhabensten Zauberer Britanniens schlecht anstand, verscheuchte er die Ameisen.

»Hinweg!«, donnerte er theatralisch.

Ich zuckte zusammen und fragte mich schon, ob damit das Ende der Ameisen in ganz England gekommen war. Als ich das letzte Mal Merlin so aufgebracht erlebt hatte, befanden wir uns gerade in Irland, und die Ursache waren Schlangen gewesen.

Aber das wurde einem anderen zugeschrieben.

Um die Mittagszeit kam Artie zu mir herauf. Die anderen Pferde waren alle an den Zelten oder an Bäumen nahe des Lagers festgezurrt, aber jeder hatte ziemlich schnell begriffen, dass man den großen Grauen mit der schwertförmigen Blesse auf der Stirn besser in Ruhe ließ.

Ich wieherte ihm einen Gruß zu, als er den Hügel hochgestapft kam. Vorsichtshalber in Pferdesprache, falls wir belauscht werden sollten. Nur Artie und Merlin wussten, dass ich sprechen konnte, und wir hielten es für richtiger, es dabei bewenden zu lassen. Ich vermutete allerdings, dass Merlin seinen Ruhm mit niemandem teilen wollte – ein sprechendes Pferd hätte ihm am Ende die Show gestohlen.

Artie blickte stets etwas gedankenverloren und mit leicht offen stehendem Mund in die Welt, weshalb ihn andere, und nicht zuletzt mein Meister, für dumm hielten. Aber Artie war gar nicht so dumm. Er träumte nur viel in den Tag hinein.

Ich fragte ihn einmal, woran er so dächte, wenn er den Tag zu vergessen schien und seine Traumgefilde durchwanderte, die zwischen Wachen und Schlaf lagen. Er zuckte nur mit seinen stämmigen Schultern und meinte: »Och, so Sachen halt.« Diese vage Ausdrucksweise, mit der für ihn alles gesagt zu sein schien und ich im Grunde nichts erfahren hatte, konnte mich auf die Palme bringen.

Aber so war unser Artie nun mal.

Bei seiner Statur war es erstaunlich, wie leise er dahergeschlichen kam. Kein Knacken im Unterholz, kein

Rascheln im Laub war zu hören, als er den Hügel hinaufstieg. Dafür konnte ich den Haferkeks schon wittern, bevor er ihn aus seinem Kasack gekramt hatte. Mit weit geblähten Nüstern schnaubte ich ihn an.

»Schon gut, Alter, schon gut ...« Mit breitem Grinsen knotete er den Zipfel seines Kasacks auf und fing geschickt die Haferkrümel auf, bevor sie zu Boden fielen. Seine Hände waren riesig und fühlten sich doch zart an, als ich den Haferkeks daraus aufschleckte.

Als ich damit fertig war, presste ich meine eine Nüster gegen seine Wange. Wir atmeten gemeinsam dieselbe Luft und erneuerten so das Band zwischen uns. Dann gab mir Artie einen kräftigen und laut hörbaren Klaps auf die Schulter.

»Sie kreuzen schon wieder die Klingen«, berichtete er mir. »Heute ist Kay an der Reihe.«

»Und wie steht's mit dir?«, fragte ich.

Artie schüttelte den Kopf und zuckte mit den Achseln. »Liegt mir nicht.«

»Warum nicht? Ector würde dich schon lassen.«

»Aber Kay hätte was dagegen.«

»Soll er doch. Merlin hat für deine Ritterknappschaft genug berappt – da steht dir so eine Chance zu.«

Aber Artie zuckte wieder nur mit den Achseln. »Ist doch egal.«

Ich schaute ihn nachdenklich an. »Sie haben dich wieder gehänselt, stimmt's?«

Noch ein Achselzucken, während er mir das Kinn kraulte.

»Mensch Artie, du bist stark genug, um sie in ihren Ritterkämpfen alle zu schlagen.«

»Darauf sind sie ja auch aus. Aber ich will nicht.«

»Du willst dir also lieber ihren Spott anhören, ohne wenigstens zu versuchen, sie davon abzubringen?«

»Sie reden ja doch, was ihnen in den Sinn kommt.«

»Wenn du dich im Turnierkampf etwas üben würdest ...«

»Ich habe nein gesagt.« Auf seiner Stirn unter dem strähnigen hellbraunen Haar zeigten sich ein paar störrische Falten. »Mir gefällt, was ich tue, weil ich es gut mache. Ich muss nicht so wie sie sein.«

»Du könntest besser sein als sie.«

Doch Artie blieb stur.

Ich legte mein Kinn auf seine Schulter und lehnte mich an ihn. »Es gibt im Leben weiß Gott Besseres, als Merlin alles hinterherzuschleppen.«

Er musste lachen. »Das sagst ausgerechnet du!«

»Aber ich bin ein Pferd. Dazu sind Pferde nun mal da.«

»Und ich bin bloß Artie. Mir reicht das.«

Ich schnaubte ihn feucht an. Er wischte sich lediglich die Wange ab und beließ es bei einem vorwurfsvollen Blick.

Typen wie Artie lassen einfach nicht mit sich reden. Schon gar nicht, wenn sie Recht haben.

Merlin hatte sich tief in seinen Folianten mit Zauberformeln vergraben. Er schaute verärgert auf, als ich den Kopf durch den Zelteingang steckte. Seine Miene erhellte sich erst, als er mich erkannte. »Was gibt's?«

»Bist du mit deinem Plan für Arties Probe schon weitergekommen?«

Er blickte mürrisch. Er hatte sein zweitbestes Zaubergewand gegen das drittbeste getauscht, was wahrscheinlich so viel zu bedeuten hatte, dass er an seinem zweitbesten Gewand so lange rumgezupft hatte, bis es sich so weit aufgedröselt hatte, dass es nur noch zum drittbesten taugte, wodurch wiederum das einst drittbeste Gewand zum zweitbesten befördert wurde.

»Nein«, gab er kurz angebunden zurück.

»Ich glaube, ich habe die Lösung gefunden.«

»Was du nicht sagst.« Er schlug den Folianten zu und stellte ihn auf den Dreifuß zurück. Dann baute er sich in ganzer Größe vor mir auf. »Und würde das Pferd die Güte besitzen, dem größten Zauberer Britanniens zu verraten, wie er den neuen König küren soll?«

»Das habe ich dir bereits gesagt. Halt dich an Artie ...«

Merlins Antwort fiel ziemlich barsch aus. »Eine Schnapsidee.«

»Wieso? Wäre dir Kay lieber?«

Merlin schnaubte nur verächtlich. »Kay ist ein hitzköpfiger, aufgeblasener alter Esel.«

»Während Artie ein herzensguter Kerl ist, der für alle nur das Beste will.«

»Gütige Männer geben keine guten Könige ab.«

»Was er zu viel an Güte besitzt, machst du bei deiner Einstellung schon wieder wett.«

Wir starrten uns beide herausfordernd an. Schließlich gab Merlin klein bei. »Na schön. Genug davon. Was also schlägst du vor?«

»Folgendes«, sagte ich und unterbreitete ihm meinen Plan.

Die Nacht war frisch und kühl und ziemlich dunkel; durch Äste und Laubwerk brach nur schwach das Silberlicht des Mondes. Merlin stieg von meinem Rücken ab und schimpfte leise etwas von »Schnapsidee« und »blödsinnigem Aberglauben« vor sich hin. Den Folianten hatte er in reine schwarze Seide eingewickelt und unter den Arm geklemmt, und so stolperte er mir voran durch das dunkle Unterholz.

»Dort drüben«, wies ich ihm den Weg. »Hinter dem nächsten Baum.«

Er lief um den besagten Baum herum und stieß auf eine mittelgroße und vom vielen Regen glatt gewaschene Felsformation.

»Hier etwa?«, fragte er ungläubig.

»Genau!«, bestätigte ich und zockelte hinterher, bis

ich zu ihm aufgeschlossen hatte. »Angemessen erhaben, findest du nicht?«

»Blödsinn. Was ist an einem Felsblock erhaben?«

»Das ist nicht bloß ein Felsblock. Das ist *der* Fels. Hast du denn keinen Funken Fantasie?«

»Meinetwegen«, knurrte er. »Wird schon klappen.«

»Und du solltest dich gefälligst anstrengen, wenn dir dein Ruf als größter Magier Britanniens lieb ist.« Ich überging den finsteren Blick, den er mir von der Seite zuwarf. »Du hast gesagt, es gäbe einen entsprechenden Zauberspruch.«

»Keine Sorge, ich kann den blöden Stein problemlos spalten und auch wieder zusammenfügen, wenn es denn sein muss. Ich begreife nur nicht, warum ich das tun sollte.«

»Überlass das nur mir.«

Merlin fixierte mich argwöhnisch. »Betrachte es doch mal so«, meinte er schließlich. »Du hast mir im Laufe der Jahre eine Menge nützlicher Vorschläge gemacht, aber das ändert nun mal nichts an der Tatsache, dass du ein Pferd bist. Wie kann ich da sicher sein, dass dieser Einfall von dir wirklich funktioniert?«

»Es kostet uns beide nichts, es einfach auszuprobieren.«

Merlin gab es seufzend auf, mich umzustimmen. »Du stellst dich wie immer begriffsstutzig.«

Ich scharrte mit meinem Vorderhuf prüfend an dem Fels. »Wenn bis zum Morgengrauen alles erledigt sein soll, machen wir uns besser gleich ans Werk.«

»Und alles nur für Artie.«

»Für England«, berichtigte ich ihn. »Und für deinen guten Ruf.«

Merlin setzte sich hin, schlug den Folianten auf und begann darin herumzublättern.

»Da haben wir es«, krächzte er schließlich. »Der Spruch sollte seine Wirkung tun.«

Die Dämmerung brach bereits an. Ich blinzelte mich wach, blickte aus übermüdeten Augen den Felsen an und blies einen Grashalm fort, der sich zuvor beim Grasen in einer meiner Nüstern verfangen hatte. »Und jetzt zu dem Schwert«, murmelte ich.

Merlin blickte erschrocken auf. »Schwert? Was für ein Schwert? Von einem Schwert hast du kein Sterbenswörtchen gesagt. Ich habe jedenfalls keins dabei.«

»Das ist meine Sache«, erklärte ich ihm. »Verstanden? Schließ die Augen und halte still. Rühr dich erst, wenn ich es dir sage.«

»Bist du sicher, dass es auch funktionieren wird?«

»Zumindest bin ich mir sicher, dass es nicht funktioniert, wenn du nicht genau das tust, was ich von dir verlange.«

Merlin knirschte mit den Zähnen. Schloss die Augen. Und verhielt sich mucksmäuschenstill.

»Nur nicht blinzeln«, warnte ich ihn. »Dieser Zaubertrick ist äußerst heikel.«

»Wer von uns beiden ist hier der Zauberer?«, beschwerte er sich. »Mir sind solche Dinge wohlbekannt.«

»Pssst!«

Und Merlin hielt endlich seinen Mund.

Es war eigentlich gar nicht so schlimm: ein kleiner Teil meiner selbst, der sich in etwas anderes verwandelte. Mein Kopf schmerzte etwas, und die Knie wurden mir ein wenig weich, aber zu guter Letzt war das Werk ohne viel Tamtam vollbracht. Ich beugte mich vorn über, legte meinen Kopf dicht an seinen Schoß und ließ das Schwert fallen.

»Augen auf«, befahl ich Merlin.

Er öffnete sie, fing das Schwert auf, ergriff es und starrte es ehrfurchtsvoll an. »Ein Schwert«, flüsterte er. Er streichelte die Waffe liebevoll, doch nahm er sich vor der scharfen Klinge wohl in Acht. »Ein Schwert«, wiederholte er.

Mir entging das habgierige Funkeln in seinen Augen nicht. »Das ist Arties Schwert«, stellte ich klar.

»Arties ...?« Er blickte zu mir auf. Da er sich hingesetzt hatte, überragte ich ihn noch um ein weiteres Stück.

»Arties!«, bekräftigte ich. »Und jetzt bist du an der Reihe.«

»Ich?«

Ich stupste mit meinen Nüstern an den Felsen. »Spalte ihn in zwei Teile. Stecke die Klinge dazwischen, sodass nur noch der Griff des Schwertes hervorschaut. Dann schmelze den Stein wieder zusammen.«

Merlin war entgeistert. »Du willst, dass ich das Schwert einschweiße und versiegle?«

»Fürs Erste.«

»Und wozu wäre es dann gut? Wozu soll ein versiegeltes Schwert nützen?«

»Um den zukünftigen König zu bestimmen.«

Was sich daraufhin Merlins Kehle entrang, war nicht gerade für zarte Ohren bestimmt. »So weit kommt's noch«, schloss er seine Schimpfkanonade.

»Und zwar schon morgen«, konterte ich. Um mich, angesichts der fortgeschrittenen Stunde, sogleich zu verbessern: »Eigentlich schon heute.«

»Das ist der lächerlichste Einfall, der mir je untergekommen ist.«

»Mach es einfach«, riet ich ihm. »Es hängt eine Menge davon ab.«

Merlin seufzte noch einmal schwer und legte den Folianten beiseite. Dann hievte er sich, das Schwert in beiden Händen haltend, in die Höhe. Er schritt zu dem Felsen, schloss die Augen, schwang das Schwert hoch über seinem Haupt und zischte die Beschwörungsformel.

Die Luft erbebte und färbte sich blau. Mir standen alle Haare zu Berge. Der Fels teilte sich und wich zur Seite. Dann verschlang er die nackte Klinge, als Merlin sie in seine Mitte hinabstieß. Der Stein floss in seine ursprüngliche Form zurück, bettete die Klinge zwischen sich ein, blieb aber völlig flüssig, bis Merlin ein zweites Mal sprach. Ein einsilbiges Zauberwort ließ ihn wieder zu Stein erstarren. Das bläuliche Licht verschwand, und das Erbeben in der Luft erstarb.

»Das wäre geschafft«, krächzte er heiser. »Auf ewig in den Fels gebannt.«

Mit nach außen gespreizten Beinen stand ich da und schüttelte mich so heftig wie ich nur konnte, um mich von dem Juckreiz zu befreien, den all die Zauberei hinterlassen hatte. »Lass das Ganze noch ein paar Stunden ruhen.«

Merlin raffte den Folianten an sich, wickelte ihn wieder in Seide ein und blickte mich aus ebenfalls übermüdeten Augen an. »Und das soll den zukünftigen König von England küren?«

»Vorzeichen, Auspizien und Omen«, erinnerte ich ihn. »Nicht zu vergessen rituelles Kauderwelsch. Daran sollten wir nicht sparen. Dann wird's schon klappen.«

»Womit fangen wir an?«

»Du kehrst ins Lager zurück, weckst alle auf und lässt sie hierher marschieren. Sag ihnen, dir sei Folgendes verkündet worden: ›Wer auch immer dieses Schwert aus dem Fels zöge, der solle rechtmäßiger König von ganz England sein.‹«

»Wie bitte?«, krächzte Merlin.

»Verlass dich nur auf mich!«

Merlin, ganz der alte Zaubermeister, lockte alle mit wer-weiß-was für Versprechungen und jener pompösen Beredsamkeit, die schlichte Gemüter stets beeindruckt, zum Felsen.

Artie, ganz der liebenswerte Tagträumer, schlenderte durch den Morgennebel und gesellte sich zu mir. Wie üblich kramte er in seinem Kasack nach einem Haferkeks.

»Schließ dich den anderen an«, flüsterte ich ihm aus dem Mundwinkel so unauffällig wie möglich zu, damit uns sonst niemand hören konnte.

»Wozu?«

»Tu nur einmal, was ich dir sage. Und höre Merlin zu.«

Artie blinzelte durch den Morgendunst und hörte sich kurz Merlins Sermon an. »Ach was, er zieht nur wieder über was her«, befand Artie schließlich. »Macht er öfters.«

»Man erwartet dich dort unten bereits«, drängelte ich.

Doch er hielt mir nur einen zerbröselten Haferkeks hin. Ich schob unwirsch seine Hand beiseite, sodass der Keks in einem Krümelregen zu Boden fiel. »Vergiss jetzt mal deinen blöden Keks! Troll dich zu den anderen und warte ab, bis du dran bist!«

Artie, der sich auf den Boden gehockt hatte, um die größten Krümel aufzulesen, schielte mich von unten an. »Mit was denn dran? Was soll ich tun?«

»Dich am Schwert versuchen«, erklärte ich ihm.

»Welches Schwert?« Er erhob sich und runzelte die Stirn. »Ach so, das Schwert. Wie ist es da überhaupt hingekommen?«

»Magie!«, zischte ich ihm zu. »Nun mach schon und stell dich an.«

Artie starrte verwundert das Schwert an, das kühn und unverrückbar aus dem Fels ragte. »Wenn sich jemand schon die Mühe gemacht hat, das Ding in den Felsen zu rammen, sollten wir es lieber dort stecken lassen. Finde ich wenigstens.«

Ich presste ihm meine Stirn in sein verlängertes Rückgrat und schubste ihn in die gewünschte Richtung. Er stolperte ein paar Schritte nach vorn, fing sich dann wieder und schaute sich gekränkt nach mir um. Ich starrte drohend zurück.

Als Merlin dies bemerkte, unterbrach er seine flammende Rede und wies Artie barsch an, sich einzureihen. »Stell dich dort an! Jeder bekommt seine Chance.«

Aus dem allgemeinen Gebrabbel erhob sich Kays Stimme. »Komm schon, Artie! Oder hast du Angst, dich vor allen zu blamieren?«

Ich hätte Kay einen gehörigen Huftritt versetzen können, aber Artie zuckte nur mit den Schultern und kratzte sich am Kopf.

Wie erwartet, dauerte es ziemlich lange, bis jeder an der Reihe war. Einer nach dem anderen trat hervor, zog an dem Schwert, trat fluchend zur Seite und beobachtete dann zusammen mit den anderen, wie es dem Nächsten erging. Bisher war es noch keinem gelungen, das Schwert auch nur einen Zoll zu verrücken. Ich verständigte mich mit Merlin, der die ganze Prozedur leitete, durch Kopfnicken. Aber erst, als ich seine helle Aufregung sah, bemerkte ich, dass Artie verschwunden war.

Ich trottete zu Merlin hinüber. »Wo ist er?«, zischte ich.

»Ich habe geglaubt, du wärst bei ihm!« Merlin fuchtelte in Andeutung eines Zauberspruchs mit den Händen, um die Menge abzulenken.

»Ich habe ihn hierher geschickt, damit er sich in die Schlange stellt.«

»Das ist die Schlange. Genauer gesagt, das Ende von ihr. Und weit und breit kein Artie.«

Typisch Artie – aber was soll's. »Ich stöbere ihn schon noch auf«, sagte ich erbost. »Halt du inzwischen die Menge bei Laune. Zettele meinetwegen ein Turnier an, um den besten Schwertkämpfer zu ermitteln.«

»Ich habe gerade erst dieses ganze Gedöns angezettelt, um den rechtmäßigen König von England zu ermitteln«, stöhnte Merlin. »Wie soll ich ihnen das bloß erklären?«

»Lass dir etwas einfallen! Ich suche inzwischen Artie.« Und damit ließ ich ihn allein.

Schließlich war es Artie, der mich aufstöberte. Ziemlich übel gelaunt, graste ich auf dem Hügel unweit des Felsens mit dem Schwert und rupfte ganze Büschel aus. Eigentlich war ich gar nicht hungrig, aber so hatte ich wenigstens was zu tun.

»Ich brauche ein Schwert«, verkündete Artie.

Ich hob den Kopf und blickte ihn vorwurfsvoll an. »Wo hast du bloß gesteckt?«

Er antwortete mit seinem berühmten Achselzucken. »Och, spazieren.«

»Du solltest wie jeder andere auch versuchen, das Schwert aus dem Fels zu ziehen.«

Er wendete mit der Fußspitze einen kleinen Stein. »Dazu hatte ich aber keine Lust.«

»Aber jetzt brauchst du ein Schwert.«

»Nicht das da. Und nicht für mich. Es ist für Kay. Er hat seines zerschlagen.«

Ich schnappte ihn mir buchstäblich beim Rockzipfel und zerrte ihn unsanft zu dem Felsblock. »Probier's mal damit.«

»Es klemmt im Fels fest. Es geht nicht.«

»Ich sag dir, probier's«, wiederholte ich. »Kay wird nichts dagegen haben.«

Artie willigte seufzend ein und legte seine große Pratze um den Knauf. Dann zog er.

Nichts rührte sich.

»Versuch's mit beiden Händen«, schlug ich vor.

Er tat es. Wieder nichts. »Siehste«, meinte Artie. »Es steckt im Fels, wo es auch hingehört.«

Bei mir läuteten die Alarmglocken. »Nein, nein,

nein. Versuch's noch mal. Und streng dich gefälligst an.«

Er tat es. Dann ließ er es sein. »Ich seh zu, ob ich mir ein Schwert für Kay borgen kann.«

»Warte mal …« Ich erwischte ihn gerade noch am Rockzipfel. »Tu's mir zuliebe. Schau her … ist doch ganz einfach … nur fest zupacken und ziehen …« Ich nahm den Schwertgriff ins Maul und zerrte das vermaledeite Ding aus dem Stein.

Artie staunte nicht schlecht.

»Da, nimm es!« Ich hatte auch schon deutlicher gesprochen, aber ich hielt ja noch immer das Schwert im Maul. »Los, nimm es schon!«

Artie tat mir den Gefallen.

»Und jetzt ab mit dir. Lauf zu Merlin und zeige ihm, was du hast.«

»Aber Kay braucht es doch.«

»Gib es auf keinen Fall Kay. Bring es Merlin!«

»Wieso?«

Ich legte ihm mein Kinn auf die Schulter. »Habe ich dich jemals schlecht beraten?«

Da wagte selbst Artie nicht mehr zu widersprechen.

Selbstzufrieden wartete ich auf dem Hügel darauf, dass Merlins Verkünderstimme durch den Wald dröhnen und jedes Blatt zum Zittern bringen würde. Aber von Merlin war erst wieder was zu hören, als er schwer keuchend den Hügel hinaufgestürmt kam. Er war ganz schön außer Puste.

»Was hast du jetzt wieder angestellt?«, verlangte er zu wissen. »Ich sollte dich weiß Gott den Walisischen Bogenschützen als Zielscheibe überlassen. Oder am besten gleich an den Abdecker verhökern.«

»Sachte, sachte«, versuchte ich ihn zu beruhigen. »So schlimm kann's auch wieder nicht sein. Hat dir Artie das Schwert gebracht?«

»Er kam mit einem Schwert vorbei, erwähnte kurz

Kay und war auch schon wieder verschwunden. Als ich endlich begriffen hatte, welches Schwert er da mit sich herumschleppte, hatte er das Ding schon Kay gegeben!«

»Heiliger Strohsack! Und Kay …«

»… posaunt nun überall aus, dass er der rechtmäßige König von ganz England sei«, schloss Merlin und japste dabei noch immer nach Luft. »Hättest du dir nicht einen kürzeren Titel einfallen lassen können?«

Ein schrecklicher Gedanke schoss mir durch den Kopf. »Du hast doch seinen Anspruch nicht etwa schon bestätigt? Ex cathedra, als Hofmagier Merlin?«

»Nein, offiziell habe ich noch nichts verkündet.«

Mir fiel ein Stein vom Herzen. »Dann ist England noch nicht verloren.«

Merlin starrte mich wie ein Wahnsinniger an. »Deine Gemütsruhe möchte ich besitzen. Kay hat sich das verdammte Ding unter den Nagel gerissen, und Artie hat sich verkrümelt, um Kaninchen zu beobachten.«

»Bitte was? Ach, vergiss es.« Ich dachte kurz nach. »Geh und hol's dir zurück.«

»Was? Das Schwert? Unter welchem Vorwand?«

»Sag Kay, er müsse das Schwert noch einmal aus dem Fels ziehen. Alle müssen es sehen und bezeugen können, sonst zählt's nicht. Ist doch fair oder etwa nicht?«

»O Gott«, stöhnte Merlin. »Warum lasse ich bloß immer wieder zu, dass du mir so einen Schlamassel einbrockst?«

»Du trommelst Kay und alle anderen zusammen und bringst sie zu dem Stein. Und ich sehe zu, ob ich Artie aufstöbern kann.«

»Na, hoffentlich hast du diesmal dabei mehr Glück.«

»Kümmere du dich um deinen Teil. Und besonders um Kay.«

Zähneknirschend raffte Merlin den Saum seines

drittbesten – oder war es das zweitbeste? – Gewands hoch und lief den Hügel wieder runter.

»Kaninchen! Typisch Artie!«, murmelte ich nachdenklich und machte mich in der entgegengesetzten Richtung auf den Weg.

Ich fand Artie bäuchlings vor einem Kaninchenbau liegen. Er schien die Welt um sich völlig vergessen zu haben. »Du hast ihm also tatsächlich das Schwert gegeben«, donnerte ich ihn an.

Artie fuhr zusammen, warf sich herum und griff sich ans Herz. »Du hast mir einen Mordsschrecken eingejagt.«

»Und dabei werde ich es nicht bewenden lassen, falls du nicht sofort dein Hinterteil in Bewegung setzt und mit mir zu dem Felsblock gehst.«

Artie stand langsam auf und zupfte sich Gras und Blätter aus Haaren und Kleidern. »Aber Kay brauchte das Schwert.«

»Ich habe dir ausdrücklich gesagt, es Merlin zu bringen.«

»Hab ich auch.«

»Du hast es mitgebracht. Da besteht ein feiner Unterschied.«

»Er hätte nur wieder mit seiner Verkünderstimme losgeröhrt. Ich krieg davon immer Kopfschmerzen.«

»Das soll es auch. Damit es auch in deinen dummen Schädel geht, dass es wichtig ist, was er verkündet.«

Und wie aufs Stichwort ließ sich Merlins Gebrüll vernehmen. Artie zuckte zusammen.

Ich stupste ihn an der Schulter. »Die Kaninchen laufen dir nicht weg. Aber jetzt gibt es Wichtigeres zu tun.«

Als ich endlich Artie zurück zum Stein brachte, hatte Merlin sich schon reichlich verausgabt. Er sah uns kommen, unterbrach sein wildes Gestikulieren und starrte Artie finster an. Wie ich bemerkte, stand Kay kampflustig in der ersten Reihe und hielt das Schwert in der Hand.

Ich legte meinen Kopf so dicht und gewichtig wie möglich auf Arties Schulter. »Versprich mir Eines«, flüsterte ich ihm ins Ohr. »Versuch diesmal dein Bestes mit dem Schwert.«

»Hab ich doch schon. Ist zwecklos.«

»Artie, bitte! Wenn du mich lieb hast, tust du, was ich dir sage.«

Artie stutzte, drehte sich auf den Hacken um und schlang plötzlich beide Arme um meinen Hals. »Aber natürlich hab ich dich lieb!«

Die gaffende Menge feixte. Kay ließ eine bissige Bemerkung fallen, die ich aber zum Glück nicht ganz mitbekam.

»Schon gut«, zischte ich ihm zu. »Das reicht jetzt. Mach hier bloß keine Szene – dein Auftritt kommt noch.«

Artie ließ langsam von Hals und Mähne ab. Seine Augen glänzten verdächtig, und seine Wangen waren feucht.

Was für ein sentimentaler Kerl unser Artie doch ist!

»Stell dich jetzt zu den anderen«, murmelte ich.

Artie tat brav, worum ich ihn gebeten hatte, hielt sich aber aus dem größten Gewühl heraus. Wie üblich konnten sich einige Leute ihre spitzen Bemerkungen nicht verkneifen.

Merlin wandte sich wieder der Menge zu und warf die Hände in die Höhe. Und mit seiner Verkünderstimme legte er abermals los. »Damit sich kein Zweifel regt, wer künftig Britannien regieren soll, habe ich euch Folgendes zu verkünden: ›Wer auch immer dies Schwert aus dem Fels zieht, der soll rechtmäßiger König von ganz England sein!‹«

Aus den hinteren Reihen kam ein Zwischenruf: »Das hatten wir doch schon.«

Merlin brachte sie alle mit finsterem Blick zum Schweigen. »Dann halt zum zweiten Mal!«

Kay rührte sich nicht.

Merlin fixierte ihn. »Steck das Schwert zurück.«

Er zuckte nicht mit der Wimper.

»Steck das Schwert zurück, bevor ich dich zwinge.«

Kay zog die Augenbrauen zusammen. »Versuch's doch.«

Die Menge atmete geschlossen tief ein und hätte damit beinahe die umstehenden Bäume entlaubt. Die Luft war zum Zerreißen gespannt.

Merlin trat zwei Schritte auf Kay zu. Er lehnte sich leicht vor. Keiner wagte zu atmen.

Ganz langsam und – zunächst – ganz leise wiederholte Merlin die Worte: »Steck – das Schwert – *zurück.*«

Alle Anwesenden hielten sich eiligst die Ohren zu, als das letzte Wort mit Donnergebraus durch den Wald dröhnte. Bäume stürzten um. Blitze schlugen ein. Im Lager kläfften die Hunde, und die angezäumten Pferde scheuten.

Ich natürlich nicht, obwohl auch ich danach auf den Ohren halb taub war.

Kay beeilte sich schnurstracks, die Klinge wieder in den Fels zu rammen. Aber weiterhin aufmüpfig, verlangte er, bei der Probe als Erster dranzukommen.

»Soll mir recht sein«, erklärte Merlin. »Zuerst Kay, und dann alle anderen.«

Er warf Artie einen Blick zu. »Und das gilt diesmal auch für dich!«

Artie nickte widerwillig.

Englands größter Magier zeigte sich ungeduldig. »Also vorwärts. Wir haben schon genug Zeit damit verplempert.«

Kay versuchte es – und scheiterte. Dreimal nahm er insgesamt Anlauf, und jedes Mal stöhnte und schwitzte er mehr dabei. Nach dem letzten Versuch fingen ihn zwei seiner Kameraden auf und schleiften ihn mit vereinten Kräften weg.

»Der Nächste bitte!«, rief Merlin.

Jeder kam an die Reihe. Alle scheiterten. Als Letzter war Artie dran.

»Klappt ja doch nicht«, maulte er gegenüber Merlin und mir. »Ich hab's doch schon probiert.«

Merlin knöpfte sich ihn vor. »*Tu's* einfach!«

Seufzend schlang Artie beide Hände um den Schwertgriff und zerrte daran.

Nichts passierte.

»O Gott«, hauchte Merlin. »Ich bin erledigt. Ruiniert. Das ist das Ende vom Lied. Aus und vorbei. *Finis operis ...*«

»Halt's Maul«, zischte ich unwirsch. »Artie ist noch nicht am Ende mit seinem Latein.«

Aber da irrte ich mich. Artie versuchte es noch zweimal. Das Schwert rührte sich keinen Zoll breit.

»Behalt deine Hände weiter am Griff«, warf ich ihm rasch zu. Und an Merlin gewandt: »Benutz deine Verkünderstimme! Und zwar dalli!«

»Was soll ich denn verkünden?«

»Egal! Und zaubere etwas Nebel herbei. Beeil dich!«

»Nebel? Na, wenigstens das ist einfach.«

Und das war es auch. Augenblicklich war der ganze Wald in tiefsten Nebel getaucht.

»Potzblitz!«, rief jemand aus der Menge. »Was hat das schon wieder zu bedeuten?«

Ich schloss mein Pferdegebiss fest um den Knauf und zog das Schwert ein zweites Mal aus dem Fels. »Nimm schon«, raunte ich Artie zu. »Halt das verwünschte Ding in deinen Händen.«

»Schon wieder?«, fragte er verwundert.

»Die Verkünderstimme!«, soufflierte ich Merlin. »Britannien hat einen neuen König!«

Und Merlin machte sich fleißig ans Verkünden.

»Um Himmels willen«, unterbrach ich ihn dabei verzweifelt, »lass erst den Nebel verschwinden! Kein Mensch bekommt etwas mit!«

Mitten im Satz verschwand der Nebel und ließ uns alle drei bei dem zurück, was wir gerade taten: Merlin war inbrünstig am Verkünden, ich blinzelte ziemlich verkniffen ins Licht und Artie – unser lieber, guter Artie – hielt das Schwert in seinen Händen.

»Wer auch immer dies Schwert aus dem Fels zieht ...«

»Moment mal«, meldete sich jemand aus der Menge, »ich hab nichts gesehen!«

»... der solle rechtmäßiger König ...«

»Nicht Artie!«, rief Kay. »Um Himmels willen, bloß nicht *Artie*!«

»... von ganz England sein!« schloss Merlin. »Ende der Vorstellung!«

»Nicht ganz«, warf ich betrübt ein.

»Für mich schon«, schnarrte er heiser. »Ich brauche dringend was zu trinken.«

»Artie hat es nicht geschafft!«, rief Kay. »Es war gar nicht Artie! Ich bin ganz in der Nähe gestanden und habe mit eigenen Augen gesehen ...« Er rang nach Atem. »... wie Merlins *Pferd* es getan hat!«

Bleiernes Schweigen. Und Kay, der nicht völlig beschränkt ist, begriff, was er da gesagt hatte, wie sich das anhören musste und was das für seine Zukunft bedeuten konnte.

Ich rettete die Situation, indem ich vor aller Welt meine unleugbare Pferdenatur mit einem langen, kräftigen Wiehern bestätigte.

Kay schaute niedergeschlagen auf Artie. Dann rang er sich zu einem »Lang-lebe-der-König« durch.

Wie ich nicht anders erwartet hatte, kam Artie später bei mir vorbei. Ich stand lässig im Mondlicht und begrüßte ihn mit einem kräftigen Wiehern. Ich witterte Haferkekse.

Artie löste den Knoten in seinem Kasack und hielt mir den Keks hin, den ich diesmal behutsam annahm. »Wo ist das Schwert?«, fragte ich, als ich mit dem Kauen fertig war.

»Merlin hat es in Gewahrsam genommen. Er meint, er traut mir noch nicht so recht. Ich würde es wahrscheinlich Kay geben, meint er, oder sonst jemandem, der ähnlich ungeeignet ist.«

»Na ja, das soll ja schon vorgekommen sein.«

»Aber begreifst du denn nicht, dass ich dazu genauso wenig tauge.«

»Das Schwert hat anders entschieden.«

»Das Schwert hat gar nichts entschieden! Du hast es herausgezogen!«

Ich antwortete nicht sogleich.

»Sogar zweimal«, setzte Artie hinzu.

»Schon ... aber weißt du, von einem Pferd kann man doch schlecht erwarten, dass es König von ganz England wird.«

»Von mir genauso wenig!«

»Zu spät, Artie. Merlin hat es offiziell verkündet.«

»Aber ich kann mir doch diesen Titel nicht anmaßen. Es wäre nicht recht.«

»Rechtmäßig«, verbesserte ich. »Ach, Artie – darauf kommt es doch gar nicht an. So werden Geschäfte nun mal erledigt.«

»Was für Geschäfte?«

»Wichtige Angelegenheiten. Staatsgeschäfte. Irgendwas passiert, weil irgendwer es in die Hand nimmt, und dann kommen andere daher und singen Balladen darüber oder erzählen Geschichten und schreiben es so zurecht, wie sie es am liebsten hätten. So ist nun mal der Lauf der Welt.«

»Ich wollte nie König werden.«

»Vielleicht wirst du gerade deshalb ein guter König.«

»Meinst du wirklich?« Seine Miene hellte sich auf.

»Überlass es Merlin. Er wird es schon richten.«

Artie legte einen Arm über meinen Widerrist. »Du bist das beste Pferd, das ich kenne.«

»Danke für die Blumen.«

»Ich würde gerne etwas für dich tun. Etwas Großartiges und Erhabenes, das eines Königs würdig ist, damit man dich nie vergisst.«

»Sie werden mich vergessen, Artie. Schließlich bin ich nur ein Pferd.«

Artie blickte betrübt drein. »Aber du bist – wie soll ich sagen? – der Leim, der alles zusammenhält.«

Das fuhr mir in die Knochen. »Sprechen wir lieber nicht von Leim.« Es erinnerte mich allzu sehr an die Abdeckerei.

»Schon gut.« Und dann fiel ihm etwas ein. »Ich werde meinen erstgeborenen Sohn nach dir benennen!«

Ich schnaubte verächtlich. »Nach einem Pferd? Keine besonders königliche Geste – und außerdem könnte dein Sohn etwas dagegen haben, sobald er einmal älter ist.«

»Aber irgendetwas muss ich doch tun.«

Es lohnte sich nicht, darüber viele Worte zu verlieren. Und mir würde es nicht weh tun. Ein Teil von mir war ohnehin schon zur Dauerleihgabe geworden. »Wie du willst«, gab ich nach. »Er lautet Excalibur.«

»Dein Name?«

»Jawohl.«

Artie strahlte. »Ich werde dafür sorgen, dass man dich nie vergisst! Ich werde dafür sorgen, dass dein Name unsterblich wird!«

»Artie ...« Aber dann ließ ich es fallen. »Danke dir, Artie. Ich weiß es wirklich zu schätzen.«

Er umarmte stürmisch meinen Nacken. »Excalibur«, flüsterte er verzückt. »Ein guter Name für ein Pferd.«

»Geh jetzt zu Bett«, schlug ich vor. »Du hast morgen einen anstrengenden Tag vor dir.«

»Vermutlich ja.« Er tätschelte mir zum Abschied die

Flanke. »Aber als Erstes bringe ich dir einen Haferkeks.«

Ich wusste, dass es ihm damit ernst war. Aber ich wusste auch, dass er mir heute Abend wohl den letzten Haferkeks gegeben hatte. Könige haben für so etwas keine Zeit mehr. »Nun troll dich«, sagte ich und stupste ihn ganz sachte.

Artie winkte mir noch einen Gutenachtgruß zu, als er wieder zurück ins Lager lief.

»Du kannst jetzt rauskommen«, sagte ich in Richtung des Gebüschs.

Er tauchte wie ein Nachtgespenst aus dem Dunkel auf. »Habe ich richtig gehört?«, fragte er. »Excalibur?«

»Genau.«

Und mit leichtem Tadel: »Aber davon hast du mir nie was gesagt.«

»Der wahre Name bannt den Zauber. Das solltest du eigentlich am besten wissen.«

»Aber Artie beabsichtigt, ihn laut und breit zu verkünden. Es ist dann nicht länger dein Name.«

Ich zuckte mit den Ohren. »Das kann mir jetzt egal sein. Mich geht die ganze Geschichte nichts mehr an. Soll Artie ihn benützen, wie er es für richtig hält.«

Merlin streichelte mir über die Nase. »Wir beide haben England einen König gekürt, alter Freund.«

»Und keinen schlechten. Artie wird es schon schaffen.«

Merlins Hand wanderte weiter nach oben zu meiner Stirnlocke, die er dann zur Seite strich. Seine geheimnisvollen dunklen Augen glänzten im Mondlicht, als er meine Stirn betrachtete. »Von dort hast du es also hervorgezaubert.«

Ich tat es mit einem Schulterzucken ab.

»Mächtige Magie, heiße ich das. Mehr als ich riskiert hätte.«

Ich schüttelte die Mähne, bis die Locke wieder meine Stirn bedeckte. »Darauf kommt es jetzt nicht mehr an. Hauptsache, es ist vollbracht.«

»Vermutlich hast du Recht.« Er tätschelte mir die Schulter. »Das war ein guter Plan, alter Freund. Mein Ruf bleibt ganz gewiss unangetastet.«

»Und dein Name bleibt bestehen.« Ich wedelte mit dem Schweif. »Artie – und England – werden dich brauchen.«

»Und auch Excalibur.« Von dem ich mich getrennt hatte.

Noch ein Tätscheln, und dann war Merlin, der dies alles wusste, verschwunden. Ich schüttelte abermals das Haupt und spürte unter der Stirnlocke, wo sich einst meine schwertförmige Blesse befunden hatte, ein leichtes Jucken.

Ich blickte zum abnehmenden Mond auf. »Ein Königreich für ein Pferd?«

Ich überlegte und verbesserte mich dann.

»Ein Pferd für ein Königreich!«

MARA GREY

# Die weiße Schlange

*Mara Grey ist Landschaftsarchitektin, Autorin und Harfenistin. Sie lebt auf Whidbey Island im Staate Washington inmitten einer Idylle aus Blumen, Kräutern, Zedern, Küken, Eichelhähern und Zaunkönigen.*

*Und außerdem schreibt sie ungewöhnliche Geschichten wie zum Beispiel diese hier.*

»Hey Kleiner, wo hast du den Stock her?«

Die schroffe Frage stellte ein alter, buckliger Mann, der auf der Veranda eines schäbigen Hauses saß. Die Farbe blätterte von den Wänden, und die Treppenplanken hingen durch; abgestorbene Büsche säumten den Zugang zum Haus.

»Unter einem alten Baum bei uns zu Hause. Warum?«

Der Junge war etwa vierzehn, schlaksig und aus seinen Kleidern schon etwas herausgewachsen. Er stand zusammen mit seinem Hund am Straßenrand, der jetzt im Sommer besonders staubig war, und schwang den Stock.

Die Hitze lastete schwer auf dem Haus. Ein stechender Geruch nach vertrocknetem Gras und Unkraut lag in der Luft. Krähen kreisten und krächzten über den angrenzenden Feldern. Den einzigen Schatten bot das Verandadach, unter dem sich der Alte begierig wie ein Hund, der Beute wittert, hervorlehnte.

»Darf ich ihn mal halten?«

Er versuchte, sich ein Lächeln abzuringen, aber sein Mund war so schief wie sein Buckel krumm; seine ganze Haltung war verkrampft, so als ob er von einem widernatürlichen Zwang befallen sei.

Der Junge kratzte sich verlegen am Ohr und schaute zu Boden. Dann raffte er seinen Mut zusammen, lief durch den überwucherten Hof und kam die Treppe hinauf.

»Ich weiß zwar nicht, was Sie damit wollen, aber meinetwegen können Sie ihn so lange halten, wie Sie wollen.«

Der Alte schien ihn nicht zu hören. Er betastete den Stock sorgsam, fast schon zärtlich, und hielt ihn in den Händen wie ein alter Geizkragen einen Beutel voller Gold.

»Jahrelang habe ich danach gesucht«, flüsterte er. »Jahrelang! Und dabei war es die ganze Zeit hier in meiner Nähe. Der Baum war hier. Hier! Wer hätte das gedacht?«

Plötzlich richtete er sich auf.

»Würdest du den Baum wiederfinden?«

»Wo ich den Stock gefunden habe? Klar doch. Der steht wie gesagt bei uns zu Haus auf der Farm. Der größte Baum im ganzen County, vielleicht sogar im Staat.«

Wieder verzog sich das Maul des Alten zu einem grimassenhaften Lächeln.

»Ich möchte, dass du was für mich erledigst. Ich bezahl dich auch dafür. Sagen wir fünfzig Dollar. Du brauchst nichts weiter tun, als etwas für mich einzufangen, das in dem Loch unter dem Baum lebt.«

Mit großen Augen und offen stehendem Mund schaute der Junge den Alten an.

»Woher wissen Sie, dass da ein Loch ist? Hab allerdings da drin noch nie was entdeckt. Sie wollen mir also fünfzig Dollar zahlen? Ist ja irre.«

Der alte Mann zog aus der Gesäßtasche eine ramponierte Geldbörse hervor und zählte fünf Zehndollarscheine ab. Er hielt sie in seiner rechten Hand hoch.

»Hier ist das Geld. Ich gebe dir einen Sack, und

dann brauchst du nur damit vor dem Loch am Baum warten, bis es herauskommt.«

Er steckte das Geld zurück in die Börse.

»In dem Loch gibt es sieben Schlangen. Die ersten sechs lässt du entkommen, aber die letzte greifst du dir, steckst sie in den Sack und bringst sie mir.«

Der Junge scharrte unschlüssig mit dem Fuß und schaute in die Ferne.

»Wie haben Sie das alles rausgekriegt? Und wieso sind Sie so sicher, dass die Schlangen überhaupt noch da sind? Und wozu brauchen sie eigentlich eine Schlange?«

»Das ist mein Geheimnis«, flüsterte der alte Mann. »Mein Vater hat es mir anvertraut, als ich so alt war wie du, genauso wie es sein Vater ihm erzählt hat. Sechzig Jahre bin ich nun schon auf der Suche, bin schon so ziemlich überall gewesen, um dem Geheimnis auf die Spur zu kommen.«

Der Junge schaute ihn argwöhnisch an, so als ob er damit rechnete, dass der Alte jeden Moment überschnappen und sich mit Schaum vor dem Mund auf ihn stürzen könnte.

»Na schön, ich kann's ja versuchen. Wo ist der Sack?«

Mit zitternder Hand und vor Erregung glänzenden Augen öffnete der alte Mann die Verandatür und verschwand im Haus. Wenige Minuten später kam er mit einem Leinensack und einer kurzen Schnur zurück.

»Binde den Sack nur ja fest zu. Nicht, dass sie uns noch im letzten Moment entwischt.«

»Keine Sorge. Knoten knüpfen kann ich prima. Aber jetzt gibt es gleich Abendessen; vor morgen schaffe ich es nicht. Reicht Ihnen das?«

»Sicher. Nur sieh zu, dass du sie mir so schnell wie möglich bringst. Ich warte auf dich.«

Der Junge nahm den Sack, pfiff seinen Hund, der im Hinterhof rumschnüffelte, zu sich und schlenderte dann, noch immer den Stock schwingend, die Straße hoch.

Der Alte strich sich mit der Hand über das Gesicht und kicherte in sich hinein. »Dich kriegen wir. Wart's nur ab, dich kriegen wir.«

Den nächsten Tag verbrachte der alte Mann größtenteils auf der Veranda und beobachtete, wie sich über dem flachen, vor Hitze flirrenden Land Gewitterwolken auftürmten. Dazwischen stand er immer wieder auf und überblickte die Straße. Er setzte sich, stand erneut auf, um sich dann wieder hinzusetzen.

Dann stieg er, es war schon später Nachmittag, die wackelige Holztreppe hinab und wartete am Straßenrand. Endlich kam der Junge pfeifend die Straße entlanggelaufen. Laut schimpfend erhoben sich die aufgescheuchten Krähen in den düsteren Himmel.

Sobald der Junge nah genug war, griff der alte Mann hastig nach dem Sack und schaute hinein.

»Eine weiße Schlange. Hätte ich mir ja denken können.«

»Ich musste ziemlich lange warten, bis die Erste hervorgekrochen kam. Dann ging alles so rasch, dass ich kaum mit dem Zählen nachkam. Aber die hier war die Letzte. So weiß wie Dads Sonntagshemd.«

Der alte Mann zog seine Geldbörse hervor und überreichte dem Jungen die fünf Zehndollarnoten. Dann überlegte er einen Augenblick.

»Ich muss gleich jemanden in der Stadt treffen, möchte aber nicht länger warten. Ich gebe dir noch mal fünf Dollar, wenn du bleibst und mir hilfst, die Schlange zu kochen.«

»Sie wollen eine Schlange essen?« Verblüffung und auch ein wenig Ekel verfärbte die Stimme des Jungen. »Na schön, solange ich sie nicht essen muss, kann es mir ja egal sein. Warum also nicht?«

Über ihnen türmten sich die Wolken immer höher

auf; aus der Entfernung hörte man das erste Donnergrollen.

In der kleinen Küche, deren schmutzige Wände gelb gestrichen waren, nahm der alte Mann die Schlange aus dem Sack.

Sie war so weiß wie Raureif, so weiß wie Schaumkronen im Meer, so weiß wie Blütenblätter des Pflaumenbaums, aber ihre Augen waren tiefschwarz und mit einem goldenen Rand begrenzt. Sie schienen uralt, weise und wissend zu sein, als ob sie ganze Zivilisationen entstehen und vergehen gesehen hätten. In dem schmalen Maul züngelte eine rote Zunge wie wild, als sie sich dem Zugriff des Alten zu entwinden suchte.

Er warf sie in einen Topf auf dem Herd, füllte den Topf mit Wasser und entzündete den Brenner. Dann langte er nach einer kleinen Metallschüssel.

»Hör genau zu! Die Anleitung besagt, den Topf zu versiegeln und nur ja keinen Dampf entweichen zu lassen. Ich hab dazu jetzt keine Zeit, aber hier ist eine Paste, die ich vorbereitet habe. Halte den Topf mit einem Deckel verschlossen und bestreiche die Ränder mit der Paste. Und dass mir weder du noch sonst jemand auch nur einen Bissen von der Schlange anrührt!«

»Fällt mir nicht ein. Für nichts in der Welt!«

Der Alte blickte ein letztes Mal in den Topf und raunte sich selbst etwas zu. Dann schlurfte er aus dem Zimmer.

Regentropfen klatschten gegen die Fensterscheiben, und Blitze durchzuckten das fahle Licht, als das Gewitter losbrach. In der schäbigen Hütte stopfte der Junge sorgfältig den Spalt zwischen Deckel und Topf mit der Paste zu.

»Er ist verrückt. Völlig verrückt. Aber wenn schon. Kann ja nicht schaden, ihm ein wenig zu helfen. Sobald er zurückkommt, mache ich mich davon.«

Aber noch bevor er mit seiner Aufgabe fertig war, kochte das Wasser im Topf. Der Junge war gerade dabei, die letzte Ritze mit der Paste zu versiegeln, als sein Daumen in den siedend heißen Dampf geriet, der aus der Ritze geschossen kam.

»Verflucht, das brennt höllisch.«

Er wich von dem Herd zurück und steckte unwillkürlich seinen verbrannten Finger in den Mund.

Und mit einem Mal veränderte sich die Welt.

Zunächst einmal erhellten sich alle Farben. Das verschlissene Gelb der Küchenwände wandelte sich zu einer prächtigen Palette aus vielen Gold-, Ocker- und Silbertönen; das schäbige Haus erglänzte neu. Und der rissige Linoleumboden erstrahlte in einem Licht, das aus seiner Tiefe hervorzuschimmern schien.

Dann setzte die Musik ein. Sanftes Gezirpe und Gezwitscher drang an sein Ohr, als ob Scharen von Vögeln sich auf der Veranda niedergelassen hätten. Wenn er sich in eine Richtung wandte, konnte er Wogen sich am Strand brechen hören; wandte er sich in eine andere Richtung, vernahm er das Rauschen des Windes in mächtigen Baumwipfeln oder aber das Knistern des Feuers in einem Kamin.

Er stand inmitten der Küche des alten Mannes, wandte sich bald hierhin, bald dorthin, und starrte nacheinander die Wände, den Herd, die Spüle an, als ob die ihm – irgendwie – hätten erklären können, was hier vor sich ging.

Und plötzlich begriff er. Begriff ... was? Begriff ... alles!

Als ob ihm ein neues Augenpaar geschenkt worden wäre, strengte sich der Junge an, dieses auch zu nutzen und sein Blickfeld weiter und immer weiter auszudehnen – jenseits dieser Wände, jenseits dieser Stadt und schließlich jenseits jeglicher Erfahrung.

Er, der nie die See erblickt hatte, dachte an das Meer – und schon lag es vor ihm: Die Wellen brachen sich am sandigen Strand, und ihre Ausläufer umspülten fast schon seine Zehen, bevor sie sich wieder zurückzogen und mit der Gischt vereinigten.

Er streckte zaghaft eine Hand aus, um den Felskamm eines Berges zu berühren – und schon beugte er sich hingerissen über eine zarte Alpenblume, die einem Felsspalt entwuchs.

Plötzlich wuchsen ihm Flügel, die ihn auf dem Wind trugen. Hoch über der weit ausgestreckten Landschaft dahinsegelnd, blickte er hinab und sah Kaninchen, Wiesel, Zaunkönige, Drosseln und Wachteln. Jedes Tier besaß seine eigene Sprache, doch alle öffneten sie ihm ihre Gedanken.

Schließlich verwandelte er sich in seine eigene Gestalt zurück. Er stand noch immer auf dem ausgetretenen Linoleumboden des schäbigen Hauses. Und noch immer rannen Regentropfen die Fensterscheiben hinunter. Er schüttelte den Kopf und suchte am Küchentisch Halt. Was war nur geschehen?

Die Tür ging auf, und freudig erregt kam der alte Mann herein. Dann blieb er wie angewurzelt stehen, als ob ihn die Erkenntnis wie ein Faustschlag getroffen hätte.

»Du hast es mir geraubt. Mir alles geraubt.« Seine Stimme klang matt und endgültig.

Der Junge wandte sich um und erwiderte seinen stieren Blick. Kein Wort, keine Erklärung kam über seine Lippen.

Aber er sah mehr als nur diesen alten Mann vor sich. Er sah, wie dieser Mann mit zwanzig oder dreißig voller Hoffnung gewesen war und angetrieben von dem einem Wunsch nach Macht und Erkenntnis. Er spürte eine unerträgliche Einsamkeit und die verzweifelte Sehnsucht, die sich in diesem einen Wunsch manifestierte.

Enttäuschung über Enttäuschung hatten sich eingestellt; die Last der Jahre, in denen er nach Wissen gestrebt und nichts gefunden hatte, wog schwer auf seinen Schultern. Dieser Antrieb, einst so beglückend, wurde mehr und mehr zum Fluch.

Den Jungen überkam ein tiefes Mitleid.

»Es tut mir Leid. Ich habe mir meinen Finger am heißen Dampf verbrannt. Ich habe ihn lediglich in den Mund gesteckt. Es war nur der Dampf. Es tut mir wirklich Leid.«

Der alte Mann starrte ihn eine Zeit lang wortlos an. Dann ergriff er den Topf und schleuderte ihn gegen die Wand. Heiße Brühe und die Überreste der Schlange ergossen sich über den Fußboden und flossen fast bis an die Schuhe des Jungen.

»Verschwinde! Aber sofort!« Die heisere Stimme überschlug sich. »Verschwinde, bevor ich dir was antue!«

Der Junge blickte ihn aus großen Augen an, die jetzt älter zu sein schienen als die des Mannes. Er bückte sich und sammelte die Knochen und Fleischstücke der Schlange in dem Leinensack zusammen.

»Die gehören mir«, sagte der Junge abschließend. »Ich werde sie unter dem Baum vergraben. Ich kann dir nichts weiter geben als diesen einen Rat: Geh fort von hier. Geh in die nächste Stadt. Dort wirst du eine Stelle finden, einfach und bescheiden, und so ein neues Leben beginnen.«

»Sei verflucht! Verschwinde! Ich brauche deinen Rat nicht.«

Der Junge ging hinaus, schloss die Tür hinter sich und lief auf den Regenbogen zu, der sich sanft über den Feldern wölbte. Drinnen hob der alte Mann den Topf auf und schleuderte ihn abermals an die Wand.

Dann brach er schluchzend zusammen.

ELUKI BES SHAHAR

# Jungfernblick

*Die folgende Geschichte, die in Ausgabe 11 den zweiten Platz der Kesselabstimmung belegte, handelt von Heldentum, das manchmal unerwartete Formen annehmen kann.*

*Eluki bes Shahar lebt zusammen mit ihren sechs Katzen und »fast schon zu vielen Büchern« im Staat New York. Sie schreibt sowohl SF- und Fantasyromane als auch historische Liebesromane, die sie entweder unter ihrem eigenen Namen oder unter dem Pseudonym Rosemary Edghill veröffentlicht.*

Jeder wusste, dass die Sehergabe nur Unberührten zuteil wurde. Avarach wusste es besser als die meisten. Für sie war es mehr als nur eine romantische Vorstellung; es war ihre einzige Chance, aus dem Choirdip Ghetto herauszukommen.

Avarach war zwölf. Und dieses Jahr kamen die Späher.

Sie würde mit ihnen gehen, sie wusste es. Sie musste es einfach tun. Die Sehergabe hatte sie seit frühester Kindheit verspürt: Wie eine erhellende, göttliche Kraft hatte es sie gewärmt, wenn es keine Kohlen gab, und sie mit glücklichen Gedanken an die Zukunft gespeist, wenn der Brotkorb wieder einmal leer gewesen war.

»Jungfernblick«, so wurde die Gabe im Ghetto genannt, obwohl sie genauso oft bei Jungen wie bei Mädchen vorkam. Aber die Jungen mussten entmannt werden, wollten sie die Gabe im Alter behalten, und viele verloren sie trotz des Eingriffs.

Wie viel besser war es da doch, ein Mädchen zu sein, dachte Avarach, und sie hütete jedes Anzeichen ihrer besonderen Gabe wie kostbares Herbstgold.

Oft waren ihre Visionen verworren, mitunter auch völlig falsch. Avarach hatte sich selbst durch wiederholtes Ausprobieren schon viel von der Wirkungsweise beigebracht, aber wahre Erkenntnis würde sie erst erlangen, wenn die Späher sie mitnahmen, ihre Gabe offiziell bestätigten und sie im richtigen Gebrauch unterwiesen. Vorerst verwirrte sie es noch mehr, als dass sie es begriff; Avarach spürte nur, dass etwas in ihr wie ein gefangen gehaltenes wildes Tier gierig und beharrlich zum Ausbruch drängte.

Inzwischen galt es erst einmal zu überleben. Und das bedeutete im Choirdip Ghetto Arbeit, ganz gleich, wie alt man war.

In einem heruntergekommenen Laden am Rande des Ghettos fand Avarach schließlich Arbeit – und in gewisser Hinsicht lernte sie dort sogar etwas. Sie putzte, ordnete und zählte die Waren ab und erhielt dafür Nahrung und abgelegte Kleider, die so dürftig waren, dass sie sich nicht weiterverkaufen ließen. Avarach war an diese Stelle durch einen eigentümlichen Zwischenfall gekommen, bei dem es um einen gestohlenen Brotlaib ging. Sie hatte sich selbst bedient, aber die Ladeninhaberin hatte es bemerkt und prompt gehandelt; auf Avarachs Hand war noch immer die Narbe des Messerstichs zu sehen. Aber anstatt sie nun den Häschern und damit einem qualvollen Tod oder der Sklaverei auszuliefern, hatte die Ladeninhaberin Avarach zu sich genommen und ihr einiges beigebracht. *Flink genug, um in Harkady Schreiberin zu sein,* hatte ihre Meisterin gemeint und dabei gelacht, obwohl Avarach nie so recht verstand, warum.

Ihre Meisterin hieß Cheyne, und sie trug im linken Ohr zwei grüne Türkise und eine goldene Mondsichel im rechten. Ihr kleiner Laden war vollgestopft mit Büchern und vielleicht war sie so auf ihre Bemerkung über Avarach gekommen. Aber nur das große Kapitelhaus in Harkady pflegte die Kunst des Lesens und

Schreibens, und Avarach drängte es nicht, Mutter, Familie und Zuhause zurückzulassen, um den zweifelhaften Genuss dieser Fähigkeit zu erlangen. Und so lachte sie über Cheynes Scherz und nahm ihren Lohn entgegen.

An diesem Tag stand Avarach in einem der fensterlosen Hinterzimmer des Ladens und sortierte Spielwürfel. Jedes Paar Würfel musste in Größe, Gewicht und Farbe genau zusammenpassen und junge Augen waren dafür am schärfsten. Draußen erstrahlte der Frühlingshimmel azurblau, aber Avarachs Gedanken, ihr Magen und vielleicht sogar ihr Herz hingen mehr an den zwei Laibern Brot, die Mistress Cheyne ihr für das Ende des Arbeitstages versprochen hatte. Flink sortierte sie die Würfel: die gezinkten zu den gezinkten und die ehrlichen zu den ehrlichen, jeweils nach Größe und Farbe geordnet. In zwei Wochen sollten die Späher kommen, und dann würde es mit der Schinderei vorbei sein und Avarach nur als bitteres Vorspiel zu ihrer eigentlichen Bestimmung in Erinnerung bleiben.

»Wenn du damit fertig bist, fegst du den Laden und den Gang zur Straße«, befahl ihr Mistress Cheyne, die damit beschäftigt war, aus der Fassung gebrochene Schmucksteine im Schein der Kerzen und Spiegel auf ihren Wert zu schätzen. Besser hier und so als im hellen Tageslicht; im Choirdip Ghetto war das bedeutend sicherer.

»Bald werde ich gar nicht mehr kommen.«

Avarach konnte die freudige Nachricht einfach nicht länger für sich behalten, etwas in ihrem Inneren, das der Sehergabe ziemlich nahe kam, drängte sie dazu, es mitzuteilen. Mistress Cheyne blickte von ihrer Arbeit auf und starrte Avarach so ungläubig an, dass diese ihre Neuigkeit nur umso hitziger hervorsprudelte.

»Die Späher kommen in zwei Wochen. Es gibt ein Volksfest, und der Magistrat hat einen Feiertag verkündet. Ein jeder kann kommen und zu den Kronpriestern gehen – es steht unter Strafe, jemanden davon abzuhalten – und die Priester prüfen einen auf die Sehergabe – und sie werden mich erwählen …«

»Hast du das *vorausgesehen*?«, fragte Mistress Cheyne. Avarach hielt inne. Unter all den viel verheißenden Visionssplittern fehlte eben dieser eine: Den Augenblick ihrer Erhöhung hatte sie noch nicht gesehen.

»Ich weiß es einfach. Und dann werden wir alle wegziehen, Mama und Großmama und Klein Egland und die Zwillinge auch. Und dann …«

Cheynes Gesichtsausdruck verhieß nichts Gutes, und Avarach erstarrte entsprechend. Lange blickten sich beide stumm an. Dann brach Cheyne das Schweigen.

»Die Späher werden nur dich mitnehmen.«

Nur sie? Das konnte, das durfte nicht wahr sein. Sie war noch so jung, eigentlich noch ein Kind. Das mussten sie doch einsehen und ihre Mutter mitnehmen – Mutter und Großmutter, und natürlich konnten sie die Kinder nicht zurücklassen …

»Das Kolleg wird dir deine Eltern ersetzen«, erklärte Cheyne, als ob auch sie über die Sehergabe verfügte und erkennen konnte, wie verzweifelt sich Avarach gegen diese Gewissheit sträubte. »Die Kronpriester prüfen jeden, der zu ihnen kommt und die Sehergabe für sich beansprucht, denn nur so kann die Welt die Sternenharfe wiedererlangen. Wer die Gabe hat, den nehmen sie in Besitz, denn so lautet das Gesetz. Doch der Jungfernblick hat seinen Preis. Von dem Moment an sind alle Bluts- und Familienbande …«

»Nein!« Avarach sprang auf. Im Hinauseilen riss sie einen Tisch mit wertvollen Gewürzen um.

Cheyne rührte sich nicht.

»… durchtrennt«, schloss sie unerbittlich.

Avarach rannte davon.

Lügen, Lügen, nichts als Lügen. Die Worte, die sie herausschreien wollte, schnürten Avarach fast die Kehle zu. Sie rannte durch die verwinkelten Seitengassen, rannte immer weiter und versuchte so, ihre Demütigung hinter sich zu lassen. Wie dumm sie doch gewesen war, so zu prahlen. Jetzt würde Cheyne sie nur auslachen und es überall herumerzählen …

Aber Cheyne tat weder das eine noch das andere. Cheyne wusste alles und sagte stets die Wahrheit. Avarach verlangsamte, gezwungen durch das Seitenstechen und den dumpfen Schmerz in ihrer Brust, ihren Schritt.

Die Kronpriester würden sich um ihre Mutter, ihre Geschwister und die Familie nicht kümmern. Und die Gabe, auf die sie gebaut hatte, um sie alle zu erretten, konnte nur sie aus dem Ghetto befreien.

Diese Gabe versuchte sie nun herbeizurufen, um sich auf ihren lichten Flügeln davontragen zu lassen und sie zu zwingen, ihr Bilder von einer glücklichen Zukunft vorzugaukeln. Aber ihre Sehergabe war unberechenbar und unkontrolliert. Verlass auf die Visionen war eine Gabe, die nur die Kronpriester ihr geben konnten – ein Erbe, dessen Avarach sich stets gewiss gewesen war. Über den schiefen Dächern der Altstadt konnte sie die golden glänzenden Palasttürme erkennen, wunderschön und weit entrückt in eine reinere, hellere Welt, die Avarach nur in ihren lichten Momenten erblicken konnte. Sie sehnte sich nach deren Größe, nach der Welt der Gewissheit und Ehre, die ein Universum von ihrer eigenen schäbigen Welt trennte. Noch konnte sie diese Welt erreichen. Noch würde man sie aufnehmen.

Aber nur sie.

Ihre Schritte lenkten Avarach zum Basar. Sie kam an dem prächtigen Haus nahe des Zolltors und der Karawanen vorbei, wo Madam Daces menschliche Handelswaren sich darboten und sich in der Sonne Luft zufächelten. Granatapfelrote Lippen und Wimpern wie Käferflügel, voller Strass und falschem Gold, wurden dort zur Schau gestellt und dufteten verführerisch wie die Gärten Babylons. Ihre Haut roch nach Bädern und Balsam und atmete den Wohlgeruch der Sättigung. Madam Dace achtete darauf, dass ihre Waren frisch blieben – gerade erst vor einem Jahr, als bei Avarach die erste Blutung einsetzte, war Dace zu Avarachs Mutter gekommen und hatte ihr eine ganze Goldmünze geboten, wenn Avarach ein Jahr lang in ihre Dienste trat. Aus einem Jahr konnte leicht ein zweites werden, und wer weiß, wozu es noch führen mochte. Vielleicht zu einer Villa in den kühleren Bergen nördlich von Choirdip und einem Galan, der sie mit Geschmeide behängte, das nicht aus Glas und Strass war.

Aber sie erträumte sich andere Wege. Das Leben von Helden, die sich die Welt nach ihrem Willen fügten und formten. Von Schwertpriesterinnen, die eingehüllt in weiße Seide und von glänzenden Kettenhemden gepanzert an der Seite von Richtern und Priestern durchs Land ritten, um Wahrheit, Recht und Gerechtigkeit zu verbreiten.

Jungfräuliche Reinheit der Visionen.

Es war spät geworden, als Avarach nach Hause kam – nicht zuletzt deshalb, weil sie ohne das Brot, das Cheyne ihr versprochen hatte, heimkehren musste. Der Vorfrühlingstag hatte sich mit dem Sonnenuntergang in einen bitterkalten Winterabend verwandelt, und die kleine Gasse lag im bläulichen Dämmer. Kein Licht erhellte die Hütten; Öl war viel zu kostbar.

Avarach kam zur Haustür und schob den Riegel zurück. Das Zimmer drinnen war genauso blau und kalt wie die Straße draußen. Kein Feuer im Kamin. Keine Schüssel mit heißem Wasser. Nichts, woran man sich hätte wärmen können.

Das Baby lag in seinen Windeln nahe der erkalteten

Asche des Kamins. Die Zwillinge waren nirgends zu sehen.

»Mutter?«, rief Avarach.

Daraufhin kam ihre Großmutter herein und zog den Vorhang, der das Hinterzimmer abtrennte, hinter sich zu. Sie beachtete Avarach nicht, schlurfte zur Haustür und legte den Riegel wieder vor.

»Großmama?«

Avarachs Großmutter blickte sie ausdruckslos an. Sie wirkte verhärmt, und was sie noch an Haaren hatte, verbarg sie unter einem abgetragenen Schal.

»Deine Mutter ist krank.«

Avarach zuckte mit den Achseln. Seit sie denken konnte, war ihre Mutter immer krank gewesen – seit der Geburt der Zwillinge, und die waren immerhin schon acht. Fünf Kinder, die kaum zur Welt gebracht wieder von ihr schieden, hatten ihren Zustand weiter verschlimmert. Das Baby – noch kein Jahr alt – war die letzte Frucht dieser Ehe, aber der Vater hatte die Geburt nicht mehr erlebt.

»Diesmal ist es besonders schlimm«, sagte die Großmutter. »Sie wird sterben.«

Erst jetzt fiel ihr auf, wie still es im Haus war. Zu still. Die Zwillinge mussten beim Nachbarn sein. Avarach strengte sich an etwas zu hören, aber es war wohl eher ihre Einbildung, die den schweren Atem ihrer Mutter zeichnete. »Winterwürger«, so nannten sie im Ghetto die Krankheit, die die Schwachen, Fröstelnden und Hungrigen hinwegraffte.

»Wir müssen einen Doktor holen, Großmama.«

Die Großmutter lachte höhnisch und spuckte in den erloschenen Herd.

»Glaubst du wirklich, ein Doktor würde sich hierher bemühen? Doktoren wollen bare Münze sehen.« Langsam schichtete sie aus ein paar kümmerlichen Zweigen und zusammengeklaubten Kohlenresten im Herd ein neues Feuer auf.

Klein Egland fing an zu schreien. Er war hungrig – Avarachs Mutter stillte ihn ja noch immer.

»Aber wir haben noch etwas Geld!«

»Soll ich es also für sie ausgeben und mit leeren Händen dastehen, wenn die Steuereintreiber kommen? Meine Marram würde mir das nicht verzeihen – nicht, wenn ihr dafür in Schuldhaft kommt.«

Avarach hob ihren kleinen Bruder hoch, der vor Kälte, Nässe und Vernachlässigung brüllte.

»Was noch übrig war, habe ich zum Apotheker getragen. Jetzt haben wir nichts mehr.«

Die alte Frau rollte sorgfältig einen Fidibus zurecht und entzündete damit das Herdfeuer. Das flackernde gelbe Licht warf im Zimmer harte Schatten an die Wand, die der Vater einst – noch vor Avarachs Geburt – weiß getüncht und mit Blumen bemalt hatte, die jetzt aber grau und verdreckt waren; grau vor Dreck, den zu entfernen sie weder die Kraft noch die Mittel hatten. Die einzigen helleren Flecken stammten von den Möbeln, die inzwischen zum Pfandleiher gewandert waren.

Armut und Elend.

Geld war nie viel im Haus gewesen, selbst als ihr Vater, der Söldner gewesen war, noch lebte. Avarach hatte gelernt zu verzichten und auf bessere Tage zu hoffen; auf eine Zeit, da sie, in Seide und Pelz und eine schimmernde Rüstung aus Silber und Gold gekleidet, auf einem edlen Ross reiten würde. Kronpriesterin. Heldin.

Aber während sie so vor sich hingeträumt hatte, waren die wenigen Annehmlichkeiten, die ihre Familie besaß, Stück für Stück zerronnen, bis schließlich nur noch der Kampf ums nackte Überleben übrig geblieben war.

Und auch diesen Kampf sollten sie verlieren.

Avarach lag auf ihrer harten Pritsche. Zwölf Jahre alt und voller Träume. Nur wenige Zoll entfernt warf sich ihre Mutter auf ihrem Krankenlager hin und her, hustete und redete wirr. Der Mohnblütentee, den die Großmutter gekauft hatte, half nur wenig und musste gut eingeteilt werden.

Die Sehergabe gärte in Avarach wie in einem alten Weinschlauch, der bis zum Bersten mit trunkenen Bildern angefüllt war. Aber diesmal richtete sich ihr Seherblick nicht nach innen, sondern nach außen.

Ohne Marram würde die Familie auseinander fallen. Das Baby würde sterben, und die Zwillinge würden sich – wenn sie Glück hatten – einer der marodierenden Kinderbanden anschließen, die Choirdip heimsuchten. Und was würde nur aus Großmama werden? Wer kümmerte sich schon um eine zänkische Alte oder würde ihr einen Platz an seinem Feuer anbieten?

Nur Avarach wäre sicher. Von den Kronpriestern gefeiert, um ihrer Sehergabe willen geehrt, würde es ihr an nichts mangeln.

Sie würde sich zu Heldentaten aufschwingen und dabei ihre Familie opfern.

*Aber ich kann es doch nicht ändern!* Avarach haderte mit ihrem Schicksal. *So ist die Zukunft – und daran lässt sich nicht rütteln. Ich kann nichts machen – rein gar nichts!*

Die Macht und Größe, die sie sich versprochen hatte – sollten sie unerreichbar bleiben? Sie würde von den Kronpriestern erwählt werden und eines Tages im Kronrat von Alarra zu höchsten Ämtern und Würden gelangen. Ihre Stimme würde das Gesetz formen. Pensionen würden gezahlt und Armenhäuser gegründet werden. Die Kriegswitwen und Waisen würden nicht länger auf den Straßen verhungern.

Eines Tages.

Am folgenden Morgen ging es Marram noch schlechter. Avarach verbrachte eine nutzlose Stunde mit dem

Versuch, Baby Egland mit einem Holzlöffel warmen Brei zu füttern. Sie verschüttete dabei mehr als der Kleine aß und Avarach beklagte den Verlust.

Großmutter ging bei den Nachbarn betteln und borgen. Die Zwillinge kehrten heim und verschwanden, vom allgegenwärtigen Unglück in ihrem Haus vertrieben, genauso schnell wieder zum Marktplatz, um dort zu ergattern, was zu ergattern war. Da konnte der Tag nicht mehr lange ausbleiben, an dem ihr Unglück sie einholen und sie in schwere Ketten legen würde, bis jemand sie auslösen würde. Was wohl nie geschehen würde.

Und was Avarach zu tun hatte, lag so schwer und düster und doch so unerbittlich und klar auf ihrem Weg in die Zukunft vor ihr, dass sie es, blickte sie dieser Zukunft nur tapfer ins Auge, erkennen musste.

Großmama kehrte mit leerem Korb zurück, über dem das Tuch schlaff durchhing. Egland hatte sich wieder in den Schlaf gebrüllt. Er lag in einem anderen Korb, der zu dürftig war, als dass man ihn noch hätte versetzen können.

Avarach erwiderte den besorgten Blick der Großmutter.

»Gut, dass du zurück bist. Ich muss noch einmal fort.« Und damit öffnete sie die Tür und trat auf die Straße hinaus.

Avarach wusste insgeheim, wohin sie ging, machte sich aber noch vor, unschlüssig zu sein. So lief sie zunächst einmal zu Mistress Cheynes Laden. Sie hoffte noch immer auf ein Wunder, das die Zukunft in einem anderen Licht erstrahlen lassen würde.

Aber die Verschläge waren zu dieser späten Stunde heruntergelassen und die Tür verriegelt. Keiner erschien, so sehr Avarach auch klopfte. Schließlich gab sie es auf und machte sich auf den Weg, den sie gehen musste.

Das prächtige Haus nahe des Zolltors hatte einen Eingang für Dienstboten. Avarach war schlau genug, es dort zu versuchen und nicht am Haupteingang, den Skulpturen von Greifen und Phönixen zierten.

»Verschwinde, Bettlerpack!«, herrschte der Koch sie an, der die Hintertür öffnete.

»Ich möchte Madam Dace sprechen!«, sagte Avarach verzweifelt. »Sie erwartet mich. Sie hat es selbst gesagt.«

Das Gemach, in das Avarach geführt wurde, um dort auf die Herrin des Etablissements zu warten, überstieg ihre kühnste Vorstellungskraft. Auf den farbigen Fliesen lagen schwere Teppiche, und die Holz- und Steinwände waren bunt bemalt. Auf dem Tisch stand eine Silberschüssel, die so groß war, dass der Erlös aus ihrem Verkauf jeden in Avarachs Gasse ein Jahr lang satt gemacht hätte.

Ihre neue Zukunft zeichnete sich schwarz und erdrückend vor ihr ab. Sie bedeutete das Ende all ihrer zauberhaften Gaben. Avarach kämpfte gegen den Drang davonzulaufen und gegen das Wissen um ihr Scheitern an.

*Ich tue es ganz allein!*, schwor sich Avarach in trotzigem Schweigen. *Ganz allein aus eigenem Willen!*

Madam Dace würde bezahlen. Eine Goldmünze für ein Jahr ihres Lebens – genug, um ihrer Mutter und ihrer Großmutter und ihren Geschwistern ein Leben in Anstand zu erkaufen. Vielleicht ließe sich noch mehr erzielen – wenigstens ein paar zusätzliche Silbermünzen. Ihre Familie konnte alles zum Leben gebrauchen. Und außer ihr gab es keinen, es zu verdienen.

Avarach hatte immer die Welt retten wollen. Jetzt wusste sie, womit sie anzufangen hatte.

Eine Woche darauf stand ein Mädchen, das man spöttisch »Jungfernblick« nannte, in dem gleichen Gemach und wartete auf Madam Dace. Sie hatte ihr Zuhause zurückgelassen und ihren Namen aufgegeben, um hierher zu kommen. Madam Dace hatte die Neue gewählt, ohne zu wissen, wie sehr es diese schmerzte.

Avarach würde es ihr auch nie verraten. In wenigen Tagen hatte sie gelernt, sich in ihr neues Schicksal zu fügen. Hatte sich auch an den Geschmack von fetten Kapaunen und den Geruch der Duftessenzen auf ihrer Haut gewöhnt. Die Sehergabe, die noch immer in ihr brannte, warf ihr vereinzelt und bruchstückhaft Bilder einer möglichen Zukunft zu; aber all diese Visionen waren nun vergebens.

Noch konnte sie entfliehen. Noch war es Zeit dafür. Noch war der Freier nicht zur Stelle. Sie war unbeobachtet. Aber wenn sie ihr Wort brach, würde Dace ihr Gold zurückverlangen – das Gold, das bereits für Brot und Brennstoff und Brandy ausgegeben war, und auch für Arznei vom Doktor – für starken Mohnsirup, der ihre Mutter endlich tief schlafen und genesen ließ.

Die Sippe haftete für das Geld, das Dace für Avarachs Unschuld zu zahlen bereit gewesen war. Wenn Avarach sich verweigerte, würde Dace sich an den Zwillingen schadlos halten; falls sie den Eingriff überhaupt überlebten, müssten sie sich entmannt und als Eunuchen verkauft verdingen.

»Jungfernblick« strich sich mit schweißnasser Hand ihr dünnes weißes Leinengewand glatt und glaubte zu wissen, wie es sein würde. Aber sie irrte.

Der Freier war elegant und parfümiert und wusste genau, was er wollte: ein gewöhnlicher Handel, so lieblos abgeschlossen wie im Pfandhaus. Aber er zeigte sich geduldig und gab ihr Anweisungen, die unmissverständlich waren. Und während sich ineinander verschlungene Körper würdelos wälzten, spürte Avarach, wie sie die Sehergabe verlor. All die glänzenden Aussichten waren zu Klump zerhauen, das Mögliche und Vorstellbare ihrem erwachenden Geist entrissen. Zurück blieb nur das Wissen um das, was sie verloren hatte.

Und was sie erreicht hatte.

Die Späher kamen an einem klaren Frühlingstag in die Stadt Choirdip; die Sonne strahlte weiß, nachdem der Regen die Luft rein gewaschen hatte. Sie kamen mit Pomp und Prunk und bauten ihren Baldachin in der Mitte des Marktplatzes auf. Jedes Kind, das es wagte, durfte zu ihnen kommen, um in die trübe Kristallkugel zu blicken und von ihnen erwählt zu werden.

Viele kamen voller Wagemut und Hoffnung, aber das Kind Avarach war nicht unter ihnen. »Jungfernblick«, auf ihre Art eine Heldin, lag in einem Hinterzimmer von Madam Dace – und rettete die Welt.

JO CLAYTON

# Arakneys Netz

*Jo Clayton lebt in der sanften Hügellandschaft um Portland. Beim Schreiben ihrer Geschichten hört sie, wie der ständige Regen Oregons die Geranien und Rosen in den roten Ziegeltöpfen draußen auf ihrem Balkon gießt, während drinnen ihre Katzen herumtollen und sich gegenseitig auf, unter und über ein gutes Dutzend Bücherregale jagen. Vielleicht jagen sie ja auch Arakney, der Wanderzauberin nach …*

»Brrr, Dapple, brrr.«

Der Planwagen kam im Schatten einer Baumgruppe zum Stehen. Die schlanken Stämme hatten eine weißliche Rinde, und die sattgrünen Blätter, soeben erst den Knospen entsprungen, waren klebrig und scharf gezackt. Das Pferd ließ sich locker ins Geschirr fallen und schüttelte seinen großen Kopf; etwas Schaum tropfte auf die Grasbüschel hinab, die ihm bis zu den Knien reichten.

Arakney Ko'eem warf die Zügel über die gewölbte Schmutzblende und setzte sich auf dem Kutschbock zurecht. »Ich glaube, die wären wir los.« Sie fuhr sich mit ihren Fingern als Kammersatz durch die unzähmbare Mähne aus struppigen grauen Haaren, die ihr bis weit über die Schultern hingen, aber der Wind hatte sie so zerzaust, dass kein Durchkommen war. »Autsch!« Sie wandte sich um und sprach zu dem Fetzen Leinwand, der den Kutschbock vom hinteren Teil des Wagens abtrennte. »Piri, sei so gut und such mir eine Bürste. Das ist bestimmt das letzte Mal, dass ich eine neue Frisur ausprobiere, wenn ich noch nicht einmal weiß, wo wir uns befinden. Haarspangen sind verflucht teuer, und ich habe jedes einzelne Qu'ellantchen davon verloren.«

Der Osuni streckte seinen Kopf durch den Vorhang. »Knö' aber auch, du überraschst mich.« Er grinste sie an. »Meine Ohren, meine armen kleinen Ohren.« Er wackelte damit, und da gab es eine Menge zu wackeln; sie waren ausgesprochen lang, hatten keine Ohrläppchen, liefen dafür aber umso spitzer zu. »Was hast du auch nach der letzten Geschichte erwartet, die du erzählt hast? Von Lady Fox und dem Schwein. Zsss zsss zsss. Haupthäuptling sah besser zu, dass er zur Peitsche griff, bevor seine Frauen auf dumme Gedanken kamen.«

»Ach was! Er ärgerte mich zu sehr!« Sie nahm ihm die Bürste ab und attackierte ihre widerborstigen Fransen.

Piri kroch durch den Vorhang und setzte sich neben sie. Sein Gesicht erinnerte an die Affenfratzen, die Väter ihren Kindern aus Pfirsichkernen schnitzen – eine Affenfratze mit einem Streifen dicht gekräuselten Fells, das ihm von Ohr zu Ohr reichte.

Er kratzte sich am Ellbogen, als er ihr dabei zusah, wie sie ihre Strähnen teilte und zu Zöpfen flocht. »Das Märwaldmoor. Hmm. Haupthäuptlings Jüngster, Michi, die Pest über ihn! Er und seine Strolche, das ganze verfluchte Pack der Wiggels, haben sie mir doch vorvorige Nacht aufgelauert und mir Geschichten vom Moor aufgebunden. Manche zum Haareraufen, aber andere, mit denen sie sich selbst einen Schrecken einjagten. Konnte es an ihrer Gänsehaut sehen und in ihrem Geflüster hören.«

»Na und?« Ihre flinken Finger flochten das graue Haargestrüpp zu zwei Zöpfen. »Langst du mal nach hinten und suchst mir was zum Festbinden?«

»Schon geschehen.« Er hielt ihr zwei kurze Lederriemen hin. »Wenn du mich fragst, haben die Yasroubs nicht etwa unsere Spur verloren, sondern sind einfach umgekehrt und erzählen zu Hause, dass uns das Moor schon verschlingen werde.«

Arakney nahm die Lederriemen, band ihre Zöpfe fest und warf sie über die Schultern. »Hast du irgendwas aufgeschnappt, was für Gesocks hier lebt? Das Gewitter, das sich da zusammenbraut, gefällt mir gar nicht.«

Im Westen türmten sich Wolken auf und zogen rasch näher; der Wind kündigte schwere Regenfälle an, und in der Luft lag der beißende Geruch der Heide.

»Hexen und Werwesen, meinen die Wiggels.«

»Ganz gleich, wer sie sind, auch sie brauchen an Regentagen ein Dach über dem Kopf. Hol deine Flöte, Piri, und sie zu, was du anlocken kannst.« Arakney stand auf. »Und während du das tust, kümmere ich mich um Dapple. Der Arme hat sich mächtig ins Zeug legen müssen und sein Futter mehr als verdient.«

Piri saß im Schneidersitz auf der Plane des Wagens, schloss die Augen und atmete zur Vorbereitung mehrmals langsam und gleichmäßig durch; dann setzte er die schwere Silberflöte an die Lippen und begann zu spielen. Eine unheimliche, kaum vernehmbare Melodie stieg auf und erfüllte das Himmelszelt. Jedem unter diesem Himmelszelt kitzelte sie in den Ohren.

Das Mädchen kam hinter den Bäumen hervor, blieb aber abrupt stehen, als sie Arakney bei ihrem Pferd stehen sah. Ihre Augen hatten die gleiche Farbe wie ihr kurzes Stoppelhaar – rotbraun wie ein Fuchsfell. Ihre Haut war olivgrün und der Körper ihrer Jugend und Art gemäß geschmeidig.

Dapple schnaubte, scharrte mit den Hufen und warf den Kopf unruhig hin und her. Arakney beruhigte ihn mit einer Hand, während sie mit der anderen dem Mädchen zuwinkte. »Wir wollen dir nichts tun«, beteuerte sie. »Wir sind vom Weg abgekommen und suchen einen Unterstand, bevor es hier so richtig losgeht.« Dabei deutete sie auf die Gewitterwolken, die sich über ihnen immer bedrohlicher zusammenbrauten. »Sag uns, wo wir ihn finden können, und dann lassen wir dich in Ruhe.«

Neugierde flackerte in den Fuchsaugen, aber das Mädchen schüttelte nur den Kopf. »Das ist das Märwaldmoor hier, da findet ihr keinen Schutz.«

»Na, na, na, das gehört sich aber gar nicht, Fremde anzulügen.«

»Ich lüge nicht!« Ihre Augen blickten sich nach allen Seiten um, und ihre Füße tänzelten unruhig auf dem harten Grund; das Mädchen, vom Spiel der Zauberflöte gebannt, suchte sich deren Wirkung zu entziehen.

»Aber die Wahrheit sagst du auch nicht. Ganz schön schlau von dir. Aber wenn du schon so schlau bist, dann überleg doch mal, was dich hierher gelockt hat. Piri hat noch viele Weisen, die er spielen kann.«

Das Mädchen schneuzte sich und zog die Nase kraus. Irgendwie war es ihr gelungen, sich in dem unsichtbaren Netz, das sie gefangen hielt, zu rühren, und nun versuchte sie, sich unauffällig in den Schatten der Bäume davonzustehlen. »Du hast doch gesagt, du wolltest mir nichts tun. Wieso sollte ich dich führen, wenn du so dein Wort hältst?«

Arakney kraulte Dapple zärtlich zwischen den Ohren, was dieser sich gern gefallen ließ; er schmiegte sich noch etwas näher an sie heran. »Ich sammle Märchen, keine Mädchen. Schau mich doch an, was könnte ich dir schon tun?«

Das Mädchen stand still und riss die rotbraunen Augen weit auf. »Chala, du eine Bardin? Wo hast du deine Kalebasse?« Trotzig verschränkte sie die Arme vor ihrer schmächtigen Brust. »Kennst du vielleicht ›*Die Hexe vom Hasseltal*‹? Ich hab's noch nie ganz gehört und wüsste gern, wie's ausgeht.«

Arakney lachte. »Davon kenne ich gut ein Dutzend Versionen. Du musst mir bei Gelegenheit mal deine vorsingen.« Sie ging an den Planwagen, holte ihren

Flaschenkürbis aus dem Beutel hervor und stimmte zu dem rhythmischen Rasseln der Kürbiskerne, das sich beim Schütteln ergab, im aufbrausenden Wind aber fast verloren ging, die Anfangszeilen der Geschichte an. »Rot war ihr Haar und grün ihre Augen und ihre Seele so schwarz wie Großmutters Topf. Ihre Liebe verzehrte wie Feuer, war wechselhaft wie der Wind.« Arakney ließ den Kürbis wieder in seinem Beutel verschwinden. »Und mehr kriegst du nicht zu hören, bevor wir nicht was zu futtern bekommen.«

Das Mädchen sträubte sich nicht länger gegen den Bann der Zauberflöte. Das sanfte Rasseln der Kalebasse und Arakneys Bardenstimme hatten ihr die Angst genommen. »Wie seid ihr bloß hierher gekommen? Und warum?«

»Eine leichte Fehlkalkulation meinerseits.«

»Die falsche Geschichte erzählt?« Jetzt, da sich ihr Argwohn gelegt hatte, war das Mädchen Feuer und Flamme.

Arakney blinzelte verlegen. »So ungefähr.«

Das Mädchen kratzte sich hinter dem Ohr und deutete auf Piri. »Der Kerl da oben, sag ihm, er kann Ruhe geben.«

Kaum war das Flötenspiel verklungen, wuselten ihre kleinen Füßchen übers Gras und eilten auf den Planwagen zu; mit einer Behendigkeit, die nur der Jugend gegeben war, schwang sie sich auf den Kutschbock und plapperte dabei unbekümmert drauflos. »Dauert zu lang, alles zu erklären. Ich fahr einfach mit, zeig dir den Weg. Cha-la, mach schon, Bardin, gleich wird's dunkel.« Und noch bevor das letzte Wort hervorgesprudelt war, hatte sie es sich auf dem Kissen bequem gemacht und schielte Arakney ungeduldig zu.

Zwischen langen Heideschatten und den letzten Sonnenstrahlen, die unter der dichter werdenden Wolkendecke hervorbrachen, zockelte Dapple mit dem holpernden Planwagen im Schlepptau dahin; der Karren schlingerte auf der ausgetrampelten Elchfährte, die ihre kleine Führerin ihnen wies, kräftig hin und her.

Arakney schnalzte immer wieder aufmunternd mit der Zunge. Schließlich wandte sie sich dem Mädchen zu. »Arakney Ko'eem mein Name. Und deiner?«

»Yohn. Die Quetsche, wo ich wohne, heißt Raevlis.« Sie sprach in kurzen, abgehackten Sätzen, die so recht zum Gezuckel des Wagens passten. »Dort bring ich euch hin. Links hier, da lang.«

Sie zeigte mit dem Finger erst in die eine, dann in die andere Richtung. »Siehst du die grüne Fläche dort? Sieht hübsch aus. Aber wehe, wenn du draufgerätst. Du versinkst, bis du geradewegs bei Fadda Ameeser landest. Immer geradeaus bis zur Schlickergrube. Ein dunkelgrüner Flecken. Gerade noch genug Licht, um ihn zu sehen. Von da an nach Norden, bis du zu einem Trumm kommst. Kurz und gedrungen, so ist der Trumm. Von hier aus nicht zu sehen. Und da liegt Raevlis, versteckt an einer Biegung des Tal-pikang.«

»Ein Fluss?«, versuchte Arakney das Kauderwelsch zu enträtseln. »Das ist gut. Da lässt sich leichter der Rückzug antreten, wenn die Zeit dazu gekommen ist. Sag mal, du bist noch ziemlich jung, um dich allein draußen herumzutreiben.«

Yohn rutschte auf ihrem Sitzkissen pikiert in Position. »Bin seit meinem letzten Geburtstag schon freiungsfähig.«

»Sieh an.«

Das Mädchen kicherte auf so ansteckende Weise, dass es Arakney in den Ohren juckte. »Visitationen. An Heiligen Stätten.«

»Was du nicht sagst.«

»Machen Mädchen das bei euch denn nicht? Wo kommst du überhaupt her, Arakney Ko'eem? Falls man fragen darf.«

»Natürlich darfst du fragen, aber es ist nicht ganz leicht zu beantworten. Erzähl mir lieber von diesen Visitationen. Ich bin neu in dieser Gegend und brauche neue Geschichten, die hier ankommen.«

Yohn grinste. »Au ja, erfinde eine über mich! Cha-la, ich husche über die Heide, bald hierhin, bald dorthin, tanze im Mondlicht, ruhe ein wenig, und schon bin ich wieder unterwegs. Sammle Pfänder in meinem Beutel, eins zwei drei. Sieh her!« Sie zog eine kleine Glasphiole mit einem Wachspfropfen hervor; die Flüssigkeit darin schwappte bei jedem Holperer des Planwagens und glitzerte im Licht der ersten Blitze.

»Beeindruckend!«

»Das ist Wasser aus Kinayoms Quell.« Sie wollte die Phiole wieder wegstecken, fand aber erst beim zweiten Versuch den Beutel, da beim ersten Mal das Wagenrad in ein Schlagloch geriet und es einen mächtigen Ruck tat. »Das ist die Quelle oben am Grachentrumm, wo Kinayom zum ersten Mal flog. Wenn man dort schläft – sagt man – und wenn dein Zauber wirkt – sagt man – dann siehst du im Traum deinen zukünftigen Geliebten. Sagt man. Oder wenigstens ein Zeichen, das ihn dir verrät, wenn's so weit ist.«

Arakney nickte. »›*Adrinas Traum*‹ ist eine ganz ähnliche Ballade. Hast du die schon gehört?«

»Nein, noch nicht. Oh, bitte, bitte, bitte, sing sie uns vor!«

»Wart's ab und wir werden sehen.«

Yohn verzog ihr dehnbares Gesicht zu einer komischen Grimasse. Dann saß sie wieder ruhig auf ihrem Platz, federte mit ihrem geschmeidigen Körper jeden Holperer ab und ließ die langen Arme zwischen ihren Knien baumeln. »Die nächste Stätte ist Ahnvaters Ayyanga am Poryotrumm. Schon mal 'nen Ayyanga-Baum gesehen?«

»Nicht dass ich wüßte. Zumindest nicht unter diesem Namen.«

»O Cha-la, den hättest du nicht vergessen. Er ist riesig, und um ihn herum wachsen wie Wächter weitere Stämme, jedes Jahr ein neuer Ring. In seiner Baumkrone lebt ein Wunderkäfer, und um seinen Stamm ranken sich Gallen, die den herrlichsten Duft verbreiten. Man soll sich eine davon abschneiden und gleich fest einwickeln, damit sie den Duft nicht verliert. Die legt man dann in den Schrank zu den Kleidern. Stärkt Geist und Glieder.«

Der Wind frischte immer mehr auf, und Arakney musste sich schon anstrengen, um gehört zu werden. »Das ist mir, muss ich gestehen, neu. Und zu jedem dieser Orte gibt es eine Geschichte?«

»Aber sicher.«

»Die würde ich gerne hören, bevor wir weiterfahren. Oder erzählt ihr sie Fremden nicht?«

»Warum sollten wir nicht? Die letzte Stätte ist die Laube. Am Gesellentrumm. Sarang, der Bärentöter, pflanzte dort Alderreben und hegte sie sieben Jahre lang, um seine Liebste herbeizulocken und ihr das Herz des Lebens zu schenken. Wenn du eines der Rebblätter kaust und Nachtwache hältst, erscheint dir etwas, und dieses Etwas ist dein Geheimnis. Du erzählst keinem davon, nie und nimmer, nicht einmal deinem Schatz. Aber Sarangs Geschichte ist kein Geheimnis, jeder kennt sie.«

»Verstehe.«

»Wenn ein Mädchen Quellwasser, Gallenranke und Rebblatt vorzeigen kann, dann wissen die Alten, dass sie bald freien wird. Hatte ich auch vorgehabt, aber ich kann es ja ein andermal probieren ...« Sie grinste. »Heute schlaf ich lieber im Trockenen.«

Eine halbe Stunde später brach die Dunkelheit über sie herein, als ob die tobenden Sturmböen die Sonne ausgepustet hätten. Yohn rannte voraus, und das Fuchsfeuer, das von ihrem Kopf und den Schultern ausging, leitete Dapple sicher durch die gefahrvolle Nacht.

Piri klammerte sich am Kutschbock fest und staunte nicht schlecht, wie sich das Mädchen trittsicher in die Dunkelheit stürzte. »Meiner Treu«, rief er Arakney ins Ohr, »weißt du, worauf du dich da einlässt?«

»Der Kleinen nach zu urteilen«, rief sie zurück, und der Wind verwehte ihre Worte, kaum dass sie gesprochen waren, »liebt ihre Sippe Geschichten. Damit weiß ich umzugehen.«

Zwei kleine finstere Gestalten kamen aus der Dunkelheit herangeschwirrt. Sie verlangsamten ihren Schritt, bis sich die Silhouetten zweier Jungen abzeichneten, die an Yohns Seite entlangtrotteten und ihr aufgeregt zuflüsterten.

Im nächsten Augenblick sauste Yohn zum Wagen zurück, schwang sich auf den Kutschbock und ließ sich auf das Kissen neben Arakney plumpsen. »Wir bleiben besser, wo wir sind.«

»Wieso? Gibt's Ärger? Brrr, Dapple, brrr.«

»Oggeri in unserer Quetsche!« Ein gezackter Blitz verriet, dass Yohn ihre Finger verschränkt hielt und so fest drückte, dass die Knöchel schon weiß hervortraten; sie hatte die Ohren angelegt, die Haare standen ihr kranzförmig zu Berge. »Swal sagt, es sei ein ganzer Schwarm eingefallen. Er und Hersty sind Neffen von mir; deshalb haben sie sich auch hervorgetraut, um es mir zu berichten, als sie mich sahen.« Angstvoll blickte sie in alle Richtungen, und das Weiß in ihren Augen schimmerte dabei. »Aber ich weiß doch auch nicht, was zu tun ist …«

Arakney nahm Yohns Hände und löste langsam die Verkrampfung. »Beruhige dich! Du bist doch ein schlaues Mädchen, also verhalte dich auch so.« Sie lächelte ihr aufmunternd zu und beim nächsten Blitz konnte sie sehen, wie die Starre bei dem Mädchen wegschmolz. »Sag mir zuerst einmal, wer oder was sind Oggeri?«

Yohn blinzelte. »Sie leben meist in der Wüste auf der anderen Seite des Moors. Aber immer wieder mal packt sie der Rappel und dann fallen sie im Moor ein und fressen sich durch.«

»Fressen sich durch?«, fragte Arakney besorgt nach und legte ihren Kopf dicht an Yohns Schulter, um sie besser hören und sehen zu können.

»Ja«, wimmerte die Kleine. »Swal sagt, sie hätten sich angeschlichen, als es gerade dunkel wurde, und dann …« Sie konnte nicht weiterreden, da sie mit den Tränen kämpfte.

»Ein ganzer Schwarm, sagst du? Wie viele wären denn das?«

Yohn atmete tief durch und zog ihre Hand zurück. »Swal sagt, jedenfalls mehr als wir. Zum Zählen war keine Zeit.«

»Wie viel?«

»Weiß nicht. Vielleicht fünf Pack voll.«

»Und wie konnten sie sich unbemerkt an eine Siedlung der Werwesen heranschleichen?«

»Versteh ich auch nicht …«

»Stell dich nicht dumm, Kleines. Und versuche nicht, mich für dumm zu verkaufen.« Arakney strich eine Haarsträhne zur Seite, die sich aus ihren Zöpfen gelöst hatte und ihr auf irritierende Weise ins Gesicht hing. »Wenn ich euch helfen soll …«

»Das würdest du tun?«

»Aber natürlich.«

»Warum?«

»Weil ich es kann.« *Weil ich mir lieber Freunde verschaffe als Feinde oder Gleichgültige, du Dummerchen.* »Also, nun sag schon. Wie haben sie es geschafft, euer Dorf zu überraschen?«

Yohn wandte sich um. »Swal, komm mal her. Ist schon in Ordnung. Nun komm schon.«

Eine der beiden dunklen Gestalten, die offenbar Swal war, raunte der anderen etwas zu. Dann setzte sie sich in Bewegung, kam langsam näher, klammerte sich immer wieder an Heidesträucher, bis sie schließlich am Wagen auftauchte und zu Yohn hinaufblickte. Im nächsten Blitzlicht sah Arakney einen Jungen mit großen braunen Augen und braunen Haaren, die am Kopf zum Stoppelschnitt gestutzt waren, auf den Handrücken aber pelzige Büschel bildeten. »Was gibt's?«, wollte der Junge wissen.

»Wer hatte Wache? War nicht Chrang dran? Wie sind sie an ihm vorbeigekommen, ohne dass er ins Horn stieß?«

Swal zuckte mit den Achseln. »Weiß nich'. War wie immer. Wir machten uns grade ans Abendessen, verstehste, und plötzlich überall Oggeri. Auf einen von uns kamen gleich zwei oder drei. Und so schnell, verstehste, dass keiner so recht wusste, außer Komchin, der schon, der schüttelte sie ab und verdrosch einige gehörig, jedenfalls lang genug, um zu Suryos Kral und ans Horn zu kommen, das er dann auch blies, wie gesagt, und dann machten wir uns davon, so schnell, dass ich nich' mehr mitbekam, was sonst noch passierte.« Er stieß dem anderen Jungen, der sich ihm zugesellt hatte, in die Seite. »Was meinst du, Hersty?«

Hersty war rank und schlank wie eine Silberkatze und hatte Augen, die wie poliertes Zinn im Blitzlicht aufflackerten. Er zeigte auf Arakney. »Wer iss' die da?«

Arakney beugte sich vor. »Ich weiß ein paar hübsche Geschichten zu erzählen und auch Balladen zu singen, falls man mir ruhig zuhört. Aber jetzt sagt mir, wie sehen sie aus, diese Oggeri?«

»Hab sie nich' aus der Nähe gesehen«, meinte Swal.

Und auch Hersty schüttelte den Kopf, sodass ihm seine langen weißen Haare um die spitzen Ohren flogen.

»Lange Lulatsche jedenfalls«, fügte Swal hinzu. »Um einen Kopf größer als selbst Komchin.«

»Und sie stinken. Wie die Pest!« Hersty hielt sich die Nase zu.

»Es war, wie wenn sie am Boden lagen und dir plötzlich ins Gesicht flogen«, schloss Swal. »Wie Blätter, verstehste.«

»Und sie sind wie Gerippe«, sagte Hersty noch. »Sie klappern, wenn sie laufen.«

Arakney spürte, wie sich Piris Hand auf ihre Schulter legte; sie schaute ihn nicht an. Uralte Feinde, aus grauer Vorzeit und anderen Gefilden. *Ich glaubte sie längst schon ausgerottet.* Ihr Magen krampfte sich zusammen, als sie an ihre überheblichen Worte dachte. *»Weil ich es kann.« Stimmt schon. Oder: Cha-la, wie Yohn so schön zu sagen pflegt. Weil ich es will. Stimmt noch mehr. Aber wie? Egal. Machen wir uns ans Werk.* »Den Trumm, den du erwähnt hast, Yohn, kann man auf den unbemerkt hinaufklettern?«

»Cha-la, ein Kinderspiel.« Yohn wirbelte herum. »Swal, du und Hersty, ihr geht voran und führt uns, kapiert?« Als die Jungen losmarschierten, lehnte Yohn sich zurück und erklärte furchtbar erwachsen: »Winzlinge wie sie toben viel auf der Heide herum und kurven um jeden Strauch. Sie kennen sich besser aus als ich.«

»Brrr, Dap, brrr.« Arakney wischte sich die Regentropfen aus dem Gesicht und musterte kritisch den riesigen rauschenden Stamm auf dem Trumm. »Ob wir da wohl durchkommen?«

Yohns wulstige Lippen umhuschte ein kurzes Lächeln, aber in ihren Augen war nichts davon zu bemerken. »Es ist noch kein ausgewachsener Ayyanga. Wird ziemlich leicht sein, auf die andere Seite zu kommen, weil unter einem Ayyanga nichts wächst.«

»Dann will ich keinen ausgewachsenen sehen.«

Arakney schüttelte den Kopf. Sie schwang sich vom Kutschbock und machte sich daran, das Pferdegeschirr zu lösen. Unterdessen gab sie folgende Anweisungen: »Yohn, sag deinen Neffen, sie sollen Dapple in die Heide führen und bei ihm bleiben, bis alles vorüber ist. Es ist nicht auszuschließen, dass die Sache schiefgeht, und ich möchte nicht, dass er zu Schaden kommt. Er ist ein gutes altes Ross, mein Dap.« Sie tätschelte ihm seine Flanke, als sie ihm das Geschirr abnahm. Dicke Regentropfen trafen ihr Gesicht; noch fielen sie vereinzelt – die Vorboten des kommenden Unwetters.

Arakney bahnte sich ihren Weg durch den äußeren Ring von Ablegern; diese Stämme waren die jüngsten, noch geschmeidig und blass, und besaßen eine zarte Rinde, die harzte, wenn man sie berührte. Über ihr rauschten die langen, flügelförmigen Blätter des Ayyanga-Baums im Wind, und Teile der papyrusartigen Rinde lösten sich. Arakney kauerte am Rand eines Felsabbruchs, der sich über Yohns Quetsche auftürmte. Es war nicht viel mehr als eine Ansammlung von länglichen, gedrungenen Steinhütten, die um einen Dorfanger verstreut lagen. Der Rand des Angers war durch mehrere Feuer markiert, die ein flackerndes Licht auf die Hütten warfen, und in der Mitte befand sich eine Kohlengrube, über der etwas geröstet wurde. Arakney hörte, wie jemand hinter ihr hörbar einatmete. Yohn war ihr gefolgt. »Psst«, zischte sie ihr zu. Sie hatte schon daran gedacht, dem Mädchen zu sagen, dass sie bei ihren Neffen bleiben sollte, aber das wäre ohnehin vergeblich gewesen. »Setz dich hin und halt still. Wenn wir das hier überstürzen, endet alles in einem Massaker.«

Schemenhafte schwarze Gestalten huschten zwischen den Feuern hin und her, rissen Stroh von den Dächern und errichteten über der Kohlengrube ein Schutzdach. Der Wind spielte mit den Feuern und stob

Funken des brennenden Holzes auf die Hütten zu. Die Steinmauern waren sicher, aber hier und da qualmten bereits die ersten Strohdächer. Die Oggeri beachteten dies nicht und setzten ihre Vorbereitungen für das große Festmahl fort.

Arakney nahm die Kalebasse aus ihrem Beutel und hielt sie in ihrem Schoß. Piri saß dicht neben ihr in der schmalen Lücke zwischen den Ablegern des Ayyangas und dem Felsabbruch. Seine Nachtsicht ließ seine Augen wie gelbes Feuer funkeln. »Kannst du eine Spur von den Werwesen ausmachen?«

»Nein, aber dort ... hmm ... dort sehe ich fünf oder mehr Oggeri, die am größten Haus des Dorfes herumlungern. Vielleicht Wachen?«

»Könnte sein. Was meinst du, Yohn?«

»Das ist Suryos Kral.« Ihre Stimme war zum Zerreißen gespannt. »Die Zufluchtsstätte! Klar, die ist am einfachsten zu bewachen.«

Arakney strich mit dem Daumen über die wächserne, verzierte Oberfläche ihrer Kalebasse. »Hör genau zu, Yohn«, sagte sie eindringlich. »Das ist unheimlich wichtig. Du darfst uns nicht ablenken. Hörst du, auf keinen Fall! Du musst stillsitzen und darfst dich nicht rühren.«

»Hab verstanden.«

»Wenn du das nicht kannst, verschwindest du am besten gleich zu deinen Neffen.«

»Ich sage doch, hab verstanden.« So lautlos wie vom Winde verwehte Distelwolle machte sich das Mädchen davon und nahm neben Piri Platz – die Beine verschränkt und die Hände auf den Schenkeln ruhend.

Arakney schaute zu Piri hinüber, nickte ihm zu, hob die Kalebasse und begann dann ganz sacht, sie zu schütteln. Swisch, Swisch, 'tsch swisch. Als sie zu singen begann, tat sie dies in fremden Zungen, in Weisen, die einer Zeit angehörten, da Yohns Vorfahren noch nicht auf dieser Welt wandelten. Und ihre Stimme erhob sich kaum über ein Flüstern, das sich im Wind wog.

Über dem Wasser des träg dahinfließenden Flusses formten sich Nebelflecken, sammelten sich und trieben auf die Feuer zu. Piris langgezogener Atem lag ihr schwer in den Augen; dann trug der Ton der Zauberflöte ihre Stimme in die Höhe.

Der Nebel verschmolz mit dem Regen, spann die Silberfäden des fallenden Wassers in sich ein und webte ein Netz, das so fein wie Rauch und doch stärker als Stahl war, zusammengehalten von der Ankerleine des Flötentons.

Es schwirrte über die verstreuten Hütten, jagte Oggeri vor sich her und trieb sie immer weiter zusammen, fing sie ein, als es sich mehr und mehr zusammenzog, bis sie schließlich alle zu einem Haufen schwarzer Blätter in der Mitte des Kralangers zusammengekehrt waren. Vergeblich suchten sie zu entflattern, als sie über dem Feuer rösteten …

Arakney flocht einen Triller in ihren Sprechgesang ein – und die Flammen stoben in die Höhe.

Die Oggeri verbrannten.

Drei Tage später, als Arakney Dapple zuschnalzte und ihn damit zum Aufbruch aus Raevlis antrieb, führten Swal und Hersty eine Meute jugendlicher Werwesen an, die um ihren Wagen tanzten und ihr einen Abschied mit vielen der Zaubersprüche bereiteten, die sich Arakney für sie ausgedacht hatte, um den nächsten Überfall der Oggeri abwehren zu können, der unweigerlich kommen würde. Sie schaute sich um, konnte aber Yohn in der Schar nicht ausmachen. *Jagt ganz bestimmt wieder ihren drei Freiungspfändern nach.* Arakney seufzte leicht, vielleicht auch leicht eingeschnappt; sie hatte das Mädchen in ihr Herz geschlossen. »Was soll's, so wimmert nun mal die Welt«, sprach sie zu sich selbst und hörte den Kindern zu.

»Shillilly shallilly«, sangen sie.

Shillilly shallilly
klingt es von Oggeri
Kaniem o kickakump
wir hau'n sie zu Klump
Zehen glatt
Nase platt
Knochen kaputt
wat mutt dat mutt
shillilly shallilly
klingt es von Oggeri
Sik tay surral tay u curral
Hajina waven sassina paven
Efta ta Jauch! Mista ka Wauch!
Shillilly Shallilly
klingt es von Oggeri
Gingen auf im Rauch!

Das Gewirr der Kinderstimmen klang ihnen noch lange nach, bis sie den von Ayyanga-Stämmen bestandenen Trumm hinter sich ließen.

Ein roter Fuchsschopf kam den Abhang heruntergerutscht, um dann an Dapples Seite entlangzutrotten. Die gelben Augen lachten, als Arakney sich umsah, so als ob sie sagen wollten: *Glaubst wohl, ich hätte dich vergessen, stimmt's?*

»Yohn! Komm schon auf den Kutschbock!«

Das Fuchsgesicht blickte noch einmal zurück, legte die Ohren an, und dann war es ihm egal, wie sehr der Wagen holperte.

Piri kicherte. »Sieht ganz so aus, als ob wir eine neue Weggefährtin gewonnen hätten.« Er holte seine Flöte hervor und spielte eine Fahrtweise, während sich der Wagen durch das Moor schlängelte.

REBECCA LYONS

# Der Erin Cory

*Rebecca erhielt ihr Diplom im Hauptfach Chemie an der Roosevelt University, Chicago, mit den Nebenfächern Physik und Biologie. Wahrscheinlich erwartete dort niemand, dass sie ihre wissenschaftliche Ausbildung hauptsächlich als Hintergrundwissen für ihre Science-Fiction-Geschichten verwenden würde. Sie lebt gegenwärtig »in einer Bilderbuchlandschaft in Colorado«, und zwei Katzen leisten ihr Gesellschaft.*

*Geschichten von einem nie versiegenden Gefäß gibt es in zahlreichen Variationen (Cerridwns Kessel*, der heilige Gral, Tischlein-deck-dich usw.), Rebecca aber hat die alte Sage in unsere Tage versetzt und ihr eine interessante Wendung gegeben, was den angemessenen Gebrauch von Magie betrifft.*

Vor der Wohnung im vierten Stock balancierte Maddy ihre Einkaufstüte von einem auf den anderen Arm und kramte nach ihrem Schlüsselbund. Die Lifttür ging auf, und Vanessa kam mit einem Freudenjuchzer und wehenden Dreadlocks angesaust. Maddy fuhr zusammen und ließ die Schlüssel fallen.

»Vanessa! Du hörst dich an wie ein Banshee! Schau her, jetzt habe ich wegen dir vor Schreck die Schlüssel fallen lassen.«

»Was gibt's zum Abendessen, Mom? Kocht der Topf wieder für uns?« Das Mädchen zeigte sich kein bisschen zerknirscht, sondern lachte übermütig.

---

* Die Sage / Geschichte / das Märchen von »Cerridwn's Cauldron« war allerdings bei allen Recherchen unter meinen zahlreichen keltisch bewanderten Freunden und Bekannten keinem bekannt. Auch im Internet ließ sich darüber keinerlei Eintragung finden. – *Anm. d. Übers.*

»Nein. Ich hab Hähnchen im Sonderangebot gekriegt. Wir wollen den Topf nicht über Gebühr beanspruchen.«

»Was? Keine Bohnensuppe?«

»Erst wieder, wenn die Hähnchen aufgegessen sind. Dein Bruder wird froh sein. Also, was ist, nimmst du mir jetzt die Tüte ab oder hebst du die Schlüssel auf?«

Vanessa bückte sich. Plötzlich hielt sie inne. »Schau dir nur unsere Tür an, Mom. Völlig eingedellt.«

Am Türrahmen war Holz abgesplittert, und die Tür stand leicht offen. »Was zum ...« Maddy setzte ihre Einkaufstüte ab, als Vanessa sie besorgt anblickte. »Du gehst sofort zu deiner Großmutter und verhältst dich dort mucksmäuschenstill. Ich hole dich später ab.«

»Aber Mom ...« Ein Rascheln, das aus der Wohnung zu hören war, ließ beide erstarren.

»Keine Widerrede! Geh!« Vanessa gehorchte stumm und wandte sich zur Treppe. Mit klopfendem Herzen drückte Maddy die Tür einen Spalt weiter auf. Sie konnte drinnen niemanden sehen, aber der Anblick, der sich ihr bot ...

»Meine Güte!« Obwohl sie sich fest vorgenommen hatte, ruhig zu bleiben, konnte sie sich diesen Stoßseufzer nicht verkneifen. Sie stieß die Tür ganz auf.

Die Wohnung war ein einziges Durcheinander – Schubladen waren herausgerissen und ausgeleert worden, überall lagen Bücher und Zeitschriften verstreut herum, und ein Bücherregal war ganz umgestürzt. Aus dem Kinderzimmer drang das gleiche raschelnde Geräusch, das sie zuvor gehört hatte. Maddy hielt die Luft an und wollte schon davonlaufen, aber in der Tür erschien lediglich ihr Sohn Michael mit seinem Kofferradio im Arm.

»Das hammse nich' geklaut, Ma.«

»Michael! Um Himmels willen, wie lang bist du schon hier?«

Er zuckte mit den Achseln. »Fünf Minuten, vielleicht auch zehn.«

»Komm sofort her.« Widerstrebend gehorchte er. Maddy nahm ihn bei der Hand und führte ihn auf den Hausflur hinaus. »Bleib hier. War jemand da, als du zurückgekommen bist?«

»Nein.«

»Hast du irgendwas gehört?«

»Nein. Keiner da. Hab schon das ganze Haus abgecheckt.«

»Du hast was?« Maddy wurde es ganz anders. »Oh, Michael, bist du denn von allen guten Geistern verlassen? Aber darüber reden wir später. Jetzt bleibst du brav hier, hörst du, und rührst dich nicht vom Fleck.«

Vorsichtig betrat sie wieder die Wohnung. Auf dem Boden lag zerknülltes Papier. Sie bückte sich danach und hob einige Seiten des Computerausdrucks ihres letzten Projekts auf. Ein schrecklicher Gedanke durchfuhr sie. Rasch blickte sie zum Schreibtisch.

Der Computer war noch da, ebenso der Drucker, auch wenn ihr Stuhl umgeworfen war. Maddy ging ins Wohnzimmer. Den Fernseher hatten sie ebenso wenig mitgehen lassen wie Michaels Radio. Aber irgendwas stimmte hier nicht. Als sie sich auf ihrem Schreibtisch abstützte, klirrte etwas metallisch. Sie schaute genauer hin und sah ein Häufchen Silbermünzen. Einige davon kullerten zu Boden.

Die Münze, die sie aufhob, hatte etwa die Größe eines Kennedy-Dollars, aber es war nicht das Konterfei Kennedys, das ihr da entgegenlächelte, und auch die Inschrift konnte sie nicht entziffern. Aus irgendeinem Grund erinnerte die Münze Maddy an …

»Finn.«

»Finn? Finn O'Neil?« Das war vor wenigen Tagen gewesen; auf sein Klopfen hin hatte sie die Tür einen Spalt weit geöffnet.

»Maddy Prudence Jackson?«

»Da sind Sie bei mir an der richtigen Adresse. Kommen Sie rein.« Sie schloss die Tür, um die Kette abnehmen zu können, und öffnete sie dann wieder. »Sie sind also Volkskundler und ein Bekannter von Professor Eason. Aber bitte, kommen Sie doch herein. Entschuldigen Sie das Durcheinander. Nehmen Sie Platz.«

»Ergebensten Dank.« Höflich verneigte, ja fast schon verbeugte er sich und suchte sich einen Stuhl. Der Raum war Wohn-, Ess- und Arbeitszimmer zugleich; an dem kleinen Esstisch saß Vanessa und zappelte herum, auf dem größeren Schreibtisch stand Maddys Computer.

»Lass die Bleistifte liegen, Vanessa, die sind nicht zum Spielen da.« Ihre Tochter feixte, gehorchte aber. Maddy musterte den Fremden verstohlen, während sie ihre Hände mit einem Küchentuch abtrocknete: blasse Haut, von der sich die schwarzen Haare und die tiefblauen Augen besonders scharf abhoben. Für einen Weißen nicht unattraktiv. »Finn O'Neil, sagten Sie?«, vergewisserte sich Maddy noch einmal, als der Mann Papier und Bleistift hervorholte.

»Finn? Wie in Finnland?«, feixte Vanessa schon wieder.

»Sei nicht so vorlaut. Deck lieber den Tisch. Gleich gibt's Abendessen.«

»Immer ich!«, maulte die Kleine.

»Nun mach schon.« Dann wandte sie sich wieder Finn O'Neil zu. »Ich koche das Abendessen in genau jenem alten Topf, nach dem Sie mich gefragt haben. Sie sind herzlich dazu eingeladen, wenn Sie möchten.«

Finns knorrige Gesichtszüge erhellten sich beträchtlich. »Sehr gern. Danke schön.«

»Und was möchten Sie nun genau über meinen alten Kochtopf wissen?« Sie setzte sich ihm gegenüber auf die Couch.

»Alt. In der Tat. Das hatten Sie bereits erwähnt.«

»Seit mindestens vier Generationen im Familienbesitz. Als Nächste wird ihn Vanessa erben, und dann ihre Tochter.«

Vanessa lächelte etwas verlegen, aber auch ein wenig stolz Finn zu, während sie vier Gedecke auf den Tisch legte.

Finn schrieb sich alles auf. »Ich verstehe. Können Sie mir sagen, wann der Topf gefunden wurde?«

»Gefunden? Also ich weiß nicht so recht. Ich – als die Älteste – bekam ihn von meiner Mutter. Und die wiederum von ihrer Mutter. Und deren Mutter – also meine Urgroßmutter – war noch Sklavin auf einer Plantage in South Carolina.« Finn nickte. »Ich weiß nicht, wo sie ihn herhat. Meine Großmutter nannte ihn jedenfalls den Erin Cory, aber fragen Sie mich nicht, warum.«

»Iarinn Coire.« Er hatte seine Notizen unterbrochen. Ein eigentümlicher Glanz lag in seinen Augen. »Eisenkessel.« Maddy verstand noch immer nicht. »Gälisch. Irisch«, fügte er erklärend hinzu.

»Was Sie nicht sagen. Gälisch? Kenn ich nicht. Wie Suaheli klang's jedenfalls nicht.« In ihrem Viertel im Norden von Chicago hatte sie solch einen Akzent bestimmt noch nicht gehört.

Finn begriff die Pointe offensichtlich nicht. »Dieser eiserne Kochtopf, ist er ungewöhnlich oder wundersam?« Er starrte auf seinen Notizblock.

Maddy blickte ihn etwas misstrauisch an, nickte dann aber bedächtig. »So weit würde ich nicht gehen. Aber es ist so ziemlich das einzige Erbstück, das ich besitze, und der Topf ist mir eine große Hilfe gewesen, die ich nur schlecht beschreiben kann.« Mit einem Auge behielt sie ihre Tochter im Blick, die Besteck und Servietten zurechtrückte. »Ich verdiene eigentlich nicht schlecht, aber versuchen Sie einmal, mit bei zwei Kindern, beide in Privatschulen, über die Runden zu kommen. Ist nicht immer einfach. Es ...« Aus dem Nebenzimmer jaulte plötzlich laute Rockmusik. »Michael! Stell das verdammte Ding leiser! Und zwar sofort! Verstanden?«

»Aber Mom! Das ist U2!« Im Türrahmen erschien ein Junge mit einem Radio im Arm.

»Und du mich auch. Mir gleich. Entweder leiser oder ganz aus. Und damit basta.«

»Grrrr.«

»Nimm deinen Kopfhörer! Wozu hat ihn dir dein Onkel schließlich geschenkt?«

Michael maulte zwar noch etwas, aber schließlich verringerte sich die Lautstärke seines Protests und der Musik. Maddy wandte sich wieder Finn zu. »Sie müssen entschuldigen, aber ich habe ihm schon hundert mal erklärt – aber lassen wir das. Wie lautete Ihre Frage noch gleich?«

»Dieser Topf. Sie sagten, er habe Wunderkräfte und kocht für Sie ohne Zutaten.«

Ein weiterer misstrauischer Blick Maddys und einige Sekunden Stille folgten. »Wann soll ich das gesagt haben?«

»Ich … nun ja, ich habe nachgeschlagen.«

»Nachgeschlagen? In Büchern? Über meinen Topf steht was geschrieben?«

»Vielleicht. Falls es sich um denselben Topf handelt. Jedenfalls speist er Sie und Ihre Familie?«

»Bohnensuppe, Bohnensuppe«, fing Vanessa zu rappen an.

»Still, Vanessa! Sie meinen also, dass andere Leute davon wissen? Außerhalb der Familie habe ich so gut wie niemandem davon erzählt. Würde mir ja doch keiner glauben.«

»Ich glaube Ihnen«, erklärte Finn mit Nachdruck.

Maddy stand einen Augenblick lang der Mund offen. »Ich werd … ich werd …« Sie brach ab und musste lachen. »Verzeihen Sie, aber wenn Sie mir diese Geschichte erzählt hätten und ich es nicht besser wüsste, ich würde Sie für verrückt halten. Aber tröstlich zu wissen, dass es jemanden gibt, der mich nicht für verrückt hält.«

»Der Topf speist Sie also?«

»Jawohl. Ein wahres Gottesgeschenk, lassen Sie sich das gesagt sein.«

»Womit speist er Sie? Und wie viel?« Finn lehnte sich begierig vor.

»Bohnensuppe ...«

»Vanessa, hab ich dir nicht gesagt, still zu sein? Nun ja, der Topf gibt uns so viel, wie wir brauchen.« Maddy lehnte sich zurück. »Wir benutzen ihn ja nicht immer, aber wir haben noch nie Hunger leiden müssen. Er ist immer zur Stelle, wenn wir ihn brauchen. Man braucht den Topf nur auf den Herd zu stellen –«

»Mit Wasser? Wie lange dauert es?«

»Nein, Wasser ist gar nicht nötig. Man riecht es, wenn es gar ist. Und dann hebt man nur den Deckel hoch und alles ist fertig. Reine Glückssache.« Sie musste grinsen. »Und zwar wortwörtlich. Manchmal gibt es Suppe oder Eintopf, manchmal Brot. Einmal hab ich den Deckel abgenommen und fand zwei Wachteln auf einem Bett von Karotten und Zwiebeln. Wirklich lecker.«

»Bohnensuppe, Mom«, unterbrach Vanessa schüchtern und doch beharrlich.

»Natürlich. Hätt ich fast vergessen. Bohnensuppe. Manchmal hat der Topf so seine Launen und dann kriegen wir tage-, ja wochenlang nichts anderes zu essen. Es gab schon Zeiten, besonders nachdem mich mein Mann verlassen hatte, als wir jeden Abend von dem Topf gelebt haben.«

Finn konnte seine Erregung kaum verbergen. »Das ist in der Tat Wunderwerk.«

Maddy versuchte es herunterzuspielen. »Nur ein alter Eisentopf. Was man damit macht ...«

»Mom«, unterbrach Vanessa sie erneut. »Ich glaube, es ist so weit.«

Maddy schnupperte versuchsweise. »Du hast Recht.« Sie ging in die Küche. »Der Deckel hat sich gelüpft. Demnach dürfte es gar sein. Bohnensuppe, Vanessa. Seit Wochen schon liefert er nichts als Bohnensuppe«, erklärte sie Finn.

»Mir schmeckt's«, sagte Vanessa.

»Weiß ich ja, aber dein Bruder ist nicht mehr so begeistert. Und was mich betrifft, mir hängt das Zeug allmählich auch schon zum Hals raus. Nicht, dass ich mich beklagen möchte, guter Topf«, versicherte sie dem Kessel. »Finn? Was ist? Wohin gehen Sie? Bleiben Sie denn nicht zum Abendessen?«

Finn hatte sich erhoben und sich ihr gegenüber höflich verbeugt. »Ich muss mich verabschieden. Ich habe alles in Erfahrung gebracht, was ich zu wissen begehrte.«

»Aber das ist noch nicht alles. Ich habe Ihnen noch nicht erzählt …«

»Ich habe alles, was ich brauche. Vielen Dank.«

»Aber … na ja, wenn Sie meinen …« Maddy deckte den Topf wieder zu und begleitete Finn zur Tür, da er offensichtlich darauf bestand zu gehen. »Ich hoffe, ich konnte Ihnen bei ihrer Forschung etwas nützlich sein.«

»Aber gewiss doch, mehr als Ihnen bewusst sein dürfte. Vielen Dank!«

»Sagen Sie, Finn … Sie werden doch keinem davon erzählen?«

»Mein Ehrenwort! Ich werde niemandem etwas verraten. Nochmals verbindlichsten Dank, Maddy Jackson.« Er verabschiedete sich und ließ Maddy verwundert zurück.

»War schon komisch, dieser Typ, Mom.«

»Ja, scheint mir auch so. Aber vermutlich braucht es auch solche Käuze. Wenn er mich bloß hätte ausreden lassen. Was soll's. Sag deinem Bruder Bescheid, dass das Essen fertig ist, auch wenn er nicht gerade begeistert sein wird. Das ganze Gerede hat mich hungrig gemacht.«

* * *

»Mom! Ma'!« Maddys Aufmerksamkeit wurde von der Silbermünze abgelenkt. Ihr Sohn stand mit weit aufgerissenen, erwartungsvollen Augen in der Tür. »Kann ich jetzt reinkommen, Mom?«

»Was? Ich ... o ja, natürlich ...«

»Ich hab alles abgecheckt. Keiner hier außer uns.«

»Vermutlich hast du Recht, Michael.« Mit der Silbermünze in der Hand griff sie nach dem Telefon.

Nur einen Block weiter saß Finn O'Neil in seinem möblierten Zimmer und untersuchte ehrfurchtsvoll den alten Kochtopf. Auf den ersten Blick schien nichts Außergewöhnliches an ihm zu sein: Es war ein ganz normaler Topf mit drei gusseisernen Füßchen, einem Deckel und einem Henkel, um ihn übers Feuer zu hängen, aber Finn war sich sicher, dass dies der Schatz war, hinter dem er her war. Vorsichtig setzte er ihn ab, streifte seine Reeboks ab und zwängte sich aus den Jeans.

Bald hatte er ein langes weißes Untergewand und einen roten Überwurf, der an den Rändern reich mit verschlungenen Ornamenten bestickt war, angelegt. An den Füßen trug er weiche Lederstiefel und an seiner Seite hing ein Schwert. Er hängte sich den goldenen Zierpanzer um und öffnete die Tür zum Wandschrank. An der Rückwand flimmerte wie ein kaputter Fernseher ein rechteckiger Fleck.

Jetzt blieb nur noch eins zu tun. Er griff nach dem Telefonhörer und wählte, zufrieden lächelnd, eine Nummer.

»Maddy Jackson?« Die Stimme am anderen Ende der Leitung klang blechern und angespannt.

»Am Apparat. Wer ...«

»Hier spricht Finn O'Neil. Wir hatten uns über Ihren Erin Cory unterhalten.«

»Finn! Was zum ... Was wünschen Sie? Einen Moment, bitte, können Sie mich später zurückrufen, ich muss noch ...«

»Seien Sie unbesorgt. Ich habe mir nur genommen, was ich brauchte. Sonst fehlt nichts.«

»Wie bitte? Wovon reden Sie eigentlich?« Die Stimme klang noch etwas schriller.

»Ich musste den Eindruck erwecken, als handele es sich um einen gewöhnlichen Einbruch. Aber ich habe nur den Erin Cory mitgenommen und Ihnen dafür eine stattliche Summe in Silber hinterlassen.«

»Sie? Sie waren das mit dem Silber? Sie sind in mein Apartment eingebrochen?«

»Die Elektrogeräte habe ich nicht angerührt. Mir ging es nur um den Kessel.«

»Meinen Kochtopf? Eine Sekunde! Nicht auflegen!« Kurze Zeit später war Maddy wieder am Telefon. »Mein Topf! Sie haben meinen Topf geklaut!«

»Haben Sie denn nicht das Silber gefunden?«

»Ich will Ihr Silber nicht, verflucht! Ich will meinen Erin Cory!«

»Ich bin für meinen Clan verantwortlich und er leidet große Not. Sie als Mutter werden das gewiss verstehen.«

»Ich verstehe rein gar nichts. Sie haben mir und meinen beiden Kleinen einen Mordsschrecken eingejagt, nur um einen alten Kochtopf zu klauen, und dafür soll ich auch noch Verständnis haben? Sie sind wohl nicht ganz bei Trost. Völlig verrückt!«

»Ich bin keineswegs verrückt«, erwiderte Finn geduldig. »Ich bin ein Held der Gälen. Mein Clan braucht die Nahrung, die der Kessel verschaffen kann. Ich habe Sie dafür bezahlt.«

»Ein Familienerbstück in vierter Generation lässt sich nicht einfach so für dreißig Silberlinge kaufen.«

»Es waren nur zehn …«

»Ich will meinen Erin Cory zurück. Ich rufe die Polizei.«

Betreten legte Finn den Hörer auf und blickte zum Wandschrank, wo huschende Schatten aufflackerten.

»Wir können die Sippe der Sidhe nicht überwältigen und ihre Vorräte plündern«, hatte Ailin, die Zauberkönigin, ihm bei seinem Aufbruch erklärt. »Ihre Zauberkraft ist zu mächtig. Es hängt alles von dir ab, Finn. Finde den Iarinn Coire oder wir müssen alle zugrunde gehen.«

Aber in ihren stolzen Augen stand noch etwas anderes geschrieben. *Widerlege mich,* schienen sie ihn herauszufordern. *Beweise mir, dass du deines Bruders würdig bist.*

Das jedenfalls hatte er in ihren Augen gelesen, als er sich auf den Weg machte und durch den Gang verschwand, an dessen anderem Ende er nun stand. Er hielt den Kesselhenkel lässig, doch nicht respektlos, mit zwei Fingern seiner Hand. Jawohl, er würde es ihr beweisen, würde es ihnen allen beweisen, aus welchem Holz ihr neuer Anführer geschnitzt war.

Trotz seines Heldentums befiel ihn doch etwas Angst, als er das Schattenmuster auf der Rückwand des Schrankes durchschritt. Die Luft, die ihm entgegenschlug, roch anders: muffig, aber auch nach Heimat. Finn lächelte.

Er befand sich in dem finsteren Erdgang des Hügelgrabs; vor ihm war ein kleiner rechteckiger Flecken blauen Himmels zu sehen. Eine weiße Wolke zog darüber hinweg und einen Augenblick lang erschien ein Vogel. Finn hielt es für ein gutes Omen.

Als er aus dem Hügelgrab hervortrat, sah er einen grauhaarigen Krieger, der am Eingang döste. Verschlafen blinzelte er Finn an, erschrak und sprang auf.

»Finn! Ihr seid es!« Finn sah an ihm vorbei und konnte weiter unten das Heer der Gälen sehen, wo hungrige Krieger leere Kochstellen belagerten. Der Grauhaarige drehte sich um und rief ihnen etwas zu. Als sie Finn sahen, eilten einige herbei.

»Dagda sei Dank, dass ich nicht zu spät komme«, sagte Finn leise zu sich selbst. Dann hob er den Kessel hoch über den Kopf, damit ihn alle sehen konnten. Ein Raunen lief durch die Menge. Bald schon fand sich Finn umringt von seinen Gefolgsleuten, umringt von Gesichtern, aus denen Ehrfurcht, Erleichterung und Dankbarkeit sprachen und von denen die Hoffnungslosigkeit gewichen war, die sie so lange entstellt hatte.

Die betagte Königin Ailin war eine der Ersten, die sich an Finn wandten, und die versammelten Krieger jubelten ihm mit hoch erhobenen Schwertern und Speeren so laut zu, dass es die Sidhe in ihrem Lager hören mussten.

»Finn«, ergriff Lady Ailin das Wort. »Du hast uns wieder Hoffnung gebracht.«

»Und ich habe euch Nahrung gebracht.« Finn übergab den Kessel einem der Schildknappen. »Setz ihn aufs Feuer und leg den Deckel drauf. Wasser braucht es nicht. Geh und tue, was ich dir gesagt habe.« Der Junge strahlte übers ganze Gesicht und verneigte sich tief, nahm den Kessel ehrfürchtig entgegen und machte sich dann eilends davon. Finn wandte sich an Ailin. »Ich weilte länger, als ich gehofft hatte, in jener wunderlichen Gegenwelt. Sind meine Männer noch wohlauf?«

Ailin und ihr Neffe, Lord Marc, blickten einander verwundert, doch leicht belustigt an. »Ihr wart gerade mal drei Tage und drei Nächte fort«, erwiderte Marc. »Der Morgen des vierten Tages bricht erst an.«

Finn musterte ihn aufrichtig überrascht. »Was Ihr nicht sagt.« Und an Ailin gewandt: »Wundersam sind die Wege deines Wirkens.«

Sie machten sich zu der Feuerstelle, an der sich bereits eine große Schar um den Kochtopf drängte. Marc ging voran. »Ihr seid wohlbehalten zurückgekehrt und Ihr habt uns den Kessel gebracht. Seid Ihr auch ganz sicher, dass es der richtige Kessel ist?«

Finn lächelte nachsichtig. »Ich habe es mit eigenen Augen gesehen. Es besteht kein Zweifel.«

»Ihr werdet von vielen Abenteuern zu berichten haben, die Euch in der Gegenwelt widerfahren sind.«

»Wohl wahr.«

»Mich verlangt, davon zu hören.«

»Und gerne bin ich bereit, sie mit Euch zu teilen, auch wenn es viele Nächte dauern wird.«

Ailins müdes Gesicht erhellte ein Lächeln, als sie Finn ins Vertrauen zog. Keiner sonst konnte sie hören. »Ich muss gestehen, Finn, dass ich meine Bedenken hatte, als man dich zum Anführer erkor, nachdem die Sidhe deinen Bruder erschlagen hatten.«

»Bedenken wegen meiner Stärke?« Finn zeigte sich geduldig und gnädig gestimmt, wie es einem Helden anstand.

»Nicht wegen deiner Stärke, o nein. Du bist ebenso stark wie dein Bruder. Aber du schienst stets überstürzt zu handeln. Weisheit und Geduld stehen einem Krieger genauso gut an.«

Finn zog die Augenbrauen kraus und wechselte das Thema. »Du machst dir Sorgen wegen der Sidhe.«

»Und dazu besteht aller Anlass. Wir hatten zugestimmt, uns zu ergeben, falls dein Bruder ihrem Anführer unterliegt. Wir haben unseren Eid gebrochen.«

»Ich werde nicht dulden, dass mein Clan versklavt wird, weil ein Einzelner versagte, und sei dieser Eine auch mein Bruder.«

Ailin lächelte verständnisvoll und ließ das Thema fallen. »Du wirst sicherlich nach einem Bad und frischen Kleidern verlangen. Meine Diener stehen dir zu Diensten.«

»Dem ist in der Tat so, aber erst, wenn meine Männer gespeist haben.« Er setzte sich an der Feuerstelle der Königin nieder und nahm von einem Diener dankbar einen großen Humpen mit dünnem Bier an. Während sie darauf warteten, dass sich der wundersame Topf mit Speis und Nahrung für die Heerschar der Gälen füllte, unterhielt Finn sie mit seinen nicht weniger wundersamen Abenteuern aus der Gegenwelt; mit Geschichten von Silbertürmen, die bis in den Himmel ragten, von Streitwagen, die Rauch ausstießen und von unsichtbaren Pferden gezogen wurden, und von Lichtern, die ohne Feuer glühten. Er hatte leichtes Spiel, seine Zuhörerschaft in Bann zu ziehen, bis einer seiner Mannen auftauchte und seine Aufmerksamkeit zu erlangen suchte.

Der Mann schien zögerlich, ja fast schon verlegen zu sein. »Euer Gnaden«, stammelte er, als Finn ihn finster anblickte. »Der Topf gibt noch immer nichts her.«

»Gibt nichts her? Was heißt das?«

»Nichts. Rein gar nichts. Wir warten nun schon seit mehr als zwei Stunden. Und noch immer nichts im Topf.« In seine Verwirrung mischte sich jene Verzweiflung, die Finn aus der Zeit vor seinem Aufbruch in die Gegenwelt so vertraut war.

»Wie habt ihr es angestellt?«

»Genau so, wie Ihr uns geheißen habt. Wir haben den Kessel aufs Feuer gesetzt, den Deckel aufgelegt und dann gewartet.«

»Ihr habt kein Wasser hinzugefügt?«

»Ihr habt ausdrücklich gesagt, es nicht zu tun.«

Finn erhob sich. »Lasst mich selbst sehen.«

Aber es war so, wie der Mann es berichtet hatte. Der eiserne Topf glühte vor der Hitze des Feuers, aber wenn man mit einem Haken den Deckel hob, war nichts darin zu sehen.

»Vielleicht braucht es ja doch Wasser«, schlug die Druidenkönigin hinter Finns Rücken vor.

»Vielleicht«, stimmte Finn, ziemlich ratlos, zu. »Also gut. Füllt den Kessel mit Wasser.«

Man schüttete Wasser hinein, das sogleich verdampfte. »Mehr!«, verlangte Finn.

»Halt, nein, nicht so viel«, wies die Königin an. »Füllt den Topf nur bis zur Hälfte.« Die Männer taten, wie ihnen die Königin befohlen hatte, und legten den Deckel wieder auf. Ihre verhärmten, hungrigen Mienen verrieten schon wieder diesen Anflug von Verzweiflung. Finn und die Königin traten beiseite.

»Bist du sicher«, fragte die Königin, als sie außer Hörweite waren, »bist du absolut sicher, dass du den richtigen Kessel gefunden hast?«

Er blickte sie herausfordernd an. »Lady Ailin, Ihr verspracht mir, mich durch Eure Zauberkraft in den Bannkreis einer Meile zum Kessel zu versetzen. Aber auch so kostete es mich Monate, ihn zu finden. Die Menschen in der Gegenwelt leben zusammengepfercht wie Opferlämmer; Wiesen und Bäume finden bei ihnen keinen Platz. Doch ich spürte die dunkle Frau auf und sprach mit ihr und sie sagte mir, sie brauche den Topf nur aufs Feuer zu setzen, den Deckel aufzulegen und abzuwarten.«

»Sagte sie auch, wie lang es dauerte?«

»Sie sagte, unterschiedlich lang. Ich nahm an, es dauerte nicht länger als es braucht, ein gewöhnliches Mahl zu kochen. Manchmal bereitet er Bohneneintopf, ein anderes Mal sogar Wildbret …«

Königin Ailin schüttelte den Kopf. »Aber du hast das nicht mit eigenen Augen gesehen? Du hast nicht gesehen, wie sich ein leerer Kessel mit Speise füllte?«

»Ich sah keinen Anlass, ihre Worte in Zweifel zu ziehen.«

»Solche von niederer Geburt können alles behaupten, wenn sie einem etwas verkaufen wollen. Ihnen geht es nur ums Geld, nicht um die Wahrheit.«

»Ich habe ihn ihr … nicht eigentlich abgekauft.«

Königin Ailin stutzte. »Wie bitte? Hat sie dir den Kessel denn aus freien Stücken überlassen?«

Zum ersten Mal fühlte sich Finn wirklich unbehaglich. »Nein. Ich habe ihn mir genommen.«

»Genommen?« Die Königin runzelte die Stirn und ihre Stimme klang beträchtlich schärfer. »Was soll das heißen? Durch Raub? Mit Gewalt?«

»Raub, nun ja. Aber nicht mit Gewalt. Wie könnte ich einer Frau Gewalt antun? Ich nahm ihn mit, als niemand zugegen war, und ließ eine stattliche Summe Silber zurück.«

»Aber du hast ihn geraubt.«

»Das Leben meiner Männer, meines Clans, stand auf dem Spiel. Sie und ihre Kinder würden ohne den Topf nicht verhungern, aber mein Clan schon.«

»Nichtsdestotrotz hast du einer Frau und ihren Kindern den Kessel geraubt.« Ihre Stimme schwoll mächtig an, sodass die Umstehenden schon aufmerksam wurden.

»Aber sie bedurften des Kessels nicht. Sie würden nicht verhungern. Versteht doch!« Mit einer weit ausholenden Geste wies er in die Ferne. »Dort drüben brennen die Feuer der Sidhe unter reich gefüllten Töpfen. Der Geruch davon steigt uns Hungernden in die Nase. Sie brauchen gar nicht anzugreifen. Sie brauchen nur abzuwarten. Und das wissen sie auch!«

Ailins Gesicht war so versteinert wie ihr Haar ergraut.

Aus geringer Entfernung rief ein Mann: »Das Wasser ist völlig verdampft. Der Kessel ist leer.«

Ailin überging Finn und trat selbst zu dem Kessel, an dem der Mann stand. »Es heißt ...« und damit wandte sie sich Finn erneut herausfordernd zu, »... dass der Kessel Feiglingen keine Speise gewährt.«

Finn versuchte zähneknirschend, seinen Zorn zurückzuhalten. »Ich bin kein Feigling, Majestät«, entgegnete er gedehnt. »Ich wagte mich durch Eure Zauberpforte in eine Welt voller Schwarzer, die dunkler als die Nacht sind. Und Eure Magie mit Sprachen ließ sehr zur wünschen übrig. Gewiss, das Gezwitscher der Vögel konnte ich gut verstehen, aber was wussten die mir schon vom Kessel zu künden. Die Sprache der Menschen dort verstand ich hingegen nur zur Hälfte. Ich setzte mich unzähligen Gefahren aus, um diesen Kessel zu beschaffen. Und Ihr wagt es, mich einen Feigling zu nennen!«

»Du hast ihn einer Frau und ihren Kindern geraubt! Das ist keine Heldentat!« Unter den Umstehenden machte sich Unruhe breit.

»Mein Clan ist am Verhungern! Die Sidhe werden uns bald vernichten!« Die Gesichter, die ihn umgaben, waren genauso versteinert wie das der Druidenkönigin. Und dennoch fuhr Finn fort: »Die Frau wird den Topf nicht vermissen. Ich habe ihr Silber gegeben.«

Die Königin ging zu dem Topf und hob mit einem Haken den Deckel noch, um sein leeres Inneres zur Schau zu stellen.

»Ich begreife es nicht.« Finn eilte hinzu. »Ich habe alles genauso gemacht, wie sie mir es erklärt hat.«

»Ganz offensichtlich versagt seine Wunderkraft bei dir.« Ailin ließ den Kessel los, der über dem Feuer hin- und herschaukelte. »Finn, du hast Schande über uns gebracht.«

»Nein!«

»Du bist es, der unser Verderben bewirkt hat.«

Die Gefolgsleute begannen aufzumurren. »Wir sind verdammt!«, flüsterte einer.

»Nein!«, wehrte sich Finn trotzig.

Seine Gefolgsleute erwiderten genauso trotzig: »Die Sidhe werden unsere Köpfe verlangen. Unsere Frauen und Kinder werden versklavt werden.«

»Nicht unbedingt«, warf Marc ein und zückte das Schwert gegen Finn. »Vielleicht genügt ein Kopf, die Schuld zu sühnen.«

»Ich habe euch den Kessel gebracht, nach dem ihr verlangt habt. Wir wissen offenbar nur noch nicht, damit umzugehen. Lady Ailin, gebietet diesem Unfug Einhalt!«

»Die Götter stehen uns nicht bei, solange wir einen Feigling als unseren Anführer haben«, erklärte sie und würdigte Finn keines Blicks.

»Ich bin kein Feigling!« Er wich zurück, als Marc näherkam. »Ich bin durch jene Pforte geschritten ...« Er schaute sich um. »Die Pforte!« Das Hügelgrab war nur wenige Schritte entfernt. Finn stürzte darauf zu. Seine Mannen höhnten ihm zornig hinterher. Er erreichte das Hügelgrab. »Die Pforte! Wo ist die Pforte? Sie muss hier irgendwo sein.« Etwas stach ihn schmerzhaft in die Seite.

»Wirst du wie ein Held kämpfen oder lieber wie ein Feigling sterben? Zieh dein Schwert!«

»Wozu kämpfen? Der Kessel wird wirken. Ich schwöre es.«

»Das Leben in der Gegenwelt hat dich verweichlicht. Wenn es sein muss, haue ich dir auch ohne Kampf den Kopf ab, du Feigling.« Marc holte zu dem entscheidenden Hieb aus.

Finn zückte sein Schwert und schmetterte den Hieb ab. »Zurück! Ich bin dein Anführer und werde dich im Kampf bezwingen. Ich bin dir um ein Vielfaches überlegen.«

Vielleicht hatte er damit sogar Recht. Er war, von seinem erschlagenen Bruder einmal abgesehen, der beste Streiter der Gälen, und Marc war vom Hunger geschwächt. Aber Finn hatte seit Monaten kein Schwert mehr geführt. Vielleicht hatte auch Marc Recht. Ja, er war verweichlicht, wie sich Finn eingestehen musste. Und Marc war beflügelt vom Zorn und dem Wissen, viele Männer hinter sich zu haben. Finn konnte sie unmöglich alle bezwingen.

Obwohl Finn seinem Gegner eine Verletzung am Arm beigebracht hatte, traf Marc ihn im Gegenschlag am Bein. Finn schrie vor Schmerz auf und taumelte gegen den Hügel. Königin Ailin intonierte mit hoch erhobenen Armen einen Zauberspruch. Es war ein Fluch, wie Finn entsetzt bemerkte. Der nächste Hieb, den er abwehrte, ließ seinen Arm so stark erzittern, dass er beinahe seine Waffe verlor. Den nächsten Hieb konnte er nur zur Hälfte parieren und er hinterließ eine klaffende Wunde auf Brust und linkem Arm.

Er erkannte, dass er seinem Gegner nicht länger standhalten konnte, und wich zurück. Verzweifelt umrundete er das Hügelgrab, verzweifelt suchte er nach der Pforte. Ein Hieb über den Rücken brachte ihn zu Fall. Ailins Verwünschung erreichte ihren Höhepunkt – und mit einem Mal öffnete sich das Hügelgrab unter ihm.

»Möge dich dieser Fluch dein Leben lang begleiten. Mögest du in der Welt herumirren, bis du deine Ehre wieder gefunden hast. Mögest du auf ewig unserer Mitte entrissen sein!« Der Grabgang stürzte in sich zusammen und riss Finn mit. Sein Fall, obwohl nur wenige Fuß tief, schien eine Ewigkeit zu dauern. Er landete abrupt auf einem hölzernen Fußboden und kam ausgerechnet auf seinem verletzten Arm zu liegen. Sein Kopf stieß gegen einen vertrauten Gegenstand – es waren seine Reeboks. Die Rückwand des Schranks flimmerte magisch auf. Er konnte kurz die Abbilder von Marc und Ailin darauf erkennen. Finn bettete seinen Kopf auf die Reeboks und spürte, wie das Blut aus der klaffenden Wunde hervorquoll.

Ein metallisches Klirren ertönte, als der Kessel ihm aus dem Schrank nachgeschleudert wurde. Er versuchte, ihn mit seinem unverletzten Arm abzuwehren, aber der Topf glühte noch und er verbrannte sich an ihm. Finn schrie vor Schmerzen auf, als der Kessel und sein Deckel in sein Zimmer purzelten. Noch einmal erschien Ailins Abbild, doch ihre Lippen bewegten sich stumm. Dann brach das flackernde Bild auf der Rückwand seines Schrankes zusammen, verengte sich zu einem Lichtfleck in der Mitte und verschwand dann ganz. Finn starrte auf leere Regale.

Er hatte keine Vorstellung davon, wie lange er aus der Gegenwelt entrückt gewesen war. Er konnte nur hoffen, dass der Telefonanschluss noch nicht abgeklemmt war. Er robbte zum Hörer, nahm ihn ab und wählte die Notrufnummer.

»Helfen Sie mir«, stöhnte er in die Muschel. »Ich verblute.« Er nannte seine Adresse. »Beeilen Sie sich.« Er ließ den Hörer fallen und sank, vor Schmerzen und Schande schluchzend, auf dem Boden zusammen.

»Mrs. Maddy Prudence Jackson?« Die Frauenstimme am Telefon klang eher zögerlich.

»Jawohl. Am Apparat.« Maddy arbeitete gerade zu Hause am Computer und war über die Unterbrechung etwas verstimmt. Ausgerechnet jetzt, da sie ihn Ruhe arbeiten konnte. Am Abend, wenn die Kinder da waren, kam sie zu nichts.

»Mein Name ist Anne Woloszyk. Krankenschwester am Rush-Presbyterian Hospital ...«

»Rush-Presby? Um Gottes willen. Die Kinder! Meine Kleinen! Alles in Ordnung mit ihnen?«

»Kinder? Da liegt wohl ein Missverständnis vor, Mrs. Jackson. Ich rufe nicht wegen Ihrer Kinder an. Ich wusste nicht einmal, dass Sie Kinder haben.«

Und schon war Maddy wieder verstimmt. »Was gibt's? Ich verstehe nicht ganz.«

»Lassen Sie es mich erklären. Kennen Sie jemanden namens Finn O'Neil?«

Bei dem Namen stieg ihre Verstimmung noch. »O ja, allerdings nur flüchtig.«

»Er ist zurzeit unser Patient ...«

»Patient? Was ist ihm denn zugestoßen?«

»Anscheinend war er in eine Messerstecherei verwickelt. Er wurde mit mehreren Stichwunden eingeliefert. Ich bin ihm zur Betreuung zugeteilt worden. Er sagte mir, dass er etwas von Ihnen besäße, einen eisernen Kochtopf oder so.«

»Meinen Topf? Er ist also wieder aufgetaucht?«

»Er meinte, er habe ihn sich ausgeliehen und wolle jetzt sicherstellen, dass Sie ihn zurückbekommen.«

»Ausgeliehen? Na ja, ich würde es anders nennen.«

»Würde es Ihnen etwas ausmachen, wenn ich damit rasch vorbeischaue? Ich bin mit meiner Schicht gleich zu Ende, und er bestand darauf, dass man Ihnen den Topf wieder aushändigt.«

»Nicht im Geringsten, Mrs. Wo... Wal...«

»Woloszyk. Ich könnte in eineinhalb Stunden bei Ihnen sein.«

»Vielen Dank, Mrs. Wo... Wolosh...«

»Anne«, lachte die Frauenstimme. »Nennen Sie mich einfach nur Anne.«

Als Anne Woloszyk neunzig Minuten später anklopfte, öffnete Maddy auf der Stelle die Tür. »Ich habe bereits am Fenster auf Sie gewartet. Aber kommen Sie doch herein.«

Eine hübsche junge Weiße mit Brille trat ein. Ihr lockiges Haar wurde von einer Spange zusammengehalten; die weiße Schwesterntracht und ein Paar vernünftiger Schuhe verrieten ihren Beruf. Sie hielt eine Einkaufstüte in der Hand.

Maddy schloss die Türe. »Sehr liebenswürdig von Ihnen vorbeizuschauen. Ich hoffe, es war kein allzu großer Umweg für Sie.«

»Keineswegs. Ich wohne drüben im Rogers Park.«

»Darf ich Ihnen den Mantel abnehmen? Ist doch schon wieder kühl geworden.« Maddy hängte den Mantel auf und wandte sich dann mit unverhohlener Neugier an Anne.

»Mr. O'Neil lag sehr viel daran, dass ich Ihnen dies hier so schnell wie möglich zurückbringe.« Sie holte den Topf und Deckel aus der Einkaufstüte.

Der Name O'Neil entlockte Maddy nur einen Seufzer, aber beim Anblick ihres alten Topfs strahlte sie. »Da ist er ja wieder. Mein Erin Cory. Was bin ich froh, ihn wiederzuhaben.«

»Er ist wirklich außergewöhnlich. Eher wie der Kessel in *Macbeth*.« Anne übergab Maddy den Topf und setzte sich.

»Wie?« Maddy untersuchte den Topf.

»*Macbeth*. Shakespeare. Eines seiner Dramen. Drei Hexen versammeln sich um einen alten Kessel und dann kommt Macbeth vorbei ...«

Maddy unterbrach sie mit einem nachsichtigen Lächeln. »Das brauchen Sie mir nicht zu erklären. Ich bin auch aufs College gegangen und kenne meinen Shakespeare.«

Anne stammelte kleinlaut eine Entschuldigung, während Maddy den Topf in die Küche brachte.

»Aber jetzt verraten Sie mir mal, was dieser Mr. O'Neil noch alles angestellt hat.«

»Nun ja, er wurde mit mehreren tiefen Stichwunden eingeliefert, die genäht werden mussten.«

Maddy kam ins Wohnzimmer zurück und setzte sich Anne gegenüber. »Wird er durchkommen?«

»Er hatte eine Menge Blut verloren, aber sein Zustand war nicht kritisch.« Anne zögerte einen Moment lang. »Man sprach davon, ihn in die Psychiatrische Abteilung zu verlegen.« Maddy blickte auf. »Er redete ... wirr. Faselte ungereimtes Zeug. Kam er Ihnen denn nicht auch merkwürdig vor?«

Maddy bestätigte dies kopfnickend. »Das kann man wohl sagen. Was für Zeug hat er denn gefaselt?«

»Wie gesagt, es lag ihm sehr viel daran, dass Sie diesen Kessel zurückerhalten. Fast schon manisch bestand er darauf und gab mir die Schlüssel zu seinem Zimmer. Immer wieder sprach er von dem Kessel – übrigens nannte er den Topf so. Er meinte, dass es seine Ehre retten und die Götter ihm wieder wohlgesonnen machen könnte.«

»Götter? Was für ein Heide ist er denn?«

»Ich weiß es auch nicht. Jedenfalls hielt er sich für einen.«

»Vielleicht sollte ich den Ärmsten mal besuchen, damit er weiß, dass ich ihm nichts nachtrage.«

»Das wird nicht so einfach sein, Maddy. Als ich heute morgen meinen Dienst antrat, war er bereits verschwunden.«

»Verschwunden?«

»Spurlos.«

»Wie konnte er denn in seinem Zustand so einfach verschwinden?«

»Ich weiß es nicht. Vermutlich hat er was von der Verlegung in die Psychiatrie mitbekommen und Reißaus genommen.«

Maddy lehnte sich seufzend zurück. »Das lässt einen schon nachdenklich werden. Da glaubt man, man könne den Menschen vertrauen, aber wenn ich daran denke, dass ich den ins Haus gelassen habe. Ich war mit den Kindern ganz allein. Ich muss wohl genauso verrückt gewesen sein.«

Anne kramte in ihrer Handtasche und holte einen kleinen Zettel hervor. »Das hier hat er zurückgelassen. Ihr Name steht drauf. Aber es ergibt keinen rechten Sinn.«

Maddy nahm den Zettel entgegen und versuchte, ihn zu entziffern. »›Möge Dag… Möge Dagda dich und mich behüten. Ich bin ein Held und kann nicht in Schande leben. Ich werde meine Ehre retten. Und noch bleibt mir Zeit, mein Volk zu retten.‹ Sie haben Recht, das ist wirklich reichlich wirr.«

»Na ja, zumindest haben Sie Ihren Kochtopf wieder.«

»Richtig, wenigstens etwas.« Sie stand auf und lief in die Küche. »Warum bleiben Sie nicht zum Abendessen«, rief sie über die Schulter ins Wohnzimmer. »Ich würde mich gern für Ihre Mühe erkenntlich zeigen.«

»Machen Sie sich bitte wegen mir keine Umstände.«

»Das sind doch keine Umstände. Meine Kinder kommen gleich heim, und für die müsste ich sowieso kochen. Außerdem kommt bei uns immer genügend auf den Tisch.« Sie schmunzelte bei dieser versteckten Anspielung. »Sie müssen nämlich wissen, dass dieser Finn durchaus auf der richtigen Spur war. Aber er hatte es immer zu eilig. Wenn er mich nur hätte ausreden lassen, als ich ihm von meinem Kochtopf erzählte!«

»Er schien zu glauben, dass es damit etwas ganz Besonderes auf sich hatte.«

»Hat es auch, nur glaubt mir das keiner.« Sie kam kurz ins Grübeln. »Vielleicht habe ich ihn deshalb hereingelassen. Er glaubte mir.«

Anne kam in die Küche nach. »Kann ich irgendwie behilflich sein? Gemüse putzen, Zwiebeln schneiden oder sonst was?«

»Nicht nötig. Das erledigt der Topf schon alleine.«

»Was Sie nicht sagen. So 'ne Art mittelalterlicher Zauberkessel?«

Maddy lachte. »Der Topf gehört meiner Familie schon geraume Zeit, aber so alt ist er dann auch wieder nicht. Nur ließ mir Finn keine Gelegenheit, ihm das zu sagen.« Sie kramte im Küchenschränkchen über dem Herd herum. »Na also, da ist er ja. Ohne den Stein ist der alte Topf nichts wert.« Anne schien nicht recht zu begreifen. Maddy holte einen flachen, etwa handgroßen Stein hervor, der wie Achat oder Marmor geädert und glatt geschliffen war. »Schon mal was von Steinsuppe gehört?«

Anne nickte und lächelte wissend. »Suppe aus Nichts.«

»Genau darum handelt es sich hier. Man legt den Stein in den Topf«, erklärte sie, während sie es vorführte, »schließt den Deckel und erhitzt das Ganze. Steinsuppe. Suppe aus Nichts.« Sie lachte angesichts

Annes zweifelndem Blick. »Manchmal geht es ruckzuck wie bei einer Mikrowelle, manchmal dauert es Stunden. Sie schauen mich so komisch an. Glauben Sie mir etwa nicht?«

Anne lächelte diplomatisch. »Wenn Sie diesen Topf erhitzen, erhalten Sie außer einem heißen Stein gar nichts.«

»Wenn mir einer diese Geschichte erzählt hätte, würde ich sie vermutlich auch nicht schlucken. Aber ich habe diesem Topf am Herd meiner Mutter zugesehen, als ich noch nicht einmal groß genug war, über seinen Rand zu gucken. Und bei meiner Mutter war es nicht anders. Und deren Großmutter war noch Sklavin auf einer Plantage, die noch nicht einmal einen Herd, sondern nur offenes Feuer hatte. Es gibt Dinge, die man nicht begreifen kann, sondern einfach akzeptieren muss.« Sie wandte sich nachdenklich dem eisernen Topf zu. »Manchmal fürchte ich, es wird nicht mehr geschehen, wenn ich aufhöre, daran zu glauben.«

Anne blickte noch immer kritisch, aber nicht herablassend, eher etwas Hilfe suchend und mitleidig.

»Wie heißt es doch bei Shakespeare: ›Es gibt mehr Ding im Himmel und auf Erden ...‹« Maddy unterbrach sie, um zu schnuppern, ob das Essen schon gar war.

»›... als Eure Schulweisheit sich träumt, Horatio.‹ Ja, das Zitat ist mir bekannt«, meinte Maddy. »Der Kessel scheint sich jedenfalls heute Abend zu beeilen. Vielleicht ahnt er ja, dass es eine Ungläubige zu überzeugen gilt.«

Auch Anne konnte verblüfft den Essensgeruch wahrnehmen, der dem Topf entströmte.

Mit einer Holzkelle hob Maddy den Deckel und legte ihn ab. Dann schöpfte sie damit etwas von dem kochenden Eintopf ab und kostete ihn. »Köstlich, wie immer.« Sie bot Anne etwas an, die ebenfalls probierte.

»Unglaublich! Und ich war die ganze Zeit zugegen.« Sie betrachtete Maddy noch immer misstrauisch, so als ob sie einem Taschenspielertrick aufgesessen wäre.

Maddy musste lachen und nahm noch eine Kostprobe. »Bohnensuppe. Ein Glück, dass ich Finn nichts von dem Stein erzählt habe, sonst hätte er den auch mitgehen lassen. Dieser alte Topf hat uns über vier Generationen wohl ernährt. Nur wünschte ich mir, er würde diese Marotte mit der Bohnensuppe verlieren.«

BARBARA ROSEN

# Der Greif

*Laut der hingekritzelten biografischen Notizen, die sie mir zugesandt hat, lebt Barbara »glücklich verheiratet mit ihrem Greifen« (ich bin mir ziemlich sicher, dass ich ihre Handschrift richtig entziffert habe) und kümmert sich um ausgesetzte Tiere. Sie schreibt, dass Hawk einer ihrer Schützlinge war, der inzwischen ein liebevolles Zuhause gefunden hat. Außerdem glaubt sie, dass die Schicksale ihrer fiktiven Charaktere interessanter sind als ihr eigenes.*

Noch war kein Vogelgezwitscher zu hören. Noch war es kalt und dunkel, wenn Mariellen zur Arbeit kam. Es würde mindestens noch einen Monat dauern, bis es schon dämmern würde, wenn sie aus der U-Bahn stieg.

Sie suchte nach ihrem Schlüssel, öffnete die Tür und knipste das Licht an. Bei dem grellen Schein der Neonlampen musste sie blinzeln.

Drinnen war es gemütlich warm. Noch bevor sie die Treppe ganz hinabgestiegen war, begrüßte sie aufgeregtes Hundegebell.

»Schon gut, immer mit der Ruhe.«

Sie entriegelte die Tür, die zum Hinterhof führte, und überprüfte die Zwinger. Der Hund der Jeffersons wartete schon sehnsüchtig an der Käfigtür. *So was von stubenrein, da muss es der Ärmste ja dringend haben.*

»Okay, du kommst zuerst dran.« Mariellen löste den Schnappverschluss, und die Tür sprang weit auf. Der Hund schoss in den Hof hinaus, schnüffelte kurz am Zaun und hob dann das Bein.

Mariellen sah ihm amüsiert zu. Als er sein Geschäft verrichtet hatte, füllte sie ihren Eimer mit Wasser, fegte die Streu aus seinem Käfig und machte sich wie jeden Morgen ans Reinigen der anderen Verschläge.

Mariellen hatte bereits alle in Pflege gegebenen Tiere versorgt und sich auch schon um die meisten Krankheitsfälle gekümmert, als Dr. Saunders im Tierheim erschien. Normalerweise störte der Doktor sie bei ihrer Arbeit nicht, aber heute kam er persönlich herunter, lief ruhelos von einem Käfig zum nächsten und inspizierte jeden genau.

»Hendersons Katze hat schon wieder Durchfall«, berichtete sie. »Soll ich noch eine Kotuntersuchung durchführen?«

»Kann nicht schaden.«

»Und der Hund der Feingolds frisst noch immer nicht.«

»Warten wir noch einen Tag ab. Der verträgt es ganz gut, etwas Gewicht zu verlieren.«

»Ganz bestimmt. Ach ja, dann wäre da noch der Hund der Johnsons. Soll es bei der intravenösen Ernährung bleiben?«

»Vorläufig ja.«

»Dann muss ich allerdings neues Plasma ordern.«

»Schön.« Der Tierarzt zögerte. »Gibt es sonst noch was?«

»Nicht dass ich wüsste.«

»Lassen Sie es mich wissen, wenn was sein sollte.« Und damit verabschiedete er sich.

*Merkwürdig,* dachte Mariellen. *Warum hat er nicht wie sonst gewartet, bis ich ihm Bericht erstatte? Ob wir vielleicht einen Neuzugang haben, um den er sich besonders sorgt. Aber das hätte er doch erwähnt.* Sie bückte sich, um den nächsten Käfig zu öffnen.

»Was zum Teufel …!?« Sie zog unwillkürlich ihre Hand zurück und ließ den Schwamm fallen. Ein wirklich widerliches Vieh. Mariellen hockte sich hin, um es genauer zu betrachten.

Rosa. Rosa und – stoppelig. Waren es wirklich Stoppeln? Oder vielleicht ... Mariellen beugte sich noch mehr vor. Nein, keine Stoppeln. Eher noch nicht entfaltete Federstummeln. Ja, das musste der Kopf sein. Also doch ein Vogel. Aber ungemein unbeholfen und hässlich ... Ein gewaltiger Krummschnabel ... Dunkle Augen, die hinter durchsichtigen Lidern hervorquollen ... Und auch die rosige Haut war transparent, sodass darunter die fein verästelten blauen Adern zu sehen waren.

Was für eine Spezies das war, wusste Mariellen nicht, aber ihr war klar, dass das Junge gerade erst geschlüpft sein musste. Sie öffnete den Käfig und streckte ihre Hand hinein.

Langsam öffneten sich die Augenlider; schwarzglasige Augen wie Obsidiangestein blickten sie an. Das Vogelküken musterte Mariellens ausgestreckte Hand lange, drehte den Kopf mal nach links, mal nach rechts, um sie zuerst mit dem einen, dann mit dem anderen Auge zu betrachten. Mariellen verhielt sich ganz ruhig. Das Köpfchen, auf dem dürren Hals hin- und herwackelnd, kam immer dichter. Die schon jetzt großen Krallen schlurften unsicher über den Boden und suchten Halt; mit unbeholfenen Flügelschlägen versuchte es sich aufzurichten. Und dann ruhte mit einem Mal das Köpfchen in Mariellens offener Handfläche und die glänzenden Augen schlossen sich zufrieden.

Sie spreizte ihre Finger ein wenig und kraulte die warme Haut an der Kehle des Vogels. Das Küken schmiegte sich noch enger an sie.

»Was ist denn mit dir passiert?«, gurrte sie. »Warum bist du nicht in deinem Nest?«

Sie zog sachte die Hand zurück; der Nestflüchter öffnete enttäuscht die Augen und folgte ihr auf allen vieren.

Auf allen vieren?!?

Mariellen rieb sich die Augen. *Das konnte doch nicht wahr sein.* In dem Käfig mussten sich wohl zwei Tiere befinden. Aber Dr. Saunders würde doch niemals eine Katze mit einem Küken zusammensperren – und außerdem sah es nicht gerade wie eine Katze aus.

Das ... das *Wesen* war inzwischen bis zur Käfigtür gelangt. Aber was von den Flügeln abwärts folgte, hatte nichts mehr mit einem Vogel zu tun; vielmehr war es flauschig und golden mit braunen Schecken, besaß kräftige Hinterpfoten und eine Schwanzquaste.

Mariellen glaubte, sie müsse sich übergeben. Sie wurde so zornig, dass sie nicht mehr klar sehen konnte.

Wie konnte man nur so was tun! Wie konnte man Tieren nur solche Qualen zufügen. Zwei völlig artfremde Spezies zusammenzuflicken, damit irgendein größenwahnsinniger Wissenschaftler Herrgott spielen konnte.

Die Missgestalt wankte hinter den Gitterstäben und fiepte klagend nach Mariellen.

Sie setzte sich nieder, nahm es in den Schoß und weinte.

Sie hörte nicht, wie Dr. Saunders die Treppe herabkam.

»Mariellen. Was ist los mit Ihnen?«

Sie schaute auf und starrte ihn finster an. »Welcher Dreckskerl hat das getan?«

»Hat was getan?«

»Das hier! Diesen ekelerregenden Pfusch einer Transplantation!«

»Niemand. Zumindest kein Mensch.«

»Kein Mensch?« *Tischen Sie mir keine Lügen auf,* schien ihr Tonfall zu sagen.

Dr. Saunders seufzte. »Ein älteres Ehepaar, Mr. und Mrs. Tsantes, hat es gestern Abend vorbeigebracht. Sie haben es auf ihrer Urlaubsreise in Griechenland gefunden. Genauer gesagt ein Ei.«

»Ein *Ei*?«

Der Tierarzt nickte. »Sie glaubten wohl, es sei ein Straußenei, und haben es als Souvenir mitgenommen.«

»In Griechenland gibt es keine Strauße«, wandte Mariellen ein.

»Das weiß ich genauso gut wie Sie, aber ...« Er zuckte mit den Achseln, »... die Tsantes sind in Zoologie offenbar nicht so bewandert. Sie haben dieses enorme Ei gefunden und daraus geschlossen, es müsse von einem Straußen stammen. Und dann haben sie es eingepackt.«

Mariellen war sprach- und fassungslos, obwohl sie es sich genau ausmalen konnte: die sorglosen Touristen und die Gedankenlosigkeit, mit der sie Nester plünderten, lebende Korallen abbrachen oder ihre Initialen in Kakteen schnitzten, die dann langsam und elend verbluten, während diese Ignoranten schon wieder zu Hause vor dem Fernseher saßen ... Sie hielt das Wesen in ihrem Schoß und drückte es noch enger an sich.

»Sie haben es in einen Koffer gepackt«, fuhr Dr. Saunders fort, »zusammen mit ihrer Unterwäsche, damit es nicht zerbricht. Was dann aber doch passiert ist.« Und an dieser Stelle konnte er sich ein Lächeln nicht verkneifen. »Als sie den Koffer öffneten, hatte ihr schönes Souvenir eine hübsche Sauerei aus blutigen Eierschalen und klebrigen Membranen hinterlassen. Beim Anblick unseres kleinen Freundes hier bekam Mrs. Tsantes einen hysterischen Anfall.«

»Geschieht ihr recht«, murmelte Mariellen.

»Na ja, zumindest haben sie es nicht in den nächstbesten Müllschlucker geworfen.« Dr. Saunders grinste jetzt sogar. »Haben Sie eine Vorstellung, was für eine Art von Tier das sein könnte?«

Mariellen schüttelte den Kopf.

»Wenn ich mich nicht sehr irre, handelt es sich hierbei um einen Greif.«

»Einen – was bitte? Das ist doch reine Mythologie!« Sie schaute ihn misstrauisch an. »Wollen Sie mich zum Besten halten?«

»Sehen Sie doch selbst!«

Es stimmte. An der Stelle, wo der noch nackte Vogelkörper in den flauschigen Löwenleib überging, war keine Narbe zu erkennen. Hinter den Flügeln wuchsen kaum wahrnehmbar die ersten goldenen Daunen und wurden allmählich immer dichter, bis schließlich der ganze Hinterleib mit Fell bedeckt war.

»Was frisst so ein Greif?«, wollte sie wissen.

»Gute Frage. Wenn es ein normales Löwenjunges wäre, würde ich es mit der gewöhnlichen Babynahrung versuchen. Aber Raptoren brauchen rohes Fleisch und viele Ballaststoffe ...«

Mariellen überlegte. »Ich probiere es erst mal mit der Babynahrung. Wenn er das nicht annimmt, können wir immer noch zu Fleisch übergehen.«

»Nichts dagegen einzuwenden«, erklärte der Tierarzt.

Der Greif beäugte Mariellen neugierig.

»Hältst mich wohl für deine Mutter?«, fragte sie. »Na schön, gleich gibt's Frühstück.« *Aber wie krieg ich ihn bloß dazu, den Schnabel zu öffnen?*, fragte sie sich. *Säugen Greife ihre Jungen überhaupt? Oder kröpfen sie? Irgendwas muss der Kleine ja fressen.* Sie setzte sich im Schneidersitz auf den Boden und nahm den kleinen Greif in ihren Schoß. »Alles klar, es kann losgehen ...« Sie presste den Schnuller seitlich gegen seinen übergroßen Schnabel. »Nun mach schon den Schnabel auf. Nur ein kleines bisschen ...« Sie drückte ihm ein paar Tropfen der angereicherten Milch auf den Schnabel und hoffte wider besseren Wissens, dass ihn das vielleicht auf den Geschmack bringen würde. »Nun schau mich nicht so vorwurfsvoll an. Okay, ich wisch's wieder weg.« Sie sah ein, dass es keinen Zweck hatte, ihm den Schnabel mit Gewalt zu öffnen; das würde nur dazu führen, dass einige ihrer Finger zur ersten Mahlzeit des kleinen Greifs würden.

Sie setzte die Flasche ab. »Ein Flaschenkind bist du jedenfalls nicht«, fluchte sie leise. »Also probieren wir's mit Fleisch.«

Als sie endlich das Fleisch besorgt hatte, war der Greif, so fürchtete Mariellen, schon ziemlich geschwächt. Seit mindestens gestern Abend hatte er keine Nahrung mehr erhalten. Der Dottersack hatte vielleicht noch einige Restkalorien geliefert, aber die waren inzwischen längst aufgezehrt. Sie schnitt das Fleisch in schmale Streifen und ging wieder hinunter.

Sobald der Greif das Fleisch witterte, fing er zu schreien an. »Na, das scheint schon mehr nach deinem Geschmack zu sein.« Sie entriegelte die Käfigtür, und der Greif kam von ganz allein angewackelt. Mariellen hielt ihm ein Streifchen Fleisch hin. Ohne zu zögern würgte er es hinunter und verlangte gleich nach mehr. Mariellen lachte. »Vielfraß darf man dich getrost schimpfen, solange man dir was zum Fressen gibt, stimmt's?« Der Greif beachtete sie nicht; er war viel zu sehr mit dem Fressen beschäftigt. Drei Pfund rohes Fleisch verschlang er, bevor er sich zufrieden gab.

»Geschafft!«

»Bitte was?«

»Der Greif. Er hat endlich gefressen.«

»Das ist ja wunderbar.« Dr. Saunders strahlte. »Am besten benachrichtigen Sie gleich die Besitzer.«

»Wie Sie meinen ...«

»Was haben Sie denn?«

»Ich meine nur ... Denen liegt doch nichts an dem Tier. War doch bloß ein dummer Zufall ...«

»Aber sie sind nun mal die rechtmäßigen Besitzer.«

»Das weiß ich ja auch. Aber ...«

»Rufen Sie die Tsantes an.«

»Wie Sie meinen«, wiederholte Mariellen. Natürlich hatte Dr. Saunders Recht. Aber wollten sie den Greif wirklich haben? Eigentlich waren sie doch nur an einem Straußenei interessiert, mit dem sie sich als exotischem Schmuckstück brüsten konnten. Dass sie das Greifenküken ins Tierheim gebracht hatten, hieß noch lange nicht, dass sie es auch zurückhaben wollten. Es würde wieder genau aufs Gleiche hinauslaufen wie damals bei dem Ozelot. Mariellen wusste, wovon sie sprach.

Zuerst war das Ozelotjunge ein innig geliebtes und bewundertes exotisches Haustier. Bis es heranwuchs und die Möbel ruinierte. Die Eigentümer ließen ihm die Krallen entfernen – nicht von Dr. Saunders, sondern von irgendeinem Kurpfuscher – und die Wunde infizierte sich und wurde brandig. Die einzige Rettung für das Tier war die Amputation mehrerer Zehen.

Und als Mariellen die Eigentümer benachrichtigte, dass der Ozelot durchkommen würde, war deren einziger Gedanke, dass das Tier jetzt verunstaltet war. Es war Mariellens undankbare Aufgabe, den kleinen, warmen, noch atmenden Körper im Arm zu halten, als Dr. Saunders das Tier einschläferte.

Und jetzt stand dem Greif das gleiche Schicksal bevor. Verdammt noch mal! Diese Snobs wollten ja noch nicht einmal ein Haustier. Schon gar nicht so eins! Denn – das musste Mariellen einräumen – der Greif war alles andere als ansehnlich.

Sie seufzte. *Am besten rufe ich gleich an und bringe es hinter mich.*

»Manny?« Mariellen konnte Mrs. Tsantes' Stimme am anderen Ende der Leitung schwach hören. »Würdest du diesen Anruf entgegennehmen? Es ist der Tierarzt.«

Einen Augenblick später war Mr. Tsantes am Apparat. »Worum geht's?«

»Ich rufe an, um Ihnen mitzuteilen, dass es dem …«, sie räusperte sich, »… dem Tier, das Sie gestern Abend vorbeibrachten, gut geht.« Mariellen versuchte, so gut es ging, begeistert zu klingen. »Es nimmt Nahrung an.«

»Verflucht«, war alles, was Mr. Tsantes dazu zu sagen hatte.

»Verzeihung?«

»Ich dachte, das Vieh würde krepieren.«

»Offensichtlich nicht«, erklärte Mariellen kurz angebunden.

»Verflucht noch eins.« Dann folgte eine längere Pause. »Hören Sie zu, können Sie nicht jemanden finden, der es uns abnimmt? Wir wollen es jedenfalls nicht in unserem Haus haben.«

»Ich verstehe.« *Das hätten Sie sich auch früher überlegen können*, dachte Mariellen. »Wir werden unser Möglichstes tun.«

Der Greif kauerte in einer Ecke seines Käfigs und schlief sein Verdauungsschläfchen. Mariellen kniete sich auf den Boden, um ihn besser sehen zu können. Der Greif regte sich nicht. Sie fragte sich, wie er wohl, einmal ausgewachsen, schlafen würde. Würde er seinen Kopf wie Vögel unter den Flügel stecken? Oder aber sich einrollen, wie es Raubkatzen taten? War ihm überhaupt vergönnt, lang genug zu leben, um diese Frage beantworten zu können? *Zum Teufel mit diesen Menschen.*

Sie erhob sich langsam und ging nach oben, um Dr. Saunders die traurige Nachricht zu überbringen.

Der Tierarzt nickte ernst. »Das war ja zu erwarten.«

»Werden Sie …? Ich meine, Sie werden doch nicht etwa …?«

»Ich hoffe inständig, dass es sich vermeiden lässt.«

Mariellen bohrte besser nicht nach. Sie kannte die Antwort genauso gut wie der Doktor. Eine Tierklinik war kein Wohlfahrtsunternehmen für ausgesetzte Tiere. Jedes Tier, das aus Barmherzigkeit aufgenommen wurde, beanspruchte einen Platz, den zahlende Zöglinge einnehmen konnten. Aber Dr. Saunders machte einen Vorschlag.

»Wie bitte?«

»Ich sagte, dass ich nicht annehme, dass Sie sich seiner annehmen würden.«

*»Ich?«*

»Vorerst müsste er natürlich noch hier zur Beobachtung bleiben. Bis wir sicher sein können, dass sich sein Zustand stabilisiert hat. Aber danach ...« Er zuckte mit den Achseln und schaute sie doch hoffnungsvoll an. »Lassen Sie sich ein paar Tage Zeit. Überlegen Sie es sich.«

»Ich ...« Mariellen schwieg. Sie dachte daran, wie hilflos das Greifenküken war und wie sehr es von ihrer Zuwendung abhing. Sie erinnerte sich an seine tiefen, glänzenden Augen und daran, wie es sein Köpfchen vertrauensvoll in ihre offene Hand geschmiegt hatte. »Aber es ist ein Wildtier«, wandte sie ein. »Schon jetzt frisst es drei Pfund rohes Fleisch, und das ist erst der Anfang. Es wird enorm heranwachsen, nicht wahr?«

»Anzunehmen.«

*Aber es vertraut mir,* dachte Mariellen. *Auf der ganzen weiten Welt hat es nur mich.*

»Glauben Sie, dass es sich zähmen lässt? Vielleicht sogar stubenrein wird?«

»Ich weiß es nicht.«

*Es vertraut mir, aber kann ich ihm vertrauen?*, fragte sie sich. *Was wird es mit meiner Wohnung anstellen? Was mit mir und meinem Leben?*

»Und was ist mit Hawk?«, fragte sie besorgt.

»Ich glaube nicht, dass Hawk ihm was antun würde. Was meinen Sie?«

»Meine Frage zielte eher in die andere Richtung. Hawk ist zwar ein Prachtexemplar von einem Dobermann, aber Sie wissen auch, was für ein gutmütiger Tolpatsch er ist. Ich möchte jedenfalls nicht eines Tages nach Hause kommen und feststellen, dass dieser kleine Racker hier gerade meinen Hund verspeist.«

Der Tierarzt tat ihre Bedenken ab. »So wie ich Hawk kenne, wird er den Greif dazu bringen, ihm überall hinterherzuzockeln.«

»Kann schon sein.«

»Sie müssen sich ja nicht gleich entscheiden«, räumte Dr. Saunders ein.

»Ich überlege es mir.« Aber insgeheim, jenseits aller Vernunft, wusste Mariellen, dass ihre Entscheidung bereits gefallen war.

In den folgenden Tagen machte Mariellen ein Wechselbad der Gefühle durch; ihre Stimmung schwankte zwischen freudiger Erwartung und den schlimmsten Befürchtungen. Sich die Verantwortung für ein riesiges, Fleisch fressendes Wildtier, dessen wahre Ausmaße keiner kannte, aufzuladen, war völlig verrückt. Wenn sie es vernünftig betrachtete und sich vorstellte, wie der Greif in ausgewachsenem Zustand sein würde, wusste sie, dass es ihre Kräfte bei weitem überstieg. Aber wenn der Greif beim bloßen Klang ihrer Stimme fiepte, wenn er auf sie zugelaufen kam und sich in ihrem Schoß einkuschelte, dann überkam sie ein Mutterinstinkt, der alle Vernunft beiseite schob. Und dann konnte sie es kaum mehr erwarten, ihren kleinen Zögling nach Hause zu bringen und ihm die relative Freiheit ihrer kleinen Wohnung zu bieten. Sie malte sich aus, wie der Greif sich sonnte und mit Hawk herumtollte.

*Schließlich ist er doch jetzt ganz zahm,* redete sie sich ein. *Schau nur, wie vorsichtig er mir aus der Hand frisst.*

Zu Beginn der zweiten Woche nahm Mariellen den Greif mit nach Hause.

Inzwischen hatten sich die Spitzen der Federstummeln geöffnet, sodass der rosige, nackte Vogelkörper mit einem feinen goldenen Flaum bedeckt war. Die vordere Hälfte des Greifs sah trotzdem noch lächerlich genug aus; sie erinnerte an ein überdimensionales Osterküken. Bei der Kraftkost aus rohem Fleisch, verstärkt mit Knochenmehl und Vitaminen, war er alarmierend schnell gewachsen. Wenn Mariellen ihn jetzt in den Schoß nahm, fand die hintere Löwenhälfte schon nicht mehr darin Platz.

Dr. Saunders hatte ihr einen großen Käfig, der normalerweise zum Transport von Tieren auf Flügen diente, geliehen, um den Greif nach Hause zu bringen. Er half ihr, ihn auf dem Rücksitz des Taxis zu verstauen. Mariellen konnte sich kaum noch daneben quetschen.

Der Taxifahrer schaute über die Schulter nach hinten. »Einen großen Hund haben Sie da.«

»Nein«, lächelte Mariellen. »Es ist ein Greif.«

Während der gesamten Fahrt schwieg der Taxifahrer eingeschnappt. Als sie zu Hause ankamen, musste Mariellen die Box ganz allein aus dem Taxi hieven.

»Da wären wir«, erklärte sie tapfer.

Der Greif antwortete nicht. Er drehte seinen Kopf mal hierhin, mal dorthin und blinzelte ins Sonnenlicht.

»Wie schaffe ich dich bloß die verfluchten Treppen hoch?« Sie beugte sich über die Box und zerrte sie auf den Hauseingang zu. Sobald sie im Inneren des Wohnblocks waren, überlegte Mariellen sich eine andere Lösung.

»Drei Etagen ... schaffst du die?« Sie öffnete die Transporterbox. »Komm schon!«

Der Greif wagte sich vorsichtig heraus. Seine Augen quollen ihm über, und der Schweif schlug aus.

»Alles in Ordnung«, beruhigte Mariellen ihn.

Der Greif schaute zu ihr auf und zwitscherte vergnügt, wie ihn Mariellen noch nie zwitschern gehört hatte.

Sie lachte. »Ganz recht. Wir sind zu Hause.« Sie nahm die leere Box in den Arm. »Komm schon, immer mir nach!«

Einen Augenblick lang zögerte der Greif noch. Dann hüpfte er ihr über die Stufen nach und ruderte dabei unbeholfen mit den Flügeln. Als sie schließlich den ersten Treppenabsatz erreicht hatten, waren beide außer Puste.

»Wir geben ein tolles Team ab«, scherzte Mariellen. »Was hältst du davon? Ich melde mich beim Fitness Center an und du begleitest mich!«

Der Greif würgte und schloss den Schnabel.

»Na, schon ausgeruht? Also los, packen wir's. Nur noch zwei Treppen.«

Hawk winselte leise hinter der verschlossenen Wohnungstür.

Hunde waren zwar für den Greifen nichts Neues, aber er war noch nie einem direkt, ohne Gitterstäbe dazwischen, gegenüber gestanden. Wenn Hawk jetzt angesprungen käme und mitten auf dem Greif landete, würde dieser, so fürchtete Mariellen, panisch die Flucht ergreifen.

»Es hilft nichts, du musst vorsichtshalber noch mal in den Käfig. Einverstanden?« Aber der Greif war alles andere als einverstanden und war durch nichts zu bewegen, in dem Kasten zu verschwinden. Als Mariellen darauf bestand, plusterte er sein Gefieder auf und hackte mit dem Schnabel nach ihr.

»Verflucht!« Sie stemmte die Arme in die Hüften. »Was soll ich bloß mit dir anfangen? Hawk braucht seinen Auslauf.« Vielleicht konnte sie ja Hawk am Halsband erwischen, wenn sie nur vorsichtig genug die Tür öffnete …

»Aufgepasst, gleich geht's los.«

Sie drehte den Schlüssel herum, öffnete die Tür einen Spalt weit und langte nach Hawk, der herausgeschossen kam. Sie verfehlte ihn, aber dafür bekam der Greif ihn zu fassen. Noch bevor Mariellen reagieren konnte, bohrte sich der scharfe Schnabel in seine Schulter. Hawk jaulte auf.

»Verflucht!« Es gelang Mariellen, den Greif bei der Kehle zu packen und ihn zurückzuzerren, bevor er Hawk ernsthaft verletzen konnte. Zum Glück war der Hund schlau genug, auf Distanz zu bleiben.

Sie lockerte allmählich ihren Griff, hielt ihn aber weiter argwöhnisch am Hals fest. Nachdem sich Hawk zurückgezogen hatte, schien der Greif sich zu beruhigen; trotzdem wagte sie es nicht, ihn loszulassen, sondern beförderte ihn mit sanfter Gewalt durch die offene Wohnungstür. Dann angelte sie nach der Hundeleine und schlug dem Greifen die Tür vor dem Schnabel zu.

Sobald sein Widersacher außer Reichweite war, kam Hawk auf Mariellen zu und ließ sich an die Leine legen. Dennoch schaute er immer wieder nervös auf die Tür, und seine Flanken zitterten.

»Du Ärmster«, tröstete sie ihn und tätschelte dabei seinen Kopf. »Was hat er nur mit dir angestellt?« Sie untersuchte ihn kurz. Außer der klaffenden Wunde an der Schulter schien ihm nichts weiter zu fehlen. »Jetzt gehen wir erst einmal Gassi und danach versorgen wir dich richtig, okay?«

Hawk schaute zu ihr auf und wedelte einmal mit dem Schwanz, so als ob er sagen wollte: *Hab verstanden, aber besonders glücklich bin ich darüber nicht.*

Während sie ihren Hund ausführte, hatte Mariellen mehr als genug Zeit, ihre Entscheidung, den Greifen mit nach Hause zu bringen, zu bereuen. Womit hatte der arme Hawk das verdient?

Zugegeben, er war etwas heftig hervorgestürzt.

Aber doch nicht auf den Greifen zu, sondern direkt auf ... sie! Mariellen blieb wie angewurzelt stehen, sodass auch Hawk innehielt und fragend zu ihr aufblickte. Lag es daran? Konnte es sein, dass der Greif sie nur *beschützen* wollte?

Schließlich hatte der Greif sich gegenüber den Hunden im Tierheim immer ziemlich gleichgültig gezeigt. Vielleicht hatte ja auch sie überstürzt gehandelt. Jedenfalls war die Praxis jetzt geschlossen, und vor morgen Früh konnte sie ihn sowieso nicht zurückbringen.

»Na, Hawk, hast du dein Geschäft erledigt? Komm schon, gehen wir nach Hause.«

Mariellen öffnete die Tür einen Spalt weit und spähte hinein. Von dem Greifen war weit und breit nichts zu sehen. Als sie über die Schwelle trat, blieb Hawk widerstrebend stehen.

»Keine Angst, Hawk! Alles in Ordnung! Er ist nicht da.«

Aber wo war er abgeblieben? Sie zog Hawk herein und schloss die Tür. Der Hund drängte sich ängstlich zitternd an ihre Beine. Die Leine machte da wenig Sinn; sie hätte ihn nur benachteiligt, sollte der Greif ihn wirklich wieder angreifen. Als sie ihn losband, wich er zur Tür zurück und schaute sie flehentlich an. »Mach dir mal keine Sorgen, mein Junge«, ermunterte sie ihn. »Ich werde nicht zulassen, dass es dir was antut.« *Zumindest hoffe ich das.*

Auf Zehenspitzen schlich sie sich durch das Appartement und schaute in jedem Winkel und hinter jedem Möbelstück nach. War es in ihrer Wohnung immer so ruhig gewesen? Mariellen konnte ihren eigenen Atem hören. Hinter ihr winselte Hawk ein einziges Mal an der Tür und gab dann Ruhe. Sie betrat das Schlafzimmer.

Und dort lag, auf ihrem Bett eingerollt, der Greif.

Wozu also die ganze Aufregung? Fast schon musste sie lachen.

Greife schliefen also tatsächlich wie Katzen eingerollt, doch steckten sie dabei den Kopf wie Vögel unter ihre Schwingen.

Das nächste Treffen zwischen Hawk und dem Greifen konnte bis zum Abend warten. Der Greif thronte, wohl ausgeruht und gesättigt, wie ein Pascha auf Mariellens Bett. Als Mariellen Hawk hereinrief, musterte er den Hund zuerst mit dem einen, dann mit dem anderen Auge, plusterte nur zufrieden sein Gefieder und gackerte wie ein ganzer Hühnerhof. Hawk kam, hörbar schnuppernd, näher. Als nichts passierte, legte er zuversichtlich seinen großen Kopf aufs Bett.

»Braver Hawk«, gurrte Mariellen. »Was für ein braver Hund!« Der Greif schmiegte sich näher an Hawk heran, reckte seinen langen Hals und neckte ihn mit seinem geschlossenen gelben Schnabel zwischen den Ohren. Hawk schloss die Augen und ließ es sich gefallen.

Nachdem sie so lange die Luft angehalten hatte, atmete Mariellen erleichtert aus. Es schien zu klappen. Es schien tatsächlich zu klappen!

»Hawk«, erklärte sie feierlich, »darf ich dir unseren neuen Mitbewohner vorstellen.«

Bevor sie schlafen ging, sperrte sie Hawk aus dem Zimmer aus und bugsierte den Greif in eine Ecke, wo sie Zeitungspapier zu einem ganz bestimmten Zweck ausgebreitet hatte. Mariellen wartete ab, dass der Greif sein Geschäft verrichtete, und auch *das* klappte.

Als sie die verunreinigten Zeitungsfetzen heraustrug, kam Hawk wieder hereingeschlichen, legte sich schnurstracks in sein Körbchen und schlief dort erleichtert ein. Der Greif seinerseits hatte offenbar beschlossen, in Mariellens Bett zu nächtigen; schon kletterte er, unter Zuhilfenahme von Schnabel und Krallen, auf das weiche Lager zurück.

Als Mariellen unter die Decke kroch, kuschelte er sich an sie heran und legte seinen Hals wie eine Federboa um den ihren. Mitten in der Nacht erwachte sie und stellte, noch im Halbschlaf, fest, dass der Greif sie putzte, wie er es schon mit Hawk gemacht hatte; als sie wieder wegdämmerte, träumte sie von ihrer Mutter und wie sie ihr behutsam, Strähne um Strähne, die Zöpfe flocht.

Es dauerte nicht lange und es kam Mariellen so vor, als ob der Greif schon immer bei ihnen gelebt hätte. Nach wenigen Wochen ließ sie auch die Schlafzimmertür offen, wenn sie zur Arbeit ging. Ihre beiden Haustiere hatten sich so sehr miteinander angefreundet, dass sie nicht länger befürchten musste, sie könnten sich in ihrer Abwesenheit gegenseitig verletzen.

Der Greif war natürlich weiter stark gewachsen. Nach bereits einem Monat war er größer als Hawk. Wenn er jetzt auf ihr Bett wollte, brauchte er nicht mehr mühsam hinaufzuklettern, sondern landete mit einem einzigen Sprung, unterstützt von einem zaghaften Flügelschlag, mitten auf der Matratze. Mariellen fragte sich, wie lange ihr Bett das noch aushalten würde.

Und auch sein Appetit war weiter gewachsen. Mariellen versuchte gelegentlich, ihm Hawks Trockenfutter vorzusetzen, das der Greif aber verachtete. Außer rohem Fleisch rührte er nichts an – das verschlang er allerdings gleich pfundweise. »Ich gebe für dich mehr aus als für mich«, schalt sie ihn. »Ist dir das eigentlich klar?« Aber der Greif rückte nur etwas näher und stellte seine Kammfedern auf. »Schon gut, du alter Racker, komm her und lass dich kraulen.«

Selbst vor der ersten Mauser war der Greif ein wunderschönes Geschöpf. Mariellens Finger verschwanden fast völlig im dichten Gold der Kammfedern, die sein Haupt krönten. Seine Augen waren honigfarben und konnten tagsüber ungeschützt ins nackte Sonnenlicht blicken; nachts glühten sie wie bei einer Katze.

Die Flügelfedern waren schokoladenbraun und an den Rändern golden. Hinter den Schwingen setzte sich der lange und kräftige Löwenleib fort; an den Hinterläufen besaß er Krallen, die den Klauen vorne in nichts nachstanden.

Bislang hatte Mariellen es nicht gewagt, den Greif vor die Tür zu lassen. Ihr Vermieter hatte wegen Hawk nie Schwierigkeiten gemacht, aber er dürfte wohl kaum darüber erbaut sein, dass er einen Greifen als Untermieter hatte. Außerdem gab es gewisse Gesetze und Vorschriften bezüglich der Haltung exotischer Haustiere in Stadtwohnungen – und der Greif war zweifellos exotisch.

Andererseits wusste Mariellen auch, dass sie ein so großes Tier unmöglich auf Dauer in ihrer Wohnung eingesperrt halten konnte. Irgendwie musste sie ihm Auslauf verschaffen.

Als sie eines Morgens Hawk wieder mal Gassi führte, fiel ihr eine Lösung ein. Selbst jetzt, da es Frühling geworden war, dämmerte es gerade erst, wenn sie zur Arbeit aufbrach. Wie wäre es, wenn sie den Wecker eine Stunde früher stellen und dann Hawk und den Greifen gemeinsam im Park ausführen würde? Zu dieser Stunde war noch niemand auf den Beinen. Oder fast niemand. Mariellen verdrängte den Gedanken an Straßenräuber und Vergewaltiger, die die anständigen Bürger davon abhielten, im Dunkeln in den Park zu gehen. Vermutlich würde schon Hawks Anblick sie genügend einschüchtern. Und falls das nicht langen sollte … »Würdest du mich denn beschützen?«, fragte sie den Greifen. »Würdest du verstehen, wenn mich jemand bedroht?« Mit etwas Glück müsste sie gar nicht erst die Probe aufs Exempel machen.

Am nächsten Morgen nahm sie Hawk an die Leine, ging mit ihm hinaus auf den Korridor und hielt die Haustür weit auf, damit der Greif ihnen folgte. Er traute sich bis an die Türschwelle und blieb dann dort stehen.

»Nun komm schon!«, forderte Mariellen ihn auf. Aber der Greif wich einen Schritt zurück. »Muss ich dir auch erst eine Leine umlegen?« Hawk winselte schon ungeduldig. »Mach dich nicht lächerlich«, fluchte Mariellen leise. Sie trat hinter den Greif, schubste ihn über die Schwelle und schlug dann schnell die Tür zu.

Und sogleich war die Hölle los. Der Greif, der sich dieser unheimlichen Außenwelt entziehen wollte, fand seinen Fluchtweg abgeschnitten. In heller Aufregung warf er sich laut schreiend gegen die Tür und zerkratzte den Lack. Mariellen fürchtete schon, dass er sich dabei verletzen könne.

Sie griff nach der Türklinke, als der Greif gerade zum nächsten Sprung ansetzte. Seine scharfen Krallen landeten auf ihrem Unterarm und bohrten sich wie Dolche ins Fleisch.

»Shit!«, entfuhr es ihr. Gerade noch rechtzeitig bekam sie die Wohnungstür auf und stolperte hinein, wobei sie fast über den Greif gestürzt wäre, der es noch eiliger hatte als sie.

Den blutenden Arm fest an sich gedrückt, lief sie ins Bad. Die Wunde sah ziemlich übel aus und fing an, furchtbar zu schmerzen, aber immerhin konnte sie ihre Finger noch bewegen. Nerven und Sehnen waren anscheinend nicht verletzt.

Bei dem ganzen Wirbel hatte sie Hawk völlig vergessen. Als Mariellen endlich dazu kam, sich um ihn zu kümmern, musste sie feststellen, dass er vor lauter Aufregung auf dem Treppenabsatz ein Häufchen hinterlassen hatte.

*Ganz offensichtlich nicht mein Tag,* dachte sie, als sie in die Wohnung zurückging, um Kleenex-Tücher zu holen.

Die drei brauchten mehrere Tage, um sich von dem Schrecken zu erholen und für weitere Exkursionen gewappnet zu sein. Diesmal zeigte sich Mariellen weniger ehrgeizig. Sie hielt es für einfacher und sicherer, den Greifen erst einmal auf die Feuerleiter hinauszulocken.

Am folgenden Sonntagmorgen führte sie erst Hawk aus. Dann öffnete sie das Fenster zur Feuertreppe, kletterte hinaus und rief den Greifen herbei. Die Straßen waren zu dieser Stunde noch kaum bevölkert. Wer wollte an einem Sonntag schon so früh aufstehen?

Der Greif kam auch artig bis zum Fenster und legte seinen Kopf auf den Sims. Mit dem einen Auge schielte er in den Himmel, mit dem anderen schaute er auf den sonnenbeschienenen Bürgersteig unter sich. Mariellen tätschelte den Eisenrost neben sich und sprach ihm aufmunternd zu. Der Greif hob den Kopf und streckte ihn zum Fenster hinaus; schließlich schob er die erste Kralle auf den Fenstersims und suchte dort Halt. »Bravo! So gefällst du mir! Und jetzt den nächsten Schritt!« Ein kurzes Flattern mit den Flügeln genügte und dann füllte der gesamte stattliche Adleroberkörper Mariellens Fensterrahmen aus.

Es war faszinierend zu beobachten, wie der Greif umherblickte. Von Hawk war sie schon dessen überragenden Gehör- und Geruchsinn gewohnt, aber bislang hatte sie es noch nie mit einem Tier zu tun gehabt, das ihr auch visuell überlegen war. Der Greif konnte nicht nur direkt in die Sonne schauen, ohne geblendet zu sein, sondern offensichtlich auch Dinge wahrnehmen, die Mariellen nicht sah. Sein Kopf wandte sich bald in diese, bald in jene Richtung, und verfolgte – ja, was eigentlich? Einen Vogel? Ein Flugzeug? Mariellen musste kichern. Bei einem Greifen an ihrer Seite schien alles möglich zu sein.

»Was nun? Kommst du nun heraus oder nicht?« Und als ob er ihre Worte verstanden hätte, tat der Greif einen weiteren Schritt nach vorn und zog die zweite Hälfte seiner fantastischen Gestalt nach. Im wärmenden Sonnenschein plusterte er sein Gefieder, breitete die Schwingen zur Hälfte aus und genoss es sichtlich.

Nachdem der Greif erst einmal herausgefunden hatte, wie behaglich es da draußen war, wollte er von der Feuertreppe gar nicht wieder weg. Wenn Mariellen ihrer Hausarbeit nachging, ließ sie das Fenster offen und der lange Quastenschweif des Greifs hing wie eine Glockenschnur über dem Sims.

Einmal konnte sie eine Kinderstimme aus dem Stockwerk tiefer hören: »Schau mal, Mommy! Da ist ein großer Vogel auf der Feuertreppe!«

Die Mutter antwortete nur genervt: »Der ist nicht echt. Der ist aus Stein. Den stellen die Leute nur so zum Schmuck auf.«

»Aber er hat sich *bewegt*, Mom. Ich hab es selbst *gesehen*!«

»Hör schon auf mit diesem Unsinn. Beeil dich oder wir kommen noch zu spät.«

»Ich hab es aber genau *gesehen*, Mom!« Das Protestgeschrei verebbte, vermutlich, weil die Mutter die Geduld verlor.

Mariellen musste grinsen. *Wie gut, dass die Erwachsenen gewöhnlich nicht über ihren eigenen Tellerrand blicken.* Trotzdem war sie gewarnt. Auf die Dauer konnte das nicht gut gehen. Früher oder später würde man den Greif entdecken, und was dann?

Es war an der Zeit, den nächsten Versuch zu wagen und den Greif in den Park zu bringen.

Mariellen beging nicht noch einmal den gleichen Fehler, den Greif unvorbereitet zu etwas zwingen zu wollen. Nachdem Hawk ausgeführt worden war, schloss sie ihn im Schlafzimmer ein, stieß die Haustüre auf und ermutigte den Greif, sich herauszuwagen.

Das brauchte allerdings geraume Zeit. Schließlich breitete sich hier im Flur kein strahlender Himmel aus, der den Greifen herauslocken konnte; vor ihnen lag nur ein langer, schattiger Gang, der sich am Ende in einer dunklen Treppenflucht verlor. Nach gut einer halben Stunde hatte er sich kaum über den Fußabtritt, der so großsprecherisch »Willkommen« verkündete, hinausgetraut.

Aber Mariellen gab nicht nach. An den folgenden Morgen lockte sie den Greifen mit Fleischbrocken Stück um Stück immer weiter an die Treppe heran, bis sie ihn schließlich dazu brachte, die ganze erste Treppenflucht zurückzulegen, um an seine Belohnung zu kommen.

Nachdem der Flur vor der Wohnungstür bereits vertrautes Terrain geworden war, breitete der Greif buchstäblich seine Flügel aus. In den beengten Räumlichkeiten von Mariellens Appartement war es ihm unmöglich, seine ganze Flügelspanne zu entfalten, aber der Flur erlaubte es. Er begann damit, seine Flügel zu strecken, dann schlug er sie, und schließlich überraschte er Mariellen und auch sich selbst damit, zumindest zeitweise abzuheben. Der Greif veranstaltete so ein Aufhebens mit seinen Flugkünsten, dass Mariellen ihn schleunigst wieder in ihre Wohnung bugsieren musste, bevor die ganze Nachbarschaft aufgeweckt wurde.

Am nächsten Morgen nahm er bereits die ganze Treppenflucht im Flug und landete einen Absatz tiefer, ohne vorher abgesetzt zu haben.

»Du kannst also wirklich fliegen?«, staunte Mariellen. »Was wird erst alles im Park passieren? Wirst du auch zu mir zurückkommen?« Darüber musste sie sich in der Tat Gedanken machen. Ein Greif war nun mal nicht die Sorte Tier, die man so einfach an der Leine führen konnte. Selbst wenn sie sich ein Geschirr für ihn ausdenken könnte, wäre der Greif in der Lage, sie jederzeit ohne große Mühe zu überwältigen. Entweder würde er freiwillig bei ihr bleiben – oder nicht.

In jener Nacht träumte sie davon, wie sie den Greif im Park ausführte. Er erhob sich in die Lüfte und verbreitete goldene Schatten mit seinen Schwingen. Höher und höher erhob er sich, bis er mit den Wolken verschmolz und verschwunden war. Vergebens versuchte sie ihn festzuhalten, und doch war er zum Greifen nah: diese warme Ansammlung aus Federn und Fell. Mariellen lächelte im Schlaf und schlang glücklich den Arm um den Greifen.

Es war noch immer schattig, als sie im Park ankamen. Der Greif, beglückt über seine soeben entdeckten Kräfte, war ohne zu zögern alle drei Treppenfluchten hinabgesegelt und folgte Mariellen hinaus auf die Straße.

Sobald sie aber am Park angelangt waren, schien ihn sein Mut zu verlassen, und er begann zu schreien und zu zetern.

»Auf Neues scheinst du nicht gerade aus zu sein?«, fragte Mariellen herausfordernd. »Also schön, schau dir nur alles erst richtig an.« Sie kehrte zu der Stelle zurück, an der der Greif stehen geblieben war, und kraulte ihm sanft den Nacken. Nach einiger Zeit gab er einige zufriedene Kehlkopfknacklaute von sich. »Na, siehste. Hier kann dir nichts passieren.« Sie ging wieder einige Schritte weiter, und diesmal folgte ihr der Greif.

Es war drollig anzusehen, wie er sich durch das taufrische Gras seinen Weg bahnte. *Ich habe ihn noch nie in einer natürlichen Umgebung gesehen,* dachte Mariellen, *sondern immer nur in geschlossenen Räumen. Aber selbst das hier ist nicht das Richtige für ihn …*

Außer dem Zucken der Schwanzspitze stand der

Greif völlig regungslos da. In den ersten Strahlen der aufgehenden Sonne glänzte er wie eine mit Goldfaden auf einen mittelalterlichen Wandteppich gestickte Figur.

Mariellen schaute auf die Uhr. »Komm schon, Zeit zum Umkehren.« Der Greif fiepte und starrte in die Ferne. »Muss ich dich erst wieder bestechen? Das haben wir gern. Immer hübsch brav und folgsam, solange es was zu fressen gibt.« Sie zog aus ihrer Manteltasche einen Plastikbeutel mit Fleischbrocken hervor. »Na, wie wär's mit einem Happen? Ja, da schaust du gleich ganz anders, stimmt's?« Sie hielt ihm ein Fleischstückchen vor den Schnabel, das der Greif sofort gierig herunterschlang. »Sachte, sachte! Den Rest gibt's erst, wenn wir wieder zu Hause sind. Also los. So ist's recht. Guter Greif! Braver Bursche!«

Mariellen war sehr erleichtert zu wissen, dass der Greif so leicht mit Fleisch zu locken war. Es nahm ihr nicht nur die Angst, sie könnte ihren Liebling verlieren, sondern es bedeutete auch, dass sie ihre morgendlichen Spaziergänge mit beiden Tieren fester planen konnte. Am nächsten Tag legte sie lange vor Sonnenaufgang Hawk die Leine an, stopfte die Fleischbrocken für den Greif in die Manteltasche und machte sich zum Park auf.

Später erinnerte sich Mariellen gern an diesen Sommer als eine Art Flitterwochen mit ihrem Greifen. Die dunklen, unbelebten Straßen und die Morgenstille atmeten einen ganz eigenen Zauber.

Wenn sie in aller Frühe in den Park kamen, ließ Mariellen als Erstes Hawk von der Leine. Der große Dobermann tollte spielerisch und in gewaltigen Sätzen im Kreis umher, während der Greif, wild mit den Flügeln schlagend, alle Mühe hatte, hinterherzukommen. Danach sanken beide außer Atem auf das kühle Gras.

Wenn Mariellen so bei ihnen saß, konnte sie dem Morgenkonzert der Vögel lauschen. Dann war ihr, als ob sie sich in einer Kristallkugel befände: Es begann mit einem vereinzelten silbrigen Gezwitscher am Rande der Welt, das anschwoll, bis es den ganzen Himmel erfüllte.

Und dann ging die Sonne auf. Die silbernen und schwarzen Schatten lösten sich in einem Farbengemisch auf und die flachen Silhouetten der Bäume traten als massive grüne Gestalten hervor. In den ersten Strahlen der noch tief stehenden Sonne leuchteten die Grashalme in vielfacher Transparenz, die nur von den eigenen Schatten durchbrochen wurde.

Und die Augen der Tiere, bernsteinfarben bei Hawk, golden beim Greifen, blickten liebevoll in die von Mariellen.

Nach und nach lernte der Greif auch zu fliegen. Er hatte schon seit geraumer Zeit immer wieder die Flügel ausgebreitet, um die Treppen im Mietshaus hinabzusegeln, aber das erinnerte mehr an kümmerliche Gleitansätze als an einen ernsthaften Flugversuch; Mariellen hatte bislang noch nicht gesehen, dass er auch nur versuchte, von ebener Erde aus abzuheben. Schon begann sie daran zu zweifeln, dass er es überhaupt konnte.

Aber bei dem morgendlichen Herumtollen mit Hawk breitete der Greif in vollem Lauf immer wieder seine Schwingen aus, und eines Tages gelang es ihm tatsächlich, genau die richtige Kombination aus Grundgeschwindigkeit und Anstellwinkel der Flügel zu finden, um sich für kurze Zeit in die Luft zu erheben. Das Ganze dauerte nur wenige Augenblicke und der Greif war darüber so erstaunt, dass seine Hinterbeine auch im Flug noch weiterrannten. Mariellen musste laut lachen. Es erinnerte sie zu sehr an eine Zeichentrickfigur, die noch nicht bemerkt hatte, dass sie über den Rand der Schlucht hinausgerannt war.

Als der Greif nach der Bruchlandung wie ein durcheinander gewirbeltes Häufchen aus Flügeln, Krallen und Pfoten auf dem Boden lag, überschüttete Mariellen ihn gleichermaßen mit Lob und Aufmunterung und half ihm gleichzeitig, seine verhedderten und so unterschiedlichen Gliedmaßen auseinander zu sortieren. »Was für ein guter Greif du doch bist! Ein ganz famoser Greif! Hoppla, der Fuß gehört aber nicht hierhin. Woll'n mal sehen – so, das sieht schon besser aus!« Der Greif pickte eine Strähne ihres Haars auf und putzte sie geistesabwesend, so, als wollte er ihr die Gunst erwidern. Aber sein Blick verlor sich dabei in der Ferne, wenn er seinen Kopf bald hierhin, bald dorthin, aber immer zum Himmel aufschauend, wandte.

Schon am nächsten Morgen unternahm er die ersten ernsthaften Flugversuche. Sobald er im vollen Lauf war, setzte er seine Flügel in Bewegung, stellte sie gegen den Wind und suchte nach der unerklärlichen Kombination aus Geschwindigkeit und Schubkraft, die es ihm erlaubte abzuheben. Immer wieder stieß er sich mit seinen muskulösen Hinterläufen ab, und doch war sein Flügelschlagen vergebens.

Erst als er sich völlig verausgabt hatte und mit glasigen Augen vor sich hinkeuchte, konnte Mariellen sich ihm nähern. »Du versuchst es zu krampfhaft«, erklärte sie ihm. »Wir wissen doch, dass du fliegen kannst.« Der Greif legte seinen Goldkopf zur Seite und stellte die Kammfedern auf, um gestreichelt zu werden. Die Federn standen von seinem Körper ab, um sich so etwas Kühlung zu verschaffen; Mariellen konnte spüren, wie sehr die Körperhitze von seiner Brust abstrahlte.

*Wie frustrierend muss es sein,* fragte sie sich, *eine Fähigkeit zu besitzen und doch nicht zu wissen, wie sie einzusetzen ist? Wie frustrierend, von den Anstrengungen der eigenen Bemühungen geschlagen zu werden?*

Sie verbrachte lange Zeit damit, den Greifen zu streicheln und zu trösten. Dann rief sie Hawk zu sich, nahm ihn an die Leine und kehrte nach Hause zurück.

Es sprach sehr für die Intelligenz des Greifen, dass er es danach offenbar gemächlicher anging. Er versuchte zwar noch immer zu fliegen, aber ohne krampfhaftes Bemühen. Wenn man ihn beobachtete, konnte man glauben, einem Athleten beim Training zuzusehen. Er durchlief regelmäßig eine Reihe von Streck- und Dehnübungen, bevor er versuchte abzuheben. Manchmal gelang ihm das auch, mitunter auch nicht. Aber es blieb immer genügend Zeit, um mit Hawk herumzutollen, bevor die Sonne schon so hoch stand, dass sie heimkehren mussten.

Der Sommer ging bereits langsam in den Herbst über, und der Sonnenaufgang zögerte sich immer mehr hinaus; bald schon würden die Morgen zu kalt sein, um lange im Park zu bleiben. Andererseits erlaubte die fortschreitende Dunkelheit es Mariellen auch, die Ausflüge in den Park mit dem Greifen zu verlängern, ohne sich allzu viele Sorgen machen zu müssen, gesehen zu werden.

Ihr war klar, dass sie bisher unglaubliches Glück gehabt hatten. Bei den wenigen Gelegenheiten, bei denen jemand den Greif tatsächlich gesehen hatte, war stets ungläubiges Augenreiben die Reaktion gewesen. Keine große Neugier, keine plumpen Annäherungsversuche, keine Panik. Allenfalls ein zweites, rasches Hinschauen, um sich zu vergewissern, und dann ein rasches Wechseln der Straßenseite. *So als ob es genügte,* dachte Mariellen belustigt, *zwischen sich und das große, wilde Fabelwesen den Abstand von in Doppelreihe geparkten Wagen zu bringen.*

Aber noch hatte keiner hysterisch geschrien, keiner

die Polizei alarmiert oder sonstwie Schwierigkeiten gemacht.

Genau betrachtet waren es eigentlich nur ihre Freunde, die ihr so etwas wie »Schwierigkeiten« bereiteten, da sie einfach nicht begreifen konnten, warum Mariellen alle Einladungen ausschlug. »Was soll das heißen, du willst früh zu Bett? Meine Güte, es ist gerade erst mal halb neun! Bist du krank? Soll ich bei dir vorbeischauen? Ich *weiß,* dass du schon früh wieder auf der Matte stehen musst, aber das hat dich doch sonst nicht ... Okay, schon in Ordnung. Ich ruf dich am Samstag wieder an ...«

Manchmal war Mariellen kurz davor, ihnen einfach die Wahrheit über den Greifen zu sagen, aber irgendwas hielt sie dann doch wieder zurück. Mit und für Tiere zu arbeiten, war schon in Ordnung – schließlich verdiente sie sich damit ihren Lebensunterhalt. Einen Hund wie Hawk zu besitzen – nun ja, auch das konnte man noch durchgehen lassen; zumindest theoretisch galt Hawk ja als ihr Beschützer. Aber Wohnung und Leben mit einem Greifen zu teilen ... *Wozu brauchst du den?* hörte sie ihre Freunde schon fragen. *Er verschlingt nur Platz und Geld und Zeit – und außerdem ist es höchstwahrscheinlich illegal!* Natürlich hatten sie damit vollkommen Recht, aber so stellte sich die Frage für Mariellen gar nicht. In Wahrheit ging es doch nicht darum, ob sie einen Greifen brauchte, sondern einzig und allein darum, ob dieser spezielle Greif *sie* brauchte.

Außerdem liebte Mariellen ihren Greif nun mal. Aber das würden ihre Freunde sowieso nicht verstehen.

Vier Uhr dreißig. Ihnen blieben noch fast zwei Stunden bis zur Dämmerung. Mariellen ließ Hawk von der Leine und schaute zu, wie sein hechelnder Atem beim

Rennen neblige Schwaden in der Luft zurückließ. Der Greif nahm springend und fliegend die Verfolgung auf. Mariellen stellte fest, dass er darin immer besser wurde. Jeden Tag konnte er sich länger in der Luft halten. Mitunter kam er noch ins Trudeln, aber dann brauchte er sich nur mit den kräftigen Löwenläufen vom Boden abzustemmen, und schon segelte er wieder dahin. Ab und zu setzte er zu einem spielerischen Angriff auf Hawk an und versuchte mit seinen Krallen Hawks Hinterläufe zu erhaschen. Dann jaulte Hawk und legte noch einen Zahn zu. *Seine Angst ist auch nur gespielt*, dachte Mariellen. *Er weiß doch, dass der Greif ihn nie verletzen würde.* Damit hatte sie Recht. Als der Greif zum nächsten Sturzangriff ansetzte, warf sich Hawk auf den Boden und ließ zu, dass sein Freund ihn »fing«; er schlug wild mit seinen Vorderläufen aus und schnappte in die Luft, während der Greif alle Finten mit dem Schnabel parierte.

Mariellen hätte den beiden stundenlang so zusehen können.

Sie ruhten sich aus, als die Sonne aufging. Das sommerliche Konzert des Vogelgezwitschers war schon seit längerer Zeit verstummt: Ohne die zu fütternde Brut und die zu verteidigenden Territorien ruhten die Vögel und verkündeten nicht länger den anbrechenden Morgen. Gegen den sich allmählich erhellenden Himmel gewannen die Bäume an Gestalt und Farbe: Flecken von Ockergelb und Weinrot hatten das frische Grün abgelöst. Der Wind frischte auf und trieb Laub wie Konfetti vor sich her.

Es roch nach Regen. Die Möwen hatten sich am Teich versammelt, wie sie es immer vor einem Sturm taten. Als Mariellen sie dabei beobachtete, löste sich eine aus der Schar und flatterte wehklagend auf sie zu.

Plötzlich spürte Mariellen, wie sich jede Sehne des Greifs anspannte. Sie schaute gerade zu ihm hinunter, als er, mit starrem Blick auf die Möwe, davonsprang. Nach nur ein, zwei Sätzen breitete er seine riesigen Schwingen aus und schlug damit, bis sie ihn schließlich über den Teich trugen.

Hawk war, vor Erregung laut kläffend, aufgesprungen.

Im Zeitlupentempo gewann der Greif an Höhe, kurvte, kreiste über der Möwe und stürzte dann hinab, um zuzuschlagen.

Aus den Krallen des Greifen stob eine Federwolke hervor, die der Wind davontrug: weiße Flaumblätter, getränkt mit Blut.

»Greif!«, rief Mariellen. »Greif! Komm zurück!«

Aber diesmal gab es kein sanftes Erwachen; kein warmer Greifenkörper, der sich sanft an sie schmiegte, um sie zu trösten. Sie schrie wiederholt und immer verzweifelter, bis ihr die nicht vergossenen Tränen fast die Kehle zuschnürten.

Der Greif flatterte, durch die Beute beschwert, zum Ufer. Dort kauerte er, Mariellen ganz vergessend, nieder und hütete seinen Fang. Als sie versuchte, sich ihm zu nähern, starrte er sie herausfordernd und wie eine Katze fauchend an. In seinen Augen lag ungezügelte Wildheit.

*O Gott, was soll ich nur tun?* Sie zog den Beutel mit den Fleischbrocken aus ihrer Tasche hervor und hielt ihn dem Greif verlockend hin, aber dieser zeigte sich unbeeindruckt. Er hatte die Möwe inzwischen mit seinem krummen Schnabel zerlegt und schlang begierig seine Beute hinunter. Als er seinen Kopf erneut hob, war sein Schnabel blutverklebt. *Die Sonne geht auf,* durchfuhr es Mariellen. *Die Sonne geht auf und bald kommen Leute.*

»Greif«, flehte sie. »Ich bitte dich!« Doch der Greif schenkte ihr keine Beachtung.

Und schon stellten sich die ersten Schaulustigen ein.

»Jetzt mal ganz ruhig! Wo ist er jetzt?«

Mariellen schneuzte sich und klammerte sich an den Telefonhörer, als ob es ihr Rettungsring wäre. »Hier«, flüsterte sie, »bei mir. Sie wollten ihn erschießen, aber ich habe mich dazwischengestellt, und als sie mich fortzerren wollten, da hat Hawk …« Sie konnte nicht weitersprechen.

»Ich weiß«, führte Dr. Saunders das Gespräch fort. »Es kam sogar in den Nachrichten. Aber machen Sie sich um ihn keine Sorgen; sie haben ihn nur betäubt.«

»Aber sie haben ihn weggebracht!«, klagte Mariellen. »Er wird irgendwo ganz allein in einem Zwinger aufwachen!« Sie begann wieder zu schluchzen.

»Machen Sie sich um ihn keine Sorgen, es wird ihm gut ergehen«, wiederholte der Tierarzt. »Er ist doch hoffentlich angemeldet?«

»Ja, natürlich.«

»Prima. Dann kann man ihn nicht zwangsweise in Gewahrsam nehmen, wenn Sie ihn zurückverlangen. Es ist offensichtlich, dass er kein tollwütiger Hund ist.«

»Er hat nur versucht, mich zu beschützen.«

»Und das hat er auch. Ganz wunderbar von ihm. Passierte das, als Sie den Greifen zu retten versuchten?«

»Ja, schon …« Die nächsten Wortfetzen gingen im Schluchzen unter. Schließlich hatte sie sich wieder etwas beruhigt. »Nachdem sie Hawk außer Gefecht gesetzt hatten, hoben sie ihn auf, um ihn in einen Käfig zu sperren. Während sie damit beschäftigt waren, kümmerte ich mich um den Greif. Ich nahm ihm einfach die Möwe weg. Er war damit sowieso so gut wie fertig und machte sich nicht mehr viel daraus.«

»Und dann folgte er Ihnen wieder?«

Mariellen nickte. »Ja. Offenbar war er noch immer hungrig. Ich zeigte ihm die Fleischbrocken …«

»Vor all den Leuten?«

»Ja doch.« Mariellen konnte selbst jetzt nicht umhin zu kichern. »Die machten sich schnell aus dem Staub.«

»Das kann ich mir denken.«

»Aber was nützt das schon?«, meinte Mariellen plötzlich wieder den Tränen nah. »Jetzt wissen sie es alle. Sie haben uns verfolgt. Es ist *stadtbekannt*.«

»Ich weiß.« Es folgte eine längere Pause. »Verstehen Sie mich bitte recht, aber ich kann jetzt nicht weitersprechen. Die Praxis ist voll mit Leuten.«

»Wer wird all die Käfige saubermachen ...?«

»Das lassen Sie mal meine Sorge sein. Sie haben zurzeit genug zu tun. Ich werde sie um elf zurückrufen, okay?«

»Okay. Und vielen Dank.«

»Nur ruhig Blut.« Und damit hängte er auf.

Mariellen ging zum Fenster und schob den Vorhang ein Stück weit zur Seite. Draußen wartete noch immer die versammelte Meute. *Was haben sie bloß?*, fragte sie sich wütend. *Haben sie nichts Besseres zu tun?*

Sie sehnte sich nach Hawk, sehnte sich nach seiner beständigen Zuverlässigkeit und der Art, wie er plötzlich an ihrer Seite auftauchte und geduldig darauf wartete, dass sie ihm ihre Aufmerksamkeit schenkte. Ganz besonders sehnte sie sich aber nach dem Gefühl, wie sich seine breite, warme Stirn unter ihre Hand schmiegte.

Sie ließ den Vorhang fallen, wandte sich ab und stolperte dabei fast über den Greif.

»Das ist alles nur deine Schuld«, schimpfte sie ihn. »Das ist dir hoffentlich klar!«

Der Greif zirpte verlegen und stellte sich, mit ausgestrecktem Hals, auf die Zehenspitzen, um seinen Kopf auf ihre Schultern zu legen.

»Ach, lass mich doch in Frieden!« Sie wandte sich von dem Greif ab und ließ sich auf dem Bett nieder. *Was soll ich bloß tun? Wie kriege ich nur Hawk zurück?*

*Was mache ich, wenn die Polizei mit einem Haussuchungsbefehl kommt? Wie kann ich sie daran hindern, den Greifen mitzunehmen? Was soll nur aus uns werden?*

Aus dem Wohnzimmer hörte sie ein Schlurfen, gefolgt von einem dumpfen Schlag. Sie sprang sofort auf, um nachzusehen. Der Greif hatte sich hinter einem Sessel in eine Ecke verkrochen und stöhnte leise vor sich hin. Mariellen hatte geglaubt, der Morgen hätte schon die schlimmstmögliche Wendung genommen, aber jetzt überkam sie eine noch viel größere, panische Angst. Fehlte dem Greifen was? Hatte die heruntergeschlungene Möwe ihn am Ende gar vergiftet? Sie schob den Sessel zur Seite, kniete sich neben dem Greifen nieder und hielt seinen Kopf in ihren Händen. Er schaute zu ihr auf; eine Träne kullerte seinen langen Schnabel hinab und landete auf ihrem Handgelenk.

»Das also ist los mit dir«, flüsterte sie. »Du vermisst unseren Hawk auch.« Und gerührt zog sie den Greif an ihre Brust und hielt ihn im Arm, bis er eingeschlafen war.

Das Läuten des Telefons weckte sie beide auf. Mariellen löste sich aus der Umarmung und durchquerte noch leicht benommen das Zimmer, um den Hörer abzunehmen.

»Dr. Saunders am Apparat. Es tut mir Leid, dass ich nicht früher zurückrufen konnte.«

Mariellen gähnte verschlafen. »Schon in Ordnung.«

»Ich habe in der Zwischenzeit ein paar wichtige Telefonate geführt. Was halten Sie von einer Stelle in einem Tierheim? Auf dem Lande?«

»Ich will ihn aber nicht in ein Tierheim geben!«

»Wie bitte?«

»Den Greif. Ich gebe ihn in kein Tierheim.«

»Nein, Sie verstehen mich falsch. Die Stelle ist für Sie. Und Sie können mit Hawk und dem Greifen zusammen in einem großen Caravan leben.«

Plötzlich war Mariellen hellwach. »Könnten Sie das bitte noch einmal genau wiederholen?«

»Es gibt da in Pennsylvania ein Tierasyl, das aus Prinzip keine Tiere einschläfert. Und die suchen verzweifelt nach einem Pfleger auf Vollzeitbasis. Sie zahlen zwar nur den Mindestlohn, aber dafür stellen sie Unterkunft in einem Caravan und freie Benutzung aller Einrichtungen zur Verfügung. Ein riesiger Garten ist auch dabei ...«

»Wissen sie über den Greif Bescheid?«

»Jawohl. Der dort zuständige Tierarzt ist ein alter Studienkollege von mir – übrigens eine Spitzenkraft –, und ihm habe ich alles erzählt. Er meinte, Sie seien genau die Richtige für den Job. Natürlich überqualifiziert, aber ...«

»Hätte der Greif dort ... freien Auslauf?«

»Nicht während der offiziellen Besuchszeiten, aber ansonsten schon. Die nächste Kleinstadt ist gut und gerne zehn Meilen entfernt.«

»Abgemacht!«, sagte Mariellen.

Dr. Saunders lachte. »Was, so schnell? Überstürzen Sie nur nichts! Wollen Sie nicht wenigstens wissen, wie groß das Tierheim ist und was Sie dort zu tun hätten?«

Mariellen schüttelte ungeduldig den Kopf. »Darauf kommt es nicht an. Begreifen Sie denn nicht, dass mir gar keine Wahl bleibt?«

»Ja, da haben Sie natürlich Recht. Wenn Sie hier bleiben, lässt man Sie doch nicht in Ruhe. Ich ... trotzdem möchte ich Sie darauf hinweisen, dass Sie auch noch andere Möglichkeiten besitzen. Ich bin mir sicher, dass jeder Zoo Sie mit Handkuss nehmen würde ...«

»Sie wissen ganz genau, was ich von Zoos halte. Und den Greif in einen Zoo geben – niemals!«

»Das hatte ich mir allerdings auch gedacht.« In der Stimme des Tierarztes klang Verständnis und Bewunderung mit. »Dann teile ich also dem Geschäftsleiter des Tierasyls mit, er soll Sie kontaktieren, um alle Formalitäten zu erledigen?«

»Ich bitte darum.« Mariellen atmete noch einmal tief durch, um sich zu fassen. »Die Zusammenarbeit mit Ihnen wird mir allerdings fehlen, Dr. Saunders.«

»Ganz meinerseits. Die Herrschaften in Pennsylvania wissen gar nicht, wie glücklich sie sich schätzen dürfen.«

»Ich danke Ihnen«, sagte Mariellen noch kurz. Und dann legte sie auf, weil sie befürchtete, im nächsten Augenblick losheulen zu müssen.

Die Bäume waren hier im nördlichen Pennsylvania bereits völlig entlaubt, und es war schon ziemlich kalt. Mariellen schwang die Tür zum Caravan weit auf und atmete die Waldesluft tief ein. Hawk kam die wenigen Stufen heruntergeklettert und erleichterte sich am nächstbesten Busch. Dann tänzelte er zu ihr zurück und kläffte aufgeregt.

»Ist ja gut, wir kommen ja schon.« Sie spähte in das Halbdunkel des Wohnwagens zurück. »Na, du Faulpelz?« Der Kopf des Greifen schob sich in die Türöffnung. »Bis zum Geht-nicht-mehr verwöhnt, das bist du. Was stell ich bloß mit dir an? Soll ich dich zur Abwechslung mal wieder um vier Uhr morgens aus den Federn jagen?« Der Greif schüttelte sich nur und plusterte sein Gefieder. Sein langer Schweif schleifte träge hinterher, als er die Treppe hinabstieg. »Eine Schande für dein ganzes Geschlecht, jawohl, mein Lieber, das bist du.« Mariellen schubste den Schweif vor sich her, um die Tür schließen zu können. Aber sie musste sich selbst eingestehen, dass es angenehm war, nicht mehr in aller Herrgottsfrühe aufstehen zu müssen. Angenehm, bis zu einer vernünftigen Stunde ausschlafen zu dürfen wie jeder normale Mensch auch. Auch wenn ihr Leben nie wieder dem ähneln würde, das man gemeinhin auch nur annäherungsweise als »normal« bezeichnen würde.

Inzwischen hatte sich der Greif an genau demselben Busch erleichtert, den Hawk bereits markiert hatte, und machte sich daran abzuheben. Hawk bellte ihm übermütig zu, riss sich los und forderte ihn zur Jagd heraus. Der Greif breitete erst die eine, dann die andere Schwinge aus, schüttelte sich und eilte dann dem großen Dobermann nach.

Mariellen nahm auf den Stufen zum Caravan ihre Zuschauerposition ein.

Zweimal sprangen sie im Kreise, dann ein drittes Mal, und dann hob der Greif in die Lüfte ab und gewann immer mehr an Höhe. Er erhob sich immer weiter in den glänzenden Morgenhimmel, bis sein Körper im Sonnenlicht golden erstrahlte. Und selbst als er nur noch als ein glänzender Fleck gegen das Himmelblau erkennbar war, tönte der Klang seiner Stimme zu ihnen zurück und verkündete seine schiere Lebensfreude.

ELISABETH WATERS

# Wetterkunststückchen

*Ich runde meine Anthologien gerne mit etwas Kurzem und Amüsantem ab, und da ist Elisabeth, mit der ich nun schon seit 15 Jahren unter einem Dach lebe, immer zur Stelle, wenn ich auf die Schnelle etwas Passendes brauche. In diesem Fall konnte ich allerdings auf eine bereits in Ausgabe 9 veröffentlichte Geschichte zurückgreifen. Zurzeit arbeitet Elisabeth an der nächsten Geschichte über Jan, die inzwischen erwachsen geworden ist und sich als Bühnenmagierin versucht.*

*Neben der Schriftstellerei übt sich Elisabeth im Eiskunstlauf und nimmt Unterricht am Fliegenden Trapez. (Manchmal frage ich mich, ob sie lebensmüde ist.) Ihr erster Roman,* »Changing Fate«, *erschien im April 1994, und sie hat gerade mit dem zweiten begonnen.*

Es war ganz allein Peters Schuld. Hätte er mir nicht *»Hexen im Handumdrehen. Anleitung in zwölf leicht verständlichen Lektionen«* zum Geburtstag geschenkt, wäre das alles nicht passiert. Warum musste er sich gestern auch vor der Gartenarbeit drücken?

Zugegeben, vielleicht war es ja teilweise auch meine Schuld. Ich hatte auch keine große Lust zum Unkrautjäten; an einem sonnigen Samstagmorgen gibt es wirklich Besseres zu tun. Und nur, weil ich zwei Jahre älter bin als mein Bruder, heißt es immer, ich müsste als große Schwester mit gutem Beispiel vorangehen. Hab ich ja auch irgendwie getan. Schließlich war ich es, die zum Himmel mit den wenigen winzigen Schäfchenwolken aufblickte und bemerkte: »Schöner Schlamassel. Wenn's regnen würde, könnte uns keiner zur Gartenarbeit verdonnern.«

Das brachte Peter wohl auf eine seiner berühmten »glänzenden« Ideen. Dabei bringen uns seine »glänzenden« Ideen nichts als Scherereien ein, auch wenn sie sich am Anfang immer ganz harmlos anhören. Und wenn ich nur einen Funken Verstand gehabt hätte, wäre ich in den Garten gestürzt und hätte mich wie wild ans Unkrautjäten gemacht. »Jan, ich bin mir ziemlich sicher, dass in dem Buch, das ich dir geschenkt habe, auch ein Regenmacherspruch steht.«

Aber ganz offensichtlich war ich nicht ganz bei Trost, denn ich folgte Peter in mein Zimmer und half ihm auch noch beim Suchen nach dem Buch. Schließlich kramte er es unter meinem Bett zusammen mit acht anderen Büchern hervor, die ich angeblich zu lesen hatte, darunter auch mein sterbenslangweiliges Geschichtsschulbuch und zwei Bände aus der Bücherei – das eine längst überfällig, das andere überraschenderweise noch nicht.

Wie im Klappentext versprochen, war das Buch in zwölf Lektionen unterteilt; und gleich auf der ersten Seite hieß es, dass man sie bitteschön der Reihe nach durchnehmen sollte. Aber Wettermagie kam erst in Lektion sieben dran, und wir hatten einfach nicht die Zeit, uns durch Lektion eins bis sechs durchzuackern und dann noch Regen herbeizuzaubern, bevor Daddy herausfand, dass wir uns davongestohlen hatten.

Drum nahmen wir das Buch mit und verschwanden in unserem bevorzugten Versteck unten am Fluss, wo wir uns immer aufhielten, wenn wir uns vor der Hausarbeit drücken wollten. Bruce, unser Collie, folgte uns, legte sich aber sogleich schlafen, sodass er uns nicht weiter störte. Peter hielt das Buch in seinen Händen und las mir vor, was ich zu sagen hätte, und ich machte mich fleißig ans Zaubern. Ich glaube, ich habe mich ziemlich genau an die Anweisungen gehalten, und zumindest teilweise muss es gestimmt haben. Denn es fing zu regnen an. Aber, verflixt und zugenäht, im

Buch stand was von »Regen« und nichts von »Tornado«!

Ich stand mit zugekniffenen Augen da und konzentrierte mich aufs Regenmachen, als Bruce zu winseln anfing. Ich öffnete die Augen, um zu sehen, was ihn so unruhig machte, und sah diese gigantischen dunklen Wolken, die sich auftürmten. Ich jaulte zusammen mit Bruce auf, und Peter blickte vom Buch auf. Der Sturm schüttelte die Baumkronen, dass es nur so krachte. Wir rannten, so schnell wir konnten, zum Unterstand an der Scheune und erreichten ihn mit Mühe und Not, bevor das Unwetter so richtig losbrach. Auch so war ich noch gehörig nass geworden, als Dad, der uns besorgt erwartet hatte, hinter uns die Türe schloss.

Peter war schlau genug, das Zauberbuch unter seinem T-Shirt verschwinden zu lassen, bevor es Dad bemerken konnte, und Dad war seinerseits so erleichtert, dass wir in Sicherheit waren, dass er keine weiteren Fragen stellte, wo wir gewesen wären und was wir angestellt hätten und weshalb wir das aufziehende Unwetter nicht eher bemerkt hatten.

Das Unwetter war ziemlich übel, aber wenigstens wurde niemand getötet oder ernstlich verletzt, und auch die Ernte blieb weitestgehend verschont. Aber es fegte mitten durch die Stelle, wo ich den Zauberspruch losgelassen hatte, und hatte unser Haus nur um Haaresbreite verfehlt!

Heute ist ein herrlicher Tag, und kein Wölkchen zeigt sich am blauen Himmel. Und sobald ich aufgeräumt und den Garten beziehungsweise das, was davon übrig geblieben ist, gejätet habe, werde ich mir das Buch vorholen und es, mit Lektion eins beginnend, Schritt für Schritt und ganz, aber auch *ganz genau* durchlesen.